曝光
光制

李佳奇 —— 著

中信出版集团·北京

图书在版编目（CIP）数据

定制曝光 / 李佳奇著 . -- 北京：中信出版社，2017.8
ISBN 978-7-5086-7877-1

I.①定… II.①李… III.①长篇小说－中国－当代 IV.① I247.5

中国版本图书馆 CIP 数据核字（2017）第 167484 号

定制曝光

著　　者：李佳奇
出版发行：中信出版集团股份有限公司
　　　　　（北京市朝阳区惠新东街甲 4 号富盛大厦 2 座　邮编　100029）
承　印　者：三河市西华印务有限公司

开　　本：880mm×1230mm　1/32　　印　张：13.25　　字　数：302 千字
版　　次：2017 年 8 月第 1 版　　印　次：2017 年 8 月第 1 次印刷
广告经营许可证：京朝工商广字第 8087 号
书　　号：ISBN 978-7-5086-7877-1
定　　价：42.00 元

版权所有·侵权必究
如有印刷、装订问题，本公司负责调换。
服务热线：400-600-8099
投稿邮箱：author@citicpub.com

本故事纯属虚构,
如有雷同,纯属巧合。

"我们始终有一种错觉，以为我们的感情源自于自己的内心。"

——古斯塔夫·勒庞《乌合之众》

目 录

contents

/ 第一篇 /

1. 开战前夕　　　　　　　　　　　3
2. 命运的契机　　　　　　　　　　6
3. 被偏爱的都有恃无恐　　　　　　10
4. 荷尔蒙面试　　　　　　　　　　16
5. 告别过去　　　　　　　　　　　23
6. 天使的交易　　　　　　　　　　28
7. 王者归来　　　　　　　　　　　36
8. 路上实验室　　　　　　　　　　42
9. 尘土飞扬，是世间最美的烟火　　52
10. 火药味儿刺鼻的第一次　　　　　60
11. 拈花把酒，谁与争锋　　　　　　68
12. 共同的敌人　　　　　　　　　　75
13. 我们是做公司，不是做社团　　　80
14. 配合演出　　　　　　　　　　　84
15. 在被时间遗忘前，遗忘时间　　　91
16. 黑暗并不能制造阴影，光明才能　97

/ 第二篇 /

17. 暗黑行动　　　　　　　　105
18. 无孔不入　　　　　　　　109
19. 欲擒故纵　　　　　　　　113
20. 予力众生　　　　　　　　118
21. 不曾红到骇人听闻，不怕黯淡无人来问　　121
22. 原来这都不算爱　　　　　131
23. 剑拔弩张　　　　　　　　135
24. 杀伐决断　　　　　　　　141
25. 偷天换日　　　　　　　　145
26. 体温交换成共同的记忆　　156
27. 转危为机，破釜沉舟　　　162
28. 事故还是故事　　　　　　165
29. 不走回头路　　　　　　　171
30. 一步险棋　　　　　　　　175
31. 巅峰对决　　　　　　　　181
32. 置之死地而后生　　　　　186

/ 第三篇 /

33. 让我再次介绍我自己　　　195
34. 红尘之外，不速访客　　　200
35. 梳通烦恼事，斩尽烦恼丝　204
36. 凡"想"之外　　　　　　　208

37. 多少楼台烟雨中 212

38. 冒险开始 218

39. 不知有汉，无论魏晋 221

40. 卷土重来 227

41. 不能输的面试 233

42. 密室逃脱 239

43. 为度一切心 243

44. 千年一梦，尽洗铅华 249

/ 第四篇 /

45. 一个明星项目的诞生 257

46. 背后的人 261

47. 从少年黑帮老大到妙手仁心白衣教父 271

48. 党同伐异 277

49. 若止于初见 282

50. 谋定而后动 292

51. 分裂开始 299

52. 无欲则刚 305

53. 最长的一夜 309

54. 最后的我们 317

55. 赢则举杯同庆，输则拼死相救 322

56. 答案揭晓 327

57. 当年情 335

58. 尽堪活色生香里   342

59. 一波未平一波又起   347

60. 你看到我的全部，但从未感受我的真实   352

61. 放下负担，奔向新生命   355

62. 再见，江湖！   358

63. 不是所有锋芒都因功成而钝化   360

64. 画地为牢   369

65. 另有其人   374

/ 第五篇 /

66. 风再起时   381

67. 爱你恨你，问君知否   385

68. 一封来信   389

69. 你是对的   395

70. 凡是过去，皆为序章   398

71. 假如真的再有个约会   402

72. 一切正在过去   406

第一篇

公关的本质是什么?无非四个字:七情六欲。

1. 开战前夕

就像军火商之间开战从来都有用不完的弹药。赵军心里当然清楚两个一线明星之间开火,从来都不缺乏话题和丑闻,尤其自己和韩冰还是一对夫妻,但此时他还是失控地咆哮道:

"2016年,她父亲生意失败我一句话没说,直接把一部戏的片酬打了过去。难道我还要反过来赔她钱?!

"2017年,她出去喝酒玩到凌晨,后来遇到车祸,是谁不离不弃推掉了几部后来都成为千古绝唱的戏在医院里没日没夜陪她,如果我演了,我能让黄宇铭那孙子在电影节上张牙舞爪甚至当评委会主席吗?!

"还有去年,她和朋友去澳门赌场玩,是谁输了个精光让我连夜赶飞机过去送钱?!"

赵军愤怒至极地将手机摔在地上,照片里是一个漂亮女人和一位略为年长的男子亲密地牵手徜徉在布达佩斯的街道上。

"Vanessa,你说,韩冰她这么做,对得起我吗?"这突如其来被狗仔拍摄到的偷情照片,让赵军陷入了前所未有的震惊当中。

"行了,行了。赵军,你冷静一点儿,别冲动,凡事好商量,家和万事兴。老实讲,这个照片是你现在最不能接受的吗?"穿着一身黑色晚礼服的经纪人Vanessa用手拍了拍赵军的肩膀,劝慰道:

"至少不要在今天爆发出来吧,外面那么多人呢!你仔细想想,你们两个人都是公众人物，一个是电影圈一哥，一个是歌坛一姐，你还嫌话题不够啊！现在因为离婚最后反目成仇的同行还少吗？实在不行好聚好散也是条出路啊。"Vanessa 苦口婆心。

"她做了这种事情就不要让我看到！至少不要被狗仔拍到！现在封口费是不是还得我出？ Vanessa，你让律师准备协议，我必须和韩冰尽快离婚，财产她一毛钱都别想得到！"赵军恶狠狠地说道。

"赵军，你可要想清楚了，这么做最后很可能两败俱伤，你看看娱乐圈这么多前车之鉴。"Vanessa 耐心劝解道，"而且你也知道，韩冰的媒体关系一向比你好很多，到时候你们爆出来离婚，不管错在不在她，不管她出不出手，一定都是你的错、你的问题！网络上会铺天盖地骂你，到时候你会很被动。"

"我没有退路了，老板现在处境已经很艰难了，我不能因为韩冰的事情再被拖下水。要么一言不发，要么全面开战！ Vanessa，你想想办法，一旦我们离婚了，我不希望输掉任何在媒体上的舆论。"赵军斩钉截铁道。

"好，好，你决定了我们就开打！"眼见着劝解无效，Vanessa 只好转向全力支持赵军的坚定立场。

"Vanessa，帮我联系国内最好的公关公司。对了，上次咱们在老板的生日酒会上不是见过一位老师吗？我记得老板对他非常客气，还给我们介绍说他是中国的公关教父对吧？叫什么来着？我给忘了。"赵军猛地回忆起来这个细节。

"我有印象，我还留着他的名片，这个事情交给我联系吧。"Vanessa 也很快想起来那个颇有风度的中年男人。

"哼，有一种死，叫作看不见对手。韩冰，有你好看的！"赵军说这句话的时候脸上毫无表情。

"时间差不多了，"Vanessa 低头看了看表，"咱们现在出去吧，嘉宾和媒体基本都到场了,韩冰也应该化好妆了。"

说着,Vanessa帮赵军重新整理好了衣领,并给他系上一条暗色调的领带。

赵军顺势轻轻地亲吻了一下Vanessa的额头,两人走出酒店的总统套间。

半小时后,在全场嘉宾与观众的注目中,赵军和韩冰两人携手恩爱地出现在舞台中央,台下有数十位来自娱乐圈、投资界以及互联网行业的知名人士以及上百家媒体,由赵军参与投资的移动互联网项目发布会正式拉开帷幕。

2. 命运的契机

　　凌晨1点多，一对情人紧紧相拥走进朝外的一间酒吧。服务生殷勤地迎上去，带着他们向刚刚空下来的一个卡座走去。

　　年轻男人叫洋太，32岁，是混迹于京城夜场公关圈的当红人物。而依偎在年轻男人身边的，是一位显然比他年长很多的女人。他们坐在一起亲昵地在对方耳边私语，洋太不时亲吻着女人的面颊。

　　服务生拿着菜单走到他们跟前，洋太熟络地点了价格不菲的红酒和软饮，他从女人递过来的钱包里取出信用卡刷掉上万元的酒费。

　　趁着女人去洗手间补妆的时候，洋太打开手机浏览当天的娱乐头条，弹出来的新闻标题立即吸引了他的注意力，这是一则国内当红女歌手和她的影视明星老公之间传出离婚消息的传闻。

　　《韩冰和赵军据传突发情变，知情人透露两人已经协议离婚》

　　遥想四年前，两人还是如胶似漆处于热恋当中的金童玉女，而后举行的盛大婚礼也成为双方粉丝以及媒体关注的焦点，赵军现场感人至深的誓词，韩冰倾心演唱的情歌，都成为当年娱乐圈的经典记忆。

　　不想短短数年，两人还是选择了分手。只是离婚的原因媒体都还处在猜测阶段，是单方出轨、性格不合还是财务争执，目前还不得而知。

正在浏览相关八卦，试图找到更多爆料信息的洋太，忽然感觉到自己的沙发坐垫后面有东西在振动，他用手寻找振动源，终于在沙发缝隙处找到一部苹果手机。

粉色系的手机壳及吊坠，显然机主是一位女性。

洋太点开了她的微信，一小时前，机主刚刚发布了一条关于招聘夜场公关的朋友圈。

寥寥数语，洋太的内心猛地抽搐了一下，像是被人用拳头狠狠地砸中一样。

机主在朋友圈写道："活儿好、花样多，能伺候好国际客户，高薪诚聘服务夜场公关！要求思想开放，有挑战高薪的欲望。男女不限，按日结算！"

洋太想起十多年前从故乡刚来北京的自己，那一年他为了魏紫放弃了高考，和全家人闹翻，在最热的季节来到京城。由于没有大学文凭，心高气傲的他在北京四处碰壁，身无分文，仗着个子高及英俊的外表在几家小公司做兼职野模。

然而，赚的还是没有花的多。

连续几天走台演出后，他躲在漆黑的房间里昏睡过去，他还记得那个下午，室友兴奋地把他叫醒，将一张卡片丢在他脸上，告诉他有生意做了。机缘巧合下室友认识了一个大老板，叫作燕儿姐，那是她介绍的工作，比做模特强多了，如果愿意加入，两人很快就不用住在地下室了。

那是一张专门用来招聘夜场公关的卡片，工作内容的介绍文字与洋太方才捡到的手机上的招聘信息几乎一模一样。

"骗人的吧？"他不大相信。

"兄弟，别说我没给你财路，这份工作与春天的相似之处就在于，似乎永远孕育着某种希望。"室友出口成章。

"你真的要做这个？"他还是对室友的选择不大理解。

"小伙子，莫流泪，快快加入'鸭子'队，有吃有喝有钱赚，还有富婆陪你睡！陪你睡！"

室友说这话的时候像一个傲娇极了的游吟诗人，意气风发，挥斥方遒。

身边的人永远是最好的教科书，尤其看到和你同甘共苦的伙伴迅速搬离地下室，住在每月房租1万元的公寓，开着豪车出入京城最贵的场所消费时，那种物质带来的强烈震撼没有太多年轻人可以抵御。

终于，在那一年的冬天，洋太做出来一个异常艰难的决定。他想象过自己在20岁那年是一名设计师、一位记者或是一个演员，但是他没想到自己第一份正式工作是夜场销售，也被称为"夜场公关"。

工作职责很简单，就是将各色价格不菲、形状各异的轩尼诗、马爹利与威士忌们推销给客人。如何卖酒，如何持续地卖酒，如何持续地卖更多的酒，就是他事业的全部。

一开始，他不懂事，以为卖酒就只是单纯地卖酒，他卖酒的味道、卖酒的历史、卖酒的格调，他用心推荐，却收效甚微。受尽冷眼、无人待见。

后来，他逐渐明白，卖酒其实卖的就是他这个人，卖的是信任、卖的是虚荣、卖的是客人的定制需求。他因人而异、投其所好，收入水涨船高。

最后，他开始懂得，所谓镜花水月、酒场如情场。其实情之所至，应该你中有我，我中有你。为了卖酒，他无所不用其极，想得到的，想不到的……

终于，他不再需要主动去推销任何名酒，最欣赏他的客人们，会拿着酒单对他说：酒，你随便挑，我埋单。

短短一年时间，条件更为出色的他，过上了更好的生活，甚至一度成为行业翘楚。他风格多变、造型万千：西装制服职场精英、前卫先锋艺术家、都市消极颓废客、嬉笑怒骂大顽童……

这世界上有一种人，就凭他痛苦的气质，就足以让你迷恋他一生。据说洋太懂得一千零一种取悦客户的方式，深受内地、港台以及欧美高端客户的喜爱。

"身体从来都不会说谎，即便过程再无穷，但本质都雷同。"前辈们对他讲。

"风格之所以总有新生，是因为它不创造就不能生存。"

他告诉自己说。

他不停地驱动自己进行夜场公关技巧上的创新，他将才华都释放在如何获得客人欢心上，而后他让自己的才华配上了自己的野心。用了十年时间，他成为这个行业的头牌，出台价格高得惊人。

然而，他时常醉在深夜，睡在午后，醒来后依然无限惶恐。

他还会梦到魏紫，但不想去找她。那种寂寥的窒息感让他经常从睡梦中惊醒，眼睁睁地看着天空，直至发白。

原来孤独是可以杀死人的。

偶尔他还能从高中同学当中打听到她的些许消息，听说她复读了一年考上了复旦，毕业后去美国读书，再后来就杳无音信了。

他也改了名字，换掉了手机号码，同学们再也找不到他的踪影，他成为不解之谜。

"洋太，快告诉我，爱上我的那天，是什么让你有感觉？"

补妆归来，分外妖娆的富婆一声娇嗔将洋太从回忆中唤醒，女人容光焕发，迫不及待地倒在男人的怀中。

3. 被偏爱的都有恃无恐

（1）

手机的失主叫作戴露，她是业内一家风头正劲的公关公司负责招聘的人力资源主管。丢手机那天，她正遭遇来自大老板空前严重的信任危机……

"来。"

小心翼翼发出短信两小时后，戴露终于等到了大佬的召见。

像是一位虔诚的候旨太监一样，她一路小跑冲进总裁办公室。

嗜酒如命、游戏人生、脾气火爆、神鬼莫测、雌雄通杀、逢标必胜……

这些标签是她从同事口中搜集到的关于这位久不露面大老板的所有关键词。

当前人力资源部门最火烧眉毛的事情就是寻找到一位合适的总监级候选人给大佬过目，而招聘团队的主管戴露压力就更大了。人力资源总监 Sabrina 再三找她谈话，要求她调动一切资源在本月底结束战斗。

"要有型有款，要英文流利，要留学欧洲，要搞得定那个变态老女人，要有豪华酒店的经验，要随叫随到……"

过去的一个月，市场上的大牛猎头公司都被戴露找了个遍，然而收效甚微。

职场如情场，得不到的永远在骚动，被偏爱的都有恃无恐。

数月前北京公司拿下一个国际奢侈酒店品牌的客户，亟须一位懂得酒店公关之道的客户总监来带领这个二十多人的团队服务好这个大金主。品牌方面的市场总监是一位四十多岁的香港女人，名叫陈宛庄，混迹于奢侈品与酒店圈二十多年，眼光挑剔到可以用丈母娘选女婿的标准来衡量。送过去一个不满意一个，戴露心中叫苦不迭。

团队不能群龙无首，只好暂时由另外一位资深总监林卓来管理。但是林卓已经再三强烈抗议并明确表示只会再坚持代管一个月，她告诉公司所有人，就是因为这个客户，她个人已经没有了包括性生活在内的所有私生活。

"你们团队的所有花费，都给你报销！"

大佬在困难面前偶尔也会低下高傲的头颅。

"包括性生活在内的所有私生活都可以报销？老大，快感你报销得了吗？"

林卓一剑封喉，彻底把大佬给噎死了。

作为北京公司最大的客户，陈宛庄的一颦一笑林卓都看在眼里。尽管林卓开出了超出市场同级别主管100%的薪水，猎头公司每隔一段时间都会推送客户总监候选人，也无法找到合适的人选。结果只好由林卓亲自管理，究其原因就是陈宛庄的要求太苛刻了。

二十四小时随叫随到，开完会第一时间方案就要给出来，打飞机去全国甚至全球各地开会，任何项目没有确认件没有合同就必须开始干，涉及大量垫款的项目需求发出来第二天睿仕必须给到现金……

女王这样"作"自然也有女王的道理。女王的逻辑是，如果每月只有10万元付给你们做月费的话,我保证不骚扰你们任何一个人。但是,如果每月我付给你们的是这个数字的10倍,无数公关公司抢着做这个生意,你叫我怎么做?你叫下面的人怎么做?

林卓30岁生日那天,是和达达、邝子凯、Sabrina几个要好的同事一起过的。

一上来她就干了一瓶红酒,所有人都被吓了一跳,林卓自己倒没觉得有什么问题,所有人这才知道林卓酒量惊人。

为什么喜欢喝酒?

因为喝酒以后,她可以想象出来很多她没做过的事,比如花时间去谈场恋爱,比如不带任何工作去海边休个假,比如可以在睡觉的时候幸福地挂掉电话。

睿仕(中国)一共有七个核心大客户,身为高级总监的林卓负责其中的三个,每天向她汇报的团队可以休息,但是她不能休息,团队遇到问题她总是第一个在前面挡着。林卓很累,虽然有丰厚的回报和极高的职业地位,但是她偶尔也会怅然若失。唯一不变的是,第二天早上起来她又会精神抖擞地出现在办公室迎接新的挑战。

这一次,她实在是绷不住了,决绝地提出来了再不换人她就离职的最后通牒。

大佬无奈之下,只好将这个任务强压给人力资源部门。

谋定而后动。戴露想和大佬好好聊聊,到底要找一个什么样的人,因为她并不觉得自己的老板Sabrina知道。

毕竟,留给她的时间所剩无几。

戴露敲门进去,大佬正在办公桌后拿着手柄玩游戏。

为了服侍这个狂热游戏玩家的大老板,行政部门特意配备了电视和游戏机。戴露打量了下办公室四周的摆设,这完全不像一个总

3. 被偏爱的都有恃无恐

裁办公室，凌乱无序，放着各种游戏动漫手办。

"走左面还是右面？"大佬忽然开口。

屏幕上的主角正在面临分叉路的选择，而似乎这个选择会影响他接下来的命运。

"选右吧。"戴露惴惴不安地建议道。

主角打开了右侧的一扇门，竟然出现了一只庞然大物。

戴露心想不好，这不是给老板在游戏里添堵吗。

"说吧，找我什么事儿？"

大佬按了暂停键，放下手柄，从小冰箱里打开一瓶巴黎水，也递给了戴露一瓶。

"最近这段时间特别不好招人，我想当面和您再沟通一下，您对这个客户总监的具体需求是什么？之前我们推荐的五个候选人都被您pass掉了。"

大佬笑了笑，缓缓说道：

"活儿好、花样多，能伺候好国际客户，高薪诚聘服务夜场公关！要求思想开放，有挑战高薪的欲望。男女不限，按日结算！"

"老板，您能别开玩笑吗？"戴露听后当即觉得这个老板真是搞笑。

"你觉得我是在开玩笑？"大佬忽然正色道。

"我不是这个意思，您能具体点儿吗？比如专业上、性格上、履历上，您说的这个标准和外面电线杆子上贴的有什么差别，我总不能出去给您招那种男公关吧？"戴露试图循循善诱。

"如果能解决问题，为什么不可以?!"大佬有些不满道，"我要的人很简单，就是搞得定客户！你必须记住，所有游戏，百分之九十的玩家都是围绕着BOSS（游戏关卡中主角最后面对的敌人）乱打，而只有百分之十的人想办法去找到BOSS的弱点，我希望我的项目主管必须要做那 10% 的人！"

戴露不明白大佬为什么忽然冒出来这么一句话，她向来对游戏一窍不通。

"所以，如果我要能描述得那么清楚，要你干吗?！"大佬最后亲自补了一刀。

（2）

两小时后，朝外的一间酒吧里，气不过的戴露找来最好的闺密在这里买醉解忧。

"你说这种老板谁伺候得了?！怪不得 Sabrina 那个老江湖自己不上，一定是早就被骂晕过去了，还忽悠我说，你是业务部门迈向成功的最佳合作伙伴，我呸，不就是个被呼来唤去的马仔么我！"

卡座上的戴露愤愤不平地干掉一瓶啤酒，借酒消愁。

"老板都那个德行！你别搭理他！"

长了一张网红脸的闺密在旁边劝道。

"你看那么多男人看你呢，你少喝点儿，一会儿人家上来搭讪你还能谈笑风生！"

"靠，别跟我提男人啊，今天晚上谁也别跟我抢你回家！我必须喝醉，必须把过去一个月加班加出来的伤痕在今夜抚平！"

戴露一副"醉卧沙场君莫笑，古来征战几人回"的悲壮表情，搞得几个正准备上来搭讪的男孩都感受到了她强烈的怨念而裹步不前。

闺密倒是同仇敌忾，她眼珠子一转，支了一个损招。

"你老板不是说了用人需求吗？你就直接发出去，爱谁来谁来！反正他不说人话，招不到人也不怪你。下次谁怪罪下来，你就说是按照大老板原话办的事！"

戴露先是一愣，反应过来后觉得这个主意甚是解气，于是亲密地搂住闺密的脖子。

"还是你了解我,就这么干!"

两只漂亮的杯子在空气当中撞在了一起。

"活儿好、花样多,能伺候好国际客户,高薪诚聘服务夜场公关!要求思想开放,有挑战高薪的欲望。男女不限,按日结算!"

借着酒劲儿,悲愤交加的戴露赌气把大佬对她说的话一字不差地发布到了自己朋友圈里。本来她的微信好友就以公关行业内的人士居多,大家自然都明白这其中调侃与自嘲的意味。尽管如此,这条朋友圈消息还是很快就集齐了数百个赞和热辣评论。

酒兴正高的戴露还没空搭理那些回复,闺密又提出要换一个场子玩儿,她立即热烈响应,两人分别干掉桌子上的酒,快速离场而去。

她没预料到的是,十个小时后,和所有宿醉醒来的人一样,最悲伤的事情就是在头痛欲裂中想拿手机看看时间,却发现手机丢了。

她更没预料到的是,自己的手机被一个真正符合她招聘需求的人捡到,那个人被她发布的职位及工作环境所吸引,惊讶于这家专门做"夜场公关"的公司的高调与庞大,正准备跃跃欲试来找她面试。等待戴露的,将是一场充满未知与"性趣"的奇遇。

4. 荷尔蒙面试

　　睿仕北京的办公室坐落在西四环外的一个创意产业园内，外观修建得气派非凡，由两座高低不同的独立锥形建筑构成，中间连接的玻璃通道扭曲着，像一把双子利刃，狂怒不休地与苍穹作战。蜿蜒的曲面前台展现出匠心独具的设计感，侧面的荣誉殿堂墙壁里摆放着近十年来睿仕斩获的各项国际国内公关奖杯，开放式的狭长画廊过道，访客可以看到以各色主题命名的头脑风暴室：堂吉诃德、醉生梦死、66号公路、小野纱里奈、丘吉尔、低俗小说……

　　这家京城最为炙手可热的公关公司掌握着数十个影响着全球经济命脉的业界顶尖客户的公关生意，横跨了互联网、科技、汽车、金融等大热行业，每天这里都会批量诞生出上百个公关创意和上千篇新闻稿。

　　这些行色各异的商业传播内容，像是流水线上的工业制品一样，从这里源源不断地输出，不断衍生出新的内容，通过当下中国异常发达的资讯渠道与社交网络，激发着一批又一批红尘男女的狂热消费欲。好似一台永动机，二十四小时不停创造着潮流趋势，而后又迅速被人们所消费并且遗忘。

　　善男子，善女人，沧海无边如恒河沙数，唯纸醉金迷是岸。

　　在公司门口接到洋太时的情景戴露一辈子都不会忘掉。那是一个晴朗的午后，他一个人站在公司的前台，对她笑着。

4. 荷尔蒙面试

"你以后会记得这个下午。即使你忘记了我的长相,我的名字。"

这是洋太对她说的第一句话。

他从停在一旁的宾利欧陆走出来的时候,成功赢得了从前台、保洁、快递到白领的注目。意气风发的洋太,一米八五的身高,酷酷的短发,明亮的双眸,清晰分明的轮廓,穿着修身的 Dolce & Gabbana(杜嘉班纳)双排扣西装,身形挺拔地站在公司前台,手里拎着最新款的 Goro's(高桥吾郎)手包,穿着 Berluti(伯尔鲁帝)的棕色皮鞋,与前台姑娘交谈时露出手上的积家腕表。他有着放肆而温暖的眼神,浑身散发着一种明亮但不刺眼的光芒……

这是怎样一个招蜂引蝶的时刻,注定有人要将自己的情欲释放。不是戴露,也会有别的人,而她刚好赶上。此刻,戴露竟因内心横生的欲望而颤抖不已。

"你应该活在镜头中才对。"

这是戴露当天和他说的第一句话。

洋太走进了这个新世界,似乎对这里面发生的一切都那么兴致勃勃充满好奇:工位格子间当中是各种忙碌的年轻人,有的在接电话,有的戴着耳机十分专注地在笔记本上努力书写着,有的拿着杯咖啡在眺望窗外似乎在思索着什么……

琳琅满目的会议室里是不同的人,有的操着外语在与远程视频中的老外沟通;有的十几个人在激烈争吵;有的则正在白板上画着他看不懂的各种象限图形;有的围着中间一个类似八爪鱼的电话默默不语,似乎聆听着对面暴躁的训斥……

不时会出现几个打扮入时的漂亮姑娘向洋太瞟去,她们以为洋太是即将入职的新人,正在好奇地打量着他究竟是哪个部门的同事。

洋太打量着这个对他来说有些陌生的环境，他忽然觉得自己是新的。

有未来是一件多么幸福的事情，他想。

戴露预订了一层楼梯拐角处名叫"四大天王"的会议室，她带着洋太简单参观了公司后，两个人走进了这间有着巨大落地窗的会议室。平日里戴露百分之八十以上的时间都在这里度过，不停地见着各种候选人，聆听他们过去的辉煌然后开出一个价码，经过数轮的讨价还价后，戴露将接受价格的候选人输送进这个庞大的组织，最终成为制造消费潮流趋势的一部分。

洋太从手包里取出手机，戴露留意到对方特意换了一个浅色调的外壳，没有先前的花哨，搭配着深灰色泽的手机反而更具质感。

"不好意思，我自作主张给你换了手机壳。"

戴露从洋太手中接过手机。

"谢谢你，我很喜欢，为了感谢你的拾金不昧，晚上一起吃饭吧？"一向高冷的大美女戴露主动发出了邀请。

"有机会认识你就很开心了，其实今天我过来还有一件事情——"

洋太下意识地咬了下嘴唇，有些犹豫要不要说出来。

戴露被他深情款款的眼神弄得迷离了，以为洋太看完手机中的照片喜欢上了自己要表白，心跳明显加速。

"Sorry（对不起），我想给你正式道个歉。"洋太面带歉意道。

"怎么了？你做错什么了？"戴露不解道。

"捡到你手机后，我不小心看了你的微信。"洋太说。

戴露脸一红，手机里面存了不少她和各种暧昧对象之间的聊天记录。

"别误会，我没有看你的照片和聊天记录。"洋太摆摆手急于澄

4. 荷尔蒙面试

清自己,"我只是很感兴趣你发布的一条招聘信息。"

戴露快速在脑子里回忆着细节,忍不住说,"你指的是哪一条?"

"就是高薪诚聘夜场公关的那个。"洋太不好意思地笑笑。

"你也是做公关的?"戴露睁大了眼睛。

洋太点点头,说道:"今天其实是我入行第十年的纪念日。"

"太巧了吧?你在哪家做?我看你这样子,至少也是总监了吧?"

戴露没想到洋太居然也是做公关的,还对她发布的职位感兴趣。天哪,这个人一定是自己的"真命天子"!

"请你理解,我现在的公司,还不太方便透露。"洋太一脸真诚地道。

"那你服务过的客户名字可以告诉我吗?"戴露并不死心。

"对不起,客户的名字我肯定不能说,你也知道,这是咱们这一行的规矩,任何时候,要为客人保密。"洋太在客户服务上的原则性非常强。

戴露对这个候选人的好感度简直飙升,这年头具备如此职业道德的人实在是凤毛麟角。

"不过,可以说的是,我主要是做夜场公关,因此对酒店业也非常熟悉。"洋太信手拈来几个酒店业内的内幕,俨然一代宗师,听得戴露如痴如醉。

"哈哈,所以也可以称为'酒店男公关'啊。"戴露开玩笑道。

"如果你喜欢那么讲,我也没问题。"洋太笑得很坦诚。

"可你为什么不愿意在这家继续做了?"戴露追问道。

"老实讲有一些累,客户需求量很大,非常黏人,24小时随叫随到。我想休息一段时间,换个环境可能会对人有所助益。"洋太实话实说。

"不知道你英文怎么样?我们现在就是需要服务过国际客户的

总监来带团队。"戴露决定很正经地和洋太仔细沟通候选人的每一项准则。

"日常沟通肯定没问题了，专业术语用得比较多。此外，主要是看和客人在哪里沟通了。有的人喜欢说话，有的人喜欢直接一点。不过在服务过程中说一些客人喜欢的，她们给的小费更高。语言方面你放心，我有一半精力是服务国际客户的。你知道的，老外都对这个要求比中国人高，对于技术和体力都有很高的要求，每次服务完都想回家睡到天昏地暗。"

洋太对自己充满自信，随后他随口给戴露秀了几句经常在床上使用的英文，就让对面这个大美女叹服得五体投地。洋太的英文发音非常地道，戴露心想他一定特别符合那个老女人的刁钻胃口。

"是的，不过国际客户对我们提高专业也非常有帮助。"戴露补充道。

"那倒是，花样百出，为了满足她们的需求，我还特意去练习了瑜伽和柔术。"对于洋太来说，往事历历在目，亦不堪回首。

"不过你是总监级别，应该很多事情不需要亲力亲为吧？"戴露笑道。

"有些客户会帮你做的，她们会表现得非常主动，喜欢在上边。压力大的方式，她们就会选择SM（虐待与受虐）的方式来玩。但也有时候，你只需要陪着她就行了，千人千面吧。"洋太感慨道。

戴露被洋太逗得花枝招展地笑起来，她只觉得他是如此幽默，语言如此富有感染力。

"我没什么问题了，你有什么问题，对我们公司？"戴露暗下决心一定要拿下眼前的洋太。

"嗯，你们这边每小时是怎么付费的？"洋太关心道。

"你这个级别的话，一般都是5000元每小时。"戴露说。

"那我的月薪大概有多少？你们需要抽水的吧？"

4．荷尔蒙面试

"不算年终奖的话，我们可以给到你每个月 6 万元。"戴露开出来了"诚意一口价"。

洋太听了听，脸上现出一丝犹豫，说道，"和我现在相比，没什么竞争力。"

"没关系，你可以和我们老板谈，他会给你很大空间的。"戴露有一种严重担心煮熟的鸭子跑掉了的患得患失的心态，她忽地想起来洋太的那辆价值 600 万元的跑车，心情落寞起来，她担心老板开不起洋太想要的月薪。

"对了，你的车都那么贵，我不知道我们是不是付得起你的月薪。"戴露显得有些消沉。

"没关系，那个是我客户的车，也不是我的，她只是借给我开。"洋太笑着澄清道。

"所以你的客户关系应该很好了，这么贵的车她都可以借给你开。"戴露吐吐舌头。

"还凑合吧，客户都是善变的。你不知道她什么时候会对你好，又或者什么时候会离开你。"永远年轻，永远热泪盈眶，永远不要以为客户是自己人，这是洋太的待客之道。

"你说得对，现在的客户，总是想尝试新鲜的公关公司，合作稍微久一点儿就觉得没想法了。"戴露之前面试过不少候选人都是因为客户更换公关公司而导致的被动跳槽。

"不过，我还有个问题。"洋太还是追问了一句。

"请讲。"

"我看你们公司这么高调，有这么多员工服务客户，你们不怕警察抓吗？"洋太一脸严肃问道。

"我们不做违法的事情，为什么要抓？"戴露只是觉得对方很搞笑。

"所以你们老板上面是有关系对么?"洋太试探问道。

"我们公司有政府公关的业务,自然在这方面也有一些资源了。"戴露回答得讳莫如深,其实她也并不太清楚大佬的资源丰富到了什么程度。

洋太想了想,觉得也不便深问,况且负责招聘的人也未必了解那么深的层面。

"那我没什么问题了,我一开始就是被你发的办公环境所吸引的。哦,对了,这是我的体检报告,上周刚做的。放心吧,我非常注意保护自己的。"洋太从包里面取出来一个咖啡色的纸袋,放在桌子上面。

"哈哈哈,不着急,我们都有指定体检机构的。最后问你一个私人问题哈,你是单身吗?"戴露十分八卦地问道。

"当然了,平日里应付客户都有点儿受不了,哪里还有精力回家陪女朋友。"洋太笑道。

"好的,你稍等一下,我们大老板正好今天在,你们聊哦。"

戴露强行压抑住内心的狂喜,关上了会议室的大门。

此时的她就像是一只小黄鸭,表面气定神闲,下面暗自划水。

她感动到要落泪了,洋太的出现,不仅挽救了她岌岌可危的职业生涯,而且给她提供了一个堪称完美的恋爱对象。戴露特别留意了这个男人的手指,还好,他没有戴戒指。没错,星座上说得对,从今天开始就是她的小红花周,难怪所有水逆都结束了。这个洋太,一定搞得定大佬。整个人力资源部门都找不到的总监人选,就这样被她鬼使神差地拿下了,这不是命中注定是什么?

5. 告别过去

"在你看来，每晚 1000 元的普通房型，和每晚 10000 元的豪华套间最大的不同在哪里？当你决定和姑娘去开房的时候。"

"其实上床的时候感觉不会差太多，而且我是职业的，对环境不太敏感。但当你第二天起来，尤其客人离开的时候，你一个人躺在那个空荡荡却布满华丽装饰的房间里，会对生活更加绝望。"

夜很深了，洋太和大佬两人坐在总裁会议室的沙发上聊着天，整个房间都是醇厚的雪茄味道。

大佬的办公室里除了游戏外，还收藏着不少好酒，他随手从柜子里取出来一瓶从苏格兰带回来的百龄坛，给洋太和自己各倒了一杯。

"需要经常陪客人喝酒吗？"大佬问。

"最多的时候我一晚上喝掉两瓶，这对我来说不算什么。"洋太自嘲地笑笑。

"客户最喜欢你什么？"大佬饶有兴趣地问道，显然他很喜欢眼前的这个年轻人。

"我觉得很多客户，他们最喜欢我的地方其实不是外表，这副皮囊再好看，看久了也会腻。我的几个客人都是大美女，可是结婚久了，最好的结果是和老公变成了朋友或者合作伙伴。何况我们做公关的，很多时候不是客户要看，是客户带你出去应酬的时候给别人看的。"

大佬哈哈大笑，回想起来有时候陪客户高层出去吃饭应酬，他们也会很自豪地向其他合作伙伴介绍道——"我们的公关公司是睿仕"。

这句话有两个潜台词：第一是睿仕收费特别贵，第二是睿仕的服务团队特别养眼。

前者说明客户不差钱，后者则说明客户很有品位。

"来个近景小魔术，一个小时不停讲笑话逗客户开心笑不停，当她不开心带她去最新的餐厅大吃一顿，其实都是一种服务的方式。什么是服务？服务的本质就是创造感动。我就记住一点：打动男人的都是大气，打动女人的却是细节。"洋太侃侃而谈，大佬则频频点头，两人心生相见恨晚之念。

"不过你真的想清楚了？放弃你现在的荣华富贵，来我们这里工作？虽然这两个行业都叫公关，可是我们只能提供给你你现在收入十分之一的薪水，以后出差住酒店也只能住1000元标准的。"大佬半开玩笑半认真地说道。

"我想过了，自由不是你想做什么就做什么，而是你不想做什么可以不做什么。我现在年轻，身体还扛得住，我还可以做一夜几次郎。但是我总不能40岁、50岁还有客人喜欢我吧，我又不是乔治·克鲁尼。"洋太自己倒是想得很明白。

"那倒是，仗剑走天涯，很累的。"大佬开玩笑道。

"大佬，你知道吗？这个产业本质上是一个市场高度细分、竞争残酷但是准入门槛极低的快消行业，就是提供刺激、满足好奇，铁打的酒店流水的公关。只是我不知道，像你们这样的公司，会接收我这样背景的人么？"

洋太的眼神不经意间闪过一丝落寞。

5. 告别过去

大佬听罢，笑而不语，猛地吸了几口雪茄，似乎让自己沉浸在对过去的追忆当中。

"给你讲一个我朋友的故事吧，他年轻时候做过歌手、服务生、斗牛士还有跟你一样的职业，甚至一度进入色情产业，以拍A片为生，折腾了很多年才进入我们这个行业。他的一生，看不到任何教科书中成功人士应该走的轨迹，立志、拼搏、成功，都看不到。似乎是那么的不循章法。后来，他在自己的自传前言中写道：'看这世界，大部分的人都并不快乐，持续地不快乐，总是在寻寻觅觅，总是不满足。但是如果反其道而行，很可能你会很高兴，连你自己都想不到自己会这么高兴。'这个人叫作Neil French（尼尔·弗伦奇），他最终在这个行业获得了巨大的成功，被称为创意之神。他的文字是这个行业公认的better of the best（最好的），你可以上网查查他的作品。"

大佬抿了口酒，眼睛微微眯了眯，慵懒地靠着沙发上向窗外望去，思绪似乎沉浸在年轻时那个全球传播业的黄金时代中。

"还有这样的前辈?! 那我的这点经历，似乎不算什么。"洋太有些欣慰地说道。

"哪个圣人没有过去？每个罪人都有未来。"

大佬摆摆手，不想再继续这个话题，他盯着洋太忽然笑了。

"再说了，我要谢谢你，如果不是因为你的加入，可能这个大客户我就保不住了。所以你也不用谢我给你机会。如果把这当成一笔交易，你心里是不是还舒服一点？你也并没有亏欠我什么。"

洋太非常喜欢眼前这位两鬓斑白却帅到骨子里的大老板，他坦诚而直率，但又深不可测，总是带给自己触动与启发。

"我给你讲个故事吧，它对我后来的人生都产生了很大影响。"

大佬狠狠吸了口雪茄，慢条斯理道："一名将军观摩麾下军队的射击训练。当他看到士兵们射击训练的状况后，摇了摇头。这时大家纷纷要求将军为大家做一下示范。将军欣然答应。第一枪清脆有力，然而报靶士兵却高声喊道：'8环！'

"整个靶场的空气在瞬间似乎都紧缩了一下，只有将军本人不动声色。毕竟将军年事已高，偶尔一靶失常也是可以理解的，于是人们依旧屏息等着下一枪。

"谁想，后几枪并没有改善，最好的也就8环，甚至还有几枪几乎都快脱靶了！于是现场的官兵们在惊骇的同时开始骚动不安，甚至可以听到隐隐的讥笑声。

"将军不为所动，要求士兵把靶子拿过来。

"但就在这时，一名眼尖的士兵突然失声叫道：'看呐，将军的靶眼连起来，不正是一个标准的正五角星吗?！'"

大佬笑着说："洋太，我的故事讲完了。你怎么看？"

"谁也不知道将军放出第一枪时，脑子里是不是就想用与众不同的方式展示一下枪法，也许第一枪压根儿就是一次失误。但这一点已不重要。重要的是，将军后面的几枪彻底抛开了打靶就要打10环的规则，而最终的结果比枪枪10环更震撼！"

洋太第一次听这个故事，不禁发自内心地感叹道。

"洋太，你人生当中很多遭遇，都可能是脱靶了，但是倒过来看，那反而会成为你人生当中最大的机遇。好了，干杯！从这里开始，就是你的故事了。"大佬举起酒杯。

两个相差了整整二十岁的男人坐在那里喝了一晚上酒，聊了很多，关于世界、关于公关、关于女人、关于死亡，还有，关于权力。

这场对话吹响了一个有志大龄夜场男公关正式进军中国公关业的号角，洋太在自己32岁的时候，终于完成了把战场从夜店转移到职场的巨大转变。

"所有漂泊的人生都梦想着平静、童年、杜鹃花,正如所有平静的人生都幻想伏特加、乐队和醉生梦死。"

有的人,似乎总会在某一年,爆发性地长大,爆发性地觉悟,爆发性地知道某个真相,让原本没有什么意义的时间刻度,成为一道分界线。

洋太终于找到了他命中一直缺少的东西。

6. 天使的交易

中国国际大厦，位于京城建国门商圈的 5A 写字楼，其中 15 到 20 层都是 WV 御豪集团在中国的总部。这家公司在全球一直以其超豪华酒店产品体验深得高端客户的青睐。

公关总监陈宛庄年过四十，但是由于身材和皮肤保养得好，看上去也就三十多岁。她今天绑了一个漂亮的马尾，穿了黑色长裤和衬衫，更显得英气十足。她刚加入 WV 御豪中国不久，先前一直在奢侈品行业工作。

会议在 WV 御豪 17 层最大的办公室白宫召开，来自 WV 御豪和睿仕两家公司的十几个人坐在长桌两侧。陈宛庄麾下正当红的公关经理 Cissy 正在趾高气扬地训斥着睿仕团队，陈宛庄则坐在一旁默不作声，任由 Cissy 肆意指责。

"过、过、过，有没有重点？你会提案吗？"

"你们团队下次招人，能不能别找那么土的总监给我，配得上来我们酒店开房吗？！"

"你做酒店公关做了几年，废话这么多？"

……

"现在，我来梳理一下我们合作以来你们团队经常出现的三个主要问题！" Cissy 煞有介事地说道。这个小姑娘年纪不大，架子不小，平日里喜好用各种无关痛痒的数据来彰显自己的专业度，张口

KPI（关键绩效指标），闭口ROI（投资回报率），凡事都要打报告，让整个睿仕公关服务团队苦不堪言。

"每次Campaign（传播战役）的KPI都严重没有达到预期，这个需要给我解释！

"你们的反应速度太慢了，并没有做到合同上面所承诺的7×24小时服务，好几次晚上给你同事打电话要么不接，要么就是在外面吃饭、看电影。Anyway，就是不在工作状态。还有，拜托你们团队能不能稳定一点？刚熟悉一点我们的业务、刚混了个脸熟，就不见了，请做好内部管理。

"现在其他公关公司给我们提案的创意都比你们家强不少，价格还低，采购部门也专门找我们商量过了，为了保证创意品质，以后每个超过50万元的案子都要五家公司竞标来做。"

林卓的面部表情并没有发生太大变化，她努力克制着自己的情绪，不让自己内心的那团火焰迸发出来。显然，这些指责并不是这个小姑娘敢当着她的面讲出来的，一定是坐在一旁的陈宛庄授意她的。因为在陈宛庄的强大逻辑里，我付给了公关公司高额的服务费，你们当然必须无条件地24小时受我差遣，否则根本就没有存在的价值。

"好，我现在来回答你的问题。第一个，我们能够达成的是合理的KPI而不是变态的KPI，如果你做一件事情投入3分的资源却想达成5分的结果，那是挑战；但如果你投入3分却想达成10分，那是无理取闹；第二个，睿仕北京的lifestyle（生活方式）团队在业界一向很稳定也非常有经验，我相信如果不是因为工作要求超出了他们的心理和生理极限，他们根本不会离开，所以也麻烦你们检讨一下你们的要求是不是过分了点儿；关于最后一个问题，我们的态度是四个字：奉陪到底。"

林卓的话说得有理有节、不卑不亢,根本不给Cissy任何反驳的余地。显然在这个层面的对话上,Cissy和林卓差了好几个档次,但是Cissy显然就是要强词夺理羞辱睿仕一番。

"但你们的反馈速度呢?为什么总是一而再、再而三地拖?"Cissy不依不饶。

"麻烦你弄清楚做好一件事情和拖沓之间的区别,何况你们每次提出需求恨不得都是前一天晚上才下达,今天上午就要结果,你们让我们怎么做到第一时间反馈?!"

林卓毫不示弱,作为睿仕北京公司最当红的客户总监之一,林卓一向以对待客户强势而著称,她并不认为低三下四取悦客户才是立身之道。

"这是作为我们供应商的必备素质,下次如果你们做不到,一定要提前告知我们,否则我们有权随时终止合同。"

Cissy已经相当不满。

林卓干脆不再说话,她懒得搭理Cissy的无理威胁,视线回到了自己的手机上。

一直低头看合同的陈宛庄抬头看了看林卓,她自己也没想到林卓会用这种几乎是蔑视的态度来对待自己的下属,她气不打一处来,随手把一沓子合同猛地推到林卓面前。

"没见过你们这么垃圾的公关公司。"陈宛庄冷冷地说,"真不知道你们之前的合同是通过什么方式拿到的。"

林卓倒没有生气,她只是诧异陈宛庄如此缺乏教养,那一瞬间,她忽然想起初中时还是英文课代表的她被老师当着全班同学的面叫到讲台上,一脸性冷淡的英文老师会一下子把全班的考卷一股脑地丢在她的脸上,然后冷冰冰地说出一句话:

"没见过像你们这么垃圾的班。"

6．天使的交易

学高为师，身正为范。

那位英文老师根本不懂得师范两个字是什么意思。

这种感受与十几年前一模一样，当年她可以忍受来自老师的侮辱，但是今天她绝对不会再忍受第二次。虽然作为乙方，有时候需要忍气吞声看甲方脸色行事，但在尊严面前，钱并不能解决一切问题。从业十年来，她第一次特别想上去抽客户一嘴巴。同事在旁边感受到了林卓的愤怒，拉了拉林卓的手，示意她不要冲动。

陈宛庄感受到了林卓的情绪变动，不屑道："你想做什么，要动手打人吗？"

"你——"

林卓当即站了起来，准备甩手愤而离席。就在双方对峙，空气几乎凝固的时刻，会议室的门被猛地推开，一个身着深灰色西装的高大男子冒冒失失地闯了进来。

"对不起，我找林卓，请问哪位是？"洋太一脸蒙圈地看着满屋子的人。

林卓压了压怒火，猛地想起来今天的职责，立即向他招招手，示意他坐到自己旁边。

"你好，我是洋太，新来的同事。"

洋太主动走过来和林卓打招呼。

林卓一脸尴尬，只好象征性地和眼前这位不速之客握了握手。

"不好意思，昨天晚上和大佬两人喝多了，今天起来晚了。"洋太在林卓耳边私语道。

事实上，林卓对于这个接替她的新总监完全没有概念，她自己也是第一次见到。大佬也只是昨天晚上才交代了要她将洋太介绍给客户然后就可以完成交接使命。但是让林卓崩溃的是，她一早上打了数十次洋太的手机号都没有人接，只好自己硬着头皮在会上先顶着。

"Hi 宛庄，向大家介绍一下，这位是洋太，未来这个项目的客户总监，他将接替我带领团队继续服务好 WV 御豪。"林卓心里登时轻松起来，卸下担子的那一刻，感觉很爽。

"你们新同事为什么连准时这么低的要求都做不到！林卓，你们换人为什么不提前告知我们？你们睿仕到底重不重视我们？"Cissy 咄咄逼人地炮轰林卓。

"对不起各位，今天是我的问题，我不会再迟到。"洋太站起来诚恳地道歉。

"哼，希望你不要像你的前任一样，一副花架子。"陈宛庄冷冷地在一旁说道。

林卓气鼓鼓地盯着陈宛庄，但又不好发作。

"Cissy，先不要纠结换人这事儿了，昨天晚上他们大老板倒是跟我打了招呼。我们继续推进会议议程吧。林卓，你先汇报一下新财年的工作规划吧，看看你们有什么好的 idea（主意）。"

陈宛庄倒是没有太为难初来乍到的洋太，只是自顾自地盯着笔记本电脑有一搭没一搭地吐字。

今天的提案是林卓带着业务团队和策略部、创意部一起商讨了很久才做出来的，因为 Cissy 的需求一直在变，每一次方案改动都很大，策略一直摇摆、创意被杀得很惨，策略部门的主管达达、创意部门的主管邝子凯都对这个客户恨得咬牙切齿。

尽管如此，大家还是耐着性子把案子改了出来。可是令人气愤的是，现场 WV 御豪的所有人包括陈宛庄在内都没有人抬起头认真听林卓讲方案，全部都坐在那里低头玩手机或者盯着电脑屏幕收发邮件。

洋太见状拍了拍林卓的手臂，示意她停下。

林卓狐疑地看着洋太，不知道他要说什么。

6. 天使的交易

"各位，如果你们是现在这样的状态，提案还有必要继续下去吗？"

很明显，洋太这句突如其来的话倒是成功吸引了所有人的注意力，WV御豪公关部众人纷纷抬起头来看着洋太。

"我没有听错吧，你们不想提案了吗？"Cissy不紧不慢地说，但总让人觉得如鲠在喉。

"为了这个方案，我们准备了好几周时间，其间你们不断调整需求，我们也修改了数轮，所以今天这版方案，是经过长时间认真思考过的。它可能还不够好，不够完美，也可能还不符合你们的要求，甚至很差，但是十几个人，一个月时间，想出来的这些创意至少也能够让你们抬起头来听个几分钟吧？"

洋太无所顾忌地说道，让包括林卓在内的睿仕众人大吃一惊。

"我付给你们那么多钱，不是请你来教训我的！"被激发了强烈挑衅欲的陈宛庄首先发难道。不过不知道为什么，她心里有种异样的感觉，眼前这个新上任的客户总监似乎很不好对付。

"请问你每月付给我们多少钱？"洋太寸步不让。

"你可以到市场上打听一下，现在能给出100万元公关月费的客户还有几个？"

陈宛庄没想到新来的总监居然胆子大到当众挑战她的权威。

"作为公司之间的交易额，我觉得并不多，我只知道我个人付给你们酒店的钱，每个月都超过这个数字。"

洋太淡淡地说道，但是这句话让所有人又再次吃了一惊。

"请问洋太，你每月付给我们酒店多少钱？"Cissy好奇地发问。

洋太犹豫了一下，还是从口袋里取出一张纯黑色贵宾卡片，随手丢在Cissy面前。

"我是你们的VIP客户，你自己可以去查一下。"

陈宛庄扫了一眼这张卡片，心里不由得一惊，这是 WV 御豪全球最高端的贵宾会员卡，拥有这张卡片的会员意味着每年至少在 WV 御豪全球范围内的奢侈型酒店里消费超过一千万元人民币。

"作为客人，你不是也体验到了 WV 御豪顶级的服务了吗？可是我们付给睿仕的钱，并没有收到相应的服务品质。"尽管还是毫不相让，但是 Cissy 的口气不觉已经软了下来，对方的来头她有点儿拿不准。

"那不是重点，我想告诉你的是，100 万元并不是个什么了不起的大数字。"洋太说。

"洋太先生，请把你的卡片收起来，你是我们酒店的客人，我们很尊敬，但是这并不能作为睿仕和我们谈判的筹码。"陈宛庄语气当中已经相当不悦，但她也摸不清对方的套路。

就在这时，会议室的门再次被推开，负责 WV 御豪中国区酒店产品销售与市场业务的高级副总裁高杉走了进来，陈宛庄见状连忙起身上前打招呼，不想高杉直接忽视了陈宛庄的存在径直向洋太走去。

高杉原先是酒店销售体系出身，多年来一直掌握着酒店核心的大客户资源，也是公关品牌总监陈宛庄直线汇报的老板。

"洋太，你来这边怎么也不和我打招呼？"高杉走过去主动和洋太握手。

"没有，我过来开个小会，怎么敢劳高总大驾。"洋太显然跟高杉非常熟悉。

"你这是打我脸。来，陈宛庄，我来介绍一下，这是我们酒店的大客户洋太先生，还真不知道原来贵司和我们在公关上面也有合作啊。"高杉满脸堆笑。

陈宛庄面露尴尬神色，完全没有了刚才颐指气使、不可一世的嚣张气焰，脸上勉强挤出来笑容，又和洋太用极其干涩的语言客套地寒暄了几句。

"洋太先生不仅是我们 VIP 总统套间的常年客户，而且给我们介绍了很多的重要客户和活动，我们每年销售业绩的完成都要仰仗洋太先生啊！陈宛庄，你们在公关方面合作得愉快吗？"高杉热情地询问道。

"非常出色，我们其实也是第一天见面，但是感觉洋太先生非常专业，他的团队也很棒，我们合作得很愉快。"

陈宛庄的瞬间反水让现场所有人都大跌眼镜。

"那就好，洋太先生是我的好朋友，以后有什么问题随时找我。"高杉开心地笑道，"没什么事情的话，咱们中午一起吃个饭？"

"好的，没问题。"洋太挑衅地向陈宛庄眨了眨眼。

WV 御豪原本艰难的月费合同续签就以这样略显荒诞的方式结束了。

从此之后，双方团队在日常合作期间都相敬如宾，成就了业界的一段佳话。

原来洋太过去五年多时间都长期住在这个酒店里，他的客户当中不乏各色权贵，高杉还是销售经理时就认识了洋太，两人经常在一起喝酒，关系非常紧密，洋太还介绍了好多客户给高杉，尤其很多高端会务与发布会活动。高杉在销售体系的顺风顺水也很大程度上依赖洋太在背后的支持，所以高杉一直都非常感谢洋太。

"从加入这个行业第一天起，我就明白了一个道理，我们与客户之间的关系只有两种：要么当猎物，要么当猎人。"

洋太回想起来大佬昨天晚上对他讲的这句话，他也明白这才是大佬选中自己加入睿仕的根本原因。

这注定是一场交易。

7. 王者归来

顾烨从青海回来了。

离开北京的这二十多天,她从各种渠道听闻公司来了一位新总监,仅仅用一张VIP卡就力挽狂澜,搞定了酒店大客户,成了大佬眼中的新红人。在各路人马的不同描述中,此人颜值超标,吸粉能力堪称一绝,每天都有来自不同部门的小姑娘跑去围观,甚至据说连一向对男人高傲冷漠的林卓也为之倾倒。

更为神奇的是他从不理朝政,将日常管理与运营业务统统丢给麾下的一位副总监,每天躲在自己的办公室里不知道捣鼓什么,这么放任的结果反倒是客户满意度出奇的高,成为北京办公室的一道奇观。

WV御豪酒店这件事情让顾烨颇感意外,其实大佬已经私下央求自己帮忙负责一段时间这个异常难搞的客户,前提是人力资源部门如果实在找不到合适的主管。这次自己的老对手林卓已经扛了三个多月,顾烨自然也不能甘拜下风。

顾烨原本运筹帷幄,考虑了几种应对的策略,却在半路上毫无征兆地收到大佬的邮件:已找到合适人选,你按照原计划时间返京即可。

而这一路上顾烨收到的最新情报不断地刷新着她对洋太的认知,听说他从完胜"女王"陈宛庄的那一刻开始,大佬就接二连三派他去攻克全公司 Top 10（前 10 名）难搞的大神级客户。就在所有人都想看笑话时，洋太却屡屡斩获奇功。在短短一个月内，他以最令人眼花缭乱的方式创造了令人咋舌的傲人业绩：

他豪饮千斗酒喝倒了一向酒风彪悍的某互联网电商巨头的一众高管，嗜酒如命的 CMO（首席营销官）与其相见恨晚称兄道弟，然后生意如雪片一样飞来；

他以惊为天人的按摩手法让患有习惯性头痛的某国际知名快消企业的美女品牌总监俯首称臣，叹为观止，随后再无任何客户的刁难与挑战；

他和一位业内早已名声在外，对公关公司一向苛刻无情的某德系汽车"出柜"男公关总监一见如故，称兄道弟、勾肩搭背，但他却从容不迫上演着甲方乙方猫捉老鼠的精彩戏码，只是这一次他不情愿地扮演着"猫"的角色；

更不可思议的是，不知道他以何种方式，对一笔来自无赖客户迟迟追不回来的千万级欠款，只身一人去找对方老板开过一次会后，对方乖乖地快速回款……

对这个洋太，顾烨内心深感好奇。

作为北京公司最专业的狠角色，顾烨一直都是大佬最为中意的爱将。大佬曾经把顾烨比喻成公关界的小野二郎，就是东京那位做了五十多年寿司，偏执到为了保护创造寿司的双手，连睡觉都要戴着手套的寿司之神。阅人无数的大佬有如此高的评价，可见顾烨的天赋和努力都异于常人。

特立但不独行，离经但不叛道，出位但不出轨。

顾烨在赢得客户的手法上向来都变幻莫测，莫衷一是：

和其他四家一线公关公司作战，未动创意部和策略部一兵一卒，单枪匹马提案，区区五页 PPT 拿下千万级大客户，震惊公关圈；

用一张品牌地图搞定炙手可热的互联网新贵，拿下来平均一页纸1万美元的品牌战略咨询生意，这张图还被客户挂在办公室奉为神作，半年没有拿掉；

为拿下一个游戏客户，说服大佬投资上百万元包下外滩附近的一座高楼，破天荒邀请客户晚间提案，讲述完策略和创意后直接拉开落地窗帘，客户被上海地标式建筑上呈现出来的由全息投影构造出来的游戏logo（标志）所打动，大老板当场拍板敲定项目的合作公司；

……

顾烨这次离开公司的二十多天，其实就是为了准备一次更为疯狂的提案。

这次的客户是全球最大的润滑油品牌之一SEP（丰达琪），这个品牌刚刚进入中国不久。在其产品线当中，卡车润滑油占据了80%以上的营收。客户的需求就是要把润滑油卖给卡车司机，随着中国电子商务以及物流产业的进一步扩大，该品类的市场空间巨大。客户高度重视并且规划了数千万元的公关预算投放到中国市场，希望通过一场声势浩大的公关战役来连接品牌和卡车司机的认知，参与竞标的五家公关公司各个来者不善。

面对这一陌生品类和消费群体，顾烨决定带领团队去做一次前所未有的提案。由于客户也在北京，她决定跟随一个卡车车队出发，从北京经过兰州到青海然后再返回北京，把一路上的思考结果形成一个纪录片视频，三个星期后直接到达现场为客户进行提案。

创意总监邝子凯听到这个想法兴奋异常，平日里总是在钢筋水泥的写字楼里空想，终于有一个机会出去撒欢来一次公路片拍摄，怎么能不热血沸腾，他又特意给工作常驻地在上海的策略总监达达打了电话，达达正好这段时间准备休个假，听了这个主意主动请缨直接飞过来，卡车三巨头小组正式成立。

说起来提案，这原本就是公关圈里最大的事情，每家门派不一，卖相也各有不同，所谓千人千面、众生之相，都在这个时候一览无余：

有的情深似海，让客户在别人的故事里流下自己的眼泪。待到银子到袋时，他在丛中笑；

有的娱乐至死，段子满天飞，不求赢得尊重，但求赢得喜爱，客户看得心花怒放，听得百鸟朝凤，不能自已，当然奉为最爱；

有的是改良后的传销范儿，晓之以理、动之以情、诱之以利，洗脑哲学就是来钱快；

有的是不明觉厉，要的是专业恐怖主义，字字不离行业数据，句句不离宏观趋势，让客户产生一种知识体系上的自卑感，然后他傲然用手指挑起客户的下巴；

还有一种属于业界少有的羞辱客户型，这种人一上来先是痛数客户的革命家史，恨不得告诉客户你已经病入膏肓，白给我钱也不治。客户将其奉为神明，恨不得引为上师。

不过用这种套路，心理素质必须过硬，稍微差一点儿都受不了。想要成为此类大师往往要有两点品质：第一是记忆力极强，能够将自己的观点背诵得滚瓜烂熟、脱稿而出；第二是不要脸，即使千夫所指我自安若泰山，如果神存在，那神一定就是他自己。

达达每次业内开讲总能吸引好多同行过来听课，最近他已经开始涉足电视圈，出任一档真人秀的策略顾问，"浅入深出，深入浅出，浅入深不出，深入浅不出"，这就是他分析问题的四个象限。

在业界素有策略语言大师的称号，达达独创了一套睿仕策略体系，影响之大，有人说睿仕有三种官方工作语言：英文、中文以及达达首创的策略语言，可见受其毒害的人入戏之深。

但是令人大跌眼镜的是，达达私下里其实并不是一个爱说话的人，甚至有点儿腼腆，只喜欢和小圈子里的人接触，但是偏偏好多女人喜欢他，达达快40岁了，一直没有结婚。很多人都奇怪，为什么达达一到提案现场，就会变得文韬武略、滔滔不绝，似乎变了一个人。对此邝子凯也颇感好奇，有一次喝过酒后他问达达原因，达达沉吟半晌道：

"月盈则亏，人不可能永远都保持着好的状态，一定要有所盈亏才行。你小时候看过《圣斗士星矢》吧？我最喜欢的人是黄金圣斗士里面的处女座沙加。沙加很少睁开眼睛看这个世界，因为他明白眼睛看到的也不一定是事实，所以他总是在禅坐，与佛陀对话，他用的是心眼，在他的小宇宙里早已经开启了另一只眼，这只眼伴随着他的小宇宙走遍生死的边界。所以当他睁开眼的时候，随光华放射而出的又岂止他的小宇宙，那双眼，的确夺人心魄，然而这其中却包含了很多悲悯人世的佛心。所以，我平日里需要积蓄这种力量，等到需要爆发的时候我再淋漓尽致地挥洒出来。"

达达看到邝子凯理解起自己的话来有些费劲，于是尝试着用邝子凯最能接受的语言方式进行沟通：

"嗯，举个不太恰当的例子吧，就好比你总是夜夜笙歌、春宵千金，那你每次和女朋友在一起甜蜜的状态就会不好，虽然每次的时间可以久一点，但是不够尽兴。但是如果一星期只做一次，嘿嘿，你就知道爆发力有多强了！"

邝子凯彻底被达达的这番言论惊艳到，从此内心只服他一个人。看着他清澈的眼神，那一刻，邝子凯觉得如果自己是个女人，也会爱上达达的。

说到邝子凯，他最大的语言优势就在于往往第一次出场就能够让人为之一振，他的话信息量极大，是段子手中的段子手，创意界段子派掌门人，该门派信奉一点：但凡创意，总能够找到或者反动或者离奇或者搞笑或者色情的段子来替代，这是一个趣味激发品味、意思带来意义的时代。

整天戴着墨镜绰号"创意界王家卫"的邝子凯在形象上堪称一绝，"沪上飞机王"的美誉又帮他斩获了数次从戛纳到 ONE SHOW（金铅笔）的各类国际创意金奖，自己想不被瞩目都不行。阳春四月，正是人间最美时，创意当红炸子鸡正是魅力无限的时刻。

在大佬的眼中，好的创意人分属于两个极端——一类是什么都不会，如一张白纸，用眼睛、鼻子、耳朵观察世界，永远直抒胸臆；另一类则是经过无数历练，浑身是伤和缺陷，却依旧有能力做减法的人。

"他知道说废话、说错话的代价是什么，这样历练过的人，如果还没有丢掉创作欲望，绝对是个好人才。"

大佬曾经如是评价邝子凯。

诚然，清醒而不放弃做梦，是世间最难的修行。

8. 路上实验室

（1）

顾烨联系山东老家的叔叔，请他介绍了在北京跑长途卡车的两位司机——小刘师傅和老张师傅。小刘和老张搭档在一起有五年了，小刘是一位看起来精瘦，却反应特快、脑子活泛的司机。相比其他司机他显得格外聪明伶俐，社会经验老到，实际上却不到30岁，1986年生人的他，女儿已经8岁了。老张年纪大一些，五十多岁，原来在城里打工，年纪大了不想干了就回家里开车，在驾驶经验上反而不及更为年轻的小刘。为了方便夜间在车上休息，他们俩改装了驾驶室的座位，多出的后排可以直接放入一个折叠的大睡床。

出发当天晴朗无云，京郊物流园内，一身冲锋衣打扮帅气的顾烨收拾好背包后，在休息区里和司机们一起抽烟聊天；专程从上海飞回来的策略总监达达正在往跟车随行的吉普车上装水和食物；创意总监邝子凯则和老张师傅一起站在货车上清查货品、稳固集装箱、监测胎压……

待一切准备妥当，两辆车前后驶出物流园，开始了长达半个月的未知旅程，最终目的地是青海西宁陆港物流园。他们将在路上拍摄一个视频，并利用晚上休息的时间剪辑。视频主要用来阐释想法，不过为了以防万一，他们也准备了演示文件。

8. 路上实验室

解放 J6 重卡，420 马力，17.5 米长挂车，22 个大轮子，在高速公路上呼啸而过，巨大的声浪裹挟着气浪，让人感到窒息。

邝子凯点上一支烟，用力吸了几口，他一边摇开车窗透气，一边举着摄像机拍摄高速路特有的空旷荒凉，持续了几分钟后将镜头转回到车内。窗外景致单调乏味，令人产生错觉，好像游戏里面的 BUG（漏洞）一样，让人心生疑虑：会不会困在这里一辈子走不出去。

"今天是我们在路上的第一天。"

邝子凯对着镜头自言自语，他嫌举着机器手累，干脆将摄像机固定在卡车宽大的后视镜旁，努力让自己挤出主播式的微笑。

"其实小刘师傅他们都不怎么赚钱，他说以前他和老张做专职司机给老板开车，一天工资只有 200 块，轮班 12 个小时开。一个月就算按照 30 天跑也不过 6000 块钱。现在他们是买车自己跑，首付十几万，每个月按揭一万多。再加上保险、修理、油费、高速费、罚款什么的，基本每月就是咱们 AE（account executive，客户执行，公关公司基础职位）的收入水平。"

驾车一路狂飙的达达不禁感慨道。

"所以他们必须得超载，为了生活。他们就是一群为了赚到一点维持生活的小钱而用命在拼的人，真心希望能为他们做点儿什么。"

邝子凯把话接了过来，这位香港出生、加拿大长大的典型港仔说普通话时还是很生硬，但常常能讲出诗人的味道。

"我们都在不断赶路忘记了出路，在失望中追求偶尔的满足。"

邝子凯无以解忧，只好唱起来歌。

货车上，顾烨自告奋勇地坐在了副驾驶的位置上，老张师傅则坐在后排座位上谈笑风生，小刘师傅驾驶的卡车又快又稳，在业内有"卡车界舒马赫"之称。

"你们这一来啊,一下子热闹了好多啊。"老张师傅憨厚地笑着。

"以前在火车上吃餐车的饭总觉得特别好吃,这次总算又找到了那种感觉。"顾烨说。

长时间堵在路上,吃饭也就成了卡车司机的一件大事。顾烨观察到从神木县城沿着堵车的拉煤车队向西北方向走,沿路会发现大批围绕在周边的摊位,这就是生态链,也是未来可以影响卡车司机做出消费选择的机会。

"张师傅,平时会有背包客在公路旁边要求搭车吗?"顾烨问。

"偶尔会遇到,不过很少,一般人哪敢上货车。"老张师傅说。

"不怕陌生人上来搭车危险吗?"

"你这是在城里待久了,会对人产生一种恐惧。现在发财的机会多了,没多少人盯着车上这点儿货和钱了,不像以前,还得担心各种车匪、路霸什么的。我们常年在荒郊野外跑,习惯了,见到背包的年轻人反而会觉得亲切,正好顺路,也多个可以聊天的人,挺好。"

"你们是做传媒的,我和你讲啊,小顾,社会上对我们这个群体看法很不友好,比如大家在高速上都是躲着我们走,说大车很危险,我们才是弱势群体好吗?你看啊,手机里好多报道都说一旦出了事故都是卡车司机如何如何,好像我们主动找事儿。"

小刘师傅各种不满,絮絮叨叨地吐槽,甚是有趣。

"那为了赶活儿,小刘师傅你有什么技巧呢?"顾烨故意逗他。

"我发明了许多吓人的办法。比如不停车换司机:我把座椅往后推到底,自己站起来扶着方向盘,老张就从空隙里钻到座位上坐好,接过方向盘之后再接管刹车和油门。"

小刘饶有兴致地分享着自己的心得，斜着眼比画着。

"还有就是撒尿，你知道我们会不停车撒尿的技术吧？嗨，跟你们女孩子说，你受得了吗？我可以把车门打开，站在车门踏板上，一手抓着把手，侧身就往车外尿，飞流直下三千尺，疑是银河落九天。"

顾烨笑得前仰后合，说道："张师傅，您开车时最怕什么啊？"

"面包。"张师傅很认真地想了半天，挤出来两个字，"你们别笑，为了赶时间路上都不停下去吃饭，每趟出车前我和小刘就去买一堆小食品。比如面包、方便面、卤蛋什么的，跑三天下来，小零食都挑着吃完了，就剩那一大堆面包，看着就犯怵啊。"

顾烨听了有一点儿心酸，看着老张师傅那张饱经沧桑的脸，忽然觉得什么也不想再问下去了。

货车前视窗侧挂着一张小刘师傅全家人的照片，画面里小刘师傅背着佳能550D，穿着无印良品的T恤和牛仔中裤，还有洞洞鞋。小刘师傅的媳妇挺漂亮，戴着大大的墨镜，衣着洋气，除了皮包看起来是个山寨货之外，全身上下一股大城市女子的时髦劲儿。小刘师傅的女儿也是个顽皮的小鬼，笑起来很是精灵古怪。在这张照片里，看不到小刘师傅站在车门上对着外面尿尿，也看不到小刘师傅嬉皮笑脸地给交警塞一百元两百元打点，更看不到小刘师傅一边打着瞌睡一边狂抽烟，在高速公路上吓唬不守规矩的小轿车。

有时候实在找不到旅店了，一帮人就在野外安营扎寨搭帐篷睡觉。

达达、邝子凯会拿出路边小店买的小刀白酒和德州扒鸡，彻底打开老司机的话匣子。

"一般休息时都怎么消遣？"达达咬着鸡腿问道。

"打打牌、喝喝酒啥的吧，懒得动就干脆躲在房间里看电视，也会想女人，就去打野鸡，每个物流园附近都有好多桑拿房和洗头房的，都知道是做什么的吧？"老张师傅笑道。

"如果我们在物流园卖机油，怎么促销你们会埋单？"

邝子凯抽着路过兰州时买的本地香烟，忽然想起来这个问题。

"我给你们提个建议啊，你们别觉得低俗，但是我跟你们讲啊，绝对有用！你们可以去跟桑拿谈啊，如果有代金券、优惠券什么的，很多人都会感兴趣。沿着这条路再往前面走十几公里，两旁有许多旅馆和旅舍，都可以很容易找到女人。很多时候，你如果多付一百块钱，就可以不用套子。"

喝了两口白酒后，小刘师傅这次算是倾诉衷肠了。

"这样的促销点子，没有人可以在办公室想得到。"

众人不禁感慨道，老祖宗那句话说得真对：纸上得来终觉浅，绝知此事要躬行。

"那司机们不担心安全吗？"顾烨终于忍不住问道。

"好多人没那个意识啊，而且有时候喝醉了哪里顾得上。帮别人运货，经常一出去就是六七天，甚至两三个星期。跑的多是高速公路，精神非常紧张，一停下来时，脑子里就想放松放松，去洗澡、按摩、找小姐，那是家常便饭。这几年下来，自己究竟和多少女人有过关系，有几个老司机可以说得清楚？而且大多数时候嫌麻烦，不采取任何安全措施。"

以前顾烨总觉得性交易是一件无比可耻的事情，那一刻她忽然觉得有时孤独和欲望会让一切礼法或者说一切道貌岸然的说辞都变得苍白无力。

就好像世间一切的供需关系一样：

Everything happens has a reason.（凡事皆有因果。）

（2）

路上的时间总是快的，转眼间就到了行程的尾声。

"向各位汇报一下，前方5公里有一个小镇，明天我们就在这里分开，接你们的车已经到了物流园，你们可以坐这个车返回北京了。"小刘师傅说道。

"小镇？不是吧，这么荒凉的地方居然有小镇！"顾烨惊讶了。

"这个地方叫作汽车城，其实最早就是因为西北运输线的繁荣才出现的，完全是为了卡车司机服务而存在，不过你们也别期望太高，条件还是挺差的。"小刘师傅说道。

不多时，小镇真的就到了。镇子上的主路被挖开了，正在修路，全中国似乎到处都在修路。镇子上的店铺几乎有一半是关着门的，开着门的也很冷清。更奇怪的是，小镇旁边有一个高层商住楼小区，不用说也知道，根本没有人住。傍晚时，看不见镇子有什么行人，只有上了年纪的老人坐在路旁闲谈，小孩子们在路边漫天的尘土中玩耍着。

顾烨看了看手表，当天是星期六，大家却看不见任何假日气氛。直到晚上7点，有几个车队的卡车司机都来这里休息，镇子上才热闹起来。物流园大门外，有几个小食摊，卖着烤面筋、杂粮煎饼、煎饼果子这些东西。生意不怎么好，自驾客和卡车司机买了当晚的点心走开之后，喧嚣热闹了一个小时的摊子又重归冷寂。

生命力极其顽强的人们在环境脏污恶劣的土路上、砖房里也能自得其乐，做起小小的生意，并且心满意足地生下一个两个孩子，热心地经营自己的小饼摊、小服装店、烧烤小推车。这一切与物流园的工人、卡车司机、旅客构成了一个生态循环系统。

汽车相继在物流园停好后，三批人马汇合在一起交流着路上的见闻，热闹非常。

"咱们今天就在这儿过夜了，戈壁烧烤，Here we come（我们来啦）！"

邝子凯大声喊着，戈壁滩的夜风都没有堵住他的嘴。顾烨和达达在小刘师傅的指引下迫不及待地钻进了物流园内的公共澡堂去冲凉。

物流园外有一处人气很旺的烧烤摊，每到夜间分外妖娆，觥筹交错，宾客云集，几乎集结了这个小镇上所有喜爱夜蒲的时尚人群，是这个小镇非常重要的社交场所。从小刘师傅略带夸张的演绎中，大伙儿得知这里的老板以前是南方某省城的黑道大哥，后来因为犯事跑路才来这里隐居，闲来无事就支出这个摊儿，只是想和他当年的兄弟们把酒言欢笑傲江湖，没想到无心插柳，成就了本地最著名的人文景观，其地位几乎和港片里面大佬隐退后的九龙冰室不相上下。

大家兴致勃勃坐下来点了各种串儿和酒，老板一看来了大生意，殷勤地亲自送上来两箱冰镇啤酒。让大家失望的是，单从造型上来看，老板非常不像隐退的大佬，肥胖的身影、破旧的T恤，操着不太标准的普通话，和所有人有一搭没一搭地聊着、碰着啤酒瓶，也不关心自己的话会不会有人回答。老板热情非常，招待客人同时，自己几瓶啤酒也下了肚，没能捱过众人热烈的期盼眼神，十分不情愿地布道了一遍自己的传奇故事。

大家听得都非常动容，连已经听了十几遍的小刘师傅也再次被打动了！尽管内心谁也不愿意相信是真的，但是老板的口才惊人，他一张嘴整个世界都是他的，成功必有非凡之处，"在别人的故事里流下自己的眼泪"，他做到了！

众人心甘情愿地在老板的吆喝声中纷纷吹瓶致敬，不到半小时，两箱啤酒被一扫而净，醉意蒙眬的老板忽然清醒过来，迅速招呼伙计补两箱啤酒上来，同时示意伙计把菜单拿来，表示这顿他要请大家，因为觉得和大伙聊得特别投缘。在邝子凯、达达等人的强烈阻拦下，老板这才勉强收手。但是，他疯狂点的自家串儿和凉菜还是供过于求地不停送上来。

顾烨听小刘师傅私下说，串摊老板的真实身份是物流园大当家的。烤串，只不过他的兴趣爱好，代表着他对过去江湖的眷顾和念想而已。人，真的需要点儿情怀，要不如何抵抗日复一日的枯燥的生活？

篝火旁，众人默默地看着熊熊的火焰，忽然间安静了数秒。

"我们都知道自己出生的时间，但是却不知道去世的时间，如果到了那一天，你在医院躺着可以自己拔掉管子的话，大家希望是几点钟走？"

邝子凯忽然冷不丁地抛出来这个问题。

"如果是我，希望是早上太阳出来的时候，因为在一个充满希望的时候离开，不会那么孤独。晨光虽然稀薄，却足以引领未来。"达达说道。

"我呢，希望是艳阳高照的时候，中午十二点吧！因为这个时候的能量最强，即便去了另外一个世界，也带着最热的梦想最坚强的内心到下辈子实现。"小刘师傅倒是正能量满满。

"你想选什么时候，邝子凯？"顾烨问道。

"嗯，我自己会选择下午六点，因为夕阳落下去的时候是最美的，落霞与天赋齐飞，秋水共姑娘一色。我下辈子还要保持这么忧伤的气质和销魂的皮囊，要不怎么找到我爱的姑娘呢？"邝子凯的回答永远是那么销魂。

"那，万一下辈子你变成姑娘了呢？"达达紧追不放。

"那我就去勾引男人啦,让男人给我花钱,然后我再去找小白脸。"

"真没出息,对了,顾烨,你呢?"达达问。

"我自己希望是凌晨吧,比如1点钟。"

"原因呢?"

"因为所有人都睡着了,这样可以很安静地离开,就好像我没有出现在世界上一样。"顾烨看着夜空上的星星,默默地说道。

就这样,全程两千多公里的路程,顾烨、达达、邝子凯和两个粗犷的卡车司机老爷们儿一起,一路向西,从北京到山西再到内蒙古,最后到达目的地兰州,把货物运给了货主。最令人伤感的是,在路上朝夕相处半个多月的卡车公路生活也将告一段落了。

"你们走后,就又只剩下我和老张了。"小刘师傅无限落寞。

"刘师傅,别说了,再说我就要哭了。"

一直在卡车上坐着的顾烨和小刘师傅感情最好。顾烨还用手机拍摄制作了一部短片,短片的最后,定格在小刘和老张两个人的合影上,老张师傅手里拿着他那瓶爱不释手的小刀白酒,而小刘则在一旁开心地笑着。

回到北京后很长时间,顾烨都会在手机里听苏芮的那首老歌《牵手》,那是老张师傅最喜欢的歌:

> 因为路过你的路,因为苦过你的苦,
> 所以快乐着你的快乐,追逐着你的追逐。
> 所以牵了手的手,来生还要一起走,
> 所以有了伴的路,没有岁月可回头。

一箱箱啤酒端上来,再撤下去;一根根烤串拿下去加热,又被送了上来。

相聚离开都有时候，没有什么会永垂不朽。

杯酒人生，几百年前的笑傲江湖大抵也就是这个样子吧。

那一夜，众人皆醉无人独醒。

第二天，众人到达北京，两位司机会和顾烨一道，向客户的亚太区高管团队提案。

当一件事情做到一定程度后你会开始有赢的感觉，这一次顾烨、邝子凯和达达三人都提前嗅到了胜利的味道。所谓追梦，就是在经历100次绝望之后，第101次打火、上路，把信念坚持下去，梦想总会实现。

佛教没有神，只有觉悟的人。佛不在经里，佛在路上。

9. 尘土飞扬，是世间最美的烟火

（1）

他是世界上最孤独的电影放映员。

在泰国普吉，有个不被人注意的幽灵电影院，那是一段异常崎岖的山路，在拐角处很多车都控制不住车速飞了下去或者直接撞击在山体上。后来就有人专门在经常出事的地方做了一个简易的露天电影院。每天晚上 12 点都会准时播放一部电影，据说是给那些无处可去的灵魂提供的。

只有一个电影放映员，年复一年，他独自在那里默默工作了 20 年。

有很多人问他：在播放电影的时候，你看到过"他们"吗？

放映员往往都会默默回答一句：

"僧人真正超度的，不是死人，而是活着的人心；这里也是这样，你以为真的是给逝去的灵魂看的吗？不是，是给路过的、活着的、正在开车的人看的。"

用别人的痛刺痛你，再用别人的好唤醒你。

当地司机都知道发生在这里的故事，到这个拐角处开车就会精神高度集中，以避免悲剧重演。

（2）

  北京的星期一，永远是半梦半醒和半推半就的结合体，一面是对慵懒周末的无限眷恋，一面是一杯咖啡就能够随时激起的斗志雄心，两者混杂在一起，若即若离。这或许就是这座城市的终极魅力所在，离开的人终有不舍，留守的人爱恨交加。

  历经二十多天在路上的奔波后再回到京城，顾烨感觉有些恍惚。国贸三期77层有一家咖啡厅，站在落地窗前可以俯瞰整条长安街的车水马龙。每次早晨在这里开会，顾烨都会早来，伴随着太阳的升起，体会这座城市的野心在慢慢复苏。大佬有一次站在这里喝咖啡时对顾烨讲过一句话她一直记得很清楚。

  "顾烨，你看这下面车水马龙，那些衣着光鲜行色匆匆的人，我看不清他们的脸，但我看到的是红尘滚滚，看到的是欲望都市里的孤独灵魂。"

  今天她忽然想起来数年前在泰国旅行时认识的那位电影放映员。

  他的脸却异常清晰地印在她的脑海当中。

  邝子凯还告诉过她男洗手间的秘密，窗户向南，站在尿兜前嘘嘘正好俯视柏悦，好像在往柏悦上尿一样，一种成就感油然而生，这是国贸三期特意安排讽刺柏悦的吗？

  十年前刚毕业的顾烨只身来到北京，当时东长安街还只有国贸一期，国贸地铁还只是安妮宝贝小说中一个高频次发生爱情故事的地点。那个在国贸地铁站等车的男人，总是穿着粗布衬衣，神情冷漠地拎着一个公事包。当时还是高中生的顾烨，读了这些故事，幻想在这里能够遇到那个人。但是现实是，能够第一趟挤上从通州到国贸的地铁你就已经是人生赢家了。

青春就好像半分钟内可以上升到74层的国贸三期电梯，身在其中时，即使电梯上升速度再快，也觉得慢，等电梯门打开宣告青春结束之际，才恍然大悟。

没有什么过不去，只是再也回不去。

顾烨自己都不记得参与过多少次重要的讲标和提案，只觉得每经历一次都是一轮蜕变。像是游戏打怪升级一样，她似乎能够感受到自己的忽悠能力在扶摇直上且势不可当。

在她的提案进阶教程当中有三个阶段：

第一阶段是造势：要专业，腹有诗书气自华，你一出来就有气场了。对方愿意听下去、有兴趣听下去。

第二阶段就是做局：你有多牛取决于你周边的伙伴有多牛，你怎么把聚光灯放到这些伙伴身上，在这个过程中你只是压个阵而已，是在搭台。

第三阶段就是做托儿了：我不出现了，可是我制造的土壤和空气在孕育着新的东西。

顾烨觉得在第一阶段她已经做到了八九分选手，而达达和邝子凯无疑是在第二阶段混的，至于第三阶段，大佬这方面做得就特别好，他会听所有人意见，但是会有自己的选择，他会去支持他不理解甚至反对的事情。

大佬很少到一线参与客户提案与竞标，但是他会在幕后和大家沟通。他说"所谓的客观都是各自的主观，这个世界没有绝对的对错，只有观点和角度；甚至这一生也无所谓成败，只是收获不同而已。"

当一个面容姣好、魔鬼身材的洋气总监顾烨和大卡车相遇，会有什么火花？美女与最粗犷的男性符号撞击在一起，总有各种想象空间在里面。风尘仆仆的顾烨三人组最后背着大包穿着登山靴直接

9. 尘土飞扬，是世间最美的烟火

杀到了客户总部，当客户看到两位粗犷的卡车司机也参与提案时，简直惊呆了！

客户没有想到的是，作为睿仕北京最有名的大美女，顾烨最后是乘坐什么交通工具去提案的呢？商务舱还是奔驰 S 级，是地铁还是 Uber（优步），都不是，因为她实在太酷了，她还在路上时就学会了开卡车，尽管没有驾照，但是已经得到了老司机的认可。

整整一个月时间，他们终于到达了客户的公司，并且准时参加了提案会议。一路经历了大漠、戈壁滩和乡村公路，他们靠着微信和直播平台给客户进行全程直播，同时还非常敬业地工作着。

顾烨就是这样，在提案方式上总是能够开创他人所不能想。

能够容纳数十人的会议室座无虚席，主管亚太市场的 SEP 公司高级副总裁 Louis 与公关总监 Helen 正低声交谈着，负责接待的公关经理将顾烨等人带到会议室，小刘师傅特意换上了结婚时穿的西装，扎了一条红色领带，精神抖擞，神气十足，头发修剪成了短寸，光芒四射。

邝子凯在提案开场时说道：

"首先大家会看到一部纪录片，记录着我们团队在过去十几天所有的思考和观察。坦白讲当我们最初接到 briefing（简报）的时候，每个人都觉得这个市场、这个品类距离我们的生活太遥远了，遥远到不真实，但是如果不能深入了解、体验卡车司机的生活，我们根本无法提出任何可以切实解决客户需求的方案。所以我们决定先倒空自己，用心体会润滑油流过的真实世界，我们决定去维修站，去物流园，甚至跟着卡车司机上路……"

《记·路》是这部纪录片的名字。不时摇晃着的镜头及粗糙的剪辑让这部片子多了简朴却动人的力量：寸草不生的戈壁滩，一条公路向远方伸展，热气蒸腾，毫无生机。高原之上，天空阴沉，狂风卷着暴雪肆虐。山区中，山路盘旋曲折，十分惊险。

达达和邝子凯为了捍卫自己的观点在车上产生了剧烈的争吵；

被遗忘的小镇久违的喧嚣与纷扰，烧烤摊旁的快意江湖；

小刘师傅抱怨着堵在路上的时间和路上的东西难吃，干脆下车拿出锅碗瓢盆支在路边炒菜给大家吃；

众人和一伙路霸火拼时的壮烈场面，拼杀声、叫骂声、呵斥声不绝于耳……

"不好意思，这个是真的还是摆拍？"Louis实在忍不住问道。

"是真的，我们在一个偏僻路段遇到了一群勒索闹事的人。"邝子凯解释道。

Louis、Helen等人显然对这部片子异常感兴趣，在手机已经演变为人体器官的时代，会议室居然出现没有一个人低头看手机的感人场面！

"每条路，都有自己的性格，我们深入了解，让每条路，都与你特别合得来。"

片子中通过访谈所呈现出的观点与洞察，让所有习惯坐在办公室决策市场的高管们大开眼界，感受到了前所未有的颠覆与震撼：

一旦搞定了堵车地带的锅碗瓢盆厨娘们，就可以有效提升每个区域的销售量的增长；

人间烟火气旺盛的物流园周边的桑拿房是一个伟大的润滑油品牌的必争之地；

和安全套厂商进行渠道及品牌层面合作，是一件功德无量、能够赢得人心的公益战役；

网络文学是影响司机群体的重要途径，一篇天马行空、意淫到无所不能的超级爽文比一支格调满满、不知所云的昂贵TVC（电视广告）更奏效；

9. 尘土飞扬，是世间最美的烟火

……

镜头最后落在了小刘师傅身上，他全神贯注地驾驶重型卡车行驶在公路上。他驶过坎坷的路面，蜿蜒的山道，也经历了高温的炙烤、寒冷的侵袭，与狂风暴雨的考验。

在休息站里，他用水枪亲自冲洗自己的卡车，眼神专注，又细心地为卡车倒入润滑油。道路两侧是迷人的风景，他眼神坚定地望向前方，在驾驶座上方的遮阳板上，夹着一张照片，那是他与家人的合影，每个人都笑容灿烂。前方大道宽阔，大卡车一路向前驶去。

"各位，今天我们还特别邀请了视频的主角，一路上为我们指引方向的导师——小刘师傅来到了今天的提案现场。"

片子结束，邝子凯向客户正式介绍今天提案的主角。

迎着全场十几人的目光，小刘师傅拘谨地站起来和大家挥手示意，全场焦点立刻停留在了这位面带局促、忠厚老实却又西装革履的男人身上。

众人这才发现，原来刚才画面当中时而抱怨、时而搞笑、时而痴笑怒骂、时而放浪形骸的卡车司机就是眼前这位绅士！

这种极具戏剧性的反差，让现场所有人都燃了起来。原本一脸严肃的Louis从椅子上跳起来，非常激动地跑过来握住小刘师傅的双手。作为一个北欧人，他原本就对卡车司机的公路文化陶醉不已，这部来自东方的"公路片"更令他大开眼界、神往不已。

在顾烨流利的翻译下，两人进行着友好热烈而有建设性的"会谈"。

"为了体现对今天会议的重视，小刘师傅还特意穿上了结婚时的西装。"顾烨说。

"感谢您对我们品牌的支持，我觉得未来非常有必要邀请您作为我们的特别顾问。"Louis 紧紧握住小刘师傅的手,真诚地说道。

这时 Louis 的助理走上来提醒他午餐的时间到了,Louis 非常热情地邀请众人一起午餐,众人推辞不过,只好跟着 SEP 的诸位高层一起,去外面的一家中餐厅里吃午饭。

午餐时 Louis 的情绪依然很高,好在众人的英文都不错,席上谈笑风生,小刘师傅又分享了数个在路上的搞笑段子,邝子凯在此基础上又进行了创作演绎,Louis 和 Helen 乐不可支。不知不觉间,双方关系近了很多。

傍晚时分,顾烨收到了来自 Helen 的一条微信:

"经过和公司管理团队的沟通,我们一致认为选择睿仕作为年度公关合作伙伴是最正确的选择。你们认真负责并且极具洞见的观点给了我们前所未有的惊喜。恭喜你们!路漫漫其修远兮,大家共勉。"

这次提案,睿仕最终以绝对优势从五家顶尖公关公司中胜出,拿下了这个大客户。

(3)

"最羡慕你们这些在办公室工作的人了,我以前开车路过国贸的时候,在外面看着那些衣着光鲜的男男女女,我觉得,那就是我的梦想啊。我这辈子不能成为那些人了,我只是想,如果有一天,我可以去那个楼里面,和你们一起去开个会,给我个机会发表个观点喷喷那些白领啥的,我就太开心了。没想到今天这个梦想真的实现了。"小刘师傅一改往日诙谐幽默的样子。

老张师傅还是保持着标志性的憨厚笑容:"别忘了我们。"

顾烨也有一些哽咽,小刘师傅还是一贯爽朗地笑着。

9. 尘土飞扬,是世间最美的烟火

"大哥,再找你聊天。"操着一口港普的邝子凯和老张师傅郑重其事地握手告别。

众人一一作别,小刘和老张两人重新发动沉重的货车,一片黄土被卷起。

"尘土飞扬,是世间最美的烟火。"顾烨说。

已经上了高速路坐在副驾驶位置上的小刘师傅拿出离别前顾烨送给他的合影,照片背后,是顾烨清秀的字迹:

让岁月消逝在枯燥的办公室里,还是,让它沉醉在如画的风景里。

铺开一张比例尺为1∶100000的地图,弹指间就是两座城市的距离。

从A点到B点,对于大多数人来说,只是路过中间。

但对于你们而言,却是每天生活的全部轨迹。

两点之间,就是你们的生活空间,

笑着,哭着,战斗,光荣,伤害,喜悦,悲伤,恐惧,憎恨,爱……

所有情绪浸染其间。

我希望,能够有一个移动的家,承载着关爱与理解。

让你们感受到城市之间,没有距离。

所谓"无间道",不仅仅会出现在电影里,更会显现在真实世界中。

只要你们明白,有一份爱会陪在你们身边。

无间城市,爱在路上。

10. 火药味儿刺鼻的第一次

顾烨自己都没想到,和林卓斗了这么多年保持的势均力敌的局面,忽然被不知道从哪里冒出来的洋太给打破了。

说起来北京公司林卓和顾烨的斗争,那也是渊源颇深。原来北京公司董事总经理 Alvin 麾下有两位最被倚重的总监级主管,一位是负责汽车业务的林卓,一位是负责互联网与国际业务的顾烨。中国私家车市场在过去十年间的井喷式发展,也造就了汽车公关传播业务的空前繁荣。最强的团队配置、最好的福利待遇、最棒的办公环境,几乎都集中在了汽车业务组,巅峰时刻林卓团队呼风唤雨,营业收入几乎占据了整个睿仕中国总收入的 1/3。

但是风水轮流转,近年来以 BAT(百度、阿里巴巴、腾讯)为代表的中国互联网土豪如雨后春笋喷薄而出,资本的宠儿谁不爱,顾烨负责的互联网和游戏业务俨然成为最炙手可热的方向,一举超越汽车业务成为睿仕每年超过 100% 增长的引擎。

顾烨最引以为傲的是两年前公司曾签下来一家月费仅仅数万元的游戏客户,这点钱没人看得上眼,几个团队都不愿意接,Alvin 只好安排了 3 个人的兼职小分队来处理客户的日常需求。Alvin 想给林卓,本意是让林卓团队能够对互联网业务有一些了解,以便未来更好地布局汽车互联网模块,但是林卓完全不领情,去见了几次客户后嫌客户太土瞧不上眼,就千方百计怂恿 Alvin 给了当时刚从

10. 火药味儿刺鼻的第一次

北美回归北京办公室没有什么实际业务的顾烨。

顾烨也没什么选择,只好先接了下来。结果这次算是林卓看走了眼,仅仅三年时间,这家公司迅速上市、融资,在资本市场上变得不可一世。受益于客户的高速增长,顾烨的业务也迅速膨胀,营业额增长了1000倍,顾烨团队也疯狂扩充到300人,并且一举超越林卓所负责的汽车业务成为睿仕中国最大的事业群组。

顾烨率性豪放,林卓心思细腻,这两位高级总监之间持续数年的明争暗斗,也让大佬头痛不已。但让所有人大跌眼镜的是,两人原本关系很好,十年前一起以应届生身份加入刚刚进入中国不久的睿仕。据说当年与她们一起加入的还有三位新人,这五个年轻人自称亚洲第一美女公关天团,好到干脆租了一栋loft公寓,整日工作、生活、恋爱都不分开。可惜数年之后五人关系发生了巨大变化:除顾烨和林卓外,其中一位早早离世,一位从睿仕愤然出走定居纽约,还有一位被公司除名后与众人再无往来。她们之间的恩怨,确实无人知晓,当年知道内情的人也大多数都离开了睿仕,但说到顾烨和林卓两人不和的根源,似乎是个谜,也没人敢去问。大佬对此也讳莫如深,多年来也只是默许两人的争斗。

耐人寻味的是,Alvin离任北京公司董事总经理远赴北美总部任职后,这个位置一直空缺着,大佬也没有选择通过空降主管的方式来补位,似乎只是等待着林卓和顾烨其中一人在这场战斗中胜出。这也造就了睿仕中国五大办公室独特现象之一——两位高级总监直接向CEO(首席执行官)汇报。可是身份、背景都不明的洋太忽然冒出来并深得大佬的信任,这不论对林卓还是顾烨来说都是一个强烈的信号,无论未来谁坐到这个位置,洋太的站队都很重要。

然而,洋太和顾烨的第一次见面却充满了刺鼻的火药味。

每逢月初第一个工作日,照例是北京公司管理层会议。大佬召集麾下掌管财务、运营、人力资源及业务部门的各位总监,齐聚一堂共商司是。由于上一季度北京公司稳定住了WV御豪这个大客户,林卓和顾烨团队又各自顺利斩获了数千万的新生意。Q2(第二季度)财报上,北京公司已经超越了上海公司成为睿仕中国市场上最大的分公司。

顾烨这天很早就来到办公室,一个人拿着咖啡站在一层楼梯口抽烟。

忽然从三层的木质楼梯上传来两个人的脚步声和说话的声音,她听出来其中一个是林卓。

"明天周末,你去哪儿玩?"林卓问。

"我决定在健身房待两天。"一个男人说道。

"为什么,你有这个需要吗?"林卓笑道。

"你是没有看到我真身,有衣服做掩护,最近坐得太久,有些发胖。"男人打趣道。

"那是,我又没有脱你衣服,怎么看得到。"林卓开玩笑道。

两人嘻嘻哈哈地说笑着,当他们从楼梯走下来看到有人站在那里时,一下子都愣住了,显然林卓并没有想到在这里会遇到顾烨。

"好久不见,顾烨你回来了。"

林卓迟疑几秒后走上前去主动和顾烨打招呼。

顾烨点点头,视线转移到旁边的男子身上。

"你怎么谈恋爱谈到公司来了?"

"什么恋爱啊,我只是约了洋太一起吃早餐。"林卓随口说道。

"洋太?!"

这次轮到顾烨惊讶了,她完全没想到林卓身边如此年轻的男生就是洋太。在她的想象中,洋太至少应该是稳健持重的形象。

"对啊,给你正式介绍一下。"

10. 火药味儿刺鼻的第一次

林卓表现出很熟络的样子，挽起了洋太的胳膊。

"这位帅哥就是洋太了，刚刚加入公司，现在负责WV御豪这个客户，大佬也跟你讲过的吧？以后在业务协作上我们三个要多多配合了。对了，你真应该谢谢他，要不是洋太搞定了那个客户，可有你受的。所以顾烨，你必须请他吃饭！"

"为什么？可是我从来都没有要求过老板，把自己没能力做的客户推给别人，所以不知道谁最应该感谢他，请他吃饭呢？"顾烨毫不客气地反诘道。

顾烨一句话彻底噎住了林卓，谁都知道是林卓主动向大佬提出要求，说自己受不了陈宛庄的颐指气使才把这个客户推出去的。

洋太看场面有些尴尬，主动上前和顾烨握手。

"顾烨你好，一直听好多同事提到你的名字，久仰久仰。"

顾烨并没有和洋太握手，冷冷地点点头，转身走回办公区。

不明所以的洋太看着顾烨的背影怔在那里。

"你别理她，她就是这个样子，总是拒人于千里之外，觉得自己最了不起。"林卓不冷不热地说。

顾烨第一眼看到洋太，就把他划到了自己不喜欢的男生类别，她对洋太有一种莫名的抵触。她从小就不喜欢打扮过于精致的男生，而洋太今天穿着一身紫色修身西装，Zegna（杰尼亚）皮包、Berluti皮鞋，头型考究，耳钉、文身和胸肌一个不少，还有就是比林卓的香水味还强烈的男士香水的味道。

最核心的问题是，顾烨看到了洋太和林卓走得很近。

敌人的朋友当然就是自己的敌人。

顾烨显然并不开心。

今天的例会上，每位总监都汇报了近期的运营数据。结果到了洋太这里，他只是象征性地说了一下目前的团队架构及财务指标，就躲在一旁不言语了，大佬并不在意，很快达达把话题接了过去，转向了下半年策略部门培训体系建设的议题上。

这次例会的重点是人力资源总监Sabrina带来了一个非常棘手的问题。

像所有公关公司一样，领导的管理风格、男女关系与无理客户都成为员工最集中的八卦吐槽的领地。而令负责公司文化的人力资源部门最头痛的是，在人员与营收都高速增长的睿仕中国，短短数年，睿仕已从一个200人的小公司成长为1000多人的中型公司，迅速膨胀的人员与错综复杂的内部人际关系自然会孕育无数八卦。

而这一切都在时下最为热门的匿名吐槽App（手机应用程序）"秘密"当中呈现无余。

"睿仕高层的情人关系图谱"

"最傻逼客户排行榜"

"曝一曝上海公司各位总监的月薪"

……

诸如此类亦真亦假却足够吸引眼球的话题充斥其中，甚嚣尘上的负面信息正在影响着睿仕的形象，甚至对睿仕正在进行的招聘工作都产生了不利的影响。睿仕人力资源部门尝试了各种方式，无论是阻塞言论或是刻意美化公司形象的灌水行为，都已经无法解决这个问题，甚至适得其反。

洋太忽然想起来一年前曾经有个女客户在酒醉后吐露过一个类似的问题，那个女客户在银行任高层，但是秘密App中对于她的风言风语却从没有停过。女客户人虽然位居高位，平日强势惯了，但毕竟也是个女人，偶尔看到上面比真相可怕十倍的流言还是觉得很受伤，抱着洋太就是哭。

洋太当时没做别的，每天几乎除了吃饭之外就拼命在这个App

里面的银行标签当中发布其他人和事情的负面信息,冲淡了不少关于女客户的负面信息,女客户为此感动不已,还特意奖励了洋太一个冰岛游。

洋太灵光一现,邝子凯最近在公司创意会上一直在说的一个词——"颠覆"(disruption),众人皆醉我独醒,一路向西我向北。是不是可以从相反的角度去思考问题?就像张三丰在教张无忌学习太极时说的话,"他强由他强,清风拂山冈。他横任他横,明月照大江。"

那么对于这件事情,最最颠覆的思考点在哪里呢?

减少负面内容、减少、减少……最颠覆的减少其实就是反其道而行之,我不仅不管你,甚至我还要去鼓励你,并且用机制、用钱去鼓励大家发布更多的内容,多到不真实,多到没人看。

"我在想既然都是天性,我们无法阻止,那我们就用贪婪来狙击。"洋太一字一顿地说。

"你的想法是什么,洋太?"大佬饶有兴致地问道。

"回到这个问题的关键点,也就是我们要消除掉负面信息对吧?如果想要做到这一点,只有两种方式:第一,让大家完全没兴趣看,视而不见听而不闻;第二,让大家发得少一点再少一点!"洋太说。

顾烨啜饮了口咖啡,没有说话,听着洋太要说什么。

"但现在的问题是两条路都被堵死了,第一,我们每个人内心都有阴暗不被人知的一面,对于黑暗的、八卦的或者摧毁性的信息都有着天生的敏感。第二,让大家少发更不现实,就算是我们努力提升公司的福利薪酬,积极改善工作环境,当机立断换掉旋涡中心的高管或者开除被吐槽最多的那个员工,结果呢?不会有任何结果。人心,是永远不会满足的。

"治标不治本，流言蜚语从来就没有停过。我们不能够努力让负面消息减少，也不能阻止大家去看。但是我们能够做到的是，通过一些方式，让大家不再有兴趣看。怎么实现呢？我非但不阻拦，反而积极鼓励用户发布内容，让内容和观点都多到你看吐为止！我们可以通过某种机制，比如每月哪位同事的名字被提及最多，哪个部门主管被提及的次数最多，我们就重奖这位同事！还要去全公司统发邮件，让所有人看到。大家就会觉得很好玩，尤其是年轻人，他们会疯狂刷屏，自己炒作也好恶搞别人也好，这就成了一件无比funny（有趣）的娱乐事件，反正大量的没有价值或者所有人都觉得很无聊的信息会以刷屏之势呈现，所有人只会觉得很high（兴奋），很有趣。

"就算一个人写了一件无比劲爆或者槽点超级高的内容，也会瞬间淹没在海量的信息当中！当你打开这个App时看到的总是这样的内容时，人的好奇心就会减弱，觉得找不到什么有价值的爆料，都是刷屏拼人气奖金的，看的人也会越来越少，因为这个平台已经不值得你再打开了！"

洋太一口气把自己的想法说了出来，在颇为赏识自己的人力资源主管Sabrina脸上看到了惊喜的表情，他知道这个事情靠谱了，谁知这时顾烨忽然出人意料地开口道：

"早就听说洋太在专业性上非常棒，今天见识了，果然非常棒，我想，这么优秀的人才也不能只服务一个客户吧，是不是可以请洋太为我和林卓team（团队）当中的manager level（管理层）做一次深度培训呢？"

大佬颇为尴尬，他自然知道洋太到底几斤几两，肯定应付不了这个场面。他刚要发话帮洋太从中斡旋，不想却被林卓插了一句。

"顾烨这个提议很好，你知道吗？洋太，你现在是很多人心目当中的偶像啊，正因为你不太说话整日躲在办公室里，很多人都觉得你深不可测，对你的首秀期待值都非常高！"

难得林卓和顾烨的意见统一了一次，结果这一次却让大佬哭笑不得。

"顾烨、林卓，培训当然很好，但也要看看洋太的时间。洋太，我听陈宛庄说下个月他们又要在香港开一家新酒店，你最近是不是要飞到那边去？时间上排得开么？"

大佬还是尽己所能来圆场，不曾想，洋太的回答更是出人意料。

"非常荣幸能够接到顾烨的邀请，求之不得，我一定全力以赴！"

"那好，这周五下午有空么？"顾烨紧追不放。

"时间你来选，地点我来定！"

洋太一向温和的眼神中居然闪烁出一丝挑衅的味道。

说完，他霸气地站起来，主动向对面这位身材娇弱、面容坚毅的女孩伸出手。

这一次，洋太握住了她的手，很用力。顾烨忍住痛，没叫出来。

11. 拈花把酒，谁与争锋

工体西路这家叫作 Resonance 的夜店每到晚上十点就会准时绽放成另一个世界，像是一位名门之秀却带着倾倒众生的娇娆笑容：矛盾、神秘当中迸发着摄人魂魄的美，它轻而易举地吸引了无数夜行动物的眼球，各种肤色的美貌姑娘流连忘返，酒精绕于舌尖，缠绵于喉。

一周前，当睿仕北京公司数十位客户主管同时收到新一期的培训邀请邮件时，所有人都眼前一亮，毕竟把夜店作为培训地点还是第一次。其实那天顾烨当众提出挑战的时候，洋太之所以痛快答应，就是因为他相信在公关圈没有人比自己更了解夜场的游戏规则。

毕竟，这里才是他自己的主场。

所有人都心知肚明这绝不仅仅是一次培训那么简单，这是一场关乎北京公司政治势力博弈的暗战：除林卓外，又一位可以挑战顾烨江湖地位的人出现了。未来到底是三分天下还是"羚羊组合"（林卓＋洋太）与顾烨对峙构成新的格局，相信在培训当天就会有征兆显现。还有一个明显的信号：从不参加培训活动的大佬居然破天荒地主动要求参加，这十分耐人寻味。

负责这次活动的戴露第一次发现内部培训是一件这么轻松的事情，以往的培训邀请都要三番五次地通过各种渠道告知参会人，结果却经常惨淡收场,原因多多:客户会议啦,临时出差啦,身体不适啦,失恋情绪down(低落)啦……这次倒好,戴露就发了一次邮件,所有人都整齐地回复参加,而其中更不乏达达、邝子凯这样的资深总监。

就这样,洋太创造了睿仕培训历史上最卖座的一次票房成绩。

随着和达达、邝子凯及林卓等人熟络起来,洋太发现了一个有趣的现象:公关公司没有专门的销售人员,所有的业务线索基本是依赖于老板和总监们的关系网络,还有部分客户是因为公司在业界的名气慕名前来。无论是售卖方式还是客户服务领域,他最明显的一个感觉是公关公司的同事更加具有人文主义理想,远没有夜场的销售人员那么具有侵略性——简单、直接,目的明确。

洋太曾在数个夜场做过销售,有钱了之后也成为各大夜场销售们都去争取的大客户。这样的经历也就意味着洋太在甲方、乙方的位置都做过,角度客观而全面。他深知如果讲授公关领域的见解和观点,自己连门儿都没摸清楚,但如果讲述夜店里面的光怪陆离、人情冷暖,他比任何一个公关公司的人都有发言权。

他记得自己30岁生日时,和一个客人去了日本。在古都奈良,他们听到一个故事。千年古刹法隆寺的专职木匠西冈师傅,一辈子没有接过建造民宅的工作。因为在行业传统里,宫殿木匠是高尚的职业,手艺不能用于建民宅。生活困苦时,西冈靠种田养活家人甚至卖掉了农田,却从未逾越这条行规。

"年过30,就是一个渐渐看清自己边界,也懂得敬畏别人专业的过程。"

这个道理洋太明白,他并非要挑战新的边界,而是要链接不同的边界。

洋太在职业生涯中最为熟练的一件事就是在短时间内获得客人

的好感,"如何让你的公关更具侵略性?"他把这个题目作为自己主讲的方向,他将会结合夜场里怎样哄客人开心的实战经验与他所理解的如何在公关公司进行客户服务做一个有趣的衔接。

不过,他依然认为,赢得客户的喜爱远比赢得专业上的尊重重要。

"中国有句古话叫'赢当举杯同庆,输则拼死相救'。这句话放在西方,叫作 promise(承诺),放在东方,就是义气。所以我的理解,这两句话是因果而非并列关系:正因为平时我们一起喝过酒,所以当你需要的时候我会去帮你,这也是对 teamwork(团队合作)最好的诠释。所以,现在让我们大家拿起来酒杯,开始今天的分享吧!"

与众不同的开场白,为洋太赢得了满堂彩。

由于还是下午,夜店没有其他客人。洋太包下来一半的场地作为自己的培训区域,自己则干脆站在表演舞台上,背景墙上的 LED 灯则充当他的幻灯片。他今天穿着一件深蓝色的衬衫搭配牛仔裤,显得更青春无敌。

一时间,睿仕北京各位主管的朋友圈都被他霸气的开场所占据了。

"除了赌场,很少有地方比这几千平方米的场子更复杂了,这里有保安、调酒师、销售、艺人、厨师、服务生还有皮条客。客人的身份就更多元了,上到达官贵人,下到贩夫走卒。但在我看来,夜店里只有两种人,入场时只有男人和女人,离开时直接去酒店和直接回家的。所以当我身在一家公关公司的时候,我也会简单看待我们的客户,我们也只有两种客户,好伺候的跟难伺候的;有钱的跟没钱的;装的跟不装的。"

洋太分享的内容五花八门,但有一点不变,就是他总能够从夜

店的角度切入最后再和公关扯上关系,并且给人带来思想上深深的触动,例如:

> 有一天,信徒问牧师说,我祷告的时候可不可以泡妞?
> 牧师义正词严地说,当然不行,祷告是一件多么严肃的事情。怎么可以……
> 又有一天,信徒问牧师说,我泡妞的时候可不可以祷告?
> 牧师和颜悦色道,心若在,梦就在,愿主与你同在……

"所谓角度胜于力度,和客户沟通的时候并非你多用力效果最后就一定好。"

——洋太语录

在夜场,服务人员通过"飞钱"来黑钱的现象尤其严重,"飞钱"即通过反复买卖酒水的方式,比如A桌客户喝多了或者提前离开,一般会剩下一定量未开瓶的酒及软饮,服务人员可以直接卖给其他桌客户从而获益。

"目前在业界包括在睿仕,我们有风险逐步沦落成为劳动密集型产业,也就是说当我们没办法和客户要到高的价格,当企业的采购人员跳出来毫无廉耻砍价时,我们只能高度复合性地使用不同专职服务团队人员来提升利润,也就是"公关套娃"模式:客户总是在问我们到底还在服务什么客户?我跟她讲我们只服务微硬一个客户,结果取出来一个套娃,发现这个团队还在服务宝驹;再出来一个套娃,发现这个团队其实还有两个人正在服务着腰蕾斯。这直接导致服务品质的降低以及公司在业界声誉的下降。"

——洋太语录

带着最具潜力的销售人员去那些非竞业但具有相关性的消费场所如夜总会、KTV 去招揽自己的大客户资源，通过装醉、走错房间等方式混到隔壁包间，如何在最短时间内说服这些人成为你的客户或者加上客人的微信？

"在我看来，抢夺一个成熟客户所花费的投资永远比培育一个新客户付出的成本小，无论金钱还是时间。因此，我更看好被调教好的客人。"

——洋太语录

在某城市需要开一家新夜店的时候，如何提前布局安排销售人员去当地成熟夜店大肆消费，通过小游戏、请喝酒等社交方式和潜在客人打成一片，拿到客户资料及客户资源，进行深度的客户关系管理（CRM），最终待新店开业后成功导入客流？

"世事洞明皆策略，人情练达即创意。"

——洋太语录

很多时候，无欲则刚、不卑不亢是最好的夜场服务方式。因为你是在对方心中埋下来一颗种子，这颗种子是要埋进客人的内心，它孕育着将来的某种希望。

"比稿时、竞标时，就是假戏也要真做，即便客户有倾向性地私订终身了，你也要做出最好的表现。要么不和我们团队接触，一旦接触就会被触发，就算没合作但印象深刻，让客户跟别人合作的时候也想着你。"

——洋太语录

洋太深情款款地站在那里，用国王般骄傲的目光巡视着全场每一个人，像子弹一样有冲击力的男中音拍打着每个人的心口，"咬字千斤重，听者自动容。"这真是一种享受，具有戏剧感的宏大叙事批判与多元美学建构，他的暖场，插科打诨，时英时中，宏大而不失精妙，专业而不失深情。邝子凯的思绪向来凌乱而不拘一格，也被吸引住了。不得不承认，有的人一张开嘴，世界就是他的了。邝子凯看着洋太，忽然想起来可以套用上学时的课文《口技》，改动一下描述此时的场景：

  京中有善口技者。会宾客大宴，于夜店之东北角，施八尺屏障，口技人坐屏障中，一桌、一椅、一遥控器、一PPT（幻灯片）而已。众宾团坐。少顷，但闻屏障中抚尺一下，满堂寂然，无敢哗者。

  满座宾客无不伸颈，侧目，微笑，嘿叹，以为妙绝也。

  凡所应有，无所不有。虽人有百手，手有百指，不能指其一端；人有百口，口有百舌，不能名其一处也。

  而忽然抚尺一下，群响毕绝。撤屏视之，一人、一桌、一椅、一遥控器、一PPT如故。

众人听得大呼过瘾，再加上琳琅满目的香槟、威士忌和红酒，大家度过了最疯狂不羁的下午。只有顾烨一个人冷冷地坐在角落里，看着站在幻灯片前口吐莲花的洋太，仔细思考着他说出来的每句话。她不得不承认，这次培训的观点甚是精彩，连她自己也有些被触动。她不明白的是，平日里专业明显不过关的洋太如何做到在短时间内融会贯通成为一代宗师，这背后到底发生了什么。她原本以为是林卓甚至是大佬在背后支招，但看到他们两个脸上的惊讶与赞叹，完全不像是事先知道整个培训内容。

站在台上的洋太，看到了顾烨有些失落的眼神，他忽然想起来自己看过的一部香港老电影，主角叫作阿仁，在赌场中有机会对战王牌保官一哥时，保官的胸牌上写的是Jesus，所以阿仁与他对阵的时候，就笑着说："在赌桌上，我们是敌人。你是庄家，我是闲家。你是上帝，我当然就是魔鬼了。"

一哥不屑地说："魔鬼从来都不是上帝的敌人。《圣经》里面说，魔鬼本就是上帝的仆人。不过，今晚我这个上帝，是来服务你这个魔鬼的。"

阿仁没忍住对方的挑衅，赌上了所有的筹码。

结果阿仁那次输给了一哥，他心中没有过自己那关，因为他害怕输。

后来当他为了救好朋友，通过神秘的腕珠穿越回赌场面对不可一世的保官时，阿仁因为知道发生了什么，说道："这一把，我会拿到两张人头，K和Q。而你第一张牌是7，接着是8，最后是6。"

一哥依旧是不屑地笑道："你以为你是谁？"

接下来，阿仁下了1000元的赌注。

一哥从轻蔑到诧异再到震惊，因为阿仁要的牌顺序全对。一哥虽然赢了1000元，但是输了信心。

接着，阿仁再次坚定地把所有筹码推了出去。

这一次，阿仁不再能预先知道结果，所以，他靠的是自己。阿仁靠着锐不可当的气势，最终赢得了牌局。

原来所谓赌神，不是预知了未来，而是走出了输赢。

临走前，他对那位失落至极的一哥说："没错，你是上帝，但是以后我去的地方，你不可以再出现，因为那些地方是——上帝禁区。"

12. 共同的敌人

"我小时候玩过一款游戏,难度十分高,叫《北野武的挑战状》,讲的是一个普通小市民寻宝的故事,北野武本人据说也参与了这部游戏的制作。冲着他的大名,不少人抢购这款游戏,但是这款游戏却把许多小朋友玩哭了。为什么呢?给大家举几个例子。"

说着,大佬招呼服务生过来给自己加一杯啤酒。

八月份的上海,仲夏夜沉闷而湿润,开完半年的亚太区域会议,洋太和林卓一起陪着大佬躲在静安区的一个隐蔽小酒馆里喝酒聊天。

"游戏开始时你需要对着手柄上的麦克风连续唱 3 首歌,否则剧情无法进行。

"在不碰任何按键的情况下等整整一小时,寻宝的地图上才会出现字。

"游戏中有个谜题需要按住一个按钮 4 个小时不能放。

"最终 BOSS 需要打 20000 下才会死。

"游戏终盘必须要用到的道具只能在游戏刚开始的时候购买,错过了只能从头再来。"

大佬今天心情大好,追忆着自己的少年时代,又痛快地干掉了刚刚上来的一整杯白啤。"我有一个同学极有毅力,经过反复修炼,终于把游戏打通关了,可是没有看到什么结局画面,屏幕上只蹦出一个北野武的漫画头像,旁边写着行字——"

大佬故意停顿了一下,看了看林卓和洋太的反应,故作神秘地说道:"上面写着,对这种游戏如此认真有什么意义?"

林卓和洋太听完都哈哈大笑,纷纷感慨道这得是多么无聊的人,才做出来的事情。

"请注意,那个时代的游戏都是不能存档的……"

大佬在最后默默补了一刀。

不同于达达在说话上更为强调逻辑及事实;邝子凯在语言上飘逸而散漫,大佬天生有种善于讲故事的能力,对听众而言则是一种神奇的魔力,林卓和洋太都被逗得前仰后合、乐不可支。

洋太和大佬聊得来的除了酒之外,他们还有一个共同的爱好就是游戏。洋太之前并没有太多事务性工作,除了帮几个客户打理下私事,有大把的时间去玩游戏,也因此在游戏圈结识了很多好朋友,后来又把他们介绍给林卓作为圈内资源进行合作。

"当年有个游戏叫作《龙珠大冒险》,我可喜欢玩了。小悟空没长大的时候有一个很厉害的敌人叫桃白白,但是第一次打桃白白是一定会被打败的,桃白白非常强,血也比你多几管,总之第一次打不可能过。但是天道酬勤,后来经常和小伙伴对战的我越来越厉害,居然找到了诀窍,后来再打那一关,硬是把桃白白磨到了最后一丝血,然后……你们猜怎么着?"

洋太露出一丝狡黠的笑容,仿佛自嘲那就是一场早已注定的宿命。

"我,卡住,动不了了,系统不让我动了。然后我就看着桃白白把一动不动的小悟空打死了。"

众人忽然都陷入了沉默,这是游戏制作人在讽刺人生的定数吗?

12. 共同的敌人

婴孩自出娘胎便双拳紧握，妄图抓紧人世间的贪嗔爱恶，但到人生尽头双手却无力地张开，最终还是一无所有。

众人正在感慨之际，大佬的手机忽然响了起来。他低头看了眼来电人的名字，犹豫了一下，但最终还是接通了电话。

"魏紫你好！"大佬说。

电话那边是一个女人明显有些激动的声音。

"魏紫，你别激动，有话慢慢说。是我们的问题，我们一定会解决。"大佬的脸色恢复了常态，变得愈加难以捉摸。

听到"魏紫"这个名字，洋太心头一震，这个名字太久没人提起过了。从大佬的口中说出，让洋太有一种穿越感。

"你等我的电话，我一会儿打给顾烨问问具体情况。好的，再见。"大佬皱了皱眉，放下电话，显然谈话的内容一定让他感到不悦。

"老板，怎么了？"林卓看出来大佬不高兴了。

"韩冰的经纪人太难谈了，这轮沟通完还是没有结果。魏紫他们公司今年引进了一款全球非常重要的游戏作品《启示12》，本来想签约韩冰作为游戏的代言人并且邀请她演唱这款游戏的英文版主题曲。"

"是因为当初她姐姐演唱过上一代游戏作品吗？"洋太这才想起来十年前轰动一时的游戏《启示9》以及那首让无数少男少女心动的主题曲。

"是的，我们希望十年的岁月不要变化。这样大家就能够看到非常经典的场面，当年还略显粗糙的游戏动画与今天已经非常精细的画面做个混剪。营造风华流转、时空穿梭之感。"大佬将顾烨当时给游戏公司的提案缓缓道来。

"这个想法很棒啊，连我这个不大玩游戏的人都很期待。"林卓发自内心地赞叹道。

"这是顾烨最早提出的想法,她一直也很拼命去维护这个 idea,希望可以将它实现。问题在于以我们的资源见不到韩冰本人,她作为这么红的艺人其实非常奇怪,圈内朋友并不多,而且她对自己的经纪人非常信任,我们现在只能联系到她的经纪人陈亚述。但是这个陈亚述不知道是和游戏有仇还是怎么着,就是不同意,也不想和我们谈。结果魏紫自己偏偏又和亚太区的老板汇报了这个想法,老板同意批了预算来做这件事,魏紫现在也下不了台了,签约韩冰成了必须要做的事情,她压力也很大,昨天会上可能说话冲了点儿,顾烨自己也觉得有些委屈,毕竟她一直很努力在推动这件事。结果两个人当着两家公司十几个人的面,就吵了起来,场面很难看,双方不欢而散。魏紫就打电话直接向我投诉,说顾烨不尊重她,想换人。"大佬缓缓说完,又把眼前的威士忌一饮而尽。

所谓伴君如伴虎,大概也就是这个意思。一件事情做不好,客户就会动炒掉你的想法。然而魏紫和顾烨合作也超过五年了,两人平日里交情很好,还经常一起逛街或参加派对。

大佬无奈地摆摆手,不想在今夜再继续这个话题。他早已经习惯了这种电话,在公关公司做久的人,就好像是 call center(呼叫中心)一样,总会接到客户的投诉与抱怨。随着级别的提升,抱怨的客人级别也会水涨船高,从普通专员、经理、总监再到副总裁、总裁,永无止境。

"这个客户叫作魏紫?"洋太还是忍不住问道。

"对,魏紫,这家游戏公司的公关总监,也是北京公司非常重要的客户。"

大佬看得出洋太十分感兴趣。

"怎么,洋太,你认识她?"

12. 共同的敌人

"我以前有个同学也叫魏紫,后来失去联系了,但我想不会这么巧吧?"

洋太有些尴尬地笑道。

"这还不简单,顾烨朋友圈里有她的照片,她们上周还一起参加了一场酒会。"

林卓很热心地从顾烨的朋友圈里寻找魏紫的照片,很快就找到了,她把手机递给洋太。

看到魏紫的第一秒,洋太竟然有些眩晕,他甚至无法判断是因为酒精作用还是身体里残留的没有完全被魏紫消耗完的多巴胺所致。没想到十年未见的魏紫居然以这种方式出现在他的眼前。

照片上的魏紫和当年并没有太大变化,还是一副纤瘦修长、弱不禁风的样子,穿着黑色的晚礼服,手中拿着酒杯在和一群老外谈笑风生。

摆在洋太面前的现实是,如果想要重新见到魏紫,洋太就必须去求顾烨。可是那次培训之后很长一段时间,顾烨和洋太都再没有说过话,两个人如同陌生人一样,见面擦肩而过装作视而不见。每逢管理层例会,两人也总是保持着最远的距离。渐渐地,两人不和的传言开始演变为两个组成员之间的立场分明,本来洋太这边二十多人还不足以和顾烨形成均势,但是林卓的强大助力则让"羚羊组合"完全可以和顾烨抗衡了。

"清晨的粥比深夜的酒好喝,骗你的人比爱你的人会说。"

洋太猛地想起来魏紫当年跟他说过的这两句话。不知道为什么,他更愿意把它理解为一句励志的口号,洋太告诉自己,其实顾烨也是可以合作的,她只是心直口快而已,在共同的敌人面前,必须去争取一切可以争取的力量。

——为了共同的目标:搞定魏紫。

13. 我们是做公司，不是做社团

（1）

顾烨一整天的心情都是 down（低落）掉的，本来发布会结束后要去大望路和朋友吃饭的她忽然收到了大佬的微信，说要她去办公室有紧急的事情需要和她面谈。无奈顾烨只好推掉和朋友的约会叫了辆出租车向公司赶去。

顾烨负责的一个日本消费电子巨头，其旗下有一个重要电子消费产品的升级版本即将发布。这次邀请的媒体非常少，都是科技界内响当当的。客户老板点名要求她亲自来邀请媒体，尤其是必须搞定一个以爱出负面消息著称的媒体，其主编段非更是出了名的难说话。顾烨和他算是打过几年的交道，段非也算是对顾烨买账，结果今天不知道段非心情是不是也 down 掉了，对顾烨的问候爱搭不理的。

"段老师，您好！我想和您沟通一件事情，客户那边希望您这次专访上就别沟通明年上市的新版本机型了，这次话题还是以这次发布的产品版本为主吧。"顾烨客气地说道。

电话那边沉默了数秒，顾烨已经感觉到了段非的不悦。

"你知道呆呆吗？呆呆是一种什么媒体你知道吗？"段非闷声道。

"不就是一个靠出负面消息博出位的媒体吗？"顾烨内心骂道，

但是表面上还装作和气的样子继续沟通。

"我当然知道了，呆呆是一家有态度、有观点的科技媒体啊。"

"知道你还对我提出这种要求？顾烨，你也是个很资深的公关了，你这是控制媒体、控制舆论，你知道吗？"段非开始上纲上线。

顾烨的肺快要气炸了，心想自己今天还真是遇到事儿货了，自己就是提醒一下而已，怎么会被堂堂主编理解为控制媒体呢，何况主动权还是在媒体手里，公关公司怎么控制得了。

两人的电话沟通不欢而散，一小时后两人又在会场见面了。这个哥们儿倒是没心没肺，见了面依然跟顾烨谈笑风生，让顾烨根本猜不透他到底是一个什么样的人。

就在顾烨以为一切稳当的时候，尴尬的时刻出现了，就在专访环节，当着一众媒体以及客户高管的面，段非第一个跳了出来，抛出来了那个令人心碎的问题：

"除了这次升级版产品之外，你们的新产品什么时候上市？据传是明年春天上市，那如果这样的话，目前这个产品是不是处在一个过渡性的位置上？"

客户公关副总裁狠狠瞪了顾烨一眼。

段非问完这个问题还得意地向顾烨瞟来，似乎在说，"看我整不了你，你还想控制我！"

顾烨哭笑不得，正准备出面维持一下采访的秩序，没想到中文极好的客户老板倒是风趣地化解了这个问题：

"这位媒体朋友啊，我们主要是回答今天的问题，明年的事情明年再说。你不要心急啊。中国那句话怎么说来着，心急吃不了热豆腐啊。"

媒体的人哈哈大笑，段非的这个问题也就不了了之了。

但是顾烨和这位大主编的梁子算是正式结上了，天知道段非会写出什么样的稿件，顾烨在出租车里一直惴惴不安地想着，可她还不知道，大佬要和她沟通的事情更令她崩溃。

（2）

"什么?！你居然让我陪着洋太去见魏紫?！"

顾烨一下子跳了起来，大佬给她提了一个她根本没有想到的方案。

"他过去能做什么？又要陪着魏紫去喝酒吗？或者给她分享夜店酒店那些事儿？或者干脆直接和魏紫说，我陪你上床吧，我可以解决你的所有问题。但是大佬我和你讲，你找个徒有其表的人过去根本不能解决问题，何况魏紫人家有老公。"

顾烨一口气说出来一堆事情。

"魏紫结婚了？"听到这个消息大佬也有些意外。

"嗯，很奇怪吗？"顾烨说。

大佬摆摆手，在他的印象里魏紫是一个非典型的公关总监，一年有多半时间在国内外出差，不像是有老公的人，性格上有些冷冷的，也不大喜欢出席业内的活动。

"哦，没有，我只是觉得有些意外。"大佬说，"前天晚上我们在上海喝酒正好你打电话过来，洋太说他有一个娱乐圈的朋友，和韩冰私交很好，应该有机会说服这个大明星来做这个产品代言。"

顾烨想了想，眉头紧锁，显然她正在权衡在客户体系里面引入洋太这个角色后会带来什么问题。但现在她面临的局面也很艰难，按照目前她和魏紫的紧张关系，双方停止续约也在情理当中。

大佬一向善于察言观色，看到顾烨的态度有所松动，他继续劝道，"你也不要执着，我们都是很专业的人，要对公司的结果负责嘛。"

13. 我们是做公司，不是做社团

"那以后他还不得在我面前趾高气扬，好像我欠他什么东西似的。不行，老大，我接受不了这个方案，我很难和这种人共事。"顾烨态度鲜明，甚至不惜牺牲掉这个大客户。

"那倒也不是，你们做这件事情是一帮一一对红，不存在谁帮谁的问题，因为他也有求于你。"大佬眯着眼睛笑起来，让顾烨实在猜不透大佬葫芦里面卖的是什么药。

"什么意思，老大？"顾烨问道。

"顾烨，我一直也想和你好好聊聊，你和洋太到底怎么了？过去几个月都比较忙，我也没太管你们的事情，以为你们会自动和解，没想到愈演愈烈，现在我都听到外面的传言了，说北京公司要分家了，你自己开一个，林卓和洋太开一个。"大佬忽然恢复了冷峻的面容。

"老大，我不是这个意思。我只是说我们工作风格和血统不一样，很难达成一致。"

大佬沉默了半晌，拿出雪茄抽了几口，看着窗外自顾自地说道：

"Alvin 走了以后，为什么我再没有设置北京公司的总经理？我希望未来在这个位置上的人除了专业够好，可以搞定客户之外，也一定要有胸怀能够包容她不喜欢的人。一个组织，如果全部都是你的人，那叫作社团；如果不完全是你的人，有很多你讨厌甚至想去干掉的人，那才叫作公司。"

顾烨没说话，在她内心深处，也想看看以洋太的本事到底是不是能搞定这件事。

14. 配合演出

(1)

魏紫见到洋太的第一眼并没有马上认出他来。

毕竟10年过去了，彼时的少年都已经长大，容颜和气质都已经发生不小的变化。

所谓成长就是，你要习惯所有人的忽冷忽热，也要看淡任何人的渐行渐远。

即便是面对曾经最爱的人。

在魏紫的记忆中，洋太是一个天性率直、放荡不羁的少年，球鞋、衬衫和牛仔裤就是他全部的标配，那狂妄、年轻的眼神可以肆无忌惮扫视一切他所热爱的姑娘。而眼前这个英俊冷漠的男人，衣着考究到好像一面镜子，面对他每个女人都要审视一下自己是否拥有足够精致的妆容。

在洋太与她互换名片之后，她仅有的一点疑虑也消失了，她所熟悉的那个男人叫另外一个名字。只不过，两人眉宇之间的神色太过相近，让魏紫一瞬间没有缓过神儿来。

"洋太先生一个月前刚加入睿仕，他将会作为游戏代言项目的顾问参与进来，洋太先生在娱乐圈有着非常丰富的资源，相信他的加入一定会推动整个代言项目的进展。"顾烨言不由衷地介绍着洋太,现场来自游戏公司市场公关部的几个女孩儿都目不转睛盯着洋太,看得出来她们都对洋太产生了浓厚的兴趣。

"你好,魏紫,我是洋太。"洋太彬彬有礼,站起来主动与魏紫握手。

魏紫呆在那里,竟然没有任何反应。

他的声音也和那个人如此之像,魏紫的脑袋一下子空了。

身旁的公关经理Cindy善意地提醒了下魏紫,魏紫连忙起身与洋太象征性地握了握手。

"欢迎你,洋太先生,你对整体项目有过初步了解吗?还需要我们重新给你做briefing吗?"仅仅几秒的迟疑,魏紫很快恢复了平日傲慢冷漠的样子。

"不用了,顾烨已经向我介绍了目前的情况。"

"预算我们有,亚太区的老板也非常希望和韩冰合作。不过他们的经纪团队尤其是经纪人陈亚述不是很友好,我之前也和他聊了数轮,他对我们的产品有一些顾虑,或者直接点说,他对游戏有一些误会。请问洋太先生有什么好的解决方案?"魏紫问。

"我身边有一个韩冰的好朋友,她非常信任他的意见。我想可能会有些帮助吧,虽然我没办法和你承诺什么,但是我一定会尽力去做,为了你——"洋太故意把最后这句话说得很慢。

"为了我?"魏紫以为自己听错了。

"我没说完,为了你们的这个项目。"洋太盯着魏紫的眼睛不紧不慢道。

魏紫忽然脸红起来,一向雷厉风行的她语气当中居然出现了一丝难得的温柔。

"那么洋太先生,什么时候可以给我们结果?"魏紫追问道。

"没有时间表,我只能尽力去做。"洋太面无表情道。

顾烨心里顿时"咯噔"一下，魏紫是一位结果导向尤为明显的客户，甚至很多时候可以用急功近利来形容。这么漫无边际的回答，一定会引起她的严重不满。顾烨暗自揣测如何应对接下来产生的僵局。

让游戏公司公关部和睿仕的参会人员都感到诧异的是，魏紫并没有挑战洋太，而是通情达理地表达了理解：

"好，那麻烦你试试看，只是我们可以等的时间并不多。"

而后，双方都不咸不淡地聊了几句，魏紫就宣布今天的会议结束了。

"不好意思，我忘了件事情。"

本已经走出会议室的魏紫忽然转身回来，众人都朝着她看过去。

魏紫拿出笔记本，打开文件夹，一边浏览一边说道："我们全球的第一方工作室有一款非常经典的游戏，名字叫作《左右》(*Left and Right*)，十几年前曾经在中国市场上发行过，受到了很多玩家的青睐。后来由于一些特殊的原因，续作没有登陆中国市场。"

魏紫故意停顿了一下，看了看洋太的反应。

"总部决定在明年重新引进这款游戏的最新升级版本到中国，不仅仅在PC（个人电脑）和手机平台，还会同步在PlayStation主机平台推出。我想听听洋太的意见，你对这款产品在中国的市场前景怎么看？"

顾烨等人在一旁看着都感到十分奇怪，洋太本来只是作为艺人顾问出现在今天的会议中，但是魏紫为什么会去问他这样的问题？况且如此重要的产品信息，完全应该单独召开会议进行讨论，而不是作为其他会议的补充信息而存在。

更为吊诡的是，在场所有人压根儿没有听说过有这么一款曾经风靡全球的游戏存在。

只有洋太对此心领神会，因为"左右"就是他身份证上真实的名字，魏紫用了一种只有她和洋太两人能够听懂的语言在试探他。

"我知道它是个情怀作品，但说实话，如果可以换回我一天关于童年的记忆和乐趣，即使卖点是情怀，它给我的也不单单是情怀。我在这款游戏里，找到了当年沉迷游戏的自己。这款游戏如果出在 20 年前，我给它满分；在今天，我拒绝给它打分。因为它在当下的标准里，注定是个不及格的作品，媒体给它的打分，百分百都是情怀。但它让我找回了那么一些丢了很久的快乐，这种快乐，用分数衡量不过来，用情怀也解释不通。

"不过为了乐趣我愿意花钱，你呢？

"原有的玩家现在正处于消费能力最强的时期，但是作为新品牌去塑造，今天的年轻人都不会认它。所以你必须找到我这类玩家，拿我来说，如果爱上一款游戏，即便不再去玩，但我一定会第一时间购买，作为自己的游戏收藏放在家里。因为对于很多玩家而言，就像买书一样，游戏买了放在家里看看就舒服了，花了钱为什么还要花时间玩？"

对于游戏文化，洋太原本就轻车熟路，只是听完他的高论，顾烨又大跌眼镜。

"和我想的一样，谢谢！"魏紫笑了笑，转身离开会议室。

（2）

"老实告诉我，你是不是认识她？"

等到洋太钻进汽车发动引擎，顾烨迫不及待地发问。

"我今天是第一次见到她。"洋太漫不经心道。

"别当我是傻子好吗？我认识她五年了，这根本不是她的作风，我看她看你的眼神都不一样。"顾烨不满道。

"我们不谈这个了好吗,现在最重要的事情是我在帮你搞定这个客户!"

洋太终止了这个话题。

看来洋太并不打算和盘托出他和魏紫的关系,顾烨也不好再追问下去。只是她内心对洋太的好奇与神秘感,又多了一分。

"你没见到过她那个经纪人态度有多么傲慢,韩冰现在红得发紫,多少品牌想贴上去?但是游戏这个品类人家明确表示是不会碰的,你知道吗?"顾烨说。

"所以我们才要想办法!设想一下,当一个人没办法利诱的时候,还有什么途径?"

"你能够找到她的什么把柄?然后威胁她?"顾烨只好大开脑洞、胡乱猜测道。

"如果上帝不帮我们,我们就只好去找魔鬼商量。"

洋太看着不远处霓虹灯下的广告牌,淡淡地说道。

一场突如其来的暴雨冲刷着整座城市,后来顾烨在旁边说什么他都没怎么听进去,他的思绪早就回到了魏紫身上。

(3)

"动作片、科幻片、惊悚片、恐怖片。只要有你陪,都是爱情片。"

落地窗下的魏紫,看着国贸桥的滚滚车流,忽然想起来她生命中第一个男孩对她说的这句话。

16岁,魏紫还在故乡读中学。记忆中这是一座荒废掉的城市,从地图上看就好像是一潭死水。沉寂之丘下掩埋着无数的欲望。这座城市最大的特点就是寒冷,她一直怀疑温室效应的真实性,因为每年冬天的寒冷,都让她想拼命逃离这座城市。

而唯一能够对抗寒冷的就是街机厅内的热络。街机厅作为20世纪九十年代年轻人娱乐生活的符号,很长一段时间已经只存在于人们的记忆当中了。魏紫小的时候记得那叫精神鸦片,当年出入街机厅的少男少女都被冠以"不良少年"的字眼。

魏紫后来反思自己一度沉溺在"游戏人间"的想法中,很大程度上是继承了家族的基因:她的家人几乎全部都在从事和游戏相关的事情。爷爷作为大BOSS是当地第一家电子游戏厅的创始人,20世纪80年代末期天价采购了数台任天堂游戏机,在当地最热闹的街道开了家游艺厅,那个时候的人们还很单纯,魏紫的爷爷善于营销的头脑还想出一个响亮的口号——"电子游戏提高智力",家长们一般都是带着孩子来这里玩一会儿《冒险岛》或者《魂斗罗》之类的游戏,后来转型做了街机厅。

魏紫的叔叔则在当地开了一家主营游戏机产品、光盘及周边的店,游戏技艺无人能敌,并在二十年前就发明了O2O(线上线下)的玩法,只要一个传呼或者电话,他就会开着一辆拉风的摩托车给玩家们送货,被称为"玩到家骑士"。

魏紫的母亲虽然没有抢滩成为当地第一个开网吧的人,但她做到了叔叔和爷爷都没能做到的高利润,她开了家主打高端体验的休闲式网吧,取名"来缘树",slogan(口号)更是被当地无数少女奉为经典——"网上怀念不如来缘见面",赢得了一干附庸风雅且消费力强劲的帅哥美女的青睐,其咖啡厅甚至成为当地网友见面的胜地。

就在魏紫家开的街机厅,聚集着那群无所事事的少年。尽管赚了很多钱,但是年少的魏紫并不开心。她就在这群少年的嘈杂、咒骂与烟雾缭绕中成长起来。

成年后远离家乡的魏紫,时常会回忆起当年那个身体孱弱的少年，一个人坐在颓败的街机厅，独自等待她的到来。

魏紫的视线回到办公桌上摆放的一张泛黄的明信片上，那是她16岁生日的时候，左右送给她的卡片。正面是一个海面上模糊的灯塔，背面歪歪扭扭地写了些字：

> 我会庆幸过去的时间认识你，同时带着惶恐和不知所措进入了新年。烟花易逝人常在，希望你是可以常在的人。

魏紫眼眶湿润了，她仿佛又看到那个男孩走到她面前，对她说了一句：

"你为什么离开？"

生命中，有些错过，最后成为过错。而有些错过，又变成了相遇。

魏紫曾经听大佬说过一句话，这个行业，最重要的是保持到最后的激情和忠诚于最初的灵感。

她那时在想，爱情不也是这样么。原来，能真正持续的爱是能接受一切的，能接受一切失望、失败与背叛，甚至能接受这样一种悲哀的事实：最终，最深的欲望只是简单的相伴。

这时，她耳边的蓝牙音响正在播放一首歌：

> 该配合你演出的我尽力在表演
> 像情感节目里的嘉宾任人挑选
> 如果还能看出我有爱你的那面
> 请剪掉那些情节让我看上去体面
>
> 可你曾经那么爱我干吗演出细节
> 不在意的样子是我最后的表演
> 是因为爱你我才选择表演这种成全

15. 在被时间遗忘前，遗忘时间

（1）

九月一日，学生开学的日子。

正在马路上奋力骑车的左右忽然听到后面有人喊他的名字，回头看原来是同班同学。两人整整一个暑假没见，有说有笑走到校门口，同学光顾着说话一个不留意，差点撞上正开过来的一辆黑色奥迪。

不一会儿，一个高挑的女孩从副驾驶位置走了下来，她穿着牛仔裤和紫色T恤，有着和这个年龄不符的成熟气质，毫不顾忌旁边同学们诧异的目光，自顾自地向校园走去。

"左右，这个女生就是魏紫。"同学推着车子在旁边八卦道。

"魏紫……"左右努力在头脑中找寻这个名字。

"这姐们儿可乱了你知道吗？老和社会上的人搅在一起，以前初中时据说一百块钱就能上一次，现在厉害了，男朋友是市二中的一个富二代。"同学大大咧咧地在后面给左右"补课"。

"你小点儿声行吗？都被人听到了。"左右嘱咐道。

魏紫背着双肩包就在前面走着，一定是听到了，忽然回过来头，怒目而视。

"你们俩刚才谁说的？"

同学看了看左右,低下头来没敢说话。

魏紫走到他们跟前,指着那个同学的鼻子。

"你认识我吗?有凭有据吗?凭什么乱说?你是不是欠抽啊?有本事你当我面把刚才的话再说一遍啊!"

同学脸色发白,看得出来他是有些怕了。

左右看到旁边围上来看热闹的人越来越多,拉着同学转身就走。

"不准备道歉你们就走了?"魏紫在后面冷冷地说道。

左右停住脚步,转过身,眼睛盯着魏紫。

"他指名道姓说你了吗?"

"你们敢把名字和班级都说出来吗?"魏紫不依不饶。

"你有什么事找我就行,我叫左右,高二(3)班。"

说完左右拉着同学头也不回地走了。

开学第一天晚自习,班主任把左右叫了出去,原本以为是上午和魏紫争执的事情被捅到了班主任那里,左右走出去的时候还有些惴惴不安。出去之后他发现班主任和颜悦色,原来是主管团委的陈斌老师对品学兼优的左右印象颇佳,希望他来主持淮安中学建校五十周年的庆典晚会,左右这才松了口气。

听从老师的指示,左右向团委办公室走去。一推门,陈斌老师正在和一个女生在办公室聊天,陈老师标志性的爽朗笑声响彻办公室,显然他心情不错。看到左右来了,陈斌热情地跟他打招呼,那位背对着左右的高挑女生也转过头来。

四目相对,两人怔住了。

"左右,给你介绍一下,这位就是和你搭档主持晚会的魏紫。"陈老师笑着说道,"你们先认识一下,我这还有个会先走了,你们尽快出台本,好好表现,给学校争光。"

陈老师刚走，原本笑意满满的魏紫就又变回了冰冷的样子。

"你不是很能说吗？台本的事情就交给你了。后天晚自习再见吧。"

魏紫说完头也不回地径直走出了校团委办公室。

（2）

那一夜喝醉酒后的洋太，辗转反侧，少年时代的魏紫后来出现在他梦里……

距离月底的晚会只有一个月的时间，两个人十分勉强地约定每周三和周五的晚自习去练习台本，但是很快左右就领教了魏紫的下马威，魏紫总是习惯性迟到，要不就是刚来半小时就说有事要回家，甚至有一天他在排练室等到晚上九点钟。

左右气愤至极，觉得魏紫很不靠谱，于是怒气冲冲地找到陈斌，将过去两周魏紫的表现全部都报告给了陈斌。听完之后，陈斌也面露愠色，让左右等他通知，表示如果情况属实，学校完全可以换主持人。

第二天晚自习的时候，值班老师走过来对左右说，隔壁班的一个女生在外面等着找他有事儿。左右走出来一看正是魏紫，她的眼眶红红的，显然刚刚哭过。

"对不起，我以后不放你鸽子了。陈斌老师已经很严肃地批评过我，我也深刻地认识到了自己的问题，下不为例。你看，我把台词都已经背好了，你现在时间方便吗？我们去排练吧，抱歉，我前几天是家里有点事儿没来得及跟你说，让你久等了。"

魏紫的态度十分真诚。

左右看了看魏紫，忽然，所有的愤怒都烟消云散了，尽管对眼前这个女孩依然有意见，但他自己不得不承认，魏紫真的很美。

原来女人最值钱的和最不值钱的东西都一样，是眼泪。

你在乎她，这滴眼泪价值连城；你无视她，这滴眼泪一文不值。

很多年后，已经成为洋太的左右回忆当初的情形才发现，那是魏紫欺骗他的开始。

排练室里，两人花了一个晚上就把所有内容都练习了一遍。

"你真厉害，我背了好多天才能脱稿，你只是看了一下午就记得这么清楚，真是有天分。"左右由衷地夸赞道。

"没什么大不了，就是死记硬背，我只是记忆力好一点罢了。"魏紫淡淡地笑道。

两人之前虽然互相不喜欢，但真的为了一个共同目标而努力时，他们忽然发现两个人做事情很是对路，总是能够给对方惊喜，不知不觉两人走近了很多。

"时间差不多了，我们回家吧。"左右提议道。

"我，我不想回家。"魏紫喃喃地说道。

"为什么？"左右很是诧异魏紫的回答。

"我家人吵架吵得很凶，家里的家具电器什么的昨天晚上都砸得差不多了，我已经不想回到那个叫作家的地方了。"魏紫说着，忽然眼泪簌簌地流了下来。"我告诉你，可不可以不要传出去？"

左右见状被吓了一跳，连忙找纸巾给魏紫。

原来魏紫的父亲在外面跑工程结识了新的女人，要闹离婚，但魏紫的母亲一直拖着不肯离，两人就一直打架，再后来魏紫的母亲外面也有人了，结果谁也不愿意管魏紫。

左右想了想说："那我晚上不回去了，就在这里陪你吧。可是你明天怎么办呢？"

"明天我去小姨家吧，这么晚了我去她家不方便。"魏紫说。

两个人就坐在地上聊天，直到天空发白。

第二天白天上课的时候，左右基本没怎么听进去，不知道为什么，他头脑当中一直回放着和魏紫彻夜长谈的画面，一天就在恍恍惚惚间过去了。

周五的傍晚，学校门口车水马龙，挤满了过来接学生的家长。

魏紫走到学校旁边一个偏僻的巷子里，巷子旁边停着一辆汽车，里面坐着一个戴着墨镜酷酷的少年，魏紫打开车门坐了进去。

"晚上我不回家了，我再也不想回那个家了。"魏紫说道。

"没事，我爸给我留了一个新房，那里没人住，你就先住在那里吧。"

少年开着汽车消失在夜色当中。

而后，因为魏紫的出现，左右得罪了当年魏紫的前男友，在高考的最后一天，他被一群社会青年拦在学校考场外打到骨折住院。三个月出院后，他开始厌学，并且筹备复仇。结果当他准备好一切的时候，对手出国了，而魏紫则考上了北京的学校。

于是，第二年他干脆辍学来到北京，和魏紫一起生活。

但是左右逐渐发现，脱离了高中校园的单纯，来到北京的魏紫变成了一个严重依赖物质的姑娘，为了满足她的欲望，左右开始出去接兼职模特的工作，并尝试接触另外一个圈子，一步步成为一个典型的夜场男销售，成为了洋太。

两个人渐行渐远，魏紫以为他外面有了新欢，他觉得魏紫的眼里只有钱。

她不负责任地改变了他的生命轨迹，然而滑稽的是，两人分开十年后又相遇了，但是他知道这只是一种假象，不真实，但是足够浓烈。

一念起万水千山，一念灭沧海桑田。

像林中的两条路，永远只能走一条，怀念另一条。洋太原本想着：没人牵我的手，自己干脆就把手揣在兜里，老了打开，上面刻着一个字：

梦。

16. 黑暗并不能制造阴影，光明才能

"有没有想过我们还会再见？"魏紫盯着洋太的眼睛一字一顿地问。

"没有。"

魏紫看着洋太消瘦的脸庞，叹了口气。

"昨天我是喝多了，谢谢你送我到酒店过夜。不过我注意到一点，你为什么会有这个酒店总统套房的 VIP 卡？我怎么记得我并没有在前台 check in（办理入住手续）。"魏紫忽然回忆起来这个细节。

"该死！大意了。"洋太瞥了一眼放在床头柜上的那张黑色贵宾卡，心里琢磨着该如何跟魏紫解释才能打消她的疑虑。

"呃，这个，这个其实是我在睿仕负责的一个客户，他们给的体验卡而已，我哪有那么多钱办这个？"洋太信口胡诌道。

"哦，那就好，我以为你真的变成了职业酒店男公关了，哈哈。"魏紫打趣道。

她没有看到，洋太的脸上闪过一丝阴沉，但很快就消散掉了。

"对了，你结婚了？"洋太看见魏紫无名指上的戒指，赶紧转移话题。

"嗯，在那之前我还试着找过你。"魏紫也不知道该说什么好。

洋太没有说话，看着天花板，怅然若失。

"告诉我，左右，你为什么改了名字？而且所有人都找不到你

了，我后来问了所有的同学，都说没有你的联系方式，有人说在英国和澳大利亚都见过你，大家都以为你移民了。"这个问题困扰了魏紫很多年。

只有洋太自己清楚，几年前他陪一个大客户出去玩的时候，的确在伦敦和墨尔本碰到过高中同学。

"我只是觉得好玩，换个名字，也算是一次新的开始吧。"洋太郑重其事道。

"是因为我？"魏紫小心翼翼地问。

洋太笑而不语，本来准备轻轻地抚摸魏紫的脸，但他的手在即将碰到魏紫的一瞬间，又生生地退了回去。

"你后悔过么？"魏紫见状也有些尴尬，起身给自己套了一件洋太昨晚留下来的灰色衬衫，恢复了平时那种冷漠的常态。

"当然后悔过，你不知道童话里都是骗人的么！"洋太笑道。

魏紫也笑了，只是内心听到他这么说还是忍不住隐隐作痛。时间很会开玩笑，但是笑过以后留下了什么，只有自己知道。

"左右……算了，我还是叫你的新名字吧。洋太，你知道我在想什么吗？"魏紫问。

"你那么难猜，我怎么猜得透你。"洋太做出一副冥思苦想的样子。

"五年前，我还没认识我老公的时候，有一天加班很晚，等到回完最后一封邮件，大概凌晨2点吧，我收拾好，没有开车，走路回家，也没有吃什么东西，忽然感觉到冷，就去便利店买了点吃的，还心血来潮买了罐啤酒。走着走着，看着前面昏黄的路灯，我忽然觉得，自己像是一个被人上了发条的舞者，被放在不属于自己的舞台上，一颦一笑，举手投足，都是别人的希冀。老板的、客户的、同事的、家人的，唯独没有我自己。然后我就哭了，真的哭了。这时我看到前方灯光下有个大幅广告，上面没有任何画面，只有赤裸裸的文字，却直指人心：深夜两点半，你是在街道上，路灯下，还是在别人的房间中。是时候，该有个家了。"

洋太看着魏紫的眼睛，没有说话，他把魏紫紧紧地搂在了臂弯里。

"那个时候，我想起了你，我以为我们不会再见了。"

魏紫也紧紧抱住了对面这个她曾经深爱过、质疑过、厌恶过、误会过、欣赏过、为之战斗过，就是不曾失去过的男人。

洋太一直觉得魏紫像植物一样纤细，她总是睡得很轻，稍有动静就会醒过来。

"你为什么总是起得很早？"洋太忍不住问。

"如果是读书时，我会告诉你我不想你起来看到我还贪睡的样子。现在真实的原因是我有一个跟北美总部的电话会议，你等我一会儿吧，我中午请你吃牛排，算是感谢你昨天送我住这么贵的酒店。"

魏紫向洋太眨眨眼睛，她随手点燃一支烟，接着将窗户打开，让外面大量新鲜的空气涌进来。

洋太忽然表现得有点腼腆，事实上他跟魏紫已经太久不见了，即使见面也是在正式场合。酒醒之后，他有点不太了解眼前穿着自己的宽大灰色衬衫裸露长腿的漂亮女人。

"请坐。"洋太忽然憋出来这么一句话。

"这么客气，昨天晚上喝酒的时候怎么没见到你客气呢？"

魏紫似笑非笑地看着洋太。

昨晚的酒精，将两人关于对方的所有回忆都唤醒了，两个注定不能在一起的灵魂缱绻在一起，彼此无限眷恋。

高中时，魏紫家里有一个房间是专门练习舞蹈的，淡淡的灯光映衬着淡白色的空间，每天夜晚她都在此与灵魂对话。

一个暑假的午后,洋太来到魏紫空无一人的家,坐在地板上看她跳舞。那具年轻的躯体肆无忌惮地伸展、扭动,无拘无束,女孩诱人的曲线像是最具情欲魅力的魔鬼一样吸引着洋太,让他魂不守舍。

魔鬼因爱而死,天使却继续嬉戏。

"跳舞的动作其实和做爱一样,都是可笑的。"魏紫对洋太说。

一曲舞毕,魏紫倒在洋太的怀中,凝视着洋太,脸上的汗珠滴在洋太的嘴边,她用舌尖舔去。

洋太尝试着去拿放在一旁的瓶装水,却不小心碰到了魏紫高耸的胸部。

"你是想要那个了么?"魏紫很认真地看着洋太。

"我,我不是那个意思。"洋太手足无措。

还没等洋太说完,魏紫就用自己的嘴唇封印住了洋太,两个热情迸发的生命怎么会拒绝彼此?

洋太紧紧地搂着魏紫,两人舌头搅动在一起,她让他无法呼吸,她让他沉浸在令人窒息的爱欲中无法脱身。他抚摸着她漂亮高挑的马尾,似乎在征服一只最美丽的母狮。无法抑制的情欲在这一刻如潮水般淹没了他的防线。

"神,就在她两腿之间。"它是一切的根源,也是所有问题的答案。

洋太曾无数次幻想过,阔别多年,两人再见时一定会重燃爱火。

然而,这一夜他们什么都没发生。洋太曾经可以和一掷千金的客人相拥入眠,但是他会珍视久别重逢的旧爱,不让它轻易损坏。

魏紫手指上刚刚点燃的烟卷落到地上,无尽的烟雾从那个火热的燃点迸发出来,袅袅升起,笼罩住两个人。洋太就那么看着魏紫，阳光穿透外面轻薄的窗帘照进来，落在她的脸上，有着明暗交错的光斑。

洋太继续玩他的游戏，魏紫则去参加电话会议，她偶尔抬头看看洋太，她觉得洋太没变，还是像16岁那年一样爱玩游戏，她想起少年时代的他们喜欢在午后雨后敞亮的房间里躺着，什么都不做都会感到无比快乐。

"我们以后怎么办？"洋太忽然抛出来一句。

"灵明无著，物来顺应，未来不迎，当下不杂，既过不恋。"魏紫回答得很干脆。

"别跟我掉书袋，一句话说明白！"洋太直截了当。

"顺其自然呗，难道你要我现在离婚吗？"魏紫反问道。

"我不是那个意思。"洋太喃喃自语。

"洋太，你记住，如果没有将来，那我宁愿从未遇见你。"魏紫的眼神很决绝。

洋太从没见过魏紫如此认真。

"你都不想知道我老公是什么样的人？"魏紫缓和了下语气。

"你不想说的，我不想问。"

"他是个好人，典型的北京胡同爷们儿。四年前，我和他在旅行中相识。我那个时候刚从伦敦调岗回国，干脆休了个年假，去华山玩，遇到他的时候，他酷酷的，戴个棒球帽。我在长途汽车站等车的队伍中正在专注地看着手机，他忽然在我身边冷冷丢来一句话，'你带这么多东西，背得动吗？'说完他直接就把我那几公斤的背包扛在了身上。你知道，其实我这个年纪很少相信这种爱情，但是他难得让我冲动了一次。原来不需要着急，你想要的，岁月都会给你。第七天我们就在一起了，所有人都以为我会找一个同行或者高管老外什么的，我却做了这么一个选择。但我觉得过去几年是我非常开心的几年，我觉得很值得。他是一个很平和的人，一种北京人特有的平和。我们都喜欢在路上的生活，一年有三分之一的时间都在路上，为了出去玩，我那个时候辞职都辞出了惯性，车就像一支笔，在陌生的路上记录我们的一切。"魏紫追忆道。

"现在呢？"洋太啜饮着杯子里的饮料，饶有兴致地继续问道。

"现在就是生活，晚上下班回家后偶尔聊上几句，然后分别做自己的事情。你知道吗，很多人甚至都不知道我结婚了。"魏紫摆摆手。

"你怎么评价现在你和你老公的状态？"

"和他在一起，我不快乐也不痛苦；和你在一起，我很快乐，但也很痛苦。"

魏紫收拾好衣服，拿上手提包。"好啦，时间差不多了，我们走吧。"

"你满足了我对职场美女高管的所有想象。"洋太由衷地赞叹道。

"得了吧，少来这套。"魏紫不屑地回道，"对了，洋太，你真的可以说服韩冰做我们的代言人吗？"

"我有一个非常好的狗仔朋友，他专门拍明星隐私的，我想办法买她的照片过来。"洋太喝了一口冰水说。

"你这个方式合法吗，不会出什么问题吧？"魏紫有些担忧道。

"当然谈不上什么违法，我们又不是要绑架她，我只是想多拿到一点点和他们谈判的筹码罢了。"洋太漫不经心道。

第二篇

在这个资讯泛滥的年代,谁操控了媒体,谁操控了信息的发放,谁就拥有了主动权。

17. 暗黑行动

一辆黑色 SUV（运动型多用途汽车）在夜色中疾驶，资深狗仔乔琦驾驶着汽车，洋太坐在副驾驶座上，后排的顾烨一直忙碌地用手机处理着各路邮件。

"据可靠线报，韩冰今天在环世会所举行她 30 岁的生日派对，她传说中的情人很可能露面。"乔琦漫不经心地嚼着口香糖。

"老乔，这条线索是谁提供的，有把握吗？"洋太问。

"养兵千日用兵一时，当然是线人提供的，这是机密。你还是不要问这么多了。"乔琦和洋太年纪相仿，三十上下，但是右脸上却有一道狭长的刀痕，夜晚看去显得更狰狞了。

"我在网上找了很多韩冰的资料，她非常小心，从没有被人曝过绯闻。"顾烨随意浏览着手机中韩冰的各种新闻。

"你想说明什么问题？"乔琦转过头看她。

"显然她在处理隐私方面有一个很专业的团队。"顾烨在数据分析上一向颇具天分。

"这个线人据说跟了很长时间，应该不会错，而且公司也不止派出我们一个团队。"

乔琦摇开车窗，把口香糖吐出去。

"为什么？不信任你？"顾烨颇感意外。

"这家会所肯定不止一个门，你不能保证韩冰一定从正门出来吧？每个门外都有公司的人，所以，我们最大的竞争对手不是别人，而是我们自己人！"乔琦抱怨道。

说话间，汽车已经开到东四环一家隐蔽的会所外，安保人员正在检查宾客们的邀请函，门童则忙碌地安排各色豪车的代客泊车。

乔琦小心翼翼地将车停靠在会所对面的树林里，关闭车灯在车内安静地等待。

"对了，你们这个行业需要长时间守株待兔，并且注意力高度集中，是怎么对抗孤独的？"顾烨感到很好奇。

"是不是和警察很像？我如果不做狗仔一定去当警察。"乔琦满不在乎道，"很长时间，我的QQ签名都是一句话：'谁敢跟我比孤独'。"

"乔老师，你想要独家吗？"顾烨试探着问道。

"当然想啊，那还用说！"乔琦耸耸肩膀。

"那你就听我的，没有人比公关公司更了解媒体了。"顾烨拿出手机，拨通一个电话，乔琦和洋太都疑惑地看着她，不知道顾烨要做什么。

"喂，是'毒舌爆料'的赵莹吗？"顾烨问。

乔琦和洋太面面相觑。

"你好，哪位？"电话那边有些嘈杂。

"是不是提供明星的八卦线索有奖励呢？"顾烨开门见山。

"呃，当然，但是这也要看具体是什么级别的明星。"对方显然是个老江湖。

"韩冰有兴趣吗？我现在看到她和一位男性在一家会所里，动作非常亲密，已经完全超出了好朋友的界限。"顾烨放出诱饵。

"真的假的?!"对方显然大吃一惊。

"我把位置发你，尽快过来，过期不候。"说完顾烨果断地挂掉

17. 暗黑行动

了电话。

乔琦顿时震惊了，转过身揪住顾烨的手臂，压低声音吼道："你干什么?！疯了吗？出卖我们?！"

洋太平静地拍了拍乔琦的肩膀："别着急，兄弟，想做独家大新闻，就相信我们。"

"线人你熟吗？是你们自己公司的吗？"顾烨反问乔琦。

"不是，这次是托别人的关系，但是值得信任。"乔琦和盘托出。

"如果你是线人，抓住这个机会，你会只提供给一家媒体吗？"顾烨步步为营。

"我不确定……"这次轮到乔琦不说话了。

"设想一下，如果明天有另外一家媒体同时爆料，你敢说不是这个线人给他们的吗？世界上的线人又不止他一个。我们在这边等，一定会拍到韩冰，但绝对不会是什么大新闻。不破不立，我们现在必须找一个搅局的人打破这个局面，所以我需要尽可能多的记者来吸引韩冰团队的注意力。"

媒体都是嗜血的，群众都是喜欢低俗趣味的，顾烨比谁都清楚这一点。

"那她岂不是更谨慎了？我们就更没有机会了?！"乔琦作为职业狗仔忧心忡忡。

"你知道吗？像她们这种人，心永远是悬着的。人在没有安全感的时候才是最警惕的，一旦打破这种局面，心里就像有块石头落下来，反而更容易接近。"顾烨倒是很有自信。

"你这个飞蛾扑火的策略行得通吗？"乔琦还是不放心，显然顾烨这么玩儿的思路超出了他的认知。

"别啰唆，等着瞧。"顾烨一脸笃定。

不多时，一辆银灰色商务车开到了马路边，一个光头男人和一个穿着运动服的女孩从车里走出来四处张望。

"我到了，你在哪里？"毒舌爆料的记者一边打电话一边问。

"我看到你了，现金准备好了吗？"顾烨问。

"钱我当然准备好了，但是我怎么知道是真的假的？"记者也不傻。

"你用不着信我，只要信你的眼睛就行了。"

顾烨走下车，向黑暗当中的光头走去。

乔琦在车内紧张地注视着他们的一举一动，只见顾烨手指向会所的方向，不停嘱咐着什么，然后忽然又把手指向车内，弄得乔琦不知所措。只见光头不住地点头，然后从随身的包里取出一个信封递给顾烨，随后顾烨回到车上。

乔琦关切地问道："怎么样？"

"到目前为止一切顺利，等着看好戏吧。"顾烨说着把信封递给乔琦，"留给兄弟们喝茶用。"

乔琦佩服地说："顾烨，你怎么让他信你的？"

"很简单，我跟他说雷电工作室的人就在这个车上，他说他知道你，就信了。"顾烨如实说道。

乔琦听后差点儿晕过去。

"大姐，你是不是想玩死我？！"

18. 无孔不入

环世会所的贵宾厅内,前来参加宴会的人们觥筹交错,热闹非凡。

韩冰正在和一个导演聊天,经纪人陈亚述朝他们走来。

"刘导,不好意思,我和韩冰说个事情。"陈亚述说。

被称作刘导的中年男人颇有风度地让开,转身去找其他人了。

"什么事?"韩冰问。

"有狗仔在外面,刚收到的消息。"陈亚述一脸谨慎。

韩冰笑着摇头,"真是无孔不入啊,今天我就没请几个朋友来,还是把消息泄露出去了?"

"你现在这么红,把这个线索卖出去都能换不少银子。"亚述苦笑道。

"所以,你的意思是说我今天晚上不能见姜老师了?"韩冰怅然若失。

亚述郑重地点点头。

"可是我答应他了,今天一定要见他,你想想办法咯?"韩冰撒娇道。

"韩冰,这样很危险,还是算了吧。"陈亚述劝道。

"他刚发微信给我,说一定要为我过这个30岁的生日,为了这一天,他准备了好久。"

"两情若是久长时，又岂在朝朝暮暮。"无奈下，亚述只好用诗句来劝这位大小姐。

韩冰默不作声，看着不远处一个女服务生的身影。

"怎么了？"亚述朝着她的视线看过去。

"亚述，那个女孩身材不错哦，你有没有兴趣过去搭讪一下？"韩冰露出顽皮的笑容。

陈亚述不明所以，盯着那个姑娘看了半天。

"你想要偷天换日？"亚述猜测道。

"聪明！"韩冰赞赏道。

十分钟后，韩冰和亚述两人说笑着从门口走了出来，在草坪外面窃窃私语。

"这么做真的有用吗？"亚述啼笑皆非地问道。

"你不觉得很好玩吗？快快，赶紧点烟啊，要不咱们俩出来聊什么呢？"韩冰催促道。

亚述无奈从口袋里取出烟，点着后深深吸了一口，佯装大佬一样地吐出烟圈自嘲道："怎么样，帅不帅？看来我也应该去演戏啊！"

"还行，不算太假，比赵军演得强多了。"韩冰打趣道。

"你们看，出来了！那个男人就是韩冰的经纪人陈亚述。"敏锐的乔琦第一时间发现了情况。

"这厮是圈儿内有名的事儿货，你要是和他谈个合作，能烦死你。"乔琦说。

"前段时间有朋友刚领教过，确实是奇葩一枚。"顾烨想起来魏紫在代言人项目上碰了一鼻子灰。

"看来消息已经散播出去，他们开始有所动作了。"洋太说，"现在估计已经有不少媒体正在赶过来的路上了。"

顾烨眼睛紧紧盯着停车场出口:"好戏才刚开始。"

亚述抽完烟后,就和韩冰两人回到了会所。

二十分钟后,在一片喧嚣声中,一群人簇拥着韩冰走出会所。

在帽子和墨镜的遮掩下,韩冰和亚述一起坐进一辆黑色商务车,一行人随后离开。

爆料毒舌的车也随即离开小树林,紧随在黑色商务车后。几乎同时,在停车场各个隐蔽的角落,另外七辆停靠在不同位置的汽车也悄然离开,消失在夜色里。

"真的不止我们一家!"乔琦惊讶道。

"顾烨,你是对的!"洋太也不禁佩服起顾烨的判断力。

顾烨拿起手机对比两次拍摄的照片:"你们看,这是第一次和经纪人亚述走出来的韩冰,这是第二次走出来的人,中间相隔了二十分钟。虽然乍一看是一个人,但如果仔细观察,你会发现第二张照片当中的韩冰矮了一点。更重要的是,第二次出来的女孩我们只能看到侧脸。"

乔琦恍然大悟,"难怪她刚才要故意出来晃一下,原来是在混淆视听,独自去偷欢。"

洋太也感慨道:"明星偷个情也真是用心良苦。"

"她会不会从后门走掉呢?"乔琦不放心道。

"放心吧,顾烨还请了三队摄影师在东南西三个方向等着,除非她能够遁地,否则逃不掉的。现在韩冰一定还在里面,我们再等半个小时吧。"洋太笃定地往后躺在座位上。

果不其然,半小时后,一辆白色保姆车开到会所门前。

全副武装的韩冰和四个保镖从会所走出来,坐进车内。

"洋太,准备好了吗?"顾烨问洋太。

"其实有点紧张,但是没办法了。"洋太手心里全是汗。

他旋即打开车门,直接朝白色保姆车的方向跑去。

乔琦当即准备拦住洋太,但为时已晚,只能眼睁睁地看着他跑到会所门前。他无奈地说:"你们,你们到底去做什么?!"

19. 欲擒故纵

（1）

隔着车窗，眼前突然出现了一个男人，坐在前排的司机和保镖都吓了一跳。他默默地站在那里，阻止着汽车的行进，似乎向车里大喊着什么。几个保镖都紧张起来，准备随时冲出去收拾眼前的男人。

"打开车窗，看看他要说什么。"韩冰倒是没有太在意。

"韩冰，我是你的歌迷，今天听到消息后一直在这里等你，我就想和你拍张合照，不知道可以吗？"洋太表现得真诚无比。

保镖对韩冰说："不知道他什么背景，韩小姐咱们还是走吧？"

韩冰摆摆手，莞尔一笑："他不是狗仔，我从他的眼睛里看得出来。"

韩冰从车内走出来，两个保镖挡在洋太面前，洋太尝试着走过去，被两人牢牢控制住。

"没事，先放开他吧，你等多长时间了？"韩冰问。

"没多久，四个小时吧。"洋太算了算时间。

"一直在外面啊？这么冷的天气。"韩冰关切道，在圈内韩冰一向以对粉丝友好著称。

"没有，我开车来的，在车里等着。"洋太倒是实在，直接指向了在小树林中停着的黑色SUV。

"哦？刚才你没有看到我已经走了吗？"韩冰忽然想到自己精心设计的障眼法为什么没有骗过眼前的这位粉丝。

"看到了，但我知道那个人不是你。"洋太反应很快。

韩冰饶有兴致地问道："你怎么看出来的？"

"你比她高，她只能看到侧脸，今天是你生日，一定来了很多媒体和狗仔，你不想被他们打扰到。"洋太信口开河。

"喂，你不是要拍照吗？韩小姐还要赶时间。"保镖催促道。

洋太把手机递给保镖，而后和韩冰合了一张影。

"生日快乐！谢谢你！"洋太说。

"你快点回家吧，不早了。"韩冰嘱咐道。

韩冰和保镖回到车内，驱车离开。

"怎么样，搞定了吗？"顾烨问回到车内的洋太。

洋太摆出胜利的手势，如释重负地坐下来喘着气："还是第一次做这种事情，太刺激了，紧张死我了，还好，没白白冒险。你们放心，刚才保镖拦住我的时候我已经把东西塞进她的口袋了。"

"你们到底在玩儿什么？"乔琦不解地问道。

洋太拿出手机，宽大的屏幕上显示着一张地图，地图上出现一个正在移动的红色亮点。

"我靠，追踪器！行啊你，这个手艺你怎么学会的？"乔琦大喜过望。

"这还得感谢当年在夜店打工时负责演出的哥们儿教给我的魔术，没想到现在派上用场了。"洋太现在深刻理解了艺多不压身的道理。

"兄弟，你还有这一手！"乔琦这下子彻底对洋太五体投地了。

"赶紧开车吧，距离超过1000米，追踪器的信号就没了。"顾烨督促道。

夜色中两辆车一前一后行进着，洋太看着手机屏幕显示的红点逐渐向东六环外顺义的一个高端别墅区开去。

"这一带有什么达官贵人？"洋太问乔琦。

"这个你问我就对了，我就是个大数据库啊。让我想想看，这边有几个互联网公司的大老板，还有几个女明星，奇怪，这个区域没什么特别大牌的明星。不过，韩冰自己应该有房产在那边，我手机里面还存着地址，只是她应该很少回去。"乔琦正快速在自己脑袋里寻找答案。

洋太若有所思地想了想："那我们就去她家等着韩冰的到来吧。"

整个别墅区都是毗邻河道而建的，乔琦把车停到一个不起眼的暗处。韩冰的别墅正好在最外面一栋，众人躲在河道暗处等待韩冰的出现，看着屏幕中的红点越来越近，所有人都难以抑制内心的兴奋与激动。

不多时，汽车在别墅门前停下，正牌韩冰走下车。同时，一个男人从别墅中走了出来，两人急不可待地拥抱在一起。

借着别墅前的微弱灯光，车内的三个人都很清楚地看到从别墅走出来的男人到底是谁！

洋太和乔琦两人拿起相机争相拍照。

他们没有预料到的是，手中的照片即将掀起名利场上一场巨大的风波。

（2）

"这下有猛料了，没想到韩冰居然喜欢上一个比她大 20 岁的男人！"乔琦兴奋得手舞足蹈，"绝对独家新闻！哈哈，这下子我发达了！人间五十年，如梦亦如幻。电车永不停，痴男何所憾！"

"你这都是哪里来的诗啊？"顾烨不禁莞尔。

"这首诗来自我最喜欢的织田信长。"乔琦故作神秘地卖弄道，

"对了,你们打算把这些照片卖给哪家媒体?"

"我们没想过卖给媒体,我们只是想用这个和她谈个条件。"顾烨说。

"什么意思?这片子不曝光了?"乔琦诧异道。

"兄弟,这次只是客串一次狗仔,底片我们有其他的用途,不会卖给媒体的,谢谢你今天帮我这个忙。"洋太连声道谢。

"那忙了半天也没什么结果啊。"乔琦登时显得无比失望。

"放心,兄弟,我们会付费的。"洋太宽慰道。

乔琦闷不作声,显然在他看来,洋太根本付不起媒体独家购买这张照片所出的天价。

回程路上,车内的气氛陷入了前所未有的沉闷,大家似乎都在想着各自的心事。

"洋太,我刚才一直在想,我们还是别做这样的事情了。因为本质上这是违法的,涉嫌威胁他人。"顾烨率先打破了车内的沉寂。

洋太也想到韩冰刚才和他合影的瞬间,她对粉丝确实如传闻般那样好,让他也有点路转粉的冲动,心里不知不觉犹豫起来。但是转而想到魏紫那张迫切的脸庞,洋太居然也没了主意。

而后一路无言,乔琦将两人送到临近睿仕北京公司附近的一家咖啡厅,与两人道别后,他默默地开车离开了。

经过这次偷拍行动的无间合作,顾烨和洋太都对彼此的看法有了改观,两人少了先前剑拔弩张的对峙,开始看到对方身上的闪光之处。但是在"是否利用照片来威胁韩冰代言"的问题上,两人还是没有达成一致,谁也没能说服谁。

"对了,洋太,老乔似乎不太开心?"顾烨忽然想到临下车时乔琦异样的神情。

"嗯,他需要钱。我们可以申请多少费用给他?"洋太问。

"我们肯定开不出媒体的价格,不过10万左右问题不大。"顾烨想了想,说道:"但是你有没有觉得很奇怪,乔琦刚才回来的时候感觉不大对,一直在惦记着把照片卖给媒体的事情。"

"这个新闻如果被爆出来绝对是头条,姜尧,德艺双馨的老艺术家!所有媒体都说他是娱乐圈典范,家庭美满,事业有成。"洋太不禁感慨道。

"他把照片留给我们了吧?"顾烨问。

"两台照相机,他带走了一台!"洋太这才想起来乔琦并没有将全部照片留给他们。

"打电话给他,让他把另一台还给我们!"顾烨督促道。

这句话提醒了洋太,他立即拿出电话打给乔琦,但是电话一直没人接听。

"坏了,我怎么没想到,我们现在赶紧往回赶!乔琦很可能拿着照片去和韩冰谈价钱了!"洋太一身冷汗。

"难怪,我刚才看那小子脸色不对!"顾烨恍然大悟。

夜色中,洋太和顾烨跑到停在公司园区里的Macan(保时捷的一款车型),开足马力向顺义方向驶去。

几乎在同一时间,刚刚到达别墅门口的乔琦从汽车后备厢取出帽子和墨镜戴上,他站在别墅前犹豫了一下,抬头看了看不远处的摄像头,连忙把帽檐往低压了压,从口袋中摸出来一瓶二锅头,拧开瓶盖狠狠灌了几口,然后走过去按响了别墅的门铃。

20. 予力众生

乔琦被一群保镖围在别墅前，韩冰站在人群最前面，情绪似乎非常激动，但全场不见姜尧的踪迹。

韩冰厉声喝道："你知道吗？这是勒索，我可以告你！"

乔琦皮笑肉不笑，道："我本来就是个小人物，无所谓，谁也不用吓唬谁。500万对你来说不算什么，但是我可以保证这张照片会彻底从这个世界上消失。"

一个身材高大的保镖在耳边悄悄询问韩冰的意见："韩小姐，我们把他收拾掉吧？"

韩冰没有直接回答保镖的问题，站在那里一动不动。

"你找错人了，快滚吧——"保镖道。

乔琦仰天大笑，道："话可别说那么绝！想象一下，这事儿抖出去，韩小姐的粉丝该多么失望，原来我们每天仰望的偶像居然会喜欢上一个有妇之夫？！你们也要考虑姜老师他老人家啊！人家可是老艺术家！你的票房会受牵连，你的广告商会头痛，他们会和韩小姐续约吗？你们的危机公关团队可有事儿做了，用不用我给你们介绍几家做危机公关的公司？"

韩冰冷冷地问道："照片都在里面吗？"

"全部，一张不差。"乔琦向韩冰信誓旦旦地保证。

"这些人都是出尔反尔的，韩小姐你别信他。"高个子保镖说道。

"不行，我不能拿姜老师的名声做赌注。"韩冰转过去对保镖说，"去取钱吧。"

突然，急速驶来的汽车吸引了众人的注意力，Macan 车停在别墅前，洋太和顾烨两人走下车来。

洋太走过去拍了拍乔琦的肩膀，说："老兄，你把照相机还给她。"

"你算老几?！在这里指手画脚，我一路上忍你很久了。"喝了酒的乔琦像变了一个人一样，歇斯底里地喊道。

"你知道自己在做什么吗?！你疯了吗！你这是敲诈、勒索，这和偷拍不一样！"

"你们才疯了，我们赚的就是封口费！卖给媒体我能赚多少钱！"

韩冰等人诧异地看着眼前的突变，不知道刚卷入的这两个人又是什么身份。

"你不就是刚才要和我拍照的粉丝吗？原来你们是一伙儿的！"韩冰忽然发现洋太就是刚才那个蹲点守候的忠实粉丝。

"我不说第二遍！"顾烨指了指 Macan 车的方向，"刚才你勒索的画面我们都记录下来了。要不要我交给警察？"

乔琦震怒道："你——"。

顾烨不屑道："你想抢了吗？"

乔琦气急败坏道："听我说，我已经谈好了，我要的不多，500万，我分你们一半？"

"别废话，快给我。"顾烨冷冷地说。

乔琦红着眼睛，喝掉最后一口酒，不情愿地把照相机给了洋太。

"所有的照片都在里面了。"洋太把相机还给韩冰。

"你到底是什么人？"韩冰已经摸不清状况了。

"我只想你帮我个忙。"洋太说。

"什么事情？"韩冰问。

"其实前段时间我们找过你的经纪人——"顾烨开始讲述整件事情的前因后果。

"啊——"韩冰的一声惊叫，划破了寂静的长空。

洋太捂着头，有血流下来，随后倒在地上。

恼羞成怒的乔琦用酒瓶狠狠地砸在洋太头上。

"洋太，你以为你是谁？你别忘了，你能有今天全是拜当年我给你的那张招聘夜场公关的卡片所赐！你以为你在我落魄的时候给我介绍了这个狗仔的工作我就感恩戴德谢你一辈子吗！去你大爷的吧！该还给你的我都还了！"

乔琦歇斯底里地叫嚷着。

旁观的人听得云里雾里，不明所以。

但是头痛欲裂的洋太不会忘记那个下午，同是模特的室友乔琦走进地下室，兴奋地叫醒洋太告诉他有一个神秘但是可以赚钱的工作，据说是一个很有背景的大姐介绍的，非常靠谱。

"小伙子，莫流泪，快快加入鸭子队，有吃有喝有钱赚，还有富婆陪你睡！陪你睡！"

众人还没缓过神，乔琦转身跑到他停在路边还没熄火的汽车内，离开之前他没忘了用手机拍摄韩冰俯下身去用手捂着洋太脑袋的画面。

21. 不曾红到骇人听闻，不怕黯淡无人来问

（1）

一觉醒来，洋太的头有些痛，他摸了摸，发现半个脑袋几乎都被纱布包裹着，阳光透过窗帘照进来，他缓慢地走到窗边把窗帘拉开，发现已经是正午了。

看到整个卧室的墙壁都是韩冰的照片，洋太这才回忆起昨天晚上的所有细节，原来自己身处这位明星的别墅内，只是他没弄清楚为什么自己没有被送到医院，而是被留在了韩冰的别墅。但他的思绪被门外的争吵声打破。

"那你说现在怎么办，亚述？"洋太听出来是韩冰的声音，急促而慌张。

"总之你现在不能把所有真相都告诉警察！"叫亚述的男人嗓门也不低。

"警察已经走了吗？"韩冰问。

"刚送走，韩冰，你别急，我和他们总队已经打招呼了，放心吧。"陈亚述说。

"我刚才给赵军电话了，他说那是经纪团队所为，不是他本人的意思。"韩冰说。

"他的话你也信？"陈亚述有些气恼道。

"那现在你让我怎么办？冲出去向所有媒体解释我们已经离婚了？我们都是自由的？我们都可以自由恋爱了是吧？"韩冰的脾气也不小，和银幕上温柔的形象实在大相径庭。

"咱们现在都需要冷静一下，我知道你尽力了。"陈亚述劝慰道，"但是我们必须针对赵军的这个声明进行回应，现在舆论对我们太不利了，你看看网上都是怎么说你的？我这一上午已经接到三十几个媒体采访的电话了。"陈亚述显然也已经焦头烂额。

"姜老师那边现在怎么样？"韩冰关切地问道。

"我刚给他打过电话，情绪很消沉，这次意外拍到他和你的证据，算是坐实了你们的关系。这个谣言算是遏制不住了，我们现在最应该提防的是赵军。"亚述分析道。

"姜尧这个人我最了解了，他对名节看得很重，这也是他拖着不离婚的原因。"

"所以你担心他会单方面承认这个事情？"亚述惊讶至极。

"我不确定。"韩冰喃喃道。

陈亚述的话倒是提醒了洋太，洋太开始在房间里寻找自己的手机。在一张小方桌上，他看到了已经被关掉的手机。开机后立即有数十个未接电话提醒以及上百条微信，全是些或关心，或急于求证，或纯粹八卦的慰问信息。他连忙在搜索框敲进韩冰的名字，搜索结果的标题全部都是关于她的负面新闻：

《雷电工作室爆料赵军和韩冰陷入离婚疑云，女方出轨姜姓老影帝》

《生日当天夜场买醉，韩冰和情人分手不成，保镖用酒瓶将对方砸成重伤》

《绯闻情人浮出水面，索要分手费不成，被韩冰保镖用酒

瓶砸伤，人事不省》

《神秘情人深夜在韩冰顺义别墅惨遭"爆头"，韩冰三角恋扑朔迷离》

《韩冰老公赵军回应"爆头门"，微博发表爱情保卫宣言力挺韩冰》

洋太打开微信里的一条链接，原来是当天的微博热门话题排行榜，"韩冰别墅爆头门"和"一直爱你下去"成为两个最热的词条。巧的是两个话题都是和韩冰相关的，原来韩冰的老公赵军针对流言蜚语第一时间发表了声明，大度力挺自己的爱妻。

一直爱你下去

一觉醒来，正在江西剧组拍戏的我的电话和微信，就被很多关心我的朋友和亲人打爆了，针对网上的照片和新闻，我的回答只有四个字：我不相信。

没有人能够懂得我和韩冰之间的感情，我们之间有的就是信任、信任、再信任。就在几分钟前，我们刚刚通完电话，像所有依然深深相爱的人一样，我们不用向对方解释那么多，就已经心领神会。至于这个事情本身，韩冰稍晚会和大家解释。

人，需要尊重彼此之间的差异，同时恪守自己所信仰的理念。

演戏可以忘情，生活不能忘本。

不管外界如何评说，不管世界如何变幻，我依然爱你下去。

声明写得非常有技巧，虽然表面上看是赵军各种大度、不计前嫌护着韩冰，但字里行间很容易解读为"我为你做得已经够多了，但你依然这样作，我也没办法了。干脆我们各自珍重，后会有期"。

果不其然，知乎上"如何理解韩冰爆头门中赵军的声明"的问题也已经彻底成为江湖八卦党们倾诉衷肠、挥洒才华的热点。意见领袖们对这一事件的解读基本都是偏向赵军，认为赵军以大局为重，顾全婚姻大局及两人未来的发展，忍痛说了违心的话但是又不心甘情愿，似乎在表达"真相我虽然知道但是我不能说"的姿态。

媒体及网民对于赵军的这次声明反应颇佳，连一向习惯报道赵军负面新闻的某娱乐周刊微博都发表言论称，"这才是最应该被赞赏的中国好男人态度"。反观网络上针对韩冰的言论，国内大多数媒体都普遍猜测韩冰出轨在先，老公却在媒体上拼命维护韩冰的形象。

（2）

"那这个人怎么办？不要送他去医院吗？"韩冰想到了屋子里的洋太。

"他去了医院咱们就会失控，醒了说出来什么都变成真的了，我问了刘医生，他说问题不大，就是皮外伤。"亚述说。

"你说他是狗仔吗？我觉得他不像。"

"难不成还是你的粉丝了？一个愿打一个愿挨，苦肉计么？先混进你的屋子，然后再深度偷拍？"

"Anyway，不管他的动机是什么，等他醒了，请他也发个声明吧。"韩冰嘱咐道。

"放心，我会做好的，你先休息吧，一晚上没睡了。"

洋太脑子里飞快闪过接下来可能出现的各种情景，定了定神，他推门而出。韩冰和陈亚述立即停止了对话，朝这边望过来。

"你起来了，头还痛么？"韩冰走上前关切地问洋太。

尽管洋太平日里阅美女无数,不过被一线大明星这样关爱还是第一次。这种感觉非常奇妙,尽管明知道她只是客气,但依然感到温暖。

"我是在你的家里吗?"洋太装出一副一无所知的样子。

"是的,你忘了昨天晚上的事儿了吗?"韩冰说。

站在一旁的亚述内心不禁邪恶地笑了一下,这两人的对话是电影里面一夜情的经典对白。

"你到底是什么人?你和昨天的狗仔是一伙儿的吗?你知道我们可以让警察来抓你的。"陈亚述一上来倒没怎么客气。

"我不是狗仔,那个人叫乔琦,雷电工作室的,其实是我在饭局上认识的朋友。"洋太胡诌道,"我们前天晚上一起喝酒,他和我吹牛,说有内部线报会拍到你的出轨照片,我其实也是你的粉丝,我一听非常感兴趣,因为从来没有体验过这种工作状态嘛,非常好奇,然后就跟着他一起开车来了。"

"所以你也看到了我和姜尧在一起了?"韩冰关切地问道。

"是的,但是我不认识那个人,乔琦说是大新闻,拍到你们的照片后,就请我和另一个朋友去喝酒庆祝。"说到这里,洋太忽然想起来顾烨,"顺便问一句,我那个朋友现在哪里?"

"你昨天被袭击后晕过去了,她开车去追那个狗仔,后来没追到又回来了,我告诉她你没事儿,已经让医生包扎了,就暂时住在这里,她现在在客厅等你醒呢。"陈亚述道。

"你继续说——"韩冰说。

"喝酒的时候,他跟我讲了姜尧的事情,我这才知道原来他是已经结婚的人,我才知道这件事情一旦被曝光后果有多严重。我不想你名声受到影响,就试图阻止他发布出去。他非常生气,就一个人开车走了。我们想到他应该是来你们这边敲诈来了,就追过来想阻止这件事情。"

洋太说完自己都被感动了,一个守护偶像的忠实粉丝形象跃然而立。

"我听昨天你们对话的那个意思是,你甚至要花钱买这个照片?"韩冰倒是一个对细节很敏感的人。

"是,我是你的粉丝,一直很喜欢你,但是他觉得卖给我不够赚钱,就想通过要挟你们赚一大笔的封口费。"这个环节洋太倒是没有说谎。

"这小子真够孙子的,你把他家里地址告诉我,我找人收拾他。"陈亚述狠狠地说道。

"亚述,你还不怕事情不够大啊?"韩冰道,"他那里还有照片的拷贝吗?"

"他只拿了一个相机,但是他应该提前导到了手机当备份。我看目前网上流出来的图片,都是昨天晚上他拍的。因为是夜里,拍得也不太清楚,只有知情人能看得出来。"洋太说。

"洋太,我们现在需要你配合我们。接下来我们需要你发表一个声明,说明你只是韩冰的一位好朋友,在与狗仔的争执当中双方起了冲突,并不是韩冰的地下情人。"陈亚述说。

"我可以看一下你们准备的声明吗?"洋太说。

亚述从桌子上把打印好的声明递给了洋太,洋太拿起来认真读起来。

韩冰工作室声明函

首先我们代表韩冰感谢关注这件事情的媒体以及公众朋友们,其次感谢赵军先生第一时间给予韩冰的信任与爱。从今天凌晨开始,网络上就开始流传各种关于韩冰的不实报道,其中还涉及了韩冰的丈夫、导师以及最亲密的朋友。

我们不知道这种恶意的中伤是从何而来，但唯一能够确定的是我们对此事的态度。对于昨天晚上在顺义别墅发生的事情我们表示很遗憾，目前网络上流传的所谓情人其实是韩冰的好朋友，他对狗仔的无耻跟踪及被我们发现后狗仔的无理举动感到愤怒，因此与狗仔发生了激烈争执并在冲突当中受伤，我们已经报警，并且等待警方对于这一事件的后续处理。

韩冰小姐与赵军先生的婚姻状况稳定，彼此深爱对方，我们也留意到网络上流传的部分爆料信息还涉及了姜尧先生。姜尧老师一直是韩冰的好朋友，两人并没有也不存在任何所谓的情感问题，针对当前任何媒体发布的不实言论我们保留进一步诉诸法律的权利。

"可以拿给我那个同事看看吗？她是最专业的危机公关顾问。"洋太知道自己这花拳绣腿撑不了太久，他也实在搞不懂这个时候该如何去应对危机。

"你们到底是做什么职业的？"陈亚述不由得警惕起来。

"我和顾烨都是在公关公司工作的。"洋太忽然想起来钱包里面还放了几张名片，干脆取出来发给了陈亚述和韩冰。

"睿仕在业内还是非常有名气的，我之前也有接触过，你们前段时间有个游戏代言项目，还被我们拒绝了。"陈亚述混迹娱乐圈多年，见多识广。

韩冰扭过头看看陈亚述，询问他的意见。

"事到如今，我们可以试试看，现在再找公关公司也来不及了。"话虽这么说，陈亚述不动声色地观察着洋太的一举一动。

（3）

十分钟后，坐在客厅的顾烨一边看这份声明一边摇头："需要我们配合没问题，不过这份声明存在着很大风险。"

"怎么讲？"韩冰紧张地问道。

"这份声明一旦出去会给你们惹上更大的麻烦，缺乏真诚的沟通是最要命的，并且你我都知道，这声明与真相的差距太大，完全是欲盖弥彰。现在的公众最讨厌、最反感什么？就是一边端着一边信誓旦旦地去欺骗。韩冰和姜尧之间的事情虽然现在只有几张不太清晰的照片做证，但是你敢说真相不会很快被挖出来吗？你敢说昨天那个狗仔万一被警方揪出来不会把所有事情抖出来吗？大晚上的，什么好朋友会留宿在你的闺房，并且奋不顾身地投入到与狗仔的火热斗争中？你和洋太又是什么关系？现在通过网络什么挖不出来？很快就会有人知道洋太是在公关公司工作，那么问题来了：洋太为什么和你会有交集？就算你们之间是清白的，大晚上的他来拜访你，一定是你感觉到即将出现危机了，需要他来解决。什么危机？那就一定是婚姻危机了对吗？这也就进一步坐实了你和姜尧的事情。接下来你怎么办，请问？"

顾烨一连串逻辑严谨的分析让亚述和韩冰听得无法反驳。

"她说的有道理，我们不应该这么草率地发出去。"韩冰对亚述说。

"那你有什么好建议吗？"

亚述对顾烨说话客气了很多，因为他发现眼前这个女人的见识非同一般。

"如果你们不介意，我可以帮你们起草一份新的沟通内容，但不是声明。我需要你发布在微博上，词语简单但是真诚一些。"顾烨对韩冰说道。

"可以，请开始准备吧。"亚述急迫地请求道。

在韩冰和陈亚述的注视下，顾烨在笔记本键盘上快速敲出来一段文字。

谢谢大家的关注，我目前一切都好！

感谢赵军，你总是在我最需要的时候站出来支持我；感谢姜尧老师，你在戏里戏外对我的指导和帮助总是让我受益匪浅，这次把你牵扯进来我备感歉意；最后，感谢受伤的好朋友Jack，作为朋友你第一时间保护我，有你这样的朋友在身边，三生有幸。

关于昨晚在顺义别墅发生的突发事件，我们已经报警，相关的细节在警方调查结果出来后会第一时间和大家通报。但是我想在这里说明的是，昨天是我生日，我邀请了很多圈内好友参加，但是在过程中发生了很多事情是我不愿意看到的，对于外界的无端猜测与指责，我相信很快就会有结果来证明一切。

不曾红到骇人听闻，不怕黯淡无人来问。

这就是我过去、现在及未来对待感情和事业的原则。

"我所担心的，其实不是现在，而是未来。现在舆论旋涡还在你、洋太和姜尧之间，媒体关心的故事是：洋太是谁？他为什么倒在你家门口？又是谁袭击了他？但如果这个时候你给出来的是一个牵强的故事，我们就非常被动了。所以，现在的策略是你必须把最坏的结果提前让所有人知道。他们不是说神秘男人倒在地上吗？他们不是讲姜尧和你有暧昧关系吗？你可以讲，你可以大方地讲出来，但是要注意节奏以及选择的出口，毕竟，对于公众而言，真相并不重要，如何传播真相才重要。所以我们可以选择一个第三方的媒体公众号，从你的朋友的角度把一个对我们有利的故事讲出来。"

顾烨分析得头头是道。

加入睿仕以来，洋太一直身处空前的膨胀之中，以为自己能够独当一面。直到真正需要公关智慧去解决问题的时候，他才意识到自己与一线公关专家之间的差距，洋太暗自钦佩顾烨。

"韩小姐，现在我需要你的授权和许可，我来找一个第三方的人爆料一个我们制造的'真相'。"顾烨看着韩冰说道。

"赵军已经做了他的秀，韩冰你可以通过这个所谓的真相，来测一测姜尧的反应。他是不是真的爱你，你很快就知道了。"亚述说道。

"亚述，他真的不是你想的那种人。顾烨，这么做会不会让他很难堪？"韩冰道。

"韩冰，我们静观其变吧，凭什么风口浪尖上的责任让一个女人来背？姜尧有种爱你就应该对家庭有个交代，赵军如果有种就应该站出来告诉所有人你们的现状！我觉得顾烨说的是对的，你只要给公众一个想象上的交代，你是一个敢爱敢恨的女人就行了。所以你必须要给自己留有余地。如果把话全部都说满了，会非常被动的，你知道吗？"亚述不满道。

尽管对于业界而言，韩冰的经纪人陈亚述一直以态度傲慢、不好合作而著称，但在专业上他是百分百从韩冰的角度去思考问题，这也是两人合作这么多年的根本原因所在。

"但是亚述，我需要给姜尧打个电话先沟通一下吗？"韩冰对这一做法还是有点儿犹豫。

"当然不用了，到现在你还不清醒一点，昨天晚上到现在他和你联系了吗？"陈亚述没好气道。

"还没有，但是可能他和家人在一起不太方便吧。"韩冰确实对姜尧用情颇深。

"去厕所的时间总还是有的吧？"亚述冷笑道。

22. 原来这都不算爱

（1）

果不出顾烨所料，韩冰的回复声明以及第三方账号爆料发出所谓的"真相"言论之后，舆论重心立即被转移到了姜尧身上。各路媒体八卦齐下，普遍认为姜尧作为有家室的人和韩冰有染后又不敢主动站出来实在缺乏担当，而后在韩冰生日当天吵架，韩冰友人站出来为其打抱不平，结果被姜尧盛怒之下用酒瓶砸晕。

消息传遍网络的数小时内，姜尧承受了前所未有的压力，老婆那边倒是出奇的安静，像往常一样去买菜、做家务。姜尧的老婆是大学教授，文化涵养没得说，两人一向相敬如宾，出了这档子事儿老婆倒是非常释然，看了看网上的报道，问姜尧是不是真的。姜尧点点头，老婆叹了口气，说你好自为之吧，如果想通了要离婚她随时配合，搞得姜尧反倒没了脾气，遇到这么通情达理的贤内助，老姜自己先打了退堂鼓，他这才后悔当初为什么和韩冰搅和在一起，这也算是晚节不保了。

姜尧和韩冰原本是三年前拍戏认识的，先是韩冰总是"老师长、老师短"地叫着，结果两个人越聊越投机。后来韩冰在青岛拍戏的时候，他飞过去探班，两人在海边找了个隐蔽的别墅，开心地过了两个星期。

而后两人保持了数年地下情人的关系,直到三个月前韩冰与赵军秘密离婚。

但是姜尧对自己的名节看得很重,对于离婚这件事情一直拖着不办,这也是陈亚述对其不满的根源所在。

面对铺天盖地的流言蜚语,思前想后,姜尧还是给韩冰打了电话。

"韩冰,你现在还好吗?"姜尧的声音显得非常沮丧。

"你怎么现在才想起来给我电话?你老婆闹了吗?"韩冰关切地问道。

"老婆一直在身边,她倒是没说什么,出奇的安静,所以我一直陪着她,怕她出什么事情。"电话那边一声叹息。

"对不起,我没让你看就直接把那个声明发出去了。"韩冰自己觉得非常内疚。

"我就想问你,那个爆料的文章是你找人写的吗?"姜尧显然在强压自己的怒火。

"是我一个朋友写的,她说这样做我们可以尽快在一起。"韩冰到底还是没听陈亚述的劝,把事实说了出来。

电话那边沉默了半响。

"你没事吧?你是不是在怪我?"韩冰眼泪簌簌地流了下来。

"置之死地而后生,你这是逼着我去离婚啊。"姜尧丝毫没有想去劝慰韩冰的意思。

"对不起,我也不想这样。"韩冰啜泣着。

"你没做错什么,是我做错了,又不敢去承担。韩冰,我不怪你,我今天下午把自己关了起来,彻彻底底想通了。我已经做好决定了。"姜尧的声音透出一丝绝望。

"你什么意思?"韩冰登时有种不好的预感。

22. 原来这都不算爱

"对不起,我想我还是过不了自己这关,我们就这么结束吧。"姜尧说得很决绝。

"可是你之前对我说的那些都不算数了吗?"韩冰忍不住问道。

"我年纪大了,也是为你着想,你想想再过十年你还会爱我这个老头子么?你相信我,我现在这一秒还是爱你的,我都是为了你好。"姜尧动情地说道。

"没想到你到这一步就认怂了,从我们第一天开始,从你第一天说爱我的时候开始,你就应该做好这个准备了!不是吗?"韩冰语气当中有掩盖不住的失望。

"可是真到了这一步,我还是成不了我们当初想象的样子。韩冰,你能原谅我吗?"

韩冰挂断了电话,但是没有再哭,她点燃一支烟,生生把眼泪咽到了肚子里。

(2)

在银幕上许多人说我是个好演员,但是在生活中我不是也不想成为一个好演员。

前天晚上发生在顺义别墅的事情让我和韩冰走到了所有人面前,我的家人也因此承担了各种压力与非议,我想对所有关心我的人说句"抱歉"。

我今天站出来想要说明两点:

第一,我本人及保镖并没有动手,施暴者是一位狗仔,具体情况请大家等待警方的调查结果;

第二,我和韩冰是错误的爱情故事,我犯了每个男人都会犯的错误,感谢我的夫人和家人已经原谅了我。

再次恳请各位的谅解。

毫无征兆地，姜尧选择在深夜一点多发出来这条内容，向公众承认了和韩冰的恋情。但是他随即宣称自己回归了家庭，积极塑造出来"没经受住诱惑，一个犯错后改正错误的老好男人"的形象，将韩冰晾在了一旁。

韩冰戏剧化地被千夫所指，各种与"小三"相关的词汇都丢在了她头上，无数质问的声音出现在网络上。

这一夜，韩冰太累了，早早睡去，亚述并没有叫醒她，他自己默默刷着手机和网页，观察着网络上舆情的变化。同时他拿起电话，拨给了洋太。

这是陈亚述预料到的结果，但他没有想到，事情还远未结束。

凌晨三点多，忽然有一个娱乐行业的大V站出来发了一条非常简单的信息：惊闻某H姓女星原来早已离婚，精神非常不稳定，经常在夜间歇斯底里并且有暴力倾向，据传该女星长时间服用违禁药品甚至很可能有吸毒史。

谁都知道的一个道理：字数越少，事情越大。

所有的信息都指向了一个人：韩冰。

借刀杀人，即便韩冰澄清，形象也已经受损。这一招，几乎是娱乐圈最狠毒的招数了。

23. 剑拔弩张

一改前几日的烈日灼心，窗外开始大雨倾盆，让压抑许久的空气得以宣泄。京郊一处四合院内，密集的雨滴正在沿着屋檐向下流淌着，形成了漂亮的雨帘。

"原来你们两个早已经离婚，只是碍于公众的看法，不想太早说出来对吗？"洋太道。

"可是我没有吸过毒，精神也没问题，他这么说我们难道不能告他吗？"韩冰十分愤慨。

"韩冰，他没有指名道姓，我们不能无缘无故起诉。"陈亚述道。

"很显然，这是一场有组织、有预谋的抹黑型公关战争，整个事情的发布节奏都掌控得很好，持续刺激着公众的眼球，你们觉得谁最可能是做这件事的人？"顾烨继续问。

"浑水摸鱼的人太多了，这个我们没办法判断。只是关于离婚声明这件事情，我们现在还不能说，因为赵军都表态了，他会一直爱你，如果你第一个说出离婚的事实，就会变成为了新欢抛弃旧爱的人。"陈亚述的脑子还是相当清醒。

"没错，离婚后大家都是自由的，但是公众从来都不是理性的，韩冰，你的形象就会受到各种负面攻击。"洋太也装模作样地补充道，"所以，我们必须逼赵军说出来这个事实。"

这时顾烨手中的电脑发出了提示音，收到一封新的邮件。

顾烨瞟了一眼邮件，说道："这是一份我们监测团队做出来的最新舆情报告，数据涵盖了手机、电脑、电视等平台的两百多家媒体，在过去 72 小时内，所有新闻资讯以及社交平台，关于这个事件的公众舆情方向都在这里了，两位请看一下吧。"顾烨在平板电脑上娴熟地向众人展示着舆情的变化。

这份报告指出，在过去的 72 个小时，针对韩冰的舆情导向发生了巨大的变化："爆头门"事件刚发布的时候，先是争议居多，火力较为分散，但在赵军的声明发出后的两小时，基本的负面源集中在韩冰、姜尧以及洋太身上。而后随着韩冰第一天下午的声明以及第三方解密"韩姜恋"真相发出，舆论开始朝着有利于韩冰的一方扭转，但是在姜尧昨天晚上抛出深夜炸弹以及微博大号爆料 H 姓女星吸毒以及精神问题后，韩冰的支持率下降到了历史冰点，网络上几乎是一面倒的负面评价。

而在社交以及问答媒体上，形势依旧严峻，除了个别人认为需要时间来进一步确定孰对孰错之外，大多数自媒体尤其是问答平台都出现了大量内容翔实可信的文章。很多文章极其精细地梳理了韩冰和姜尧关系的发展脉络，甚至很多只有内部人士才知晓的隐私信息，都在极短时间内被赤裸裸地曝光在社交媒体上。

"我今天早上找媒体朋友发布了几篇利好新闻，可是几乎刚一发布就石沉大海了，根本搜索不到。也就是说，到现在为止，我们必须展开团队作战了，如果只靠个别人，我们赢不了这场战争。"顾烨缓缓地说，"而且从这份报告中的数据来看，我们几乎可以确定的是，你身边有对你非常熟悉的人参加了这场战役，并且找到了非常强的公关团队。这个团队无论在技术、资源还是内容策划层面都堪称业界一流。"

23. 剑拔弩张

陈亚述听了脸色已非常凝重，说道："我也问了几个关系好的媒体，他们都表示有公司已经购买了手机移动新闻客户端的软文位置，我们这边的新闻根本挤不上去，但是不知道对方的公关团队是谁。"

顾烨眼睛一直没离开电脑屏幕，有数十个信息监测窗口一直在弹出新的信息。

"我已经把信息放出去了，应该很快就能找到发布这些信息的渠道源。"

"知道这么多细节的只有两个人，一个是我，还有一个是赵军。其实，基本可以确定是谁在背后推动这件事情了。"陈亚述叹了口气道，看着韩冰沉默不语。

"他为什么要这样做？难道只是为了报复我么？"韩冰喃喃自语。

"你们的意思是赵军策划了整个事件？"顾烨惊讶道。

"好多事情你们还是不要知道为妙。"陈亚述说。

"如果你们不信任我们，我们没办法帮韩冰把战局扭转过来的。我们可以签保密协议，但你们必须告诉我们手上到底有哪些牌可以打！"洋太说。

"如果要拿我的过去作为筹码打赢这局的话，我情愿放弃，我不想把自己扒光了给所有人看。"韩冰忽然有些心灰意冷，瘫倒在沙发上，不再说话。

众人都陷入了沉默。窗外的雨越下越大，仿佛老天能够读懂韩冰的心境，在努力冲淡这场危机。

这时顾烨的手机响了起来，过了一会儿，她脸色阴沉地走了进来，说道："各位，打听到了，赵军的经纪人前段时间接触了Phoenix PR（一家公关公司名称）的Kevin，但是有没有继续合作下去，我们就不得而知了。"

洋太此时留意到，顾烨一直笃定自信的面孔上首次出现了阴影。

先前顾烨是从大佬口中得知了 Kevin 的存在，据说他还是大佬的师弟。顾烨向韩冰和陈亚述介绍了她耳闻的几个 Kevin 的公关手笔和案例，众人一听不禁倒吸一口凉气。这些方式和手段完全超出常人的想象，如果这些传说是真的，用"不择手段"来形容这些公关策略与技巧，算是最客气的说法了。

"有一种死，叫作没有看见对手。"

Kevin 无疑就是公关圈的这种人。

"这个 Kevin 呢，背景十分复杂，因为我们以往做公关，有一些领域我们是一定不会碰的，即便客户提供的佣金非常丰厚。比如政策游说，比如恶意攻击竞争对手，比如为产品有严重缺陷或者存在道德问题的公司服务。但是这个 Kevin 的作风和其他人完全不一样，他专门选择佣金最高也最具有挑战性的案子接，当然这可能也得益于他的法律博士的见识，他能够很好地保护自己，并且在这些灰色领域游刃有余。我不知道赵军是怎么接触到 Kevin 的，但是他一旦请 Kevin 作为顾问，那也就意味着在公关这个领域他要和你全面开战了。你们夫妻到底有什么深仇大恨，他要这么做？！"顾烨问道。

"因为——"韩冰咬了咬嘴唇，"说来话长，我可以找时间再和你们具体说吗？我现在实在没有心情。只是，这件事背后有很多利益上的东西，也涉及我们两人一起投资的那家互联网公司，没有那么多感情可言，对他来说。"

洋太与顾烨面面相觑，没想到这背后牵扯着如此复杂的利益关系。

"顾烨、洋太，我和韩冰商量过，希望可以请你们作为我们的

23. 剑拔弩张

公关团队,打赢这场战役,不知道你们有兴趣吗?"陈亚述很真诚地邀请道。

顾烨看了看洋太,没有直接回复陈亚述。

"我们回去的路上讨论一下。"洋太立即明白了顾烨的意思,是否要卷入这场是非,并不完全是顾烨可以决定的,她需要去咨询大佬的意见。

"好的,那我和韩冰等你们的回复。"陈亚述见状,也不便勉强二人,只好和韩冰一起,将顾烨与洋太送出屋外,目送两人驾车离去。

"顾烨,大佬怎么说?"顾烨放下电话,洋太迫不及待地问道。

"他没说什么,让我们自己决定。"

顾烨抿抿嘴,洋太发现那是她紧张时的标志性动作。

"那你是怎么想的?"洋太问。

"我有一次,大概是六七年前吧,有一个非常重要的提案,几千万的生意,组里的策略同事最后改好发我的时候已经是凌晨了。我那天没睡觉,通宵了。早上去了客户那边,提案开始,我装好投影仪,连接电脑,忽然发现方案没有了。做了一晚上的方案消失了!"顾烨很认真地回忆着。

"那你是如何做到的?"洋太显得十分好奇。

"那么多人看着我,客户看着我,大佬看着我,我人生第一次感到无所适从,不知道该怎么办?"顾烨说。

"最后大佬出来解围了?"洋太问道。

"没有,我,彻底豁出去了,凭着记忆把提案的所有东西讲了出来,没有用 PPT。"顾烨轻描淡写道,"最后,我们还是赢了。"

"你想对我说什么。"洋太有些不明所以。

"如果神存在,那么神就是你自己。"顾烨盯着洋太的眼睛。

洋太与顾烨相视一笑,他知道了顾烨的心意。

这场硬仗,睿仕算是接了!

一场由业内最顶尖的两家团队参与对决的超级公关战役即将全面打响。

24. 杀伐决断

在战场的另一端，赵军、Kevin 及其经纪人 Vanessa 正在一家赵军投资的高级雪茄会所秘密开会进行协商，赵军的律师孙仲明手中拿着两份即将签署的保密合同走进包厢。

Kevin 四十多岁，但在业界已经拥有了首屈一指的影响力和专业口碑。作为拥有悠久历史的 Phoenix PR 全球最年轻的首席策略官，Kevin 拥有堪称完美的公关履历，历任世界 500 强公关副总裁、主流媒体主笔以及公关公司的高层，负责过最复杂、棘手的公关项目，也成为各大公司最抢手的顶级公关人才。除了汽车、金融、消费品等商业领域之外，他本人最擅长并且感兴趣的莫过于个人声誉管理，他过去合作过的客户当中不乏权贵名流、商界高管以及天王巨星，其背后掌握的媒体与政府资源一向深不可测。

赵军今天看上去精神不错，穿了一身白色西装，同时他留意到 Kevin 的手上戴着一串磨亮的佛珠，Kevin 的手一直在默默搓着佛珠。

"Kevin 老师也信佛？"赵军饶有兴致地问道。

"也算不上是虔诚，就是没事的时候求个心安。我有个习惯，经常会去一些非常偏远的寺庙去求签拜佛，这是保留了很多年的习惯了。从国内、日本到欧美，有佛的地方我都喜欢去，想必也是我这一生有佛缘吧。"Kevin 笑道。

"有信仰就是好事，像我这种，就只能信钱了。"律师递过来两份协议，赵军将其递给 Kevin。"这是两份保密协议，Kevin 先生你保留一份，我保留一份。签好之后，我们就是一条船上的人了！"

Kevin 让身后的律师仔细审定合同细则，赵军则热情地给 Kevin 和自己倒好了红酒，熟络地从身后的木盒中取出一支雪茄，用雪茄剪迅速剪断茄帽，递给 Kevin。

"Kevin 兄，尝尝我珍藏的雪茄，我最喜欢的味道。"有了军师助阵，赵军心情大好。

Kevin 笑盈盈地接过来雪茄，点燃，瞬间包厢里充满了墨西哥雪茄的香味。

"赵先生，你的决断力果然非同一般！"Kevin 不禁称赞道。

"Kevin 兄，你怎么看出来的？"赵军饶有兴致地问道。

"你刚才这个动作看起来很简单，其实并不容易。"Kevin 一边品尝着上等雪茄的浓郁香味，一边比画着赵军刚才的动作，"剪断茄帽的那一瞬间，体现着一个人决策力是否果断。在剪切的过程中，怎么切、切多少都会有一些个人化的习惯，在剪切过程中毫不犹豫的人，生活中想必也果断决绝，做事不拖泥带水。在剪切过程中犹犹豫豫的人，他们很谨慎，总是担心各种问题，结果就出现了各种问题：不是切完留下一堆烟叶碎末，就是破坏了茄衣。"

"有意思，一花一世界，一叶一菩提。Kevin 老师果然是策略专家，每个细节都逃不过你的眼睛。"

赵军拿起酒杯心悦诚服地敬了 Kevin 一杯，缓缓道：

"我身边很多朋友总是剪不好雪茄，其实无所谓，拿起雪茄，这支雪茄就属于你，用锋利的雪茄剪迅速剪掉茄帽是对雪茄的尊重。剪少了就再剪一次，剪多了其实也能抽，毫不犹豫的决断才是

24. 杀伐决断

该有的态度。不过我这个人也有个毛病,就是有时候决策过于草率,思考的深度不够,以后还请你多帮我参谋参谋。"

"赵先生不必客气,我一定尽心就是。"Kevin 靠在沙发上吞云吐雾,"我最欣赏的男人就是八个字:杀伐决断,不留退路。"

赵军大笑着:"那祝我们合作愉快。"

两个人再次举杯碰在了一起。

"这次幸亏有 Kevin 老师的运筹帷幄,现在媒体和网络上都是对我们利好的信息。我不希望下个月我投资参股的公司 IPO(首次公开募股)因为韩冰出轨的事情受到影响,这样大股东那边我也很难交代。"赵军说道。

"赵先生,但是我也必须和你说清楚一个问题,作为你的私人公关顾问,我觉得如果按照你的设想走下去,结果很可能失控,在今天如此复杂的媒体环境下,没有谁能真正做到一手遮天。"Kevin 给赵军提醒道。

赵军沉吟半晌:"我明白你的意思,只是希望你可以尽力而为。现在我这么做,不光是因为她出轨在先,这里面有比较复杂的原因。而且,算了,我不解释那么多了,我现在就是想把她在公众心中的形象给毁掉,你能帮我吗,Kevin?"

"你到底为什么这么做?毕竟你们也是夫妻一场。"Kevin 有些不明白为什么赵军下手如此不留余地。

"你真的想知道?"赵军冷笑道。

"如果你信任我,必须要告诉我实情。"Kevin 不紧不慢道。

"半年前,我才得知当年我最爱的人被韩冰暗算的事情,都是韩冰从中作梗,没想到我和这个阴谋家在一张床上睡了两年!后来那个人对我若即若离。现在,我好不容易做起来的公司上市在即,我就是要让她身败名裂,违反股东协议,让董事会把她清除,股份一毛钱也别想拿到!"

　　说完,赵军狠狠地把杯子摔在桌子上。

　　人和人和人之间,沧桑里自有浪漫;日复夜复日之间,崎岖夹杂了梦幻。

25. 偷天换日

(1)

Tower Town（塔唐）——京城近年最新崛起的潮流商业地标，与其说它是制造时尚的超级工厂，不如说它是一个缺失边界的欲望街区。如果你什么都有，但是仍然觉得日子没劲，感觉心中少了一点疯狂，那完全可以选择在这里挥霍生命。

这里只有消费与被消费，再无第三个选项。

黎明破晓前的数个小时，是仅有的能够让这里恢复短暂平静的时刻。宿醉的独行客、依依不舍的恋人、早早就开始忙碌的清洁工、负责品牌活动搭建的工人，纷纷在这里出现，然后迅速消失。

刘启明是 Tower Town 的一名保安人员，20 岁来到北京，他的老乡就介绍他来到这里工作，这里可以轮休，而且住宿条件和待遇都不错，他对这份工作很满意。虽然有时候枯燥了一点儿，但是能够嗅到整座城市最为前卫、迷离的气息，他觉得很值得。

长期的安保工作练就了他非凡的想象力，他观察着来往的人群，想象着每个人背后不同的命运与职业，彼此无关或者可以串联。

盛夏的某个深夜，一场暴雨忽然来袭，整个广场上空无一人。刘启明那天正好值夜班，忽然传来的一声尖叫吓了他一大跳，而后传来一群男女的喧嚣与哄闹声，模模糊糊地他看到一群男女从 Tower Town 一家很隐蔽的夜店跑出来，经过他身边时，他闻到了一股浓烈的夹杂着强烈酒气的香水味儿。

刘启明的眼睛被人群中一个穿着红色裙子的女人吸引住了，他觉得那个女人很像当红的明星韩冰，但他不能确认自己的判断。陪在女人身旁的，是一名略上了些年纪的男子。刘启明心想：什么样的男人，才配得上这样的女人。他最近回宿舍没事时经常看一些佛教的书籍，他在思考如果有轮回转世，下辈子他一定要做一个出色的男人，然后娶一个这样的女人回家。

但是直觉告诉他那个人一定不是她老公。那就一定是情人了，刘启明心想。

她紧紧搂着他，像是怕他蒸发一样，他轻轻地亲吻了她。

她有些戒备地环视四周，突然看到披着雨衣的刘启明，赶紧松开了男人的手。但是那种神情也就出现了一秒，很快她又恢复了霸气甚至有些专横的一面，和那个男人夹在人群中间快速离开了。

刘启明怅然若失地站在那里，开始想象男人和她回家后一起缠绵的情景，他强迫自己不去想象这一切，只是好奇在他心中蔓延，在他们所不知道的时刻，在他们看不见触不到的阴暗角落，正在逐渐膨胀，把欲望牵引去了未知的方向。

Tower Town 街区西侧的单体建筑里，是一家全球著名的轻奢服装品牌 Riva & Cirrus，商家很喜欢通过拱形建筑外体的巨型广告来吸引来往人群的注意力。刘启明非常喜欢新一季的广告，因为代言人是韩冰。画面上的韩冰一改往日温柔的舞台形象，眼神凌厉，穿着简约大胆的前卫服饰，眼神迷离而冷漠。

每次凌晨上班走到这里，刘启明都会习惯性地朝他的梦中情人看过去。

25．偷天换日

"什么情况?!"

他以为自己看错了，揉了揉眼睛，因为他很清晰地记得那幅巨型广告采取了左右分屏的处理方式，左侧是韩冰那张冷艳的面孔，文案写着"偷心的人"；右侧部分的画面原本是最新一季的服装，文案是"心已被偷"。

寓意是 Riva & Cirrus 品牌已经深深俘获了韩冰的心。

但现在右侧的画面硬生生地被换成了一个男人的脸！唯一没有变的是"偷心的人"这四个字，映射着韩冰的内心已经被这个男人所掌控。

他认出来那个男人就是上次陪在韩冰身旁的人，似乎也是个明星吧，刘启明一时没想起来他在哪部电视剧当中出现过。他只是默默地叹息了一声，以为这是商家最新的促销手段，转身去其他几个地方巡逻了。

（2）

"谋定而后动，Kevin 最难对付的地方，就是他对数据的把握。他擅长给客户提供一个可触摸的未来。与其说他是一名公关专家，不如说他是一个缜密的数据专家。稳、准、狠，他让对手沿着他事先想好的脉络行进，让现实剧情一点点在他的掌控当中发展，直到达成他想要的目标。等待对手的只有一个结局——Game Over（游戏结束）。"

达达说话的时候一脸阴郁，他是被顾烨连夜从上海召回来的。因为顾烨也意识到，这次的事态如果仅仅依靠她和洋太两个人，前途未卜。Kevin 算是她的前辈，在睿仕的体系里，除了大佬，也只有韦伯和达达两人能够和 Kevin 一较高下了。

"达达，像你说的，赵军手上一定有一个缜密的方案，还没开始，我们已经陷入被动了。"洋太忧心忡忡道。

"我们该怎么做？就这么束手就擒？"韩冰显然也乱了阵脚，"亚述，Riva & Cirrus 有没有告诉你，现在有多少户外广告都被换掉了？"

经纪人亚述低头不语，他正在焦急地关注着电脑中传来的实时线报。十五分钟前，根据 Riva & Cirrus 公关总监 Freya 提供的反馈，北京、上海、香港、成都等五个城市，有上百个 Riva & Cirrus 官方投放的新一季广告的部分画面，一夜之间都被换上了姜尧的照片。配合着文案，整个广告更像是韩冰与姜尧两人的私奔宣言。

尽管 Riva & Cirrus 将广告及时下架，但不少媒体与路人都已在第一时间围观，并且将现场图片分享到了社交媒体上，整个事件影响的范围早已经超出了商圈广告能够接触到的人群。

随后数小时内，嗅觉灵敏的媒体铺天盖地的报道揣测，各路大V热议换脸背后的"韩姜恋"真相，更有一家八卦自媒体抛出惊世骇俗的独家观点，该文章浏览量短时间内破亿后被发布者删除，但是各种版本早已在坊间流传：

《韩冰新一季代言广告惨遭"换脸"，被姜尧偷心背后，谁才是真正的始作俑者？》

该文数据翔实、观点独辟蹊径，指出先前被千夫所指的赵军反而是无辜的，真相是韩冰出轨姜尧在先，而后又搭上了地产界低调富豪刘总。刘总觉察到还有情敌姜尧的存在，勃然大怒，因此利用手中掌握的商业地产资源，将韩冰与姜尧的丑闻大白于天下。文中还引用了多张高清图片，全部都是韩冰与某西装男士出入酒店的场景。

"我们是不是能告这个自媒体诽谤？"韩冰问。

"发布者已经删除了。"亚述提醒道。

25. 偷天换日

"但是截图满世界都是！"韩冰气得几乎说不出话来，声调也提高了八度。

"你别生气，这个时候什么谣言也挡不住了，法不责众，你也别太放在心上。"亚述连忙安抚韩冰，"对了，你还记得这个刘总吗？"

"我有印象，不就是上次参加他们公司的开业酒会，我和他在酒店休息间寒暄的照片吗？这哪是什么证据？"韩冰哭笑不得。

"现在外界都在揣测你和刘总有很深的关系，因为他知道了你出轨姜尧的事情，一怒之下，要把你的丑闻抖出来，让你名誉扫地。"顾烨看过数篇八卦文章后，得出结论。

"嗯，我知道了，现在这个时候，百口莫辩，见风就是雨。"韩冰稳了稳心神。

一波未平一波又起。

仅仅一个小时后，所有人的手机又都接到一个推送的突发新闻，标题是《韩冰出轨新证据，赵军私人微博小号遭曝光》。

"你知道赵军有一个小号吗？"率先看到这条新闻的洋太立即问韩冰。

"什么意思？"韩冰眼中出现一丝疑惑，她接过洋太的手机，翻看着这条新闻。

一个叫作"珍珠果酱"的小号被热心粉丝扒出来，据不少业内人士证明此号正是赵军的小号，上面不乏各色吐槽的段子，但是稍微观察即可知晓，这里有大量针对他妻子韩冰的抱怨，而巧合的是，每条发布时间都是韩冰和绯闻对象在一起出席活动、拍摄广告等。

3月15日，今天是消费者权益保护日，可是我作为一个丈夫、作为一个男人的权益,谁来保护?

1月31日,人生这场戏,每天都在重拍。只有两个理由:第一,有重要演员过世;第二,演对手戏的演员神经病又犯了。

12月8日,和做地产的那个孙子,你们在一起开心吗?别以为我不知道,不是不报时候未到。

7月19日,结婚三周年,此起彼伏、前赴后继、连续不断、层出不穷、接二连三。我是 Ninja(日语忍者),我忍了。

4月22日,陌生原本不存在,因为我们都有同样的孤独。

……

韩冰自己没忍住,翻看了这条新闻下面数十万条评论,那些谩骂与诋毁让她这个当事人的内心感到前所未有的痛,她颤抖着将手机还给洋太,自己缓缓地坐在了沙发上,眼神空洞地看着窗外,沉默不语。

"这个王八蛋,这都能搞得出来!"亚述破口大骂道。

"亚述,你别着急,我们想想对策。"洋太在一旁宽慰道。

坐在舆情监测系统旁的达达脸上显得不太乐观,他掐掉烟头:"和各位通报一下,现在舆论完全倒向了赵军,认为你们两人是姚晓喆与樊凯的翻版。目前的负面占比是92%。一边倒,不少媒体认为赵军是被'出轨'了,其实真相是他一直隐忍在保护着韩小姐。现在,我们真的到了最艰难的时刻了。"

亚述刚在外面接完电话,回来时神色同样凝重:"我刚和 Riva & Cirrus 的公关总监 Freya 通过电话,她说得非常官方,表示理解并且支持我们,但是在目前的情况下,她的日本老板给她的压力非常大,她说日本人对于品牌有着近乎苛刻的保护要求,所以只能选择放弃韩冰,但是咱们双方之前合作得一直很好,她还是提前把声明给了过来。这段文字将会在半小时后发布,我邮件转给大家吧。"

亚述稍稍平息了胸中的怒火,用手机将 Riva & Cirrus 公关部门发来的声明邮件转发给了顾烨与洋太等人。

声明

关于今天上午在全国多个城市出现的"Riva & Cirrus 广告遭恶意修改"的事件,我们表示深深的震惊和愤怒。不管策划者的初衷是什么,这种恶意攻击品牌以及代言人的行为已经伤害到品牌,我们已在第一时间向相关媒体平台以及有关部门进行了举报。

网络上有人怀疑该事件为 Riva & Cirrus 的营销炒作,我们坚决予以否认。关于韩冰女士,我们很高兴在过去的两年里能够一起牵手和成长。但是目前双方已经解约,所有涉及韩冰女士的代言广告都已经下架,我们祝愿韩冰女士未来的演艺事业顺利、家庭幸福。

作为负责任的国际品牌,Riva & Cirrus 品牌始终以推广健康、美丽、积极的生活哲学为己任,并一如既往地为中国女性提供最具个人风格的服装产品。

(3)

"不用说,这一定是 Kevin 的手笔。"顾烨笃定道。

"他是怎么操纵并且实现的呢?毕竟这么多商场都是各大城市的核心商圈或者地标式建筑,都有安保人员巡逻,广告的更换也需要时间,并不完全是可以用钱能够收买的。"亚述不解道。

"亚述，你还不了解他，这就是 Kevin 的道行了，所以他的收费才贵得惊人。这次赵军为了赢也算是下了血本了。"顾烨冷笑道，"他永远不会循规蹈矩地去和媒体打交道，而是按他的规则带着媒体和公众玩。只是有件事我一直没想明白，赵军为什么这么恨你？韩小姐。难道仅仅是因为出轨吗？"

敏锐的顾烨觉察到这件事情没有表面上双方各自出轨这么简单，这完全是你死我活的打法。

果不其然，韩冰三缄其口，她没有直接回答这个问题，而是推说去洗手间，离开了客厅。

"顾烨，我们是时候去找大佬寻求支持了吧？"面对 Kevin 的强势进攻，一筹莫展的洋太建议道。

"昨天晚上我和大佬打过电话，他就教了我一招。"顾烨说出实情。

"他说了什么?! 我倒是真感兴趣，如果他要愿意出场究竟怎么对付他师弟？"达达一副好奇的样子。

现场所有人的注意力都集中在顾烨身上。

"大佬说，'顺势而为，消极以对'。"顾烨重复了大佬的谆谆教导。

"嗨，这不等于什么都没说么?!"亚述听完后大失所望。

"顾烨，那你想明白这句话什么意思了么？"达达问。

"我一开始只是觉得大佬和 Kevin 之间一定存在什么恩怨，所以在这件事情上他一直闪烁其词，不愿出面。但是现在看来，远没有这么简单，我有一种感觉是，大佬希望在没有他的帮助下，让我们认认真真地和 Kevin 打一仗，看看是不是能赢他！"

"几位——"亚述听到这里忍不住出来干涉："我们请了睿仕作为公关合作伙伴，可不希望你们把我们当成小白鼠练兵啊，我们没

25. 偷天换日

有输的余地。所以如果大佬本人愿意进来的话,我们可以出更高的价格,来打赢这场口碑战役。"

"不是那个意思,亚述你误会了,大佬在资源层面一定会给我们最大的支持,他只是……只是不愿意去当那个站在台前的人而已。"顾烨连忙解释道。

达达则在一旁细细品味大佬的话的深意。大佬很少提及他的这个师弟,和大佬相交颇深的达达也就在几次酒醉后听大佬讲过一些 Kevin 的往事。达达隐约感觉,两人关系似乎极其微妙,而近年来又少有来往,昔日的剑拔弩张之间又流露出惺惺相惜的感觉。

"韩冰现在身上还有多少家代言?"顾烨忽然想到。

"除了 Riva & Cirrus,还有七家代言合同在身上。"亚述说。

"亚述,你必须亲自去处理这些关系,务必安抚好这几家品牌,我知道很难,但是现在我们的处境太艰难了,最好能够有品牌站出来表示能够一如既往地支持我们。"顾烨说。

亚述点点头转身立即去处理,事不宜迟,品牌单一解约造成的多米诺骨牌效应是所有人都不愿意看见的 bad ending(糟糕的结局)。

"也忘了要牵要放都是你的手。"

此情此景,洋太忽然念叨起来这句歌词。人是一台多么奇怪的机器啊!填进去面包、酒、鱼、爱情,制造出来的是叹息、哭泣、梦和伤害。

"洋太,你说如果不能阻止分手,是不是可以重新牵手呢?"顾烨忽然受到洋太的启发。

亚述马上明白了顾烨的心思,说道:"解铃还须系铃人,现在最好的办法就是让外界看到,有新的品牌还在支持韩冰,通过这个品牌发声,韩冰是值得信任的。所以,你们公司还有客户愿意签约韩冰吗？价格我们都好商量。"

达达苦笑一番，心想这个时候如果还有品牌愿意签约，这家公司的 CMO 估计离 fired（被炒）也不远了。

"洋太，你忘了我们为什么来这里吗？"顾烨提醒洋太。

洋太一时没反应过来："我们来这里不是为了帮助韩冰解决危机公关么？"

"我指的是最初，最初我们为什么要跟踪——"顾烨没有意识到自己的话即将穿帮，还在继续往下说。

顾烨口中提到的"跟踪"两字，让韩冰不由得警觉起来，她立即朝顾烨看过来。

"对，我当然知道当初我们为什么跟踪大数据来判断最终舆论的走向！"洋太见状立即打断了顾烨的话，"但是现在的问题是，如果一味地依赖机器统计数据的结果，来制订我们接下来的公关策略的实施，会非常被动，因为我们的对手不是机器。"

顾烨这才意识到自己讲错话了，心中暗自赞叹洋太反应够快。

"你太紧张了顾烨，越是这个时候，我们越要敢于突破传统。我们出去抽支烟再想想吧？韩小姐，你去吗？"

"我不吸烟，你们去吧。"韩冰笑道。

韩冰的别墅背后，隐匿着一个精心修饰的院落。洋太与顾烨走出来，洋太取出烟，给两人点上，如释重负地吸了一口。

"刚才太危险了，你差点说漏嘴了！韩冰要是知道了，还不崩溃死了?！内忧外患。"洋太好不容易逮到顾烨的一个失误，揪住不放。

"还不因为我不会说谎么！你还怪我！"顾烨不满道，"我们来这里不就是为了签下韩冰做游戏代言人吗?！为什么我们不去说服魏紫？"

25. 偷天换日

"今非昔比，你还能说服魏紫来签韩冰吗？"洋太反问道。

"坦白讲，我不知道，现在韩冰的口碑差成了这个样子，没有品牌愿意合作了吧？"洋太心里也没有底。

"你说得没错，只有在这个特殊的时候，韩冰才能同意魏紫提出来的所有条件，因为她现在根本没有筹码！所以洋太，这件事情我们必须搞定！我不管你和魏紫之前是什么关系，但是我们一定、必须去解决这件事情，刻不容缓！"

洋太看着顾烨坚毅的表情，忽然觉得自己被打动了。一直以来，他都觉得自己是一个没有坚定的立场的人。他不争不抢，不代表他没有目标，他只是明事理，辨是非。洋太讨厌参与是非，但是通过这场充满是非的危机，洋太忽然想通了参与是非才是清理前进道路的方法。

所谓决断，也要分出杀伐。因为在决断与决断的比拼中，杀伐才是胜负的关键。

26. 体温交换成共同的记忆

"第一天新闻刚出来,我就看出来倒在地上的是你了。"魏紫坐在办公桌后,今天她穿了一件白色的职业裙,马尾高高绑起来,还是一如既往的干练利落。

"照片那么远你都看得出来?"洋太显然不大相信。

"废话,我看着你长大的,能认不出来吗?"魏紫笑道。

洋太听后夸张地单膝跪地,表现出心悦诚服。

"别忙着跪,你现在都是大明星的绯闻男友了,和人家缠绵完了,才想起来我啊?洋太,你必须告诉我,为什么那几天我给你打电话全部都是关机?!"魏紫语气强硬。

"你听我说,没有第一时间联系你,是因为手机被韩冰的经纪人拿走了,我也没办法。他们以为我是狗仔,还差点儿报警。后来,后来实在是太忙了——"

"哼,后来你是忙着跟她谈恋爱是吧?"魏紫反诘道。

"我追过的天后巨星只有你一个。"洋太摆出一副虔诚的嘴脸,凑过来装作要亲吻魏紫的样子。

"这位先生,这是我办公室,我的同事随时可能走进来,看到这一幕我还能在这家公司混么?请你自重。"魏紫推开洋太,似笑非笑地提醒着眼前这个消瘦但英俊的男人。

"还记得上一次我们冒险是什么时候?"洋太向魏紫眨眨眼睛。

26．体温交换成共同的记忆

"去你的，别跟我来这一套。"魏紫态度坚决。

洋太只好无奈地摆摆手，又重新坐回到沙发上。

"洋太，我知道你是为了我才那么做的，我其实还挺感动的。但是找不到你人，我差点报警！没有下次了，洋太。"魏紫异常认真道，"上班时间找我，说吧，有什么需要我帮忙？我四点还有个会。"

"你们游戏不是想签韩冰吗？经纪人那边同意了，而且是最低价格。"洋太直入正题。

魏紫嫣然一笑，显然已经预料到了洋太的问题："时过境迁，我相信任何一个品牌总监都不会去做这个决策吧？洋太，你是想让我们的游戏重蹈覆辙吗？昨天那些广告可够轰动的。我还想跟你八卦一下，这件事情到底是谁做的？真的像媒体讲的那样，是那位神秘的刘老板背后操纵的吗？"

"真相到底是什么，我不知道。但是正因为韩冰现在的处境很艰难，所以经纪人现在提出来的条件，也非常有诚意，如果能够给你们省下大笔的代言费，是不是也算是你的功劳？"眼前的这个女人作为商业谈判对手出现，洋太还有些不太习惯，毕竟他更为熟悉的角色，是魏紫作为恋爱的对手出现。

"不是省钱的问题，我们就是负责花钱的部门！洋太，我敢跟你打赌，韩冰现在口碑那么差，倒贴钱都不会有品牌敢去签她做代言。"魏紫毫不客气，一针见血。

"你能让我说完么？"洋太坚持不懈。

"说说看，我给你一个说服我的机会。"魏紫优雅地翘起来长腿，饶有兴致地看着洋太。

"韩冰可以以朋友的价格和你们品牌合作，别说老板不在乎钱，这笔交易一定值得！除了以代言人的身份出席活动外，韩冰表示她可以自己创作一首单曲作为游戏的主题曲。坦白讲，现在是她演艺生涯最为困难的时期，她的经纪人刚才发微信给我，截止到中午，已经有五个品牌提出解约并单方面发表声明了。现在还能够用她的品牌，一定是最有眼光的！"

洋太说这些话的时候眼睛一直盯着魏紫，他仿佛看到魏紫脑子在做飞速的测算，她更像一个精明的商人，而非曾经甜言蜜语的情人。

魏紫依旧保持着职业式的微笑，但是语调强硬了很多："洋太，你跟我谈公关，一定是找错对手了。韩冰的私人感情生活，我无权过问，但是我的老板一定不会同意，你知道公关的一条金科玉律是什么吗？那就是一定不要使用一个深陷丑闻旋涡的明星做代言！"

"就没有任何商量的余地吗？"洋太还是不放弃。

"在这件事情上，我们没得商量。好了，我还有会。"魏紫起身收拾笔记本，准备走出办公室。

洋太忽地站了起来，几步走到魏紫面前，不由分说将魏紫狠狠地按在墙壁上。

"洋太，你要做什么?!"魏紫脸色一变，有些生气了。尽管知道洋太不会对她进行什么人身攻击，但是被这么粗暴地狠狠摁在墙上，她还是感到了一种莫名的侵犯。

"你给我两分钟，我再给你解释一次：第一，你们不是Riva & Cirrus，没有那么高的品牌调性。而且，我觉得中国人很重视的一点其实是信任，尤其是对朋友的信任，不离不弃。在低谷时能够帮朋友一把，这才是一个好的品牌故事。第二，游戏最大的特点是什么？就是允许每个人在游戏中最大程度地犯错，每次死去，只不过是一次game over而已。第三，你知道这个月游戏市场上有多少款游戏要同时推出么？你没有选择，你必须出位！而现在还有

26. 体温交换成共同的记忆

什么资源的话题性能够强过韩冰么?"

洋太说完后松开魏紫的手,自己退后几步,两个人默默地对峙。

"魏紫,你能相信我一次吗?做这件事情,一定是物有所值。"洋太说,"你说得对,我是对公关一窍不通,但是游戏出来是为了什么?不就是为了玩家吗?作为一个玩家,我是有话语权的,我玩游戏已经快三十年了。"

"是的,我还记得你当初不务正业一天到晚玩游戏的样子,整天都幻想着自己成为下一个sky,下一个电竞之神。"

洋太方才的一席话,触动了魏紫的回忆,也让她想起当年离开洋太时的决定,那是她不想提及的往事,她挥挥手道:"算了,我们不提这个了,没什么意思。"

"你能为了市场放下面子那才叫营销,当能用钱买回面子那叫品牌,当能用品牌赚钱的时候,说明你的品牌已经是消费者心目中的至爱了。"

洋太并没有放弃说服魏紫:"不开心才去玩!生活中开心时可以玩的游戏太多了,可是一年三百多天你有几天是真正因为开心而玩游戏呢?大多数时候我们是因为不开心,希望逃避一下现实才玩游戏。现在好了,这款游戏就是你的郁闷治愈秘诀。玩几局游戏,明天又是新开始!而现在,没有一个代言人,比韩冰更加适合代言这种心情,refresh your life(重燃生命),并不需要什么豪言壮语,心情糟糕时,当你拾起来这款游戏,打几局过后,没有什么过不去!"

"没有什么过不去,只是玩得让你再也回不去!"魏紫眼前一亮,"这句话当作这款游戏的slogan,你觉得怎么样?"

"韩冰本来就是宅男女神,让她来说一定具有号召力和感染力,现在她的话题性这么强,还能有什么游戏能够比她的噱头更加强大!"洋太似乎从魏紫的态度上看到了一丝曙光。

"你那句话打动我了,我在想,有没有可能这款游戏的受众,和其他对战类游戏还真不一样,因为我们的设计是完全和风的,在社交属性上也将MOBA(多人在线战术竞技游戏)这类游戏提升到一个空前的地步。'得女玩家者得天下',我们能不能把这款游戏打造成一款彻彻底底的、中国第一款女性玩家占据多数的主流游戏?"

魏紫的脑子飞速运转着,她似乎窥见了一个巨大的商机与新增市场,一个大胆并且具有颠覆性的想法正在她脑中酝酿。

长期以来,女性玩家不管是数量还是消费能力,在游戏市场中实际上都并不重要,虽然美女玩家可能会带来大量的男性玩家在游戏里娱乐、留存、付费。并非没人尝试过制作真正面向女性、以休闲和男性角色为主体的游戏,很多游戏甚至使用了"女玩家的主要付费渠道是男玩家"这样直白、赤裸的设计,也就是说"免费玩家是提供给付费玩家的一种游戏内容"。

"你知道吗?洋太,过去,哪怕是《仙侠情缘》这样号称'我们有很多女玩家,以女玩家为主'的游戏,实际上女玩家的比例也并不很高。我们可以看到,仙侠的传播口径,隐隐有以'情缘'为主进行公关的意图——这正是将女玩家作为'吸引男玩家的工具'的直接证据!"

魏紫兴奋极了,直接用电话交代了助理几句话,干脆也不去参加那个市场会议了,她从冰箱中取出一瓶漂亮的香槟,向洋太挥挥手:

"好了,大圆满结局,大明星绯闻的男主角,让我有了一个大胆的想法。这款游戏的定位就是中国游戏史上第一款以女性用户为主体的、面向大众的主流游戏,在这款游戏的公关传播当中,再也见不到那些熟悉的'情缘''结婚'之类的概念,反而是女生喜欢的

26.体温交换成共同的记忆

'同人''美图''搭配'等概念将会大行其道。"

魏紫平日里飞扬跋扈，但是她对公关的理解确有独到之处。过去的五年，女人首先改变了那些视频网站和娱乐圈的性别构成，将那些小鲜肉和韩国明星们推上了神坛；接下来，中国女忄自己构成了以女性为中心的新社交网络，电视剧、电影、网络文学、动画、漫画……一个一个地征服过去，速度快得出乎所有人的意料。

如果这款游戏能够给她们提供"可以展露在外"的游戏兴趣，一夜之间刷爆社交网络，颠覆男性市场分析家们的所有想象，并非不可能完成的任务！

"韩冰作为这款游戏的代言人，再合适不过：争议、颠覆、叛逆、年轻……一个也不少，谁说女人没有权利去爱？谁说女人只能看电影、刷韩剧，这个游戏，就是你的新标签！"

魏紫兴奋地描述着即将实现的品牌前景，两人的酒杯碰在了一起，洋太的心这才算是放下来了。虽然在韩冰的危机事件当中，自己只是扮演了导火索的角色，但是他内心深处对于韩冰还是有点愧疚。几天时间接触下来，洋太感觉她也是个完全没有架子的女明星，这让洋太更想真心帮助她。

可是不知为什么，洋太心里忽然想起顾烨。过去这段时间里，两个人一直在一起，从陌生的猜忌到彼此的熟悉，顾烨带给他的距离，一直是个谜。洋太甚至对顾烨产生了一种异常奇妙的感觉，而这种感觉，恰恰和十几年前遇到魏紫的时候一模一样。

能令女人保持简单的男人很少，令洋太感受到生命中有遗憾的女人从来都不能简单。这种遗憾别的女人填补不了，顾烨让洋太感觉难以捉摸。

感情的事，太远容易疏离，太近则容易情尽。

而最好的爱情，往往人人心中有，却个个笔下无。

27. 转危为机，破釜沉舟

（1）

两天后，某新锐游戏公司召开声势浩大的新闻发布会，近期因为私人感情问题而饱受争议的歌坛女神韩冰在现场高调亮相，并宣布出任该游戏公司在暑期引进的全球知名游戏《启示9》的官方代言人。

韩冰在发布会现场还演唱了一首特意为该游戏创作的主题曲：《清场》，这首24小时创造出来的单曲带给乐坛耳目一新的感受：慵懒的曲风、深省的歌词，再加上韩冰触景伤情的演绎，打动了都市红男绿女的心。

接下来的数天内，国内各大户外广告、地铁都出现了一季新广告，虽然是广告，但除了游戏下载的二维码，看不到任何与游戏相关的信息，它更像韩冰的个人宣言。

转危为机，玩转命运硬币，韩冰做到了！

韩冰通过这场公关传播战役展示了自己作为独立女性的观点。

她告诫所有职场因为担心怀孕而被老板忽视的女性：别问他（boss）要不要你，问自己要不要他（baby）。

她倡导所有因为担心自己另一半出轨而患得患失的女性：别问他爱不爱你，问自己爱不爱他。

她告诫身处无效婚姻迷失自己的人们：多少人以朋友的名义默默地爱着，所以我祝你们幸福是假的，但是祝你幸福是真的……

虽然依然有不少媒体对韩冰的动机表示质疑，但质疑声很快就被淹没在了浩瀚的正面公关舆情当中。因为，韩冰所引爆的，是一个更大范围的社会议题，而依旧掌握主流媒体权力的精英们，正乐见于这样的观点与态度。

韩冰的身价不跌反升，人气水涨船高。

《启示9》的游戏也大卖，日均流水数千万元人民币。虽然游戏内容和收费模式被老玩家骂惨，但又何妨它最终连续一个月登上iOS（苹果操作系统）中国区榜眼笑傲玩家江湖呢？

（2）

"怎么会这样?！我花了这么多资源苦心经营的事情，就被这个局面打破了！"坐在会所里的赵军暴跳如雷。

"少安毋躁，躲得了初一躲不过十五，我这里还有B计划。"Kevin冷笑道。

"请问Kevin老师还有什么好的计划？"赵军迫不及待地问。

"前提是你需要受一点伤害，你可以接受么？"Kevin胸有成竹。

"你说，我早就想通了，如果不能在这场战役当中赢得口碑，我以后也不用再在娱乐圈混下去了。你说吧，只要是我能够做到的，一定配合。"

赵军颇有点壮士一去不复返的悲壮气概。

Kevin打开笔记本电脑里的一个PPT演示文件，标题是：不想成为故事，那注定要成为事故。

赵军狐疑地看了一眼Kevin，不明所以道："您这个是什么文件？"

"你打开就知道了。"Kevin 微微一笑,并不作声。

赵军打开后迫不及待地又翻了一页,专注至极,而后若有所思地关上了方案。

他盯着 Kevin 的眼睛一字一顿地说道:"我现在庆幸的是,我先请了你,而不是韩冰。"

28. 事故还是故事

公元前 213 年。

一群秦朝的士兵正在缓慢地行进着，前方不远处就是城墙了。

"进了这道墙，就安全了。"领头的将领想。

他深知只要没有进入咸阳城，就没有绝对的安全。

因此，他万分警惕地打量着四周，提醒着手下人不要有丝毫的放松。

横店的片场上，所有职能部门都在井然有序地推进着拍摄工作，《千年之恋》这部投资上亿的电视剧正在如火如荼的拍摄中。由于这部戏是由娱乐圈话题人物赵军来担纲主演，自开拍以来就受到了来自媒体以及公众的密切关注。

片场外到处都是没有获取探班资格的媒体和狗仔，安保工作密不透风。但是下午四点左右，有眼尖的媒体发现现场一个保安人员离开之后却没人接替他的工作，片场外出现一个不大显眼的入口。

媒体由此鱼贯而入，到达片场也只是数十秒的时间。

这时片场上，秦兵行进队伍的最后，一匹马儿开始嘶叫起来，透露出一丝杀机。

埋伏在城墙外的几位墨者早已等待多时，数箭齐发，秦兵的队伍被冲散，一位身手矫健的墨者冲杀到重兵守候的中心，牵起一位被俘的白衣少女就要突围，不想秦兵战斗力非凡，带头墨者寡不敌众,危机重重。

此时,一匹白马疾驰而来,秦兵纷纷躲避。墨者见状正欲带女孩乘马而去,不想乱军之中不知何人竟用刀剑砍伤了白马的腿。白马吃痛,竟不顾一切地向领头墨者冲来。

事不宜迟,墨者狠狠地推开了女孩,而自己则迎面与白马重重地撞在了一起,他的身体飞到半空,又狠狠地落在了地上。

扮演秦兵与墨者的演员见状,立即冲了上去,将赵军扮演的墨者团团保护起来。

很快就有专业的驯马师降服了处于癫狂状态的白马,将它带离现场。

女孩的扮演者——国内一线女星孙小萌抱着一动不动的赵军哭起来。

医护人员以最快的速度冲进片场,用担架将赵军抬上保姆车。

现场乱作一团,拍摄被迫暂时停止……

整个过程被现场的摄像头忠实地记录了下来。

一个小时后,名为《赵军片场舍身救孙小萌,惊魂现场完整还原》的视频刷爆了社交媒体。各色后续的新闻以及围绕着赵军本人品格的讨论层出不穷,成为当天毫无争议的话题新闻,关心赵军的粉丝早已将他手术所在的医院围了个水泄不通。

当天 22 点 42 分,一辆低调的辉腾开到了医院后门,一位戴着帽子和墨镜的中年男子从驾驶位置走了出来。

门外等候已久的 Vanessa 和他短暂接头后,将这位男子带到了位于五层的特护病房区。

"他没事吧?"男人问。

"还行,现在状态挺好的。一直不肯睡,说一定要见到你。"女人回答道。

28. 事故还是故事

"我不能来太早，容易被发现。"男人将声音压得很低。

"嗯，理解。"女人说得也非常谨慎。

这位深夜到访的不速之客正是 Kevin。

正躺在病床上的赵军看到他推门而入后，脸上挤出一丝疲倦的笑意。

他示意其他工作人员离开，病房里面只留下 Vanessa 和 Kevin。

"赵先生，你怎么样了？" Kevin 面露关切。

"Kevin，你知道吗，幸亏我提前穿了防护设备，要不还真是受伤不轻。"

赵军回想起刚才那一幕，亦后怕不已。

"我们准备的两个后备方案，都没有用上，因为你实在表现得太专业了。赵先生不愧是动作演员出身，这个方案用在其他演员身上还真不合适，容易出危险。" Kevin 赞叹道。

"没事，没事，只是受点皮外伤，我这原来练家子的功底还是有的，再加上事先有准备，不碍事的。Kevin，你说的对，不来点儿苦肉计怎么能够赚足观众的眼泪。"赵军笑道，他尝试着撑着起身，Vanessa 立即将他扶起来。

"你还是小心点，这要是让别的医生或者护士看到，就穿帮了。" Vanessa 叮嘱道。

"放心吧，我就在病房里面活动活动，好不容易这里面没人了，你们不知道，装病也是一件很痛苦的事情啊。"赵军不禁苦笑道。

Vanessa 为 Kevin 倒上一杯热茶。

"快和我讲讲，现在外面的舆论如何了？"赵军急切地问道。

"你们虽然看不到整体的监测结果，但是各大新闻媒体的报道总能够看到吧？"

"我和 Vanessa 两个人几乎把每条新闻和评论都看了，基本上没有什么负面的。"赵军兴奋极了,完全不像受了重伤的病人。

"人命关天的事情,媒体还是不会乱报的,况且这又不是演习,那么多双眼睛和镜头都摆在那里,谁还会说谎?"Kevin拿出笔记本电脑,准备接入监测系统界面。

"你病愈后一定要好好感谢孙小萌,她这次可是为你赚足了人气,那在镜头前哭得叫一个真诚,各种感谢你的挺身而出。你的好男人形象算是没有争议了。"Vanessa笑道。

"哼,我算是救了她一命,没让她以身相许就够客气的了。"赵军开起玩笑也是肆无忌惮,"我算是明白了,以前我什么都有,但是仍然觉得日子没劲,因为心中少了一点疯狂。如果可以彻彻底底疯一次,你就知道生命是什么了。"

"OK,来看看最新的媒体数据统计结果吧。赵先生,恭喜你,你的正面报道高达91%,史无前例。先前质疑你作秀的媒体也已经转变了口风,都说不管在戏外如何,但是戏内,你绝对是真男人!你的这一表现也感动了数以千万计的网友。"

Kevin对自己一手策划的战果也甚是得意。

"我们的努力算是没有白费,Vanessa,去帮我开瓶酒。"赵军喜上眉梢。

"大哥,咱们这里是病房,你要酒精管够,你要酒我去哪里给你偷?"Vanessa忍不住反诘道。

"哦,对了,你看我这个脑子。"赵军不好意思地笑笑。

Kevin一边喝着热茶,一边将随身携带的背包打开,又取出来一台iPad(触屏电脑)。

"放心,这台电脑无法被追踪到登录地址,我已经请工程师事先加密过了。换言之,没有人知道这个文件是谁发出的。"Kevin盯着赵军的眼睛一字一顿说道。

28. 事故还是故事

赵军打开电脑屏幕，空空如也的桌面上，只有一个文件夹孤零零地躺在屏幕中央。

在 Vanessa 的心中，这仿佛是一只潘多拉魔盒，一旦赵军选择打开，就再也没有回头路了。他和韩冰，只有一个人可以走到最后。Vanessa 虽然恨韩冰，但以这种方式终结这个女人的演艺生涯，她内心总有一些深深的不安。

不同于 Kevin 先前的其他提议，这一次 Vanessa 与赵军产生了巨大的分歧，甚至她一度以离开相要挟，但是她怎么也想不明白，一向对她言听计从的赵军，为什么这么执着地去做这件冒险的事情。

Kevin 站起身踱到窗边，轻轻将窗帘拉开一道缝，透过缝隙往外看去，外面聚集着数十辆媒体车辆以及数百名彻夜守候的粉丝，所有人似乎都在等着赵军最后的决定。Kevin 内心也非常激动，他是一个实验性很强的公关专家。与同一师门的大佬不同，他并不看重是非，而是更加注重结果。在赵军这件事情上，他之所以痛快地答应出山，并不完全只为了钱，他真正的目的只有一个：

他想知道通过公关手段引发的公众情绪，到底能够在多大程度上改变一件事情的事实。

换言之，真相永远都不重要，如何传播真相才重要。

赵军和 Vanessa 对视片刻，他们都知道一旦将这个文件公之于众，将对事态产生不可逆转的影响，韩冰也将不会再有任何翻身机会，甚至会有警方介入对韩冰的调查。

"一日夫妻百日恩，赵军，你真的想好了么？" Vanessa 恻恻地问道。

赵军的眼前浮现出韩冰带给他的所有快乐与美好。

"我将视你如我生命中的伴侣和挚爱，我会珍惜我们之间的情感，全身心地爱着你，无论是现在、将来还是永远。我会信任你，尊重你，和你一起欢笑，一起哭泣，无论顺境、逆境，无论健康、伤病，我都会无视其他，无条件地去爱和付出，我都会将我的生命交付于你，视你如我的信仰，不离不弃。和你永不分离，从这一刻开始直到永远！我愿意！"

爱琴海边的宣誓与诺言，一切都宛若昨日般美好。

没有什么过不去，只是再也回不去。

赵军犹豫了，手一直停在按键上面，却按不下去。

"赵军，如果不是你的本意，我们没必要如此。Kevin，这么做真的没有法律风险么？"Vanessa 关切地问道。

"我就是法学博士，法律上的事情你们放心好了，我比你们更需要周全的考虑，毕竟这个方案都是我做的，一旦出了问题，我也会被牵连进去。"

Kevin 一副胜券在握的样子，他已经笃定赵军一定会按照他预设好的决策逻辑去做决定。

赵军沉默半晌，病房内的空气似乎凝固了。

许久，他缓缓抬起头，一行泪水竟然从他的眼角流了下来。

Vanessa 看到，赵军的手轻轻地按下了"发送"键。

他嘴里轻轻哼了一句歌词，声音低得就连近在咫尺的 Vanessa 也没有听清楚。

"我们是真心相爱的恋人，也是互相伤害的敌人。"

29. 不走回头路

（1）

一石激起千层浪。

4月5日深夜11点，一份亦真亦假的公关方案在社交媒体上疯传，引发了轩然大波。"韩冰心机公关绝密档案"成为霸占微博头条的超级话题。这是一份没有署名的绝密公关方案，足足有一百九十多页，里面涉及当事人的名字全部用英文代替，但是明眼人一看就知道，这个提案所针对的目标就是赵军。整个方案的规划甚为缜密，无论从策略的制定、资源的运用还是危机公关的预防与解决思路，都体现出极高的专业度。

整个方案最后涉及执行规划的数页中，准确预测了后来在"韩冰&赵军"事件当中所出现的大多数环节，其中不乏各色声明文件、通过监测团队的大数据从而判断舆论走向实施公关策略的各种令人瞠目结舌的细节。

赤裸裸的声誉攻击、资源交换以及恶意抹黑，甚至涉及人身安全的伤害，都准确无误地出现在其中，方案还曝光了部分没有被实施的计划，比如一个星期后，韩冰的圈内好友——著名的美女脱口秀主持人马璐璐即将邀请赵军上自己的直播节目，并将蓄意在现场发难，令赵军声誉扫地。

该方案之翔实与专业，完全不像临时杜撰或者网友恶搞出来的，而尤为引人注意的是，之前发生的赵军坠马事件，刚好印证了这份方案的准确。

这份方案也激发了诸多公关圈大佬和段子手解读的热情，方案仅仅流出三个小时，已经有数十篇转载量超过 10 万的文章刷爆社交媒体。舆论普遍认为在如此短的时间内绝不可能炮制出一份如此缜密而逻辑性强的公关方案。公众的矛头一致指向了韩冰，"年度最佳心机婊"的称谓成为韩冰的代名词。

第二天中午 12 点 10 分，赵军的代理律师要求警方核实并且查明真相。下午 2 点 15 分，朝阳警方宣布介入此案细节的调查。韩冰、陈亚述、姜尧、魏紫以及睿仕公关团队都相继被传讯。

尽管还没有最终结论，但是韩冰的个人声誉一落千丈，陷入出道以来人气最低的境地。

千夫所指、百口莫辩，也不过如此。

韩冰 16 岁选秀出道，21 岁就已经成为国内一线歌手，收获粉丝无数。24 岁嫁给当时在影视圈炙手可热的赵军，成为她一生中最幸福的时刻。

只不过，当时她还很年轻，不知命运所馈赠的礼物，早已暗中标明了价格。

（2）

"你们在北京的办公室遭到粉丝攻击这件事情，不是我能够左右的，也是我始料未及的。我压根儿就没想到，原来我的师侄们居然成了我的对手。要是知道的话，我一定给你们留点面子。"Kevin 朗声笑道，他今天的心情很好，还难得一身休闲打扮。

"不过，如果你非要把这个记在我头上，我无话可说。有多少

29. 不走回头路

东西损坏了，我来赔偿就是，大佬你说个数字。"

坐在 Kevin 对面的大佬面色则凝重得多，他手中拿着一支雪茄，并不着急去吸。

"Kevin，你和我之间，有什么不能直说么？其实我们应该谢谢你，你这么做，倒是让睿仕的名气变得更大了。只是整个事情并不是我们策划的，我们受之有愧。"

"你能评价一下我迄今为止的表现吗？" Kevin 眼中流露出一丝挑衅的意味。

"这么多年过去了，你还在怪老师当初的选择么？" 大佬并没接他的话头，而是忽然说了这么一句话。

"时过境迁，我心里早已经没有了爱恨，但依然有遗憾。" Kevin 收起来笑容，"睿仕如果当年交给我，这家公司一定不会是今天这个样子。你太保守了，师兄。"

"那你还用得着我评价？要我说，你在技术上永远是一流的。" 大佬并不生气。

"听师兄你的言外之意，我的水准依然不能称为一流了？" Kevin 饶有兴趣地追问。

"我说了，技术层面一流，没人能够超过你。但是你没有立场，就一定会被打败。听我一句，你收手吧。" 大佬不紧不慢道。

"我还没输，你为什么叫我收手？" Kevin 不以为然地喝了口酒。

"万物生长，本一不二。我以为你能够看清自己的过去。还记得吗，老师在最后一次上课时提到的，我们从历史中读到的最大智慧是顺势而为，顺应自然的法则，也不扭曲自己的内心。" 大佬推心置腹道。

"坦白讲，老师的话我现在都不信了，所以我不会记得。还记得我出道时标榜的原则就是绝对不接一星期就出案子的 brief（简报）。有一次我工作的第一家公司的老板迫于客户压力，实在受不了，就跑过来和我抱怨：'上帝造一个世界也只要七天而已，你做一个方案怎么要那么长时间，少改几次又不会丢掉生意。'我没说话，转身就走。那家伙以为自己得罪了我，正准备道歉，结果我把他拉到写字楼的落地窗前，指着国贸桥下的车水马龙，我跟他讲：'你看看上帝造的这个世界，再看看我做的这个方案……'"

大佬听罢，默默一笑，不再言语。

"你知道我的，唯一的缺点就是交货时间太长，但是我想好的事情不会发生变化。这是我的原则。"Kevin慢悠悠地说道。

"但你做这件事情到底是为了什么？你不缺钱，不缺名声，为什么要去做这件事？"

"我其实就是为了当年那个跟你打的那个赌。"Kevin又招呼服务生开一瓶新的红酒。

"打赌？"大佬不解道。

"不要说你已经忘记了。"Kevin异常认真地看着大佬。

"你折腾了半天，就是为了那个？"大佬似乎回忆起一件往事。

"当然，回到多年前你和我的争论，对于公众而言，到底是真相重要，还是掩盖真相重要，他们究竟是不是乌合之众，这个案子一定会揭晓答案。"Kevin胸有成竹地道。

没有理会Kevin，大佬自顾自地喝光了一整杯红酒。

"当一只玻璃杯中装满红酒时，人们会说'这是红酒'；当改装啤酒时，人们会说'这是啤酒'。只有当杯子空置时，人们才看到杯子，说'这是一只杯子'。Kevin，当我们心中装满成见、财富、权势的时候，就已经不是自己了；人往往热衷于拥有很多，却难以真正地拥有自己。"

不经意间，大佬透过国贸三期80层的落地窗，看了看长安街外格外晴朗的星空。

"真美啊。"他不禁感慨道。

30. 一步险棋

（1）

顾烨从警察局走出来的时候，又回头特意看了看那块招牌。她心里不禁感慨自己距离圆满的人生又近了一步，以后在给新人培训的时候，顾烨也可以骄傲地向所有人宣告自己也是在拘留所待过，并且接受过警察传讯的人了。

由于证据不足，加上韩冰、陈亚述等人坚决否认操控舆论、媒体交易以及幕后安排赵军拍戏受伤事件等，警方在拘留48小时后，将众人放了出来。韩冰与陈亚述戴着墨镜与帽子，显然情绪非常低落，经纪公司、娱乐记者、狗仔早已经等在外面，看到众人走出来，各种闪光灯和摄像机纷纷迎了上来。

"韩冰，听说你已经主动提出离婚，并且不分割你们的共同财产，全部都给赵军，请问是不是真的？关于你们联合投资的公司，你是否已经放弃了股权？"

"亚述，对于被警方拘留，你有什么感想？有没有觉得被冤枉或者被陷害了？"

"韩冰，现在外界对你的口碑和看法这么差，你是不是已经准备好退出娱乐圈了？"

……

韩冰低头默不作声，在安保人员的保护下，径直钻进了汽车。

陈亚述临上车时，对着媒体的镜头丢下一句话："赵军，你做得出，我们奉陪到底！"

顾烨随后和韩冰的助理、保镖一起坐上这辆车，绝尘而去。

"顾烨，你在里面没事吧？"早已在车内等待很久的洋太关切地问道。

"没事。"顾烨轻描淡写回应了一句，忽然觉得洋太这么关心自己有点不大习惯。

"不好意思，这次的事把你们也牵扯进来了。"韩冰满脸歉意。

"韩小姐，我们现在是统一战线了，睿仕在北京、深圳的办公室都被迫临时关闭，因为粉丝太过疯狂，都认为我们公司在背后操纵媒体，诬陷赵军。"洋太同仇敌忾。

"赵军是什么人你这回算是知道了吧？"陈亚述狠狠地说道。

"这一次过后，我明白了什么是四大皆空。"韩冰感慨。

"一击毙命，不留后患。"顾烨咬咬牙说了出来，"我们必须在毒蛇将牙露出来之前找到破绽，一次击中它的七寸，否则我们就没机会了。"

"可问题是我们从哪儿下手？"陈亚述不禁急迫地问道。

"韩小姐，你在圈内关系最好，完全可以信任的主持人是谁？"洋太突然问道。

"马璐璐。"韩冰想都没想就说出来这个著名主持人的名字，她和马璐璐是发小，二十多年的交情了。只不过两人在娱乐圈的交集并不多，马璐璐的主持风格以毒舌、诙谐著称，上她节目的明星都以自黑为乐，韩冰一直不太能接受这个节目的风格，因此还从未上过。

"那好，请你现在立刻联系她，并且请她以节目组官方的名义，预告下一期赵军要跟你上她的直播节目，你们两个同台对质。这个信息只要发出去，一定是这周娱乐新闻的爆点！"洋太忽然抛出来

30．一步险棋

一个让所有人感到意外的方案。

"但是上马璐璐节目的事儿，不是之前那个假的方案当中已经出现了？现在咱们再邀请赵军，不就坐实了网络上流出方案的真实性吗？！"韩冰质疑道。

"对啊，我们这不是不打自招、作茧自缚吗？这可不行！"亚述也坚决地摇头否定。

"不，我反而觉得这是个绝佳的公关机会，可以一举击破所有谣言！越是清白，越是不需要躲闪！我们敢邀请赵军来这个节目，恰恰证明我们的坦荡！反其道而行之，让赵军下不来台！"顾烨也同意了洋太的提议。

"但赵军真的会来么？"韩冰信以为真。

"不管他来不来，我们都必须要他输。他敢来，我们要现场给他好看，揭穿他的真面目；如果他不敢来，就证明他心虚，我可以安排核心媒体在舆论层面质疑他，即便打不赢，至少局面不像现在这样被动。"洋太说。

顾烨看着洋太信心满满的样子，不禁有些狐疑，不知道他的葫芦里卖的是什么药。

"留给我们扳回来局势的时间不多了，韩小姐，亚述，你们尽快定。"洋太说。

"我需要上她的节目吗？"韩冰显然没有太明白洋太的意思。

"不需要！"洋太回答得斩钉截铁。

洋太的头脑中呈现出昨天深夜大佬和他演练的这个方案的全过程："我们的策略总监达达先生，在过去的一周内通过各种媒体渠道拿到了最准确的关键线索，接下来我会跟你们各位沟通这个方案的所有细节以及可能出现的结果。如果奏效，我们可以一举击败赵军，但是这个方案的风险非常大，大到你要用自己的演艺生涯来做赌注。要不要做，你们来决定吧，韩小姐，亚述，只是我想说，我们真的没有太多时间和他们玩拉锯战了，如果这次不能直接把他们打趴下，韩小姐，你可以直接宣布退出娱乐圈了。"

洋太说的最后这句话，让所有人不寒而栗。

（2）

4月24日深夜，国内著名脱口秀主持人马璐璐发出一条微博，预告本周六的访谈节目将打破中国互联网娱乐直播的最高纪录：赵军与韩冰将会首次同台！他们有话要说！微博写道：

> 某所谓的中国好男人是不是该主动一点来说明事情真相，而不是躲猫猫一样在幕后机关算尽，对你的老婆落井下石？@韩冰，你不是一个人在战斗；@赵军，你答应的事情算不算数？

很快，这条带有挑衅意味的微博受到广泛的关注并被广泛转发。剧情再次出现巨大反转，不少媒体第一时间爆料两人已离婚的事实，大家纷纷猜测到底是谁先出轨导致的这一局面。

半小时后，韩冰的电话响起，这是两人冷战以来赵军首次主动打来。

"韩冰你什么意思啊，想两败俱伤还是怎么着？这么做有意思吗？"赵军语气当中各种不满。

"你不怕我录音吗？"韩冰倒是相当平静。

"你——"赵军一时语塞。

"你是怎么对我的？你为什么不把事实讲出来？你为什么要找公关公司黑我？"韩冰直接把话挑明了，"现在是所有人都在看着我，没有人看着你，你是好男人，忠肝义胆，我就是荡妇、婊子和小三！"韩冰越说越气愤。

"在问我之前麻烦你先问问自己吧,你背着我做了什么你自己清楚。"赵军说道。

"我做了什么我当然知道,我问心无愧。"韩冰冷冷说道。

"你以为我会为了你和姜尧的事情而翻脸?我在乎的不是你,而是那个被你毁掉的人。"赵军恶狠狠说道。

"麻烦你说清楚一点,我到底把谁毁掉了?"韩冰说道。

"我倒真心佩服你,你能不能不要这么装呢?孙晖的事情你以为全世界只有你才知道吗?你做了什么好事?想一直瞒到什么时候?"赵军反诘道。

"我没什么可以和你聊的了,就这样吧。"韩冰对赵军算是彻底绝望了。

"好,那就是没得商量了吧?"赵军发出最后通牒。

"没有!"韩冰斩钉截铁道。

"本来不想我投资的公司 IPO 的时候受到任何你的负面影响,现在看来根本做不到了,那好,我也没什么可顾忌的了,全面开战吧!"赵军挂断了电话。

(3)

"Kevin,事到如今,你觉得我是去还是不去?"赵军气急败坏地向自己的军师看去。

"你这次的对手真的不简单,她背后一定有公关团队在撑着。走一步,看三步,每一次的公关动作都是置之死地而后生。赵先生,你们这次一定会成为中国名人公关教科书级别的案例。"Kevin 不禁感慨道,他喜欢对决,对手越强,他越兴奋。

"大哥,你就别拿我开玩笑了,快说说怎么接招吧!这个叫马璐璐的,是韩冰的好姐妹,嘴巴特别毒,我之前上过一次她的节目,差点脱层皮出来。"赵军回忆着都觉得后怕。

"现在所有人都会觉得你虚伪吗？其实也未必,目前整个事件有三个矛盾:姜尧出轨,韩冰勾搭有妇之夫,赵军伪善加背后小动作'毁人'不倦。我们现在能做的只有化被动为主动,你现在主动打电话给马璐璐,上她的节目,但是有一个条件,整个节目必须采取直播的方式进行。"

"会不会有点仓促？"Vanessa 在一旁担心道。

"其实是公平的,因为对手的时间也非常仓促。而同样的时间,我们一定可以以更快的速度赢得更多的资源！赵先生,我马上给你准备 briefing book（媒体采访简报）,记住一点,你永远无法预测到媒体的问题,唯一可控的只有自己的答案。你明白吗？"Kevin 异常认真地看着赵军。

赵军点点头:"无论她问什么,怎么问,万变不离其宗,我都以这个 briefing book 作为回答的原则。"

"我还需要准备一些素材,现在回一趟你家吧！"

说做就做,Kevin 开始麻利地收拾东西。

"什么素材？"赵军问。

"你们的过去,我要把你们过去最美好的东西无情地撕碎给公众看。"

Vanessa 听到这句话有些不寒而栗,因为她在 Kevin 的眼睛中看不到任何温度。

31. 巅峰对决

马璐璐的王牌 Real Show 节目《今夜露露秀》轻而易举创造了国内直播平台斗喵最多人数在线的纪录，后台数据显示，同时在线观看直播的人达到七百万。直播现场，主持人马璐璐一如既往地以干练打扮示人，而赵军则穿着一身灰色西装，神情稳重而消沉。

经纪人 Vanessa 在台下翻看着 Kevin 一个小时内准备好的 briefing book，心里不禁感慨真是术业有专攻。这份简报字数并不多，但是句句切中赵军的命门。

所谓个人公关的最高境界，就是"两岸猿声啼不住，轻舟已过万重山"，不管媒体的唇枪舌剑如何，你自能够举重若轻地一一化解。

简报写道：

> 你们两人的关系，是媒体最为关心的问题，当媒体追问、激怒、质疑你时，你必须克制住自己，并且用正确、直截了当的方式来规避这一问题。因此，当媒体问你"为什么离婚，你为什么不第一个站出来，你们之间还有爱情吗？"此类问题时，你的回答必须至少包括以下要点：
>
> - 一直深爱对方，无论过去、现在还是未来；
> - 越是现在这个时刻，越要尊重彼此的隐私，尽最大可能

保护对方；

- 祝福韩冰未来新的生活，强调和平分手，尤其在财务问题上；
- 没有第三个人的存在，只是性格不合而已。

简报上还清晰给出了每个记者可能问到的犀利问题的最佳回应建议。

Q：如果姜尧和韩冰就站在你面前，你想说点什么？

A：我相信，时间会让爱更了解爱，我想说的是，当一个人选择了她的生活方式时，如果你已经不再拥有她，那就干脆勇敢地告别，并且相信自己也会同样奔向幸福。

简报一开始就提醒赵军：要想象观众在屏幕上看到你如此深情的时刻，绝大多数公众都会原谅你可能犯下的错误。当深灰色西装最后一粒扣子扣上时，最稳重而深情的好男人形象已跃然而立，未经刻意修剪的胡子以及整张脸所呈现的消沉低迷，就会是你脸上最能博得同情的印记。

公关是权力，公关是表演，公关是手段，公关是展现，公关是说服。

公关就是一种高明的政治，政治就是一种高明的公关。

"赵军你好，很高兴你有勇气来上我的这期节目，你为什么没有第一时间站出来保护你的妻子，而是让她陷入被指责的境地？"马璐璐开场就先声夺人。

"我第一时间就站出来说我会支持她的，因为我会一直爱她。"

赵军一副好男人的样子，再次引述他在声明中的名句，并且右手恰到好处地放在自己的胸口。

31. 巅峰对决

"但是明眼人都看得出来,你发布的声明富有深意。你似乎不大情愿去维护她,而且暗示你们两个人价值取向不一样,但是为了当前的局面,你们只好继续维持下去。"

马璐璐不依不饶。

"既然来你这个节目,我当然不怕被说成有愧于我的妻子。我只是想澄清一件事情,我和韩冰会永远都是好朋友。不管未来她的选择是什么,我都会站在她的这一边,帮助她、支持她、相信她。"

赵军表现得非常坦诚且颇具风度。

"所以外界传言是真的?"马璐璐故布疑阵。

"你难道是一位仅仅依靠外界传言就会在微博上挑战我的主持人吗?想必你一定从韩冰那里得到了消息,对吧?"赵军将计就计。

"我们都希望你可以承认这个事实,而不是遮遮掩掩,让所有人帮你维持好形象。"马璐璐试图引导赵军。

"我在这里要说的是,第一,你的节目我希望是客观的、尊重嘉宾的节目,而不是只凭借自己的喜好轻易下结论,请你不要有明显个人攻击的倾向,我知道你是韩冰的好朋友。但是现在我来了,说明我内心无愧于任何人。"

赵军并不正面回应马璐璐的挑战。

"赵先生,如果你认为网络上关注你们的每一位粉丝都在攻击你的话,我无话可说。那些问题都是我听到粉丝的声音后提出来的。"

马璐璐反击道。

"我当然不是那个意思,今天来我也不是想和任何人吵架。所以我才选择直播,证明我今天所说的没有被剪辑过。我是个很简单的人,过去我一直爱着韩冰,直到今天也是这样,但是现在我必须告诉所有人一件事情,我和韩冰已经在三个月前离婚了,但我们是和平分手的,所以,我想表示的是,如果没有人站出来帮她说话,我一定会第一个站出来,就像这次一样,但是如果应该有人要站出来却躲在角落里,我希望他可以像个男人一样!"

赵军义正辞严地表示。

"那么请问你所指的那个人是谁?"马璐璐问。

"你还想要再伤害我一次吗?你是觉得伤害我一次还不够吗?"赵军问道,"韩冰一直不想和我通话,我不知道她是不是误会我什么了,我只想在这里,给你看一样东西。"

说完,赵军从包里取出来一件游戏掌机,他向镜头展示了掌机背后刻着两人的名字。

"如果你在看直播,韩冰,你一定记得,这是五年前我们在浙江剧组里认识的时候你送给我的礼物,我一直留在身边。你说拍戏无聊的时候就玩玩游戏,放松一下。谢谢你这些年给我的关心,我也会在这里祝福你未来的路。今天,我把这个游戏机留给你最好的朋友,由她转送给你,谢谢!"

说完赵军竟有些哽咽,他用手擦了一下眼角,仿佛再也控制不住自己的情绪一样,将那款掌机交给马璐璐后,立即转身离开了直播厅。

没人预料到这场备受关注的直播竟以这样的方式戛然而止。

在Kevin的公关策略里面,就是要做到快、准、狠,过多解释一定会让人觉得是在掩饰。干脆利落的男人更容易赢得公众的好感。就像流星,如果一直在天上挂着,又有多少人会注意到它,唯有划破天际的瞬间,才迸发出巨大的光芒。

"赵先生,请你等一下,你说韩冰一直不接你电话。但是据我所知,你基本上没有给她打过几次电话,对吗?"马璐璐追问道。

"你觉得这是一个作秀的舞台吗?是为了赢回我的形象分吗?"

31. 巅峰对决

赵军的声音中有一些疲惫与愤怒。"我一直给她打电话,但是她一直没有接,我知道这一切给她带来的伤害,我只想在这里告诉她,我的电话一直为她开着,我也想告诉那个男人,如果你深爱韩冰,也请拿出和我一样的勇气来,而不是躲在那里自始至终都没有一句保护你的爱人的话。虽然离婚了,我也愿意为她打一架,就像刚认识那年。"

"那你有勇气现在打给她吗?看她接不接?"马璐璐问。

赵军犹豫了数秒。

"怎么了,赵先生有问题吗?"马璐璐抓住机会反击道。

"好的,我可以打给她。"赵军示意经纪人 Vanessa 把手机给他拿过来。

Kevin 在直播厅对面拼命摆手示意赵军不要拨过去,但是赵军仿佛置若罔闻。Kevin 向他的经纪人 Vanessa 看过去,那张妆容精致的脸上也写满了无奈。

"他就这样,脾气上来了,没人拦得住他。"Vanessa 司空见惯。

"希望他可以应对自如,他完全可以说这是他们两个人的事情,没必要让所有人都知道。"Kevin 说道。

"放心吧,赵军还是个有分寸的人。"Vanessa 安慰 Kevin 道。

赵军拿过电话,找到韩冰的号码,拨了过去。

32. 置之死地而后生

（1）

顾烨、韩冰等人也在看网络直播，还没来得及反应，韩冰的电话响了。

"怎么办？接还是不接？"韩冰看着身旁的顾烨、洋太和亚述。

"接，但不是你来对付他。"顾烨看看亚述，示意由他来接电话。

亚述接通了电话，那边传来了赵军的声音。

"韩冰，我是赵军。"

"赵军，我是韩冰的经纪人亚述，韩冰现在就在我身边，但是她非常伤心，我们想说的是她并没有不接你的电话，你们刚在一个小时前通过电话。而且你不应该选择在节目当中与她通话，你们之间难道只有在这个被关注的舞台才能够对话吗？这就是你爱她的全部理由吗？我也不太明白你打电话过来的动机，挂了吧。"亚述说道。

"我想直接和她说几句话，而不是你。"赵军说道。

"她并不想和你说话，因为你欺骗了她的感情，她只想在这里告诉所有人：她不想通过任何作秀的方式来应对，不管她做了什么，她始终都在保护你。再难，她也坚守着你们之间的承诺，没有讲出来为什么离婚，她难道不是在保护你吗？相反，你看看你做

32. 置之死地而后生

了什么事情？第一时间撇清关系，但并没有第一时间来澄清这一切！"亚述愤怒道。

"我再说一次，我想和韩冰通电话。"赵军没有理会亚述。

"我们和骗子之间，不想通话。"

亚述挂掉了电话。

"他的反应和我们预设的差不多，洋太，粉丝那边你已经搞定了吗？"顾烨问道。

洋太十分严肃地点点头，无事生非，本来就是他最擅长的事情。

"一定要这么做么？把粉丝也牵扯进来？他们现在已经聚集在演播厅外了。"韩冰说。

"我们已经没退路了。"洋太抬头看看表，不以为然道："大家不要以为我在看剩下的时间，其实我在等待胜利的时机。"

（2）

"大家现在看到了吧？她根本不和我对话。"赵军耸耸肩道。

"可是你们为什么要离婚？"马璐璐问。

"抱歉，这个我不能讲。"赵军没好气地说。

"那么你说的那个人又是谁？"马璐璐紧追不舍。

"我今天过来只是讲清楚和我韩冰之间的事情，其余的，我一概不想讲。"

赵军转身准备离开现场。

主持人马璐璐只好对着镜头说道："今天的情况大家都看到了，孰是孰非我们不能下定论，但是我们希望他们能够幸福下去。这场风波后续到底会如何，我们会持续跟进，今天的直播到此结束。"

这时候她的助理急匆匆地闯进了直播现场，递过来一部手机，并在她耳边低声说了什么。

"不好意思,现场我们接到一个非常重要的电话,现在直播继续。"马璐璐的声线当中居然有一丝兴奋。

正准备离开现场的赵军等人也停下脚步,正在向直播区张望,看看到底发生了什么事情。

"我们接到一个电话,著名足球运动员孙晖正打进来,他想现场连线赵军。"马璐璐对着镜头说道。

听到这个名字后,赵军的脸唰一下变白了,经纪人Vanessa在旁边拦住了他。

"应孙晖的要求,我们现在开的是免提。"

马璐璐心里明白,这一刻将会改变战局。

手机那边是一个语气强硬的男人在歇斯底里地喊叫着:

"赵军,你到底在不在!你什么意思,我打你电话一直打不通。原来你在玩直播表白是不是,你心里到底有没有我?敢现在和我说话吗?!"

赵军顿了顿,推开经纪人的手,坚决地走了过去,从马璐璐手中抢过来手机怒吼道:

"孙晖,有什么问题我们回去说不行吗?你一定要闹得这么大吗?"

"原来你根本就是还在爱你老婆,你刚才那段我看出来了,根本就不像演出来的,就是发自内心的好吗?你说和我在一起是不是为了钱?是不是为了那家公司?!"孙晖在手机另一边暴躁地喊道。

赵军气急败坏,直接把手机摔在地上,扬长而去。

忽然,他似乎猛地意识到了什么,回过头盯着Vanessa看着。

Vanessa似乎有些不敢看赵军的眼睛。

"真的是你?"赵军有些迟疑地问道。

Vanessa不做声,对面的男人这时才恍然大悟。

32. 置之死地而后生

赵军狠狠扇在 Vanessa 脸上，声嘶力竭道："为什么，你要背着我做这些事情？！"

"因为我爱你，我爱你！就是这么简单！"Vanessa 眼泪当即簌簌地流下来。

"我跟着你七年了，你告诉我说你实在是没办法才变成现在这样，因为你幕后的老板是孙晖，你是没办法才答应和他做情人！因为你和韩冰是最佳的公众情人，你们为了事业才走在一起！所以我理解，我一直支持你，但是我不想你这么久了还没有答案，我能等你多久你知道吗？我不想你老婆、你的老板得到你，你知道吗？我根本不能忍受其他人拥有你，无论是你的身体还是你的名声，都必须属于我一个人！我一个人！"

赵军看着 Vanessa 惊呆了，他真的没想到原来这一切的始作俑者竟然是一直陪在他身边的经纪人。

（3）

直播现场的楼下，赵军被记者们团团围住，十几米开外，韩冰的粉丝团声势浩大地抗议着。

"赵军，骗子！"与口号一起，整齐有序地出现在媒体面前的，还有巨大的横幅。

Kevin 和 Vanessa 也在其中，他们正随着经纪人团队向保姆车的方向走去。

"洋太，他们果然请到了 Kevin 团队。"顾烨说道。

"就是要他暴露在大众的视线内，这下子他跑不掉了吧。"洋太说。

"这样两个罪名就坐实了，一个是操控舆论，一个是出轨在先，赵军已经无处可逃。"顾烨笃定道。

"天下英雄出我辈，一入江湖岁月催。尘事如潮人如水，只叹江湖几人回。"

不知道为什么，看到直播现场疯狂的粉丝们，亚述忽然想起来这首诗。

Kevin 一定不会想到，自己也成为结束这场战局的关键，被疯狂粉丝挖出来的他已经不能再去公司上班，位于国贸三期的公司写字楼下整日都围着抗议的愤怒粉丝，公司的电话已经被粉丝打爆。

关于赵军的媒体舆论呈现出一边倒的局面，第二天早上他主动致电韩冰，要求停战，并且当天下午就发出了致歉声明。同时，Kevin 也引咎辞职，离开了他服务十年之久的公司，去向不明。

此时，距离最初在韩冰别墅外发生的"爆头门"事件不过一周时间，但是对于当事人而言，仿佛已经过了一个世纪。

第三天 18 时许，赵军、韩冰发表了一份联合声明。

> 所有关心和爱护我们的朋友，很遗憾地告诉大家，我们已于三个月前在北京办理了离婚手续。这世上的每个人都是通过和别人的相遇来丰富彼此的生命的。六年来，我们一起冒险，一起创造了令两个都感到自豪的人生。
>
> 可惜，人都有天使与魔鬼两面，我们都明白应该用自己天使的一面激发对方天使的一面，而非用一方魔鬼的一面去撞击对方魔鬼的一面。
>
> 我们祝福彼此都拥有最美好的开始，只要有明天，今天永远都是幸福的起跑线。

公关，是这个优雅时代的战争艺术。它不仅改变了世界，也改变了世界改变的方式。

公关的对象，就像事故现场经常出现的三类人群：

第一类，若无其事，纯属路过的人；

第二类，吃瓜群众，左顾右盼的旁观者，不采取任何行动；

第三类，事故现场拨打报警电话和急救电话的人。

因此，第一种被定义为自动屏蔽信息的人群，他们对你的故事不感兴趣，即使外面已经吵得天翻地覆，他们也无动于衷。不知有汉，无论魏晋。

第二种被定义为知情但不主动行动的人群，他们知道发生了一些事情，也许会思考，但并没有将思考付诸行动。

第三种才是公关重点作用的活跃群体，他们被知情，会思考，而且充当了传播该信息的媒介。但很多时候，他们也被称为"乌合之众"。

而你，是哪一种呢？

第三篇

真相永远都不重要,
如何传播真相才重要。

33. 让我再次介绍我自己

　　Mary 记得自己在面试时，人力资源主管戴露特别嘱咐过她，未来的老板是个很"特别"的人。至于哪里"特别"，戴露讳莫如深。这搞得 Mary 在接到录用通知时忐忑不已，脑子里全都是"异装癖""跟踪癖""性骚扰""工作狂"这样的负面标签……

　　加入睿仕之前，Mary 在总裁助理这个职位算得上经验老到，她深知伺候好老板颇为不易，其中对于各方关系的处理也相当玄妙，如何替老板传话、咽话、换话，都是学问，其难度之高，并不亚于业务或者职能部门的专业度。

　　然而 Mary 在世俗上的人情练达，在第一次见到洋太时，统统失效。见多识广的 Mary 忍不住感慨道：这副长相不去做演员真是可惜了。他长得真好看，衣着和谈吐无不透露着考究与品位。最重要的是，这位年轻英俊的老板非常懂得关心和体贴女孩子。Mary 这才理解张爱玲初见胡兰成时的那份心情，"见了他，她变得很低很低，低到尘埃里。但她的心里是喜欢的，从尘埃里开出花来"。

　　尊敬或者讨厌老板，Mary 都有过经验，但是发自内心地喜欢上老板，她还是第一次。

　　人这种生物，无论男女，说到底，不过都是颜值的俘虏。

　　只不过，Mary 还没见过像洋太这样用功的老板：每次出差坐飞机，Mary 都会看到洋太拿出书和笔记本，做各种批注与摘抄；每次关键提案结束后，洋太都会把所有方案的要点以及客户的评价记录下来；甚至每次重大提案前，洋太都会整夜把自己关在办公室里，一遍又一遍地演练给 Mary 听。

"这个行业玩到最后，拼的还是记忆力。"洋太对 Mary 笑着说道。

最好的答案，永远都不在熟悉的路上。

已经成为凯格集团亚太区总裁的大佬开始负责集团层面更多的生意和未来商业布局。大佬麾下主管的公司有三家，一个是广告公司 Diamond Dog，一个是媒体公司 ivisopon，还有就是大名鼎鼎的公关公司睿仕。

大佬任内，从营收的角度看，睿仕已经成为集团在亚太区的超级印钞机。但在中国的公关市场中，本地的公司依然强势，这种威胁也让大佬急于在中国市场寻找收购标的，最近他频繁联系了几家本地很有潜力的公关公司。

睿仕在客户构成上秉承了著名的"二八定律"，即百分之二十的客户产出百分之八十的利润。所以如果完全从经营角度考虑，砍掉剩下百分之八十的团队，员工的人数可以减少一半多，但大佬并没有这样做。因为事物是不停运动、变化、发展的，所谓小的大，大的小——大的组织体会随着时间的推移而衰退，而小的组织体则在孕育着不断发展与壮大。前十的客户阵容每年都在不停变化，有传统汽车公司从第一大客户跌出榜单的，也有根本没人看得上的游戏客户三年直接成为公司最大客户的传奇故事。

大佬闲暇时喜爱的一项运动是热气球，他认为这项运动最接近人生的真谛：你只可以通过控制火焰让球体上升或下降，但并不能影响最终的走向，风向才是幕后玩家。再娴熟的运动员也没办法精准地到达目的地，命运的方向从来都不是你自己能够决定的。

33. 让我再次介绍我自己

而对睿仕大中华区五个分公司的主管，大佬的看法各不相同，个中关系也非常耐人寻味。大中华区的业务单元一共有两位副总裁级别的主管，一个是主管香港办公室的 SVP（资深副总裁）韦伯，一个是主管台湾办公室的 VP（副总裁）琳达。剩下的三个办公室主管都是区域经理级。

大佬对北京分公司最为重视，毕竟这里每年贡献了超过一半的利润和营收，原先的主管韦伯就是大佬的老搭档，他们两个关系非同一般，算是睿仕中国的创立者。数年前韦伯因为个人原因申请调回香港负责一些国际客户，北京分公司总经理的职位一直由 Alvin 担任，在他走后一直空缺着。而林卓与顾烨之间持续数年的争斗也让这个总经理的职位始终保持空置。

一年前，林卓接替了意外离职的上海总经理赵梦，成为上海分公司的主管，也结束了数年来她和顾烨之间的争斗。尽管在专业上大佬更看好顾烨，但大佬最喜爱的是林卓。

林卓为人冰雪聪明，属于表里都一样优秀的人才，虽然有时候办公室政治玩得有点过，手段也略显老辣，但是对味儿这事就是这么没办法。大佬一年有半数时间都在上海，上海公司也是除北京之外最大的，虽然这几年被北京公司超出不少，但增速非常稳定，而且客户质量更好。

广州、深圳和香港由于地缘位置较近，就统一安排了一个华南区的主管韦伯，他主要在香港工作。韦伯的资历颇深，与上一任北京公司的总经理 Alvin 一起加入睿仕，是大佬开疆拓土的左膀右臂。他为人谦和低调，但专业能力无人能出其右，也是一向自命不凡的邝子凯在睿仕体系内唯一拜服的专业高管。但也由于过于推崇专业而看淡人情世故，韦伯领导下的华南区域整体业务体量平平，与林卓领导的上海公司、顾烨领导的北京公司，差距甚大。

最令大佬头疼的就是台湾办公室的琳达，她跟大佬几乎同时进的睿仕，甚至还算大佬需要虚线汇报的主管。大佬并不喜欢这个台湾人，不过琳达的文案写得很漂亮，而且英文相当好，好到可以和亚太区老板在床上自如交流。虽然那已经是二十年前的事了，但琳达一直未婚，也是个谜一样的女子。

好在琳达在职位上已经无法对大佬构成威胁，大佬也就懒得管台湾市场。不过台湾办公室在台湾经济摆脱下滑后这几年又有了起色，并且随着内地客户对于台湾市场的需求增加，这几年业绩也有了较大增长，倒让大佬颇感意外。近年来随着年岁渐长，大佬和琳达也少了年轻时的剑拔弩张，关系缓和了不少。

谁也没有预料到，三年前洋太的出现，竟然意外改写了睿仕中国的权力版图。

正如大佬所看好的，洋太的成长速度非常快，超出了所有人的预想，他重新诠释了"弯道超车"。洋太悟性之高也令人叹为观止，在与大佬、邝子凯、达达等业界一线高手的朝夕相处中，他迅速整合各方观点，打通了自己的"任督二脉"。

三年后的洋太，早已今非昔比，举手投足间，宛若脱胎换骨一般。

公关圈有一种说法，想成为一个好的领军人才，必须经历三年磨剑期、三年出鞘期和三年行侠期。三个三年就是九年，经过这九年人才会有第十年的飞跃——剑在鞘中笑，即使不拔剑，也会让人感觉到剑气。

洋太不负众望，在大佬赋予的压迫式成长中，在过去三年完成了其他人用十年时间走完的路，他把过去荒废掉的时光全部找了回来，有一种跑赢时光的快意。

在大佬看来，最顶尖的公关高手，往往善于运用联想，就像一部高明的电影，为观众预设好最可能发生的思维逻辑图组，让提案的对象沿着他的思路往下走。当客户内心在短短十分钟提案时间里出现三次"YES"(是)的时候,当他们内心好奇"你怎么能想到"的时候,当他们内心小鹿乱撞、心花怒放、不能自已的时候,提案,将会出现无限可能!

而这些,洋太全部做到了!

他不仅说服了客户,还说服了水火不容的林卓和顾烨。

两人的关系因为洋太的出现得以缓和,和两人都颇为交好的洋太充当了她们之间的润滑剂。三年前,顾烨本来对洋太充满敌意,却在后来的数次合作中被洋太出人意表的行事风格与不拘一格的问题解决思路深深触动,洋太的勤奋和韧性也令顾烨动容。慢慢顾烨对洋太从接受演变为赏识,最终成了最默契的拍档。

而在天平的另一边,洋太积极游说林卓去上海担任董事总经理一职。林卓自己也确实厌倦了和顾烨的无尽争斗,想来上海滩别有一番天地,也就欣然同意了这个提议。随着林卓的离去,大佬当即任命顾烨为北京公司 CEO,而洋太则被任命为北京和上海公司的 VP(副总裁),全力辅佐顾烨和林卓的日常管理与客户服务工作。

命运从来都是如此吊诡而又笃定。洋太自己也没想到,三年前戴露丢掉的那个手机彻底改变了他的运数。就好像十多年前,他也不知道自己会因为看到了魏紫的那双眼睛,从此走上了一条与常人不同的路。

周一的清晨,乘坐早班机从上海返回北京的洋太在飞机落地后,像往常一样打开手机。很快,他就收到了来自顾烨和助理 Mary 的微信,两人的信息内容大意相近:

落地后尽快回电话,从滨城寒柘寺远道而来的一位大师正在公司等你回来。

34. 红尘之外,不速访客

清晨的北京,车水马龙,熙熙攘攘。

生机勃勃的欲望猎场将个体的疲惫与希冀裹挟在一起,周而复始,延绵不绝。

一位身形挺拔的僧人,三十多岁的年纪,脸形方正,轮廓清晰,气色平和,穿着一身干净的青布衣衫,从拥挤的地铁里走出来,在人群中很是显眼。

他停在一栋高大的写字楼前,从口袋中取出一份地图看了看。显然,他对眼前的环境并不熟悉,走到门口跟保安人员进行了短暂的沟通,在得到肯定的答案后,他向电梯间走去。

上班高峰期的电梯前总是挤满了排队的人,夹杂在身着西装、潮牌、奢侈品牌的行色各异的人中间,他的装束尤为特别。

电梯停在六层,他走出电梯,身后是各色人等欢送的眼神。电梯门刚刚关上,不知道谁丢出来一句话:"嘿,你们看到没,这和尚化缘莫非也讲究打卡不成?"引得众人大笑不止。

僧人缓缓走向接待台,前台的女孩此时正在专注地收发邮件,处理着日常琐碎的行政工作。

"施主你好,我从滨城来,请问你们这里的负责人在吗?"

僧人开口问道,腔调中自带着一点点"滨普"(滨城普通话)的味道。

前台姑娘抬起头,也被吓了一跳。平日里习惯了被保险公司、信用卡公司以及霸王面三大主流群体骚扰,而出家人这个全新领域,显然对她那颗涉世未深的内心还是有很大的冲击。仿佛懵懂的少女时代忽然遇到一个高年级的帅哥走过来对她说"你好,我注意你很久了,我想,我喜欢上你了"一样,她简直不知道该如何面对。

前台姑娘稳了一下心神,充满疑惑地问道:"请问,您找哪位?"

"我找这里的负责人。"和尚继续保持着平和的语调,"我受师父所托,来找你们的负责人,有一事相求。"

前台姑娘头脑中忽然闪过了前段时间公司人力资源总监戴露在培训时特意交代的不可轻易放人进去的指令,她似乎找到了婉拒这个和尚的最佳理由。

"不好意思,师父,如果没有提前预约,我们是不接待客人的,还请您理解。"前台姑娘礼貌地回复道,"或者您这边有什么事情,可以先和我说一下,我稍后转达给领导。他们平日里也非常忙,即便在办公室,也不一定有时间接待您。"

听到这句话,和尚的脸色没有太大的变化,他没有返身离开,而是静静地站在前台旁,一副执着的模样。

"施主,贫僧坐了两天两夜的车赶到北京,不会耽误你们负责人太多时间,只要面谈片刻就行。师命难违,受全寺上下所托,还请姑娘帮贫僧通融一下,在此谢过施主了。"

说着,年轻僧人拱手作揖,面朝地面,不再言语,默默等待。

姑娘被这份礼遇弄得惊慌失措,不知该如何是好,前台聚集的同事越来越多,大家纷纷好奇僧人此行的目的。

"师父,请您不要行这么大的礼,我帮你和老板说一下就好。

但是见与不见,不是我能决定的,我先打电话问问他吧。"

说着,前台女孩拿出来手机,找到洋太的电话,正准备打给他,恰好看到顾烨从电梯里走出来。

顾烨今天到公司的时间比平日要早很多,她正想和同事们打招呼,却惊讶地看到了这位站在前台的僧人。

"顾总,您来得正是时候。"前台的姑娘像看到救星一样向顾烨求助,"这位师父想要见公司的负责人,但他并不认识大佬、您和洋太,也没有预约过,您看这个情况怎么处理?"

顾烨打量了一下眼前的这位出家人,感觉他眉宇之间不像那种偶尔在街头遇到的骗人钱财的假和尚,于是非常和气地问道:"师父您好,请问有什么事情可以帮到您吗?"

"请问,您是这里的负责人吗?"和尚反问道。

顾烨点点头,暗自思忖着和尚来这里的真实原因。

和尚从身后的小包袱里取出来一封信件,递给顾烨:"小僧受方丈师父所托,从滨城连夜赶来,师父临行前交代,务必将此信交给这里的负责人。"

顾烨犹豫了一下,还是接了过来,信封上是非常工整的毛笔行书,写着"睿仕负责人亲启"的字样。看到这封信笺,顾烨仿佛穿越了一般,她内心的好奇也被点燃。

"好的,我一会儿就打开看,请问师父您怎么称呼?"顾烨彬彬有礼。

"贫僧法号恩彬。"和尚再次双手合一,低头行礼。

"那请恩彬师父随我来吧,我们里面说话。"

顾烨带着这位出家人朝着自己的办公室走去。

睿仕北京蜿蜒曲折的办公区内,当业内有名的美女总裁带着一位世外之人飘逸地行走在工位间时,所有人都忍不住朝他们看过去。

34. 红尘之外，不速访客

这个组合散发着一种明亮但不刺眼的光芒。

僧人此行的目的究竟为何？

是要给全公司做一场保佑平安、财源广进的法事？

还是中国佛教协会要做一场规模浩大的海外公关活动？

抑或只是一位明星在拍戏之余无暇换装，过来咨询自己的危机公关解决之道？

所有人都禁不住猜测起来。

然而，他们，都错了。

35. 梳通烦恼事，斩尽烦恼丝

（1）

恩彬和尚坐在宽敞明亮的总裁办公室，饶有兴致地打量着办公室设计前卫而又略带复古风格的装饰，出世已久的他，倒是对书柜里摆放的几只造型可爱的凯蒂猫玩偶产生了浓厚的兴趣，这些玩偶都是顾烨在世界各地出差闲暇时买来收藏的。

"怎么，大师居然对这些猫咪感兴趣？"顾烨看到恩彬专注地欣赏玩偶的样子，甚为有趣。

"施主有所不知，小僧所在的寺庙，也养着小猫数只，你瞧这柜中玩偶的神情，像极了那几只小猫，可见做工确实精良，让小僧不禁想起来那几个小生命。"恩彬一板一眼说道。

"大师这么有爱心，还在养宠——收留小动物？"顾烨忍俊不禁道，担心冒犯出家人，她又生生把"宠物"两个字咽进了肚子。

"说来话长，它们是我师父外出时捡到的，那天正好下雨，这几只小家伙出生不久，被冻得挤在一起发抖。师父看着可怜，就抱回来养了。时间久了，这些小猫和寺内僧人有了些感情，也不怕人，平日里在寺内上蹿下跳，甚是可爱。"恩彬也笑道。

"大师，请用茶。"说着话，前台姑娘把沏好的红茶端了过来。

恩彬倒不急于用茶，正襟危坐道："想必顾施主是一位宅心仁厚、广结善缘之人了。"

"大师何以见得？"顾烨好奇地问道。

"女施主这里文房四宝应有尽有。我方才大致浏览了一下书柜里的书，发现涉及行业之广，令人叹为观止。相信女施主一定博学强识、学识不浅哪。"恩彬真心称赞道。

"大师，你可知道我们这个行业是做什么的？"顾烨听后不禁暗笑道，公关涉及的领域之宽，天底下没有几个行业能够与之匹敌，只是深入程度不及各行业而已。

"施主休怪贫僧学识浅薄，并不知晓太多施主所在行业到底做什么。"恩彬倒是实在。

"可是既然不知，大师你又何必这么执着从千里之外赶来呢？"顾烨试探道。

"贫僧愚钝，只知身受师命所托，连夜奔袭赶来。"恩彬拱了拱手，有些拘谨，一股久违的质朴之气扑面而来。

原来恩彬来自滨城某市辖区内的远郊，那里有一处古寺，名字叫作寒柘大觉禅寺。寒柘寺是一座历史悠久、风景秀丽的宝刹。由于寒柘寺所建之处背依山脉，面朝幽林，被认为是一处环山傍水的风水宝地。

虽然景致尤佳，但由于地处偏僻山林，香火并不旺，在当地只有少数香客知晓。方丈原是安徽阜阳一座颇具声望的寺庙的住持，数年前来到此处接手了师弟也就是前任方丈离世后无人掌管的寺庙。寺内僧人也一直谨遵戒律清规，安守寺内事务，本是一个不被俗世过多侵扰的世外之地。

不想，两年前，一个在当地颇有实力的开发商看中了这里的清静，开发了一个神秘低调的会所项目，会所外表看起来其貌不扬，但里面别有洞天、极尽奢华。半年前正式开始运营，山上的人流、车流开始多了起来。直到两个月前，一个新的会所毗邻寒柘寺拔地而起，打出来"离自然很近，离红尘不远"的口号，一些达官贵人甚至会开几个小时车来这里消费，会所夜夜笙歌，生意兴隆。

"这家会所乌烟瘴气，扰乱了寺内静修的氛围，师父担心开发商会进一步圈地，再过几年，可能我们的寺庙就不复存在了。他担心千年寺庙毁于一旦，一直向当地的佛教协会以及政府反映这个问题。奈何这家地产公司的背景深厚，我们投诉的问题一直也未见解决。"恩彬的脸上满是愤慨和失望。

"可是，我不太明白的是，为什么你们方丈会想到找我们？"顾烨不解地问道。

"施主，还恕小僧不甚了解内情，方丈只是交代，先前一位居士来寺庙曾经小住过几天，和方丈甚是投缘，居士的学识为人方丈甚是钦佩，便向他请教破解之法，居士思忖再三，临走时交给方丈这个联系方式，说是不妨派人来京。"恩彬如实道来。

"居士？"顾烨心中闪过一万个疑问，"他会是谁呢？"

她立即想到大佬、达达、邝子凯、韦伯，但转念一想，此举根本不符合这几位的行事风格。

"大师，你可以告诉我这位居士的名字吗？"顾烨问。

"这个——"恩彬甚是犹豫，面露为难之色。

"大师直言即可，不必拘泥于形式。"顾烨宽慰道。

"方丈再三嘱咐小僧，不可言说、不可言说。"恩彬摇摇头。

这时总裁办公室的门被推开，顾烨一看，是洋太提着行李直接走进来了。顾烨连忙给洋太介绍了恩彬，两人打过招呼，恩彬又把整件事情的前因后果讲了一遍。带着诸多疑问，顾烨与洋太两人一起打开了寒柘寺方丈的信件。

施主见信一切安好，冒昧打扰委实不是老衲本意。奈何不想千年古寺被我等迂腐之人所耽搁，老衲亦不想有负先人所托。寒柘寺本处西南一隅，本想能够以己之法，度一方之人。不想世事繁杂，不是我辈所能左右。寺中所遇情形想必恩彬已经告知诸位施主，老僧也不在此叨扰各位费时阅读，谨盼各位施主百忙之中能够施以援手，赴寺一叙。能够找到施主的机缘，皆因数日前一位贵人在敝寺小住期间所赐。老衲也非常为难，因为老衲已经答应不将那位居士的名字告知，只知这位施主与贵司关系深厚，居士也断定各位施主定会前来相助。无论最后结果如何，老衲在寺相候，也提前谢过各位。

　　信件结尾的落款写着：寒柘寺方丈觉远。

　　洋太沉吟半晌，问道："大师，信中所提及的这位居士，究竟是何许人也，请问您可知道他的名字或是性别，告诉我们？"

　　恩彬面露为难之色："两位施主请见谅，家师再三嘱咐，宁可邀不到两位到寺一行，也决计不可将居士的名字说出。"

　　洋太和顾烨见状，也不好再追问下去。而后三人又聊了聊寺中情形，眼看午饭时间到了，顾烨和洋太想要留恩彬吃饭，却被恩彬一口谢绝，表示已经完成师命，就不再逗留，还要坐当天的火车赶回滨城，临别前恩彬留下寒柘寺的详细地址，与洋太、顾烨两人道别，离开了睿仕北京的办公室。

36. 凡"想"之外

　　送走恩彬，洋太、顾烨找了园区外的一家泰式餐厅吃午饭。这家餐厅拥有独具特色的木雕装饰，充满异域风情。椅子都是木制秋千，据说是店主特意从泰国运回来的。泰式香料加海鲜一直是顾烨的心头好，特别是搭配不同盘碟，很有仪式感。

　　"洋太，你说这个事情我们要不要去？"顾烨的手机不断响起新邮件的通知音，她低头看了看密密麻麻的会议安排，眉头皱了皱。

　　"你想去吗？"洋太反问道。

　　"我可以肯定的一点是，这位恩彬师父不是骗子。他的眼神很清澈，你在里面看不到任何杂质。至于去不去寺庙，坦白讲，我还没想好。"顾烨说着给洋太盛了一份菠萝饭。

　　"我刚才在网上搜了一下'寒柘寺'，压根儿找不到任何介绍性的文字。"

　　"人家都说了只是个烟火不旺的小寺庙，在网上查不到也很正常。"顾烨倒是没放在心上。

　　"我倒是没什么，一个大老爷们儿人家也不稀罕，你就不一样了，顾大美女，万一坏人利用你的好奇心把你骗到深山老林，你要是有个闪失，我怎么向你老公交代？"洋太说。

　　顾烨一愣，随即反应过来："去你的，我哪儿来的老公，你又想套我话是不是?"

"不过说真的,顾烨,你条件这么好,却一直单身,你知道公司很多人都在传你的性取向吗?"洋太煞有介事道。

"哼——"顾烨冷笑道,"还不是你放出来的风声,你的做人宗旨就是:不信谣、不传谣——"

"只造谣。"洋太哈哈大笑。

"喂,你还没回答我问题呢?"顾烨埋怨道:"你总是这样,能不能给个痛快?!"

"你说我们真是什么客户都会遇到,这刚从农村供销社回来,现在又要远郊寺庙一探究竟了。"洋太感慨道,"你不觉得这个案子很有趣吗?如果你把他们当成正常的客户来对待,那封方丈的信相当于客户给我们下了一个 brief(简报)啊!"

"是啊,你这么说还真是。"顾烨被他这么一提醒,顿时深以为然。

"客户关系也不错,这个推荐了恩彬来找我们的神秘中间人就可以比作采购总监,你也知道,采购部门老大为了体现公正,一开始他都不会露面,直到中标的那一刻,他才会出来跟你谈最终的成交价格。"洋太不禁被自己的才华打动了。

"更重要的是,这个案子也不用竞标!"顾烨跟着洋太的思路发散起来,"对了,你觉不觉得那个恩彬很帅啊,我一直在想,他出家前是什么样的?又是什么事情让他在这么年轻的时候就看破红尘、遁入空门了呢?"

"舍不得璀璨俗世,找不到色相代替,参一生参不透这道难题。"洋太盯着面前的水杯,忽地若有所思。

"你说什么呢?"顾烨看着洋太。

"阿弥陀佛,不要对出家人无理。"洋太拍了拍顾烨的肩膀,语重心长道，"你这辈子是没机会了，还请女施主回头是岸，你的真心人，就在你身边。"

"还不许我想想啦？至于我的真命天子，反正不是你。"顾烨也懒得搭理洋太，说道，"要不我们去一趟吧？我真的有点好奇了，只是不清楚，对寺庙遇到的棘手问题，我们能做什么？找几家媒体去报道吗？"

"你还是和大佬打个招呼吧，看看他老人家有什么意见。"

洋太心里也跃跃欲试，他其实特别想知道那个居士是谁，道："我们还缺一个帮手，把邝子凯那家伙也叫上，他对这种事情一定感兴趣，我们三个人去，肯定能够碰撞出来不一样的火花。"

"洋太，你说投资商为什么在那么偏僻的地方开会所呢？"顾烨不解道。

"这就是市场需求了，没有买卖，就没有存在，这个道理你不懂吗？"洋太咽下一口菠萝饭，开始苦心孤诣地教导顾烨：

"你说这些人为什么不选择市中心的夜总会，非要去这么偏僻的地方消费？第一，不排除人家有曲径探幽的心境，比如说，几个好朋友开车过周末，喝多了酒开心够了，第二天醒来可以在山林里走走看看，不也是种很好的体验吗？就像这家会所的slogan那样——离自然很近，离红尘不远。

"第二，那么奢华的会所一定不仅仅是想吸引去周末度假的人吧，想想现在的大背景，很多一线娱乐消费场所都开始进行大规模的迁徙，从城市到农村，低调、低调、再低调！这样达官贵人们才敢出来消费那些昂贵的服务，难道不是吗？"

尽管已经阔别三年，但是洋太对于这个圈子的动态还是了如指掌。他娓娓道来，旁征博引，惊得顾烨说不出话来。

许久，顾烨忽然冒出一句话："洋太，不知道为什么，你总给

36. 凡"想"之外

我一种夜店男公关的感觉,你好像对这个圈子的事儿特别了解?"

洋太听完登时惊出一身冷汗,心想自己一时卖弄,却让顾烨起了疑心。他知道此时无招胜有招,只好笑而不语,保留神秘感。

"那敢问客官,您去过多少次这种地方?"顾烨话锋一转,似笑非笑地问道。

洋太的思绪仿佛回到了数百年前的红尘客栈里:"风尘之中,多是性情中人,所有男人都是专情但不专一,但我是个例外,因为我每次去只点一个姑娘的牌子。"

"是谁?"顾烨没想到洋太会这么容易招认。

"她的清纯让人情窦初开,她的功夫让人念念不忘,她花样百出,她无所不能。她是我的快乐之源,也是我的罪恶深渊。她有时温柔可爱,有时野性难驯。她的名字叫作——顾烨。"

洋太狂笑着去埋单,剩下顾烨一个人在后面骂街。

近些时日,邝子凯深陷提案怪圈,正处于事业低迷期,现在有机会能够向寺庙主持提案,他立刻来了兴趣。三人一拍即合,决定去一趟寒柘寺,一方面是好奇心作祟;另一方面,谁不愿意以功德无量的名义去享受一个清凉的假期呢?

三人安排好近期的工作,洋太吩咐助理 Mary 订好机票,考虑到市区到寺庙预计还会有三个多小时的车程,邝子凯还特意在当地租了辆车自驾。

"千年古刹,我们来了!"邝子凯兴奋地在社交媒体上分享着自己的状态。

37. 多少楼台烟雨中

三天后，中原轩辕国际机场。

洋太一行三人走出候机厅，从租车公司提车后风驰电掣离开机场直奔郊区。

由于导航搜索不到寺庙的位置，三人几乎花了半天时间才兜兜转转来到了寒柘寺的山脚下。上山的路途异常难走，汽车驶上蜿蜒的盘山路，对面不时来车与他们擦肩而过。邝子凯紧握方向盘，全神贯注地驾车小心避让，甩出的碎石不断飞向崖下，后视镜上挂着的平安符也不停地剧烈晃动。他丝毫不敢松懈，连续给油，随着汽车盘旋而上，他也长出了一口气，正了正已然东倒西歪的平安符。

洋太注意到，有一条蜿蜒的山路似乎驱车可以直达寺庙，但却被几辆卡车堵住了。大伙儿抬头望去，山峦中云雾蒸腾，崖壁铮亮，树枝上包裹着苔藓。卡车上面还挂着一条横幅，上面写道：近期寒柘寺修葺，拒不接待访客。

众人顿感诧异，无奈之下只好将车泊好，从后备箱内提着各自的背包开始走山路。

刚下过一场大雨，这里的湿气和雾气都很重，一行人沿着山路缓缓行进。山上的岔路很多，更怪的是岔路口的指示牌全都被人抹去了，三人只能凭着感觉向前摸索。好在邝子凯常年喜好户外登山，对山路的行进规律较为熟悉，带着顾烨、洋太两人艰难地寻找着目的地。

好不容易摸索到了半山腰的位置,眼尖的邝子凯看到挂在一棵三丈高的大树上的指示牌,这个木牌显然是被人故意放在了树杈中间,还用绳索牢牢固定在那里。

"你们有没有一种感觉,显然有人不大愿意让我们找到寒柘寺。"顾烨不禁怀疑道,"不过似乎暗中还有人在帮助我们,快看,前面的那棵树上还有这个指示牌。"

邝子凯和洋太望去,果然在不远处的一棵大树的枝干上,也悬挂着一模一样的指示牌。三人兴奋不已,似乎找到了武侠小说里江湖人士的接头暗号,都跃跃欲试。

又走了一个多小时,他们才在层层绿荫当中看到了若隐若现的寺庙轮廓。三人走到门前,牌匾上的"寒柘寺"三个大字清晰可见。山门外是一座三楼四柱的木牌坊,牌楼前有古松两株,枝叶相互搭拢,犹如绿色天棚,牌楼前有一对石狮,雄壮威武。

寺门前一位小和尚正在扫地,洋太说明来意后,这个机灵的小和尚飞奔去报方丈。不多时,恩彬就带着几名僧人快步赶到门前,虽寥寥数日未见,但再见恩彬之时,周边环境的巨大反差,让众人顿有恍若隔世之感。

洋太一行人在恩彬的引导下,经过几道内院大门,走向寺庙西侧的会客殿。院中幽静雅致、流泉淙淙、修竹丛生,颇有些江南园林的意境。院内有流杯亭一座,名轩辕亭。

落座,众人正在闲话之际,一阵脚步声传来,身形高大的方丈觉远推门而入。在恩彬的介绍下,觉远与洋太众人一一见过,双方各自坐下。

方丈觉远一副慈悲模样,笑着说道:"阿弥陀佛,感谢三位施主不远万里从北京来到这里做客。想必这期间也有诸事不明,我们坐下慢慢聊。"

一壶寺院特产的清茶奉上后，主宾双方畅谈，觉远方丈将事情的前因后果告诉了洋太众人。

原来，寒柘寺的由来竟颇有渊源，寒柘寺始建于西晋愍帝建兴四年（316年），是佛教传入西南地区后修建较早的一座寺庙。始创时规模很大，名叫珞珈寺。当时佛教还未能被民众所接受，因而发展缓慢。以后又出现了北魏和北周两次"灭佛"，故而珞珈寺自建成之后，一直未有发展，后来逐渐破败。

五代后唐时期，一位禅宗高僧来到寒柘寺，铲除荒夷，整修寺院，"师与其徒千人讲法，寒柘宗风大振"，才使寒柘寺走出了"武宗灭佛"的阴影，重又繁盛了起来。辽代时期由于西南地区律宗大盛，禅宗发展缓慢，寒柘寺的香火衰微。

听着觉远娓娓道来寒柘古寺的段段往事，顾烨脑中不禁闪过一句诗文："南朝四百八十寺，多少楼台烟雨中"。活在尘世，看见人间，缘起缘灭，浮光掠影，大抵也不过如此吧。

看天色已晚，先前洋太等人在上山路上又耽搁了不少时间，于是方丈就安排寺内僧人准备素食。

"我们是一家千年古刹，历史悠久，不过遗憾，在我任内没有能发扬光大。说来惭愧，我不求这里成为一方名寺，仅仅是希望能够保留这一方净土，想来也是很难的一件事情了。"觉远禅师不住摇头，"后面的事情想必恩彬已经和诸位施主讲过，老衲在此就不再赘述了。在此恳请各位能够帮助本寺渡过难关。"

"大师您不必客气，我只是有一事不明。"洋太终于忍不住抛出来那个问题，"请问大师是否知道我们是做什么的，推荐我们来此的又是何方神圣？"

觉远一笑，似乎已经预料到洋太有此一问，缓缓道："料到施主一定会问这个问题，那位引荐的居士已经和我讲述了各位之前所做之事，贫僧觉得甚为巧妙，可谓叹为观止，细细想来，与佛法当中有一些道理非常接近。但是就居士本人而言，我已经答应了他，无论成功与否，都不会将他的名字告知阁下，所以施主也不要再为难老衲了。在此我也劝施主不要太过执着，执着就容易着相。"

"着相？"顾烨不解，她还是第一次听到这个词。

"凡所有相，皆是虚妄。我相即是非相，非相即心向。人一旦被某种念想控制，看待事物往往就会有所偏差。凡事太尽，缘分势必早尽，他既然不想告诉你必有他的道理在，施主意下如何？"觉远笑道。

"好，那大师既然这样说，我就不再追问下去了"，洋太笑笑，"既然我们能来这里，一定也有机缘在，我们一定尽力帮助您解决这个问题。只是我们几个人能做什么，所想到的解决方案又是不是能够真的有效，这个在下不敢轻诺，还请您见谅。"

"我们又怎么能强求施主，本净明心非别处，唯在众生妄心中。不管结果如何，老衲与寒柘寺同在。"觉远禅师脸上的表情异常坚定。

"其实，开发商那边派了谈判的人来寺里面和我们谈，他们给了我们两个方案：第一个是要我们搬家，他们承建一个新的寺庙，设计图也给我们了，他们承诺修建一个规模是目前寒柘寺两倍大的新寺庙。"恩彬补充道，"第二个方案是我们同意成为他们的一部分，他们会把寒柘寺圈起来打造一个更大的综合休闲基地，同时大规模扩建我们的客房数量。我们目前可以用的客房大概只有十间，他们想要扩建到三百多间，然后给我们所谓的景区收入分成。"

"这个方案从商业角度来看非常诚恳，应该是有诚意的。不过他们忽略了两件事情，第一，必须遵循双方自觉自愿的原则；第二，佛祖是不会接受拆迁户这个身份的。第一个方案说白了就是强行拆迁，然后给你们回迁房；另外一个就是恶意并购，然后改造寺庙基因，通过企业文化同化掉你们。"邝子凯愤愤不平道。

"你怎么什么事情都可以解释得这么世俗？"顾烨不禁有些钦佩邝子凯在通俗演绎上的功力了。

"我们不会同意的，"觉远方丈慢慢地摇摇头，"当年师弟把这个寺庙托付给我，现在寺里面上上下下几十人，我怎么可能把这千年古刹就这么给出去。不管未来发生什么，我们都会与寒柘寺同在。"

"可师父你们为什么不找当地政府部门寻求帮助或者报警呢？"邝子凯因之前没有见过恩彬，所以不太了解情况。

"我们已经报警了，自然也跟公安部门联系过。政府的人来我们这里调查了半天，也找了会所那边的人来问话，不过一来二往的确也没问出来什么东西。后来比较麻烦的是，那边已经觉察是我们在暗中搞出这些事情，就没有再客气了，开始断水断电，并且把卡车开过来堵住了我们的路。"觉远言道。

"想来三位施主上山时也一定看到了堵在下面的卡车，因为觉远方丈一直没有答应他们的要求，他们上个月开始已经用各种方式来胁迫我们，想逼我们离开。这段时间更是愈演愈烈，竟然寻衅殴打我们外出办事的僧人。"恩彬愤愤道。

"对啊，我当时就觉得很奇怪，为什么明明有路却被人堵上。指示牌也全部被人移开，原来都是这伙人干的！"邝子凯不禁义愤填膺道。

"那卡在树杈上的那个指示牌想必是大师安排的杰作了？"洋太说。

"正是恩彬所为。"觉远笑道："恩彬气不过，就挑了几个高处，把我们的指示牌都放了上去。这样有访客过来也能找得到我们，这

37．多少楼台烟雨中

山路崎岖多变，我们也是担心路人迷路，晚上在山上过夜可不安全啊。"

"我们明白了，这件事情说到底，还是如何举证。他们关系背景深厚，就算是我们报警，他们也会很快拆除路障，而且后续他们一定会报复。再说了，都是第三方的人员，你也没有证据说明是他们所为。"洋太倒是对这里面的道道甚是了解。

"施主所言极是，这其中的关系一来不好深究，二来我们也并无证据指控他们，所以老衲只好求助各位施主看看有什么好主意了。"觉远道。

众人正在议论之际，寺内的灯忽然灭掉了。

38. 冒险开始

"大家别急，恩彬，找人去看看，是电路出了什么问题吗？"觉远显得异常镇定，吩咐弟子把蜡烛点亮。

"几位施主还请不要见怪，最近是多事之秋，总是有些小磕小绊，请各位施主海涵。"觉远方丈作揖施礼。

"大师，您千万别客气，我们既来之则安然处之。"洋太赶紧回礼道。

接着，一阵急促的脚步声传来，已经勘察完情况的弟子回报道："师父，有人把寺庙的电闸破坏掉了，我们看到有几个黑影向西边跑去，追了几分钟，实在追不上了，我们就又回来了。"

"就是那些人暗中捣乱吗？"顾烨问道。

"除了他们，还能有谁！"一向沉稳斯文的恩彬也忍不住站起来呵斥道。

"恩彬，少安毋躁，莫让几位施主受到惊吓。"觉远倒不觉得意外，他喝了口茶，缓缓说道："这不过又是那群人的雕虫小技，逼我们就范而已。清浊自甚，神灵明鉴。如果我们这么容易就被吓倒，老衲想，就算我们答应，身后的佛祖也不会答应吧。"

觉远说这句话的时候，顾烨不知道为什么，心里面特别燃，觉得眼前即将打响一场正义的战斗，公关这个行业终于有机会可以通过自己的方式与力量来伸张正义了。顾烨从小就是个正义感很强的女孩子，从小到大的梦想都是当警察。可是大学毕业后所从事的职

38. 冒险开始

业和这个理想却渐行渐远，现在，她终于可以将这次寺庙保卫战当成实现自己理想的契机。

"这应该是我这辈子最难忘的烛光晚餐了吧。"顾烨不禁感慨道。

伟大的梦想就在这庄重肃穆的气氛中开始实现了，顾烨三人与觉远方丈就双方所关心的问题进行了深入探讨，并且就睿仕能够在这场影响力战役中提供的资源进行了充分沟通。邝子凯初步提出了几个解决方案，但是都在众人的质疑中屡屡作废。

夜深了，方丈一看暂时也无法得出结论，就提议几位客人先休息，等明天一大早起床后大伙儿再商议不迟。而后，恩彬把顾烨三人送至客房，相互行礼后告退。

用过寺里准备的素食晚餐，习惯了都市夜生活的三人还不大适应寺庙九点入睡的习惯，三人坐在院子里乘凉聊天。

"如果我们把事实发布出去，或是请几家媒体来深度报道一下呢？"邝子凯建议道。

"操作起来难度会很大，有三个原因，第一，寒柘寺的知名度太低了，如果是少林寺，做什么都会被人关注；第二，媒体都讲究证据，我们并没有十足的证据来证明这一点，就凭借几张图片根本说明不了什么；第三，也是最为重要的，我们必须考虑到对方很快就会动用所有资源来对付寒柘寺，他们一定会采取报复性措施的。"

顾烨考虑得非常周全，她知道会所背后的庞大势力一定不会善罢甘休，坐以待毙。

"我们是可以一走了之，但是恩彬、觉远方丈以及寺庙其他僧人呢？他们是没有退路的。你也看了他们的态度，你总不希望下次见到他们是在当地社会新闻的头版吧？说当地僧人舍生取义，护寺抗拆。"顾烨说罢，抬头望着璀璨的星空。在雾霾严重的北京，他们已经有很久没有看到这样美丽的星空了。

"那你说我们该怎么办？常规的公关方式基本都失效了，我们处在传播语境完全失重的背景下。"邝子凯不甘心道。

"知己知彼，百战不殆！我们应该先去了解一下这家会所。"洋太忽然冒出来一句。

"可是现在最大的问题是，网络上几乎搜不到这家会所的任何信息。"邝子凯无奈地表示道。

"子凯，你误解我的意思了，现在想要接近他们只有一种方式，那就是直接进去体验。"洋太一字一顿道。

"你不是开玩笑吧？"顾烨故作惊讶道，"要去也是我去吧？"

"你一个女孩子过去凑什么热闹？不过讲真，以你的姿色，我要是客人，应该会考虑点你的钟。"洋太很认真道。

顾烨一开始没反应过来，而后想了想，用手使劲掐了洋太一下。

邝子凯听罢顿时眼前一亮，跃跃欲试道："顾老板，你们俩传绯闻也不是一天两天的事情了，所谓'我不入狱，谁入地狱'，你们两位就好好在这里待着吧，我自己去就行，只是这个打入敌人内部的花费，你看公司是不是给报销一下呢？"

"子凯，你别闹了，我真的不是开玩笑，还是我去吧！"洋太正色道。

"你这么做安全吗？不会被他们捉住吧？"顾烨不禁担心。

"我不偷不抢，他们怎么知道我的身份？再说了，没有会所会不欢迎金主吧？"洋太笃定道。

诚然，再没有哪个公关公司的人，能比洋太还了解风月场所的玩法与规则了。

39. 不知有汉，无论魏晋

当洋太第一眼看到这家名为"1880金光"的会所时不由得一愣，他瞬间明白了幕后老板强行收购寒柘寺的真意。

在寒柘寺仅仅数公里之外，有一片浓郁的翠竹林，穿过这片竹林，几步曲径之路，就会看到一座浅灰色的古典建筑，特别能触发来者的怀古幽思。引导牌上记录着这幢楼建于1880年，即光绪六年。它的外表保留了岁月的痕迹，而会所前居然有一座唐代的六棱佛塔，端庄而清朗，佛塔上的经文虽略显斑驳，但那股精气神却超然地绵延久远。

此间有真意，欲辩已忘言。

洋太适才洞悉了这家会所的运营理念之妙——"离自然很近，离红尘不远"。这个远离都市的世外之地，有着遗世独立的气质，但是暗蕴其内的，偏偏又是红尘中极致销魂蚀骨的活色生香。既有自然纯粹之味，又有红尘颠倒之感。连先前见惯了奢华场面的洋太也暗自咂舌，这番投资与品味，它的主人算得上是深谙人性之道了。

可以预想，这家会所拥有了寒柘寺之后，势必如虎添翼，无形之中将会使整个格局更加高深莫测，届时必定成为谋求意境深远的权贵显赫挥金如土之地。

"只愿做一个桃花源中人，不知有汉，无论魏晋。"

这曾是洋太的处世哲学，但是随着这几年在睿仕脱胎换骨的熏陶与演练，洋太自身气质也发生了巨大的变化，多了几分书生气，少了几分风尘感。洋太已经有三年多没有买过任何衣物与奢侈品了，也不再像以前那样对外表有着近乎偏执的要求，甚至开始越发显得不拘小节。有时，连魏紫都看不下去，偶尔也会给他添置些新的衣物。

每次出国旅行看着林卓、顾烨等人购物，他都会在商场楼下找一家咖啡厅等着。别人问他为什么不去购物，洋太总是有些不好意思地说，之前买的衣服多到已经足够他余生所用了。

洋太走到会所的大门口，在门童殷勤的引领下走进接待台，首先映入他眼帘的是一幅字画，上面写着："长廊芭蕉听雨声，雅室瀚墨溢香气"。比1880年更久远的，是这座会所里上百件的古董收藏，主人似乎将它们不经意地放置着，只待有心人来鉴赏、把玩。

但是洋太心里清楚，不管这里看上去多尊贵，营造的气氛有多神秘，本质上这里依然是个卖笑场。隐秘、贵族、特权、优越感，这就是顶层世界。一定要说区别，那就是暴发户来这儿玩，生怕别人不知道。有身份的人来这儿玩，生怕别人知道。

一个绑着马尾、穿着旗袍的高挑女孩笑着迎了上来。女孩二十八九岁，皮肤白皙，算得上标准的美女。除了漂亮，她身上还有一种很勾人的东西。她的睫毛很长，眼睛永远像含着一汪水，一看，就是很透亮、很干净的女孩。只是站在那里，什么都不用说，男人一看到她水汪汪的眼睛，魂儿就没了。

但是这一切在洋太看来，都失去效用。

世间的所有相遇，都可以化作合并同类项。同类之间可以惺惺相惜，却做不到相濡以沫。在想要的欲望和得到后的无聊之间不停切换，人生就 game over 了。

"先生您好，请问预约了吗？"女孩露出迷人的笑容。

39. 不知有汉，无论魏晋

"我大老板明天过来，今天我先来安排一下。"洋太摆出一副常客的姿态。

"好的，先生，我之前没有见过您，想必您是第一次来我们这里吧？我叫雪婷，这是我的名片，请多多关照。"雪婷试探着问了一句，而后顺势将手挽在了洋太的胳膊上。

洋太接过女孩递过来的名片，上面写着：杨雪婷，高级顾问。

不知道为什么，洋太瞬间就想起来达达，达达最近强烈要求大佬把自己的职位从首席策略总监调整为高级顾问，他觉得这样更神秘、更权威，颇有点"事了拂衣去，深藏功与名"的味道。洋太自然深知某些会所的管理规则，一般身处这个职位的人，不同于销售经理或者大堂经理，往往都是真正意义上掌握实权和资源的人。

说起名片，有一次洋太出差参加一个时尚论坛与招待晚宴，下午的论坛上洋太把名片换完了，想起来晚宴也还需要用，傍晚就回到酒店房间找到一沓丢在包里面的新名片。他懒得拿名片盒，干脆把名片跟房卡混在了一起。

晚宴上，众人觥筹交错，相谈甚欢。世间如此相貌才情兼备的人自然引得不少年轻女孩上来搭讪。那天洋太状态不好，几杯酒下肚，竟有些微醺，一下子又来了几位要求交换名片的姑娘，结果他光顾着应酬，没来得及细看，把房卡随手给了其中一位美女同行。

半小时后，洋太站在房间门口找了很久都找不到房卡，还以为刚才忙乱中丢了，就找服务生帮忙打开了房门。

姑娘倒也不含糊，晚上十点多自己带了瓶红酒就上来了。刚刚洗完澡躺着休息的洋太，本以为是服务生上来送果盘，听到响动后正准备起身开门，结果门就自己打开了，门外站着一位穿着黑色晚礼服性感至极的高挑女孩。

两人相视一笑，洋太没反应过来，还问人家水果在哪里。姑娘风格犀利果敢,随手关上门走过来直接扯掉洋太身上的浴巾,上来就是一顿热吻。

洋太各种抵挡和解释,姑娘认为洋太是在侮辱自己,抽了洋太一个嘴巴后,两人不欢而散。

"你就没动心过吗,作为一个正常的男人?"后来顾烨问他。

"是个正常的男人都没办法不动心,只是那时我想起了你。"洋太假作真时真亦假。

顾烨脸一红,也不再多说什么。

视线回到眼前的杨雪婷身上,洋太不动声色地回应道:"我之前和朋友来过一次,你每天见这么多人,认识得过来吗?"

"您还别说,我从这里重新开业到现在一年时间吧,基本上来的客人我还都认识,不过像您这么年轻帅气的,还是第一次见,我想我不会记错的。可能是上次我生病请假那几天您来的吧,你看我,病得多不是时候。"雪婷很会说话,并没有纠结在这个问题上。

"老板对你们这里很感兴趣,让他开心了,钱不是问题。"洋太开门见山,也不啰唆半句。

"应有尽有,你想得到的,你想不到的。"雪婷故意凑过脸来,挑逗般地贴在洋太耳旁悄悄私语道。

"好,把你们这里最漂亮的女孩找出来给我看看吧。"洋太倒也丝毫不客气。

"这个应该的,先生,还请您出示一下会员卡。"雪婷眼睛直勾勾地盯着洋太道。

洋太取出来钱包,交给雪婷一张信用卡。

"先生,我的意思不是您的信用卡,而是VIP卡。"雪婷循循善诱。

"我会员卡放在酒店了,你想这么远的距离,难道要我再回去折腾一番?你帮我开一张新卡吧。"洋太把声音压低道,"顾问费你随便说个数，尽快把事情办好。"

洋太早就料到这种高级私密会所一般都有所谓的会员制规定，为了规避潜在的风险。但是正常情况下只要塞给大堂经理或者顾问几千块钱，很快可以拿到烫金的VIP卡片了。

只是今天有些奇怪的是，雪婷似乎无动于衷。

"我今天时间不多，不能等太久。"看到雪婷有些迟疑，洋太不耐烦道。

"您别生气，还不给我点时间想想怎么和老板交代这事儿呀，您是不知道，我们这里管得有多严。看在您这么帅的份儿上，我尽快安排。不过，我要求第一个来陪你哦。"千娇百媚的雪婷撒起娇来很少有男人受得了，洋太有要事在身，倒也没太在意她的神色，只是觉得这雪婷着实有点让人猜不透。

雪婷走到前台吩咐服务人员尽快办理洋太的开房手续，随后她转过身来娇滴滴地对洋太说："先生，我正好下午有个会议，您先在这里喝喝茶，我稍后再过来陪您。"

而后雪婷向洋太眨了眨眼睛，很快消失在走廊里。

"您可以给我您在金光的用户名吗？我们跟您核对一下就可以办理入住。"前台照本宣科地问道。

"我早就忘了，你赶紧的，你知道你在浪费我时间吗？我过来给你们送钱的，你们怎么事儿这么多？刚才雪婷没跟你说清楚吗？让你尽快办理入住！"洋太语气已经相当不悦了。

"不好意思，先生，会所的规定我们必须遵守。"前台赶忙道歉。

"那我直接开个卡不就行了吗？有这么多事儿吗？多少钱，你直接办吧！"洋太道。

"按照规定，开新卡是没有问题的，请您把推荐人的VIP卡号或者用户名给我就行。"前台姑娘显然训练有素、不慌不忙地兜圈圈打太极。

"我和之前推荐我来这里消费的朋友,因为生意上的事情已经闹翻了,现在不联系了。"洋太直截了当回复道。

"对不起,先生,我们这里开新卡必须是要有推荐人的,或者您再找找看,旧卡是不是可以找到。金光是不接受临时访客的,来我们这里消费的客人都是会员制服务。"前台笑得非常有礼貌,但是她的眼睛已经向不远处的两位身材魁梧的保安人员看去。

洋太就这样,作为一个金主,被硬生生地阻挡在门外。他没有料到,远离都市中心偏僻如斯的金光会所,居然能够把会员制玩得这么彻底。

洋太这才回忆起来,原来杨雪婷称自己开会离开根本就是个借口,因为那个时候她已经看穿了洋太的身份,他根本就不属于这里。他的钱再多,她也不会赚他一分钱。

这是世间最高傲的商业模式:我可以不做,你尽管把钱拿走。

这种被漂亮女人看穿的感觉很不好,洋太的自信心被严重打击了一次。

首战失利,更糟糕的是,洋太没有想出其他能够混入1880金光的途径。

面对铜墙铁壁般恪守会员制经营的极奢会所,钱并不是解决问题的关键。

菩萨居大漠,千手与千眼,千手要执子,千眼都看你。

40. 卷土重来

"老兄,玩儿得怎么样?"看到洋太归来,邝子凯上前眉飞色舞地戏谑道。

细心的顾烨看到洋太满脸沮丧,知道他肯定受挫了,连忙关切地问道:"洋太,你没事吧,发生什么了?"

洋太坐下来将前因后果叙述了一遍,众人不禁感叹这家会所在管理运营上的严谨,也更确信这家会所经营内容的违法。

"想要拿到证据,就必须打入他们内部。要打入内部,现在看来只有拿到 VIP 卡或者推荐人信息才行。"洋太眉头紧锁,"我回来的路上一直在想,怎么能够接触到里面的人。"

"短时间内找到会员肯定没戏,要不我们干脆堵在山下,有客人来了,我们就假装成服务人员,把他们的用户名搞到手?"邝子凯拍脑门说。

"守株待兔肯定行不通,那些客人都是提前预约,而且你根本不知道他们的身份,不会那么容易得手,反而会过早暴露自己引起敌人的注意。"顾烨当即否定了这个不靠谱的提议。

顾烨随口说的一句"守株待兔"倒是提醒了洋太。"我想到了!在这方圆十里只有两种人!"洋太兴奋地大喊道。

"男人和女人么?"邝子凯反应倒是很快。

"用手机和不用手机的两种人!我们可以通过社交软件试试看,

比如用'附近的人'功能，这深山老林，排除掉寒柘寺的各位僧人，那么能够被搜索到的人一定就是在里面消费的客人或者提供服务的人！"洋太终于找到了可以打进会所内部的办法。

顾烨和邝子凯面面相觑，洋太总是能在众人一筹莫展时独辟蹊径。

"顾烨，你姿色不错，用美图PS一下，应该可以骗到不少男人的。"邝子凯煞有介事地进谏。

顾烨呆呆地看着洋太："洋太，你说真的要这样吗？回头人家再给我截个图，我是不是以后就算是为公司捐躯了？标题就是《某公关公司美女老板私下做援助交易》，一定上头条！"

"跟你开玩笑，我怎么舍得你去。这个会所里一定有很多女生，我尝试一下看看我的如花美貌能不能钓一个上钩。"邝子凯跃跃欲试。

邝子凯虽然长相上不及洋太英俊，但轮廓却如欧美人一样分明，况且他浑身散发出来的ABC国际范儿却又是洋太所不及的。这对于许多女人而言，具有致命的吸引力。坊间对于邝子凯的风流韵事传言从没断过，但他本人则对此讳莫如深。

虽然剑走偏锋，但就目前的局面而言，似乎没更好的解决方式了。

所谓冰冻三尺非一日之寒，大师就是大师，不需要用虚名和浮华来装饰自己。邝子凯在社交软件中把方圆2000米内的女孩全部搜索了一遍，一个个地细心打招呼，并使出他撩妹的拿手十六字箴言："呵呵呵呵，幸会幸会，哎哟哟哟，真棒真棒"。

终于，在凌晨2:22的时候，一位名叫高杉的女孩通过了邝子凯的申请，并且主动回复了一个笑脸的表情。

黎明破晓前的感情，总是最销魂、最难忘的。虽然短暂，但是

40. 卷土重来

却格外真诚。

而这个时候,邝子凯手机里播放的,恰恰是那首名曲 *Just One Last Dance*,唱出了一对曾经缠绵悱恻的恋人即将永别前深深的痛苦和无奈。这位沉默的"大师",嘴角边闪过一丝不易察觉的笑容。

事了拂衣去,深藏身与名。这大概是全世界顶尖嫖客的共同座右铭吧,就在这个夜晚,邝子凯成功把自己包装成了一名在感情江湖里曾经浪迹天涯,找到真爱后决定终生只为一人的爱情刺客。

"其实,我是一名刺客。每次行刺我都没失过手。唯一一次,我失手了。而失手的代价,就是我爱上了你。"

邝子凯使出毕生绝学和高杉互撩,他发现这个女孩有一种天生悲悯世人的气质。从她的朋友圈状态来看,这似乎是一个夜夜笙歌的女孩,配图都是醉生梦死之境,但是文字却异常简练,直指人心。

邝子凯近乎执着地浏览了高杉所发的每一条朋友圈信息,经过细心观察,他总结这个姑娘的性格特点为:颓废得很积极,悲观主义的花朵。

她的签名档只有一句话:如果这是个花花世界,我们就是这个世界的花花。

聊天进行得不算顺畅,邝子凯经常要等上数分钟对方才会回一条,经过长达三个小时的沟通,两人终于聊到了见面的事情。

"我们可以见面吗?我最近都在山上。"

"你为什么会在山上?"

"我住在寒柘寺内,静修。"

"我怎么知道你不是变态?现在这种新闻多到不行。"

"可以约在一个你熟悉的地方。"

"那你不怕我是坏人吗?故意引诱你,然后图谋不轨?"

"这地方太偏了吧,坏人过来趴活儿都得考验耐心,太不值得了吧。"

"如果我是聂小倩呢?几千年后的?"

"那算你狠,我认了!能见一次聂奶奶也算值了!"

"嗯,那就在我上班的地方见面吧。"

"你在这山上是做什么工作的?"

"嗯,在一个酒店上班,里面有一个可以喝咖啡的地方。"

"好,那我过去找你吧。"

"嗯,你到了前台,就说是找我的就行了。"

"你手机号可以给我一下吗?"

"嗯,不太方便,而且我上班时是不能带手机的,老板管得严。"

"你的名字就叫作高杉吗?"

"是的。我去睡觉了,最近睡得太晚,皮肤都不好了。"

"好的,早安!"

"安,陌生人。"

邝子凯揉了揉有些发酸的眼睛,看了看窗外,天空刚刚发白,已经快六点钟了,他却一点困意都没有。穿好外衣后,邝子凯到寒柏寺外面晨跑了一圈,他隐约觉得这个姑娘能够成为突破口,但他内心却有一种莫名的忧伤与犹豫,他觉得自己有点爱上她了。

有一种叫作救赎的东西,在他心中最柔软的地方不断激荡着。"为何红颜多薄命?"自古以来,多少人泛舟去问,拈花去问,把酒去问,捋须去问,拉着胡琴去问,弹着古筝去问,奏着琵琶去问,问得何等殷勤,只可惜永无答案。但邝子凯抬头去问,向昊天探问生命的悲观,望月思人,素手抚琴。

早上,洋太和顾烨得知这个消息后不禁佩服邝子凯的毅力与撩妹能力,洋太自叹弗如。

40. 卷土重来

下午四点半，邝子凯准时来到会所，门童将他领进前台，邝子凯走进来的时候还特意看了看洋太口中那位魅惑众生的叫作"雪婷"的顾问是否还能一如既往飘然而至。

可惜这一次，邝子凯没有遇到她。

"您好，先生，请问您预约了吗？"一位风韵犹存的四十多岁的领班走过来问道。

"没有，我是来找人的。"邝子凯摘掉墨镜，露出来迷人的笑容。

"您找哪位？"领班有些困惑，显然很少有人来这里找人。

"高杉。"邝子凯自信满满地回答道。

"高杉？"大堂经理想了半天，"我们这里似乎没有叫高杉的同事，您有她的手机吗？或者您给她打个电话让她下来？"

"我们，我们一般微信联系。"邝子凯有些干涩地笑了笑。

"您能问问她可以直接下来吗？"领班有些警觉地问道。

邝子凯不觉愣了一下，他只好拿出来手机，找到了高杉的迷人头像。

"我到了，你下来吧。"他尝试性地发出来了那条微信。

信息显示没有发送成功，而后一行小字出现。

"对方开启了好友验证，您还不是他好友，请先发送好友验证请求，对方验证通过后，才能对话……"

邝子凯忽然感到一种前所未有的挫败与落寞。从来都习惯笑傲情场的他，这次被一个小姑娘彻彻底底涮了一回。

用情付诸流水，爱比不爱可悲。

"我可以在这里坐会儿等她吗？"邝子凯示意领班已经联系到了高杉。

"您在大厅那边随意坐吧，有需要随时叫我。"正好有客人来，领班倒也没再追问。

邝子凯坐在那里打电话告知顾烨和洋太这一结果。

得知计划再次落空的洋太和顾烨两人坐在寺庙古朴的门槛上，看着远处的山林发呆。

"是不是我们没办法帮到恩彬他们了？"顾烨不禁喟叹。

"倒也不是，我有个朋友，或许可以。"洋太喃喃自语道。

洋太没理会顾烨不解的眼神，他想起来一个人，他想到的这种办法，只有这个人才能够帮他做到。

她在业界的人脉关系与资历深厚到让人叹为观止，她算得上他的老师。

只是这个人他曾经发誓再也不联系了。

洋太没想到的是，在告别夜场公关界五年后，自己竟然以这种方式再次回归。

重操旧业，只是，这一次不是为了钱。

41. 不能输的面试

"洋太，我跟你说，这个世界只有两种好女人，一种善解人衣，一种善解人意。前者在身体上带给你快感，后者在灵魂上让你得以栖息。"

"那你是哪一种？"年轻的洋太问燕儿姐。

（1）

负责面试的女人叫姚菲，四十来岁，浑身上下素雅干净，着装也十分职业。她散发的气场和那些国际大公司的公关总监相比也不差分毫。

"燕儿姐的朋友是吧？你好，我叫姚菲，金光的公关总监。"女人自我介绍道。

听到这个职位，洋太不禁倒吸了一口冷气，暗自感慨自己不在这个行业的几年里变化实在太大了，本来一个隐蔽低调的行业居然也需要开始对外进行公关了。

"我最近确实需要钱，正好人在滨城，就问了问燕儿姐有没有工作机会，她就推荐了你这里。"洋太说得很诚恳。

姚菲盯着洋太浑身上下扫了一遍，那目光宛若在流水线上判断零件是否合格的检测器。

"条件确实不错，你之前做过几年？"姚菲落落大方地问道。

"在北京做过六七年。"洋太如实回答。

"我听燕儿姐说你后来洗手不干了,开始做一些自己的生意,为什么现在又愿意回来了?"姚菲用纤细的手指取出一支烟,娴熟地放在嘴边,洋太见状连忙用打火机给她点上火。女人优雅地吐了口烟圈,洋太闻到烟草与香水味混杂的熟悉味道,不觉间竟然有些恍惚,仿佛回到了某种境地当中。

"说来话长,后来做生意也确实赚了点儿钱,可是去年投资和炒股又全部赔掉了,这不趁着还没老,重出江湖看看外面的世界。"洋太笑道。

"哦,那你和燕儿姐是什么关系?她很少麻烦人的。"姚菲饶有兴致地问道。

"她算是我的导师吧。"洋太支支吾吾地说着,显得不愿意在姚菲面前多提这个女人。

"好啦,你不愿意说,我就明白什么意思了。导师?怕是床上的导师吧。"姚菲倒也没追着这个不放,只是自顾自地笑了起来。

"不过呢,我们这里主要以男客为主,女客有但是不多。"姚菲大致介绍了一下金光的情形,"对了,先说明一下,没有客人的时候,我们是没有保底工资的。"

而后,两人交流了一些技术层面的问题,洋太对答如流,姚菲甚是满意。

"洋太,你明天去我们这里的体检部门做个体检吧,下周来上班,有需要我会联系你。对了,咱们加个微信吧。"姚菲主动把自己的微信二维码放到洋太面前。

洋太拿出手机扫码,微信上出现了新的好友信息,洋太凝神一看,内心不由得一惊,姚菲的头像是一朵娇艳怒绽的玫瑰。

微信的名字叫作:高杉。

（2）

十分钟后，站在会所门口的洋太，摸了摸西服衬衣里藏着的录音笔和背包里装的针孔摄像机，不由得自己先惊出一身冷汗。他真没想过，自己竟然以这种方式过了一把调查记者的瘾，明明极度紧张却偏偏要装成没事人一样，真是种煎熬。

胸有激雷而面如平湖者，可拜上将军。

洋太转回头看了看"1880金光"的牌子，故作镇定地缓缓挪动着脚步，向着寺庙方向踱去。这次行动出奇的成功，他还见到了邝子凯梦寐以求的"网友"高杉，洋太已经迫不及待将这个激动人心的会面告诉这位痴情的爱情刺客了。

"先生，请等一下——"两位保安模样的人忽然从后面追了上来。

洋太暗道不好，却已经来不及逃脱，前边大门口那里还站着四位门童与保安人员。

"先生，你先别着急走，菲姐找你有事，你跟我们上去一趟吧。"说话的保安人高马大，一副不容拒绝的模样。

洋太听到这句话眼前一黑，险些栽倒在地上，这东窗事发得太快了吧，莫非刚才有什么破绽暴露出来被那个老江湖发现了?!

洋太脑子里旋即涌现出无数被严刑拷打、美女色诱的残酷场面，心想这下子可完了。他担心自己一定忍受不住，会把所有东西都供出来。

思绪混乱之际，他只好跟着两位保安人员重新回到了姚菲刚才面试的办公室。看着两人还算客气的举动，洋太的心跳稍微放缓了一点。莫非另有隐情？

看见洋太回来了，姚菲走上前来热情地挽住了他的手。

"洋太,还好你没走远。今天也巧了,就在刚才一个非常重要的客户打电话说晚上过来吃饭,我跟她介绍了你的情况,客人对你非常感兴趣。这不,特别提前点了你的台,你别走了,去洗个澡吧,客户下午六点钟过来和你晚饭。你可给我好好表现啊,这是绝对的金主!"姚菲关照道。

洋太一听长吁了一口气,面色没有刚才那么苍白,没有被发现还不算是最糟糕的结局,但是新的难题也随之摆在了他面前,假戏这次难道要真做了吗?

"可是菲姐,我今天有点不舒服,担心不一定能够达到客人的要求。"洋太假装擦了擦脑门儿上的汗,寻思找个什么理由推掉这个大单,"而且我这不是体检也还没做吗?别到时候身体上有什么问题,让客户找麻烦就不好了。"

"没事儿,燕儿姐推荐来的人那就是走个过场,戴套不就完了?!你有没有病,逃不出我的火眼金睛!客户时间可不是那么好改的,你不舒服又不是什么大病,我看你刚才状态挺好的呀!就别跟我逗了,这有钱哪有不赚的道理。"

姚菲属于典型的可以将百炼钢化作绕指柔的女强人,根本不由洋太分说,就让手下去安排晚上的豪华总统套间了。洋太担心再拒绝下去会引起她的怀疑,只好作罢,顺从她的意思去洗澡了。

(3)

两小时后,洋太和这位大牌女客人坐在了装扮着鲜花与烛光的奢华包厢内。

对方四十多岁年纪,由于平时保养得好,看上去很年轻,穿了一袭白裙,气质不俗。

洋太使出浑身解数劝这位客人喝酒,寄希望于她喝醉后不省人事，再借机溜走。对方倒是来者不拒，转眼间三瓶昂贵的红酒已被两人消灭掉。洋太自己倒有些微醺，女客人只是面色略显红润，谈吐神情并未有醉意。

"小伙子，你也够敬业的，这么喝下去你们老板能给你提成多少啊？"女人饶有兴趣地问道。

"你误会了，我不是那个意思，我今天特别开心，就是想和你喝。"

一向善于辞令的洋太居然被问得词穷了，他拿起来酒杯，向对方敬酒。忽然间他开始怀念过去那些荒诞无序的日子。那时，不需要考虑战略、成本、管理、运营、媒体、创新等要素，只需要思考"如何能让对方更快乐"这一原始却终极的问题就可以。

"古来圣贤皆寂寞，惟有饮者留其名。"女客人倒是来了兴致，一杯接一杯地喝。

"你到底是做什么的？"洋太实在忍不住问道。

"别问我的职业，有些事情你还是不知道更好，反正我告诉你，我平时喝的比这个还要多几倍。今晚你要是想灌醉我的话，没戏。"女客人轻描淡写说道，她显然看透了洋太的心思。

洋太不由得惊出一身冷汗，他大致猜到了眼前的这个女人是做什么行业的了，这类人的复杂背景远不是常人能够想象的。

又过了一小时，洋太已经接近醉的地步，女客人对于喝酒也意兴阑珊，提出步入正题的需求。

当女客人主动且强势地将他的裤子扒下来的时候，洋太内心是拒绝的，他已经远离这样的生活太久了，借着酒劲儿，他下意识地推开了女客人。

"你做什么？"女人诧异道。

"对不起，对不起，我现在接受不了这个。"洋太忽然有些沮丧，逢场作戏本来是他最为擅长的事情，他忽然发现今天找不到这种感觉，他变得如此正经，以至于他自己都不认识自己了。

"你真的是做公关的吗？"女人质疑道。

"我是，但是我真的很久不做这个了。所以，对不起，我以后再陪你行吗？"洋太一边道歉，一边跟跟跄跄去沙发上取自己的裤子。

"你以为自己是什么东西！跟我在这里耍大牌是吗?！你问问你们老板，这里有几个人敢跟我玩这个?！"刚才温婉的客人忽然性情大变，歇斯底里道，"不愿意做，你来这里做什么？来羞辱我吗？叫你们老板来！滚！"

说着，客人愤怒地抢过洋太的衣服狠狠丢到地毯上。

忽然她发现有个黑色的小物件也掉了下来，还没等洋太抢过来，她就捡起来放在手中，她认出来这是台针孔摄像机。

"你是不是想偷拍我们做爱？然后勒索我？你胆子太大了！"客人冷笑道。

"我不是那个意思，这台摄像机并没有开始拍，你可以打开看。"洋太紧张地辩解道，他的酒已经全醒了。

房间里的氛围降至冰点以下，洋太很清楚接下来自己将要面对什么局面。

42. 密室逃脱

洋太被几名保安人员不客气地"请"到了一间小黑屋,并被用一副手铐锁在了冰冷的铁椅上。洋太正在寻思这里居然连手铐这种硬核设备都有,仔细观察了下,原来还是女用 SM 情趣用品。洋太不禁苦笑一番,顿时想起来《低俗小说》那位被捆绑在地下室的黑人大佬。

密室的门猛地被推开了,高跟鞋的声音从远及近传了进来,只见两位身材出众的女人在一堆保镖的簇拥下走了进来。姚菲满脸怒气,杀气腾腾。站在她身边的,是一位绑着马尾穿着黑裙的美女,面色冷漠,嘴角边一抹难以捉摸的笑意。

那不是高级顾问杨雪婷是谁?!

"录像我们看了,你是谁?到底想要做什么?!"姚菲怒不可遏道。

"我是谁不重要,但我要做什么你们心里想必比我还要清楚吧。"洋太冷笑道。事到如今,他也只能发挥自己的表演功力了。洋太深知这个圈子的游戏规则,一定不能轻易服软,否则对方的手段将毫无下限。

"还敢嘴硬!"杨雪婷倒是没有半句啰唆,直接上来就狠狠抽了洋太两个大嘴巴。她的手指上套着一枚戒指,在洋太的脸上划出了一道血痕,可见下手之重。这和洋太当初在大堂见到的温柔美女简直判若两人，短短数秒，洋太仿佛从天堂跌到了地狱。

"你知道你刚才做了什么？你给我们惹大麻烦了！客户彻底被你惹怒了，已经捅到大老板那里！老板已经下了死命令，你下半辈子是离不开这里了。"姚菲大声呵斥道。

"来人，往死里打！"杨雪婷下令道。

洋太的脑子快速转了一下，他明白自己目前的处境极度危险，这荒山野岭的，对方要是真做点什么事情不会有任何人知道，他只好孤注一掷，豪赌一把。

洋太信口胡诌道："等一下，既然我的行动已经被你们发现了，我就实话实说，我是记者，是接到举报说你们这里有涉黄的非法服务项目才来到这里的，台里派我过来做卧底调查。我的几位同事现在就在山下等我，一旦我今天晚上回不去，他们就会联系省公安厅报警，并且会第一时间通过自媒体进行求救。我手上有十几个上百万粉丝的微博账号，如果你们不怕把事情闹大的话，就随便扣着我吧。"

"台里？你是哪家媒体的？"姚菲波澜不惊，不愧对自己公关总监的名号。

洋太这几年和媒体圈混得烂熟，随口说出一家中央级媒体的名字，并将里面的组织架构、人员名单说得绘声绘色，让外行人难辨真假。

杨雪婷与姚菲对视片刻，她们原本以为这只是附近的几家竞争对手派人"黑"金光的行径，不想此人却是从北京来的调查记者。这一突发情况让她们始料未及，听着洋太头头是道的叙述以及有恃无恐的态度，想必他手上也的确有些底牌。

老板交代的是，不要将事情弄大，问清楚真实原因，安抚好客人。但是针对洋太身份的判断已经超出了两人应对的经验范围，谁

42. 密室逃脱

也不敢妄下结论，一旦操作失误，大老板的势力范围到底能不能压下来网络媒体的声音，两人心里也没有底。

姚菲听完后有些坐不住，如果有这么重要的媒体来做卧底，证明真实情况远比她想象得严重和复杂。

姚菲和杨雪婷两人窃窃耳语了一小会儿之后，她一个人匆匆地离开了密室。

"有一点我不明白，燕儿姐为什么会帮你？"杨雪婷开口问道。

"我说她不知道这件事情你会相信吗！她只是中间人。"洋太一副无所谓的样子。

"好，就算你是媒体，你也是我见过最懂风月的记者了，实话告诉我，你以前真的没有做过这行吗？"杨雪婷不甘心地问道。

"嗯，你说对了，果然瞒不住你。"洋太故作镇定地笑了笑。

"对了，还有件事情也告诉你一下，姚菲跟燕儿姐说了这件事情。"杨雪婷道。

洋太听到这句话心里不觉得"咯噔"一下。千算万算，没想到姚菲居然去找燕儿姐求证去了，这一环他自己确实没有料道。

"嗯，燕儿姐怎么说？"洋太问。

"她让你好自为之。"杨雪婷结束了两人的对话，转身离去。

而后，洋太一个人坐在密室里，他昏昏沉沉地睡了过去，不知道过了多久，他猛地被人用手拍醒。恍惚之间他看见姚菲一个人站在他面前。

"我和老板聊过了，你可以走了，但是你的手机不能拿走，回去也告诉你的人，媒体我们不欢迎，下次如果再被我们发现，后果一定不会像今天这么简单。"姚菲面无表情道，洋太发现，她的脸上有一个掌印，显然她出去这段时间，也过得并不轻松。

保安走过来，解开了洋太的手铐，被铐在椅子上多时的洋太，勉强站了起来。

洋太一个人在深山老林当中摸索着,等他回到寺庙已经深夜两点多,顾烨和邝子凯一直都在紧张地等他回来。

"幸好你回来了,要不顾烨真的要报警了。"邝子凯难得这次没有开玩笑。

"你脸上这是怎么了?"顾烨看到了洋太脸上的伤口。

惊魂未定的洋太把之前的情形复述了一遍,两人听后都不免后怕。

第二天,洋太三人驱车到市区买了新手机,洋太立即收到数条微信的提示音,他仔细一看,都是一个人发来的。

燕儿姐。

43. 为度一切心

洋太他们三人来到寺庙已经整整十天了，公司的各色事务早已堆积如山，各个事业部负责人再三催促他们尽快回去处理。邝子凯为众人订好了回程的机票，三人一脸沮丧和不舍。显然，他们并没有完成最初的任务，但是就目前的局面而言，短时间内也不可能攻破1880金光的大门。洋太被抓之后已经打草惊蛇，会所内部一定会暂掩锋芒，短时间内甚至只经营正常的酒店客房业务。杨雪婷与姚菲一定会最大程度收紧安保工作，再想混进去，谈何容易。

为了给三人送别，觉远方丈特意安排了一顿丰盛的斋饭。

"觉远大师，说来惭愧，我们到底也没能完成您托付的事情。我现在担心的是，他们会不会怀疑到寺庙头上，到时候各位师父再有个三长两短，教我们如何承受得了。"洋太一脸愧色。

"施主你这么说就是见外了，老衲昨日已经听恩彬和我讲述了各位施主的所为，老衲何德何能，诸位施主要是有个闪失，可教老衲如何担待得起啊。"

觉远方丈虽出世已久，但是听闻洋太等人的做法后仍不免震惊。觉远天性仁厚，又颇得佛学真传，宁可自己受损，也不想让施以援手的朋友涉险，因而甚是自责，整宿一直念经未眠。

"大师不必谢我们，想必机缘巧合让我们与寒柘寺有了往来，冥冥之中必有其深意，可惜我们天分浅薄，未能参透其中玄机，也无法找到破解之法。惭愧惭愧。"

邝子凯一改往日戏谑的嘴脸，正经八百道。相处数日，不免与众僧产生了友谊，他本人虽然外表玩世不恭，但内心却比常人多了一份赤子之心。没能解决这个实际问题，对他来说，不啻为一种巨大的挫败与自省。

"觉远大师，思前想后，我和洋太、子凯也都商量过，回北京后我们还是请几家大媒体的记者朋友来这里参观下吧，或者从他们的角度会有不一样的发现，能够帮到各位也亦未可知。大师可觉得方便？"顾烨依然没有放弃最后的希望。

"阿弥陀佛，女施主，大可不必。"觉远摆摆手道，"无凭无据，单凭老僧红口白牙，他们难道仅仅因为同情或者一份善意就可以做无端揣测的报道吗？也不要难为他们了。缘起缘灭，如果天意如此，确是本寺的劫数，我们也只好顺应形势，尽全寺众僧之力，保卫寒柘一方净土。如果做不到，也莫强求了。"

"大师，不管怎么说，这事一定没有结束，也不能这么结束。我们一定会尽自己最大的努力来解决这件事情。回去之后，我们会和大老板汇报一下，看看他有什么办法和资源。"洋太还是觉得此事应与大佬做一次深入沟通，听听他的意见。谋定而后动，找到命门之法，这份功力与修为也只有大佬才有。

席间洋太三人又与觉远和恩彬探讨了大量关于寒柘寺、开发商以及当地政府的背景情况，顾烨不时用笔记录着，尽管行动屡屡受挫，众人还是希望通过千丝万缕的线索，找到那个能够切实解决问题的方法。

日头很快从正午转到了傍晚，洋太、顾烨等人赶往市区机场的时间到了。众人相互别过，都有些不舍。偌大的大殿内，竟没有一点声息，只有洋太与恩彬道别的声音。

43. 为度一切心

殿内一片沉寂，门口忽然蹑手蹑脚进来两只小猫，四处张望的小表情，煞是可爱。两个小家伙似乎见惯了寺内僧人，迈着稳健而又轻盈的步伐径直向佛龛走去。走到一半，其中的小黄猫停在恩彬和尚脚下，抬起小脑袋与恩彬对视数秒，又忽地一下跳到他的腿上，乖巧地卧在那里。

恩彬则是淡淡一笑，任由小猫在他身上趴着，也并不驱赶，看来这只小猫与他甚是熟络。而另一只小白猫则更有信仰精神，慵懒而谨慎地踱向僧人跪经的垫子，到了跟前它轻轻地跃到垫子中心，小心翼翼地将身子蜷成一团儿，一动不动，煞有介事地向佛像张望着，偶尔晃动下小前爪，但更多表达出来的是一份虔诚与笃定。

此时恰有最后的一抹夕阳破窗而入，落在猫咪身上。

佛祖与猫咪，一静一动，一神一物，那道光束仿佛将它们分隔为两界：一边是洞明世事慈悲为怀，一边是天真懵懂无拘无束。

此情此景，佛理深寓，禅意十足。

顾烨呆呆地看着这两只猫，不禁有些神往，她忍不住拿出手机拍下这一幕。

"恩彬大师，这两只小猫是寺里面养的吗？"顾烨忍不住道，"大师难道也是爱猫之人？"

"施主见笑了，其实你来的时候也看到了，寒柘寺地处偏僻，所以这里总有野猫出现。这是师父两年前在山上行走时在路边发现的，算是山上没人要的小猫吧。看它们可怜，师父就把它们抱回了寺里。对了施主，你可记得当初我去拜访你们北京公司的时候，曾经看到过你的书柜里面有几只玩偶猫煞是可爱，你现在看，是不是和这两只小猫有异曲同工之妙？"恩彬回忆道。

顾烨这才想起来恩彬和尚坐在自己的总裁办公室，对书柜里摆放的几只造型可爱的凯蒂猫玩偶兴趣浓厚的样子。

"对、对,当时大师告诉过我,你所在的寺庙,也养着几只小猫。但我觉得它们和我们在城市里看到的真的不一样,特别有禅意。"顾烨动了想抱回去一只的念头。

"其实一共是四只,还有两只不知道现在跑到哪里去玩了。"觉远说道。

"但是我看那只坐在前面垫子上的小白猫真的特别虔诚,好像也能体会到佛祖的肃穆与庄重,它没有向供台和佛像上跳,只是乖乖地坐在那里,好像在朝拜的样子。"洋太也观察到这个不同寻常的细节。

"所谓六道轮回,众生平等,或许在某一世,这几只猫咪与我佛有缘,也未可知。"觉远大笑道。

"傍晚时它们一般会结伴回来,但不一定能够凑齐,但清晨时却总是非常一致地在一起,坐在我们摆在前面的垫子上。"恩彬随口说道。

"能具体说说吗?"顾烨饶有兴致地问。

"这四只小猫清晨时会准时吃过师父准备的猫粮,然后坐在佛龛前的小垫子上面对佛祖静坐,就像你现在看到的小白猫一样在朝拜,每次大概十分钟。我们一开始还会赶走这几只猫咪,但是它们第二天又回来了。有一次师父见我们赶走了猫咪于心不忍,告诉我们众生原本就平等,要我们再拿一些垫子坐在后面。然后寺庙就形成了一个很有趣的现象,我们每次和这几只猫咪一起默默礼佛。这两年来,这四只猫咪基本没有缺席过,偶尔一两只贪玩不来这里,我们念经的时候反而有些不适应,好像它们已经成为我们的师弟了。"恩彬活灵活现地描述道。

"那我明天早上可以看到这一幕吗?"顾烨想象着这个有趣的场景,开心极了。

"当然，应该可以看到的。"恩彬回复道。

一直保持沉默的洋太这时呆呆地看着眼前的小猫，头脑中迅速勾勒出一副未来可能会出现的画面，他找到了解决问题的方法！

"不知道大家有没有发现一件事，我们之前总是把注意力放到对手那边，想着如何通过找到对手的弱点来进行攻击，但却没有花时间去探索自身最有价值的东西。"洋太开口说道。

"施主的意思是说，答案就在我们身边？"恩彬有些不解地问道。

"大师，没错，'不识庐山真面目，只缘身在此山中'。"洋太说。

"施主，有何良策，还请告知。"觉远方丈面露喜色。

"大师，这个方法是否有效，我现在还不敢妄下结论，不过有个问题想要先和您沟通清楚。"显然，洋太对他的这个想法不太自信。

"施主但说无妨，老衲洗耳恭听。"觉远说道。

"如果大师愿意一试，这里会产生两个新的问题，第一，您需要允许我们在寺庙拍摄一些视频内容，因为我知道很多佛门圣地是不允许拍照和摄像的；第二，也是我最担心的，很可能从此以后，寒柘寺就不能保持这样的清静了，我不知道这对您来说是好事还是坏事，未来可能会出现香火旺盛的局面，这是不是又有违大师您的本意呢？"洋太道。

"施主见笑了，"觉远方丈大笑道，"老衲五年前遵照师弟离世前的嘱托来到这个寺庙，早已经定了愿与此庙共生共辱，能让这个千年古寺免遭破坏，寺内僧人免遭流离之苦，是我的心愿，一切都以这个目标为重。你们拍什么，那不重要。就好比救人性命，如果还要瞻前顾后，在乎所采取的手段方式，那未免也太过迂腐了。至于第二点，我觉得更不是什么问题。我们这里不是养老院，我们不图清净，况且热闹也罢、清净也好，也都非我初衷，我佛慈悲，本来就发愿能普度众生，来的人多了我自然欢迎，来得少我但求有缘之人，若能将佛法普及众生，就算是这里整日车水马龙，变成了施主所在的国贸中心，那又何妨？"

"大师虽身居此处，却如此豁达通透，着实让人佩服。既然寒柘寺是为解救众生，那就请众生来帮寺庙一回吧！"洋太道，"我们今晚在寺内还要小住叨扰，明天一大早下山，做一些准备工作，明日午后我会和各位师父讲解推演这个方案的操作步骤以及评估可能造成的影响。"

"'佛说一切法，为度一切心，若无一切心，何用一切法。'那就劳烦施主费心了。"觉远方丈等人闻听谢过，而后众人一起用过简单素斋后各自休息。

入夜，洋太三人又在院落内针对这个方案讨论再三后才沉沉睡去。

44. 千年一梦，尽洗铅华

（1）

两周后，纽约。

结束休假准备返回北京的达达在 YouTube（一家视频网站）上看到一个最近风靡互联网的短片，视频名字叫作《佛度有缘喵》(The Faithful Cat)，浏览量达到上百万。

视频内容非常简单，是在中国滨城的一个普通寺庙内拍摄的。整个视频由一个长镜头构成，古老的寺庙，斑驳的墙壁，虔诚的僧人，错落的光影……简单而富有禅意的音乐，而这支短片的巧妙之处在于，完全是用一只猫的视角来观察这里，制作者将摄像器材绑在一只小猫身上，镜头时而晃动，时而平缓移动，全片的亮点是四只小猫坐在佛龛前集体虔诚礼佛的画面，瞬间萌化了观众的心。

可是这么一支充满禅味和童真的短片，结尾却写着别样的字幕：

寒柘寺，仅以你消逝的一面，已经足以让我荣耀一生。在它彻底消失前，来这里看看。

这里到底发生了什么？为什么千年古寺会消失？达达在知乎、贴吧等平台进行了搜索，发现了数以万计的讨论。有人说是当地政府要规划旅游景区，有人说是有地产开发商看中了这块地要进行收购，也有人说是得罪了当地涉黑势力遭到报复。

总之，众说纷纭，莫衷一是。

真相暂且不明，但这并不影响达达自己对这个视频的喜欢，他随手转到了脸谱网和微信上。忽然间，他留意到视频的制作者署名是他再熟悉不过的名字——Jennifer Gu。

"这不是顾烨的英文名字吗？"他内心一震，把这个视频立即转发给顾烨。

"这个视频是你拍摄的吗？什么情况，我怎么什么都不知道？"达达急切地问道。

很快，他收到了顾烨的回复。

"是的，是我们做的，你不在的这段日子里发生了很多故事。"

"我明天就回去了，快告诉我发生了什么。"达达有些迫不及待。

"好的，回来见！"

（2）

视频被广泛传播后，很多媒体关注到寒柘寺，顾烨还特意安排了数十家核心媒体去采访觉远，但是身边几只猫咪总是蹿来蹿去令方丈不得安宁。显然这些小猫并不怕人，在方丈接受采访的时候，有一只猫躲在觉远的怀中，露出一个懵懂的小脑袋看着记者的镁光灯。方丈略带滨城口音的普通话讲起来佛法妙趣横生，"跟自己讲理，对他人讲爱"，就是他的口头禅。

觉远方丈说："一些人没有学佛前还比较好，一学佛就变得傲慢偏激，原因就在于用'讲理'取代了'讲爱'，原来的宽容、温和、尊重他人，被犀利透彻的道理所取代。佛法高明，若用佛法之理去观察他人，一定会看到很多问题，那就学错了。要把方向转一转，用佛法来观照自身，跟自己讲理，对他人讲爱。"

觉远方丈还说："花开了，然后会凋零，星星是璀璨的，可那光芒也会消失。这个地球，太阳，整个银河系，甚至宇宙，也会有死亡的时候。人的一生，和这些东西相比，简直就是瞬间的事情。在这样一个瞬间，人降生了，笑着，哭着，战斗，伤害，喜悦，悲伤，憎恨，爱，一切都只是刹那间的邂逅，而最后都要归入死的永眠。"

流年滚滚，尘世喧嚣。万物于镜中空相，终诸相无相。

不仅是在YouTube上，这个视频在国内的影响力也超出了顾烨、洋太、邝子凯三人的意料。很多人看到视频后，不远万里开车、骑车甚至坐飞机来到这个传说中即将消失的寒柘寺进行参观拜访。

这个时代，教化难亦非难，所谓经文无人读，故事有乾坤。

觉远禅师与他的寒柘寺一起，竟成了数字时代的新网红，他的一些精妙语录也成为二次元御宅文化的代表，被无数零零后奉为神作，挂在口边。

如果你不能让对手变弱，唯一可以做的只有让自己变强。

让所有人意想不到的是，整个事件的转折点发生在韩冰身上。她在朋友圈看到洋太转发的视频后，顿时对这家寺庙产生了浓厚的兴趣。韩冰当即联系洋太，要求他带自己去参观一趟寒柘寺。更加巧合的是，韩冰和现任丈夫任亚飞——国内某著名的互联网公司高管投拍的一部仙侠剧正在找取景的地方。

韩冰和洋太飞去寒柘寺后，被当地质朴并且尚未开发的自然风貌所吸引，当即拍板定下来将寺庙以及周边定为外景取景地之一。洋太还"别有用心"地将她带到金光会所去参观，韩冰不明就里，请制片人去和会所方面沟通能否取景，金光会所的负责人三缄其口，以保护会员隐私的名义婉拒了拍摄。

而后在洋太的引荐下韩冰结识了觉远禅师，两人相谈甚欢，韩冰就困扰自己的诸多问题都一一请教觉远方丈。觉远原本就对佛理甚为精通，化解了韩冰心中不少苦恼之事。她登时觉得佛法高深，决定皈依佛门，成为居士。

更神奇的是，婚后与任亚飞一直膝下空空的韩冰，从寒柘寺回到北京后不到两个月，竟然发现自己怀孕了。这个消息不胫而走，韩冰远赴寒柘寺求子的消息被八卦媒体报道后成为热议话题。韩冰本人自然对这些流言早已习以为常，当即通过微博发声否认求子传言，但也大方承认自己已经是一名佛教徒的事实，并且还特别提及了寒柘寺。

无心插柳柳成荫，在若真若假的传言中，寒柘寺简直成了继慧济寺、百子堂之后又一个灵验的求子圣地，而后无数娱乐圈明星大佬都相继前来朝拜。而以觉远禅师关门弟子自居的韩冰更是不遗余力，大力引荐圈内好友来寺庙一叙。

再后来，寒柘寺居然成为娱乐媒体与狗仔兵家必争之地，常年都有记者在这里痴心守候各路明星，巨大的流量为寒柘寺创造了高人气。觉远禅师深厚的佛学功底以及深入浅出的化解之道令无数明星倾倒。

不少明星遇到事业低迷、婚姻不顺、婚后不孕、孩子患病等问题，都主动找觉远大师指点化解。而其中的确有不少人在去过之后运数有好转。其实其中缘由并不难理解——人在精神力量得到充实之后，应对身边的人和事时能更积极。

这和佛法无关，只和人性相关。婆娑世界，哭笑不得。

对于外界的种种传闻，觉远禅师往往都是一笑而过，不加解释。

后来觉远禅师的档期完全不够用，这也与他精研佛法的初衷相

44．千年一梦，尽洗铅华

悖，禅师便对外宣布不再接待任何访客，并且法承大弟子恩彬，代为管理主持寺庙日常工作。

令人喟叹的是，越是稀缺资源，人们越是挤破头来拜访；越是不置可否，人们越是深信不疑。

很快，人们发现，那个1880金光会所前停的豪车数量越来越少。

很快，有体验过会所一流服务的好事之人在网上发帖匿名将真相公之于众。

很快，会所的经营者浮出了水面，成为众矢之的。更有传言，有关部门已经开始行动并且控制了相关负责人。

很快，这里不再宁静，开始变得热闹非凡，背包客和佛教信徒成为两大主力人群。一个新的热点景区如新星般冉冉升起。

事情来得就是那么快，半年后，会所彻底关门，之后被一家连锁酒店接盘，改造成为一家青年旅社。而后，生意兴隆，热闹非凡。

寺庙的香火愈加旺盛，信徒与房客络绎不绝，恩彬只好将寺庙扩建了两倍。后来寒柘寺竟然成为当地最灵验、最具影响力的庙宇。

没有之一。

（3）

一年后。

洋太收到一个包裹，发自滨城，发件人是恩彬。打开后里面有两件东西：一个用布包装的盒子，还有一封觉远方丈的信。盒子里面是一袋普通的荞麦面面条，上面写着"法燈"的字样，看到面条后洋太不禁一愣，一种吃面也有我佛慈悲的即视感扑面而来。原来在荞麦面上用特殊材质的竹炭写上了经文，是真的经文，还是《般若波罗蜜多心经》。而且即使下了锅也不会掉字，吃下去你就是念经之人了。

　　觉远方丈在信件中写道:"见信好,想来一年有余未见过施主了。老衲前几月和滨城省佛教协会去日本交流,那边的高僧送了我这个礼物。我觉得甚为有趣,就转送给你。至于上次的事情,施主为寒柘寺做了这么多,老衲无以为报,就以此面作为薄礼谢过施主吧,还望笑纳。施主是极聪明之人,希望施主与同事有时间就来寺内一聚,淡茶数杯,再叙巴蜀。至于去年临行前施主向老衲所询问之事,不知道是否已经想清楚答案。不知那位施主是否已经与你联系,想必此时你也知晓那位贵人的身份了吧。老僧修行之余,常想起施主提起的那句话,甚觉精妙。法度不应被形式所拘泥,应当豁达而为。出世的公关是宗教,入世的宗教是公关。与君共勉,后会有期。觉远。"

　　洋太看着信笺,陷入沉默。夕阳西下,阳光照进睿仕北京的办公室里,洋太仿佛穿越万里,到达了那座与世无争的寒柘寺内。

第四篇

最颠倒黑白的公关战争,是内战。

45. 一个明星项目的诞生

北京的深秋，总是带着一抹短暂的童话色彩，像是一个不愿意离开但又不得不回家的贪玩小孩。

睿仕北京公司的办公室里面有不少 loft 结构的艺术工作室，园区有一侧围墙是完全开放给艺术家的，不时会有人在墙壁上创作各种寓意的文字以及图画。顾烨和戴露从停车场出来，径直向办公室方向走去。

顾烨看到一个长发男孩刚在对面墙壁写下了"Journey and Freedom"，她心血来潮，主动邀请男孩一起在墙壁前合影，还让戴露为自己记录下这个瞬间。

"在视时间为金钱的钢筋水泥丛林里自动过滤，只看属于自己的关键词。"顾烨想。

一叶知秋，顾烨忽地想起两年前的这个时候，洋太、邝子凯一行人还在远离红尘的寒柘寺里冥思苦想，与会所的人斗智斗勇，不亦乐乎。不觉间，自己与觉远方丈、恩彬禅师一别已是数载，虽偶有书信往来，还是分外想念。顾烨暗下决心，准备在四个月后的圣诞假期邀请洋太与邝子凯故地重游。

马璐璐的电话打断了她的思绪，助理柔声提醒她和蒋臣的会议时间快到了。顾烨冷冷地应付着，她其实内心极度不想参加今天傍晚的会议。卓创的这个项目是她一向不太待见的蒋臣一手提议并促成的。

虽然目前蒋臣的职位是睿仕中国的副总裁，但并没有太多自主权。

三年前蒋臣的地产公关公司被大佬收购，完成对赌协议后，这家公司被深度整合进睿仕的华南公司。但蒋臣并没有像其他创始人那样选择离开，而是劝说大佬给了他华南区联席总经理的职位。韦伯虽然内心不高兴，但是蒋臣确实经验老到，履新后经常给集团介绍各种生意，韦伯也懒得干涉他的业务，对蒋臣的各种行径睁一只眼闭一只眼。

顾烨并不太喜欢这个老奸巨猾的生意人，先前她就和蒋臣在一个美系汽车客户上打得不可开交，蒋臣仗着自己和老外高管的关系好，对接的级别比顾烨高，总是在报价和服务细节上打睿仕北京团队的小报告，甚至出现了办公室之间的恶性竞价行为。虽然在同一家公司，可是顾烨从来不觉得蒋臣是自己人。后来打得太凶，大佬也觉得有问题了，不得不出面干预。

再后来蒋臣被派去负责集团的大数据部门，结果小动作太多把自己人全部招进来，与原先的技术团队开火打得乌烟瘴气，这次连大佬也不护着他，就干脆派他去管理自己的老本行地产业务，丢给他一个睿仕副总裁的虚职，算是退休前的最后交代。

顾烨越回想上次和蒋臣的午餐，就越不开心，甚至觉得那是一个预谋的开始。

上周五早晨，一向不怎么在北京出现的蒋臣忽然直接杀到办公室来找顾烨，说是有很紧急的事情需要沟通，还特意约她吃午饭。顾烨虽然老大不情愿，但碍于蒋臣从广州专程赶来只好答应。

在园区旁边的日料店里，寿司还没点完，蒋臣就急不可耐地直奔主题，提议将他目前跟进的一个客户线索升级发展成为集团层面深度协作的年度关键项目（key client project）之一。

顾烨听了蒋臣的提议后怔了一下，在她接手睿仕北京以来的五年内，其实她一直努力希望推动一个明星项目的诞生，以 leading agency（首席代理商）的身份来协同管理集团其他合作伙伴，通过一个团队的协同作战来争取客户更高的预算。

但事实上这类年度关键项目的开展都极具挑战，一是客户的对接与归属权，二是各子公司之间的协作。凯格每家子公司在业务线对接的客户都不同，有的是市场部，有的是公关部，有的是产品部门，还有的是销售部门。客户内部门派林立、错综复杂，子公司之间也与睿仕关系亲疏有别，很多事情并不能完全按照顾烨甚至是大佬的意愿直接推动。

以顾烨、林卓以及洋太如此之强的协调及沟通能力尚不能在短期内做出来一个成熟的协作项目，可以看到整合之难已经深入凯格集团的骨髓。各个子公司之间，有一个心照不宣的约定：宁可去找外面的公司去合作，也不愿意受自己人的气。

"说，说不得；骂，骂不得；气，气不得。"

因此，当顾烨听到蒋臣有这个想法的时候不禁一怔，不知道蒋臣葫芦里卖的是什么药，为什么要去蹚这趟浑水。但是谈话间她隐约觉得蒋臣已经获得了高层尤其是总部方面的支持。

但显然这个高层不是大佬。

"蒋总，我当然没问题，我可以安排团队支持这个项目，不过林卓那边我没把握，直说吧，你也知道我和林卓的关系，她现在除了管理上海公司外，还兼任集团数字营销公司的 CEO，她到底愿不愿意参与自然有她的考虑。听说她最近连续拒绝了好几个来自其他子公司的协作请求。"

顾烨想先拿出林卓做挡箭牌，因为林卓跟她一向不和，众人皆知。先前顾烨大力推动组建一支由北京和上海公司构成的联合团队服务某个汽车客户，最大的反对者就是林卓。不得已，顾烨只好单独在上海租了一个办公室作为北京公司驻沪团队的办公场地。

"顾总，你大可放心，谋定而后动。来见你之前，我特意约了林卓在香港一起吃饭，林卓同意了，因为商业地产也是她最近很感兴趣的领域。也不知道抽什么风，传统得不能再传统的这些盖房子的老爷们儿，忽然对数字渠道的销售感了兴趣，这不，几乎所有的提案都一而再、再而三地强调数字化的解决方案。因此，她也希望在商业地产领域做出一个经典案例，这样也有助于她负责的数字公司斩获全新领域的客户。"

蒋臣摆事实、讲道理，先把第一个拦路虎拿下，想看看顾烨还有什么话说。

顾烨听闻蒋臣搞定了林卓大感意外，但也只好随之大度地表示支持。因为她猜测林卓能够答应参与这个项目，第一是本着敌人的敌人就是自己的朋友的原则；第二是一定有人亲自嘱咐林卓这件事情务必需要她的支持。

只是这个背后的人到底是谁，顾烨一时间有些猜不出来。

"客户关系怎么样？"顾烨喝了口咖啡问道。

"负责这个项目的品牌总监赵敏是我多年的朋友，在关系层面一定没有问题。顾总，甚至这次标书的briefing（简报）都是我安排人写出来的。"蒋臣信誓旦旦地表示说，"现在只要做好一件事情：整个凯格管理层的重视，能够以正常水准把我们为客户提供的整合营销传播服务能力表现出来，我可以说，我们就胜券在握了。"

"我等的就是你这句话，蒋总，我全力支持你。"顾烨心口不一地念着台词，内心不由得给蒋臣又画上一个小黑叉。

46. 背后的人

顾烨与洋太一起走向电梯口。从67层上88层有一个睿仕员工专用的电梯，她在等电梯的时候手机微信一直吵个不停，原来是高管群忽然热闹起来，久未露面的达达在里面疯狂发红包，顾烨自己也抢了一个，和洋太交流了一下，估计是达达炒股又赚了不少钱来回馈大家，她回复了一个感恩的表情。

电梯门打开，林卓和蒋臣走了进来，顾烨和林卓相视一笑，算是打过了招呼。身旁的洋太和蒋臣为了不让场面冷下去，只好没话找话频频交流，短短的时间让电梯里的四个人都觉得度日如年。

当四人走进大佬位于上海的办公室时，凯格旗下多位分公司的负责人都已经到了，大家平日里聚少离多，所以聊得分外热烈。

令顾烨和林卓感到惊喜的是，久不露面隐约要淡出公司管理层的达达居然也神奇地出现了，顾烨这才明白为什么达达刚才要在群里发红包，原来是因为消失太久补偿给大家的。

"各位，我看都到齐了，会议就开始吧！我下午还安排了亚太的会。"

大佬似乎有些疲惫，手里还端着杯咖啡。

"我先做个开场白，邮件各位都看到了，这个项目比较特殊，需要调动集团的资源来参与，如果能够拿下，也是集团重组后新的BU（业务单元）一次非常好的协作案例。因为客户线索是由蒋臣提供的，你来和大家讲讲具体情况吧！"

蒋臣四十多岁的年纪，今天特意穿了件棒球夹克，精神抖擞地干笑了几下。虽然所有人包括大佬在内都没有人喜欢他，但不可否认的是，蒋臣在拿客户上的确有独到之处。唯一的缺点是他有点不分敌我，在数度重创竞争对手的同时，也把集团子公司同事伤得不轻，但见面了却依然厚脸皮称兄道弟，众人也实在是对这位老江湖无可奈何。

这次机会蒋臣自己非常看重，觉得是自己上位的重要砝码，同时有了来自总部高管的支持，他的如意算盘是极有希望成功的。他知道大佬当前最烦恼的是收购的一个电商公司目前的总经理人选未定，现在正好借着卓创这个机会，如果可以代理全部楼盘的电商销售业务，以一个全新的面貌去整合那家电商公司，这样就可以摆脱睿仕体系的牵绊，也很容易说服大佬让自己去担任这家营业额超过50亿元人民币的电商运营公司的 CEO。

"我先来介绍一下客户的情况。半年前，我们一直服务的一个大客户卓创地产在演州准备开一个新盘，这个盘是卓创地产历史上投资额最大的一次，算是一个集合了商业、住宅以及写字楼的超级园区。"

蒋臣打开手机蓝牙，连上投影设备，整个项目的设计概念图清晰地出现在屏幕上。

"演州这座城市我不知道大家了解多少，作为中国发展最快的新兴城市之一，它成功吸引了成千上万的年轻人到这里居住和工作，也出现了几家上千亿美元市值的公司。它的地理结构和中部城市武汉非常类似，由于河流的原因，被分为了三个区域：罗山区、光华区以及新中区。

"整座城市的核心商业区及生活区都集中在罗山区；光华区主

要是高新技术开发区,云集了很多互联网和智能硬件公司;而新中区则是相对落后的以工业为核心竞争力的制造业区域。

"前几年随着整座城市的产业升级以及出于保护环境的考虑,这个区的大多数制造业已经迁到更偏远的郊区,仅剩下不到三分之一的低能耗企业继续保留着生产职能,还有一些生产车间被改造成绿地公园,卓创在七年前以极低的价格拿下来这块地,就是大家现在看到的这个规模很大的区域。"

蒋臣用红外线遥控器指向屏幕中的一块绿色区域。

"基于长期对新中区的看好,卓创提出来'创造新的城市中心'的概念,希望通过十年时间的发展让整个项目变成这座城市的新中心。这是一个宏大并且野心勃勃的地产计划,最终的目标是将楼盘所在地变成整座城市的中心区域。卓创集团将投资上百亿在这个项目上,整个楼盘的规模非常大,故事的主角——聚贤街区,这是一个河滩房地产项目,建筑群包括一个庞大的购物中心、两家超五星级酒店、一座会议中心、数栋高端公寓、一个住宅区、三座写字楼、一个高新科技园区,以及当地最大的一家IMAX(宽屏)影院以及艺术品收藏中心。此外还有一个海洋博物馆、娱乐区和2000米长的步行街。它不只是一个新的小区,而是将成为一个新的城中之城。"

蒋臣侃侃而谈,众人都惊讶于他的记忆力以及对细节栩栩如生的描绘能力。

"老蒋,描述得这么宏大,你去现场看过吗?别最后把我们也忽悠了。"

达达忽然冒出来的这句话引来现场的大笑,蒋臣的确太入戏了。达达在会议上从来不给蒋臣留面子,不过私下里两人关系倒不错,经常约着在广州喝酒吹水(方言,聊天)。

"达达老师,我去过这个盘四五次了,算是看着它长大的,我觉得卓创是很认真地去做这个事情,而且卓创的口碑在行业里一直还算不错,未来演州这座城市潜力也不错,所以我觉得如果从长线来看,是非常有机会的。我有内部价格,你也不用给我佣金。"

蒋臣信誓旦旦地以人格作保证。顾烨忽然想起来诸葛亮舌战群儒的画面。如果生在乱世,蒋臣或许就会成为一个影响政局的超级说客吧。

林卓也真心叹服蒋臣的忽悠能力。他的技巧不在于术而在于道,见过这么多能忽悠的总监、VP、董事总经理,甚至包括达达、洋太这等超一流选手,蒋臣在技术层面并不是最强的,甚至都不能称为强,但是在情绪和自我管理的层面,无人能望其项背。

蒋臣最让人服气的一点就是他永不消退的正能量,无论客户多么不靠谱,他都能满脸笑容迎上去并且坚持到底,抗打击能力极其强大。林卓在和蒋臣开过数次会议后在内部总结道:蒋臣的必杀技就是——他在客户生意上表现出来的前所未有的主人翁精神,这一点让客户特别感动,简直比客户更像主人翁。

蒋臣在内部培训时说过一句话,"客户首先在乎你有多关心,其次才是在乎你有多了解",这个行业做到顶尖水准的,无论表面上跟客户多客气,但内心多数都瞧不起客户,觉得所有客户都是无知的。但是蒋臣的表现让人觉得他是发自内心把客户当作自己人,把客户的生意当作是自己的生意来做。

一个最经典的案例是,蒋臣先前服务一个售价在12万元左右的国产车客户,他还特意买了一辆自己开。开着开着居然习惯了这款车的驾驶风格,而且这款国产车真的做得很棒,他放着陆虎、保时捷这等豪车闲置在车库,平日里只开这个国产车。即便是客户负责市场和公关的对接人都离职了也没有改变他的驾驶习惯,而且在

46. 背后的人

他极具感染力的影响下,好多朋友也成为这个品牌的拥趸。

几年后那位市场部门的负责人又回归该品牌出任市场与销售总经理,偶然看到蒋臣还开着这个车,彻底被蒋臣感动了,当下表示他一定要找到最懂品牌的服务团队合作,于是蒋臣不费吹灰之力与该品牌再续前缘,拿下了上亿元的汽车大单,当然也彻底没有机会再开别的豪车了。

陪伴,是最长情的提案。蒋臣,他做到了。

林卓去广州出差时和蒋臣私下交流过他是怎么练成这个技艺的,蒋臣的答案差点让林卓吐出来一口鸳鸯奶茶。

"我喜欢看韩剧,而且看得动情且专注。"蒋臣的回答不像是在开玩笑。

"这与你的沟通技巧有什么关系?"林卓尽量控制自己,不要爆笑失礼。

"因为我在韩剧当中领悟到,一定要学会在别人的故事里流自己的眼泪。"

蒋臣这次又表现出了那份虔诚和真诚,把林卓打动了。

林卓当下佩服得五体投地,然后随意吹捧了蒋臣几句。

蒋臣眼见着大美女对自己青睐有加,十分受用,加上他并不喜欢顾烨,立即引林卓作为自己的知音,逢人便说自己与林卓相见恨晚,两人还一度因此传出绯闻,弄得林卓哭笑不得。

"有几家竞标?对手情况怎么样?"达达穷追不舍,"对了,蒋臣,说起来地产,你们原先的团队是最有发言权的啊,整个集团也没有人比你们团队强了。"

"这个月启动的竞标,一共邀请了六家公司,就像你说的,达达,我们当然是最专业的,所以只有三家进入了第二轮。客户关系上我们有优势,客户的市场总监赵敏是我很多年的朋友,很多消息都是她透露给我的。

"不过现在有一些变化,因为董事长孙博然参与进来了,他明确提出一个要求,就是不要只请擅长地产专业的公司,要多看看有其他行业服务经验的传播集团的资源和创意,是否具备跨界的思维去解决问题。所以赵敏又邀请了两家集团公司参与,现在是五家进行最后的角逐,也就是说,我们的对手不仅仅是地产战线上的,所以要请集团精锐部队来做整合的战斗!

"这次生意的预算我已经问过卓创内部的人了,一共是十个亿的预算,现在只是看一家吃不吃得下来。"

蒋臣停下来喝了口茶,而后环视着四周。

"听上去投资潜力很大啊,我现在特别心动想去买一套房子做投资,老蒋,我觉得你很适合做房地产销售,口才倒是其次,主要是那种范儿,特别迷人。就是你的那种状态,太像里面的金牌销售了。"

大佬也忍不住打趣道。

"别开我玩笑啦,大佬,"蒋臣依旧是他标志性的销售腔,"但是,我必须诚实地告诉各位,这个楼盘有一个致命的问题:远离交通主干线,这个建筑群根本不在交通繁华区。居住在这里的人们不得不每天在路上花两个小时,通过演州大桥,才能到达罗山区和光华区。也正是因为这个,这个盘开盘一年来公寓和商铺都卖得很差,招商情况很不理想,没有大牌愿意入驻。正因为如此——我觉得这是我们的机会,考验凯格团队智慧的时刻到了!"

蒋臣的正能量声调明显高了一个八度:

"这次传播战役的目的非常明确:创造知名度,让人们到这里来消费或者居住!这次竞标,卓创的董事长孙博然会亲自挂帅选择合作伙伴,所以我在想我们这边也必须有高层实际参与提案,并且向客户表明凯格亚太区对此项目的重视，我们有能力解决这个问题！"

"蒋臣，你别激动，我没说不参与支持这个项目啊。"达达不紧不慢地说。

大佬看到在这个项目上来自达达、洋太、林卓等多方的阻力很大，很显然大家并不是很愿意参与这次联合竞标，但是这个标的背后的深层原因，他并不想这个时候透露给所有人。毕竟蒋臣只是作为牌面上的人来表述这个事情，真正掌握客户关系的人其实现在正在北美总部，由于工作交接和尚未任命等原因，他现在还不便出面协调，只好拜托大佬代为组织这次集团层面的竞标。

不过大佬没有料到蒋臣这么早就认识这个人了，难怪他执意要求蒋臣来整体负责这个项目，后来大佬通过其他渠道才得知两人相识是因为当年的收购案，但是具体情况则不得而知。

既然是那个人提出来的合作需求，不看僧面看佛面，如果无法促成协作，自己在面子也上不好看，因此大佬决心站出来替蒋臣说话，他看了一眼顾烨，顾烨立即心领神会道：

"我们最大的对手其实是路奇，这家公司特立独行，在地产领域的强势就不必说了，睿仕成立16年了，历史上一共遭遇过27次路奇参与的竞标，我们的胜率非常低，仅仅维持在15%左右。这家公司的可怕之处只有一个，就是他们的老板赵一。这个人在地产圈里面很有名，又出书又参加各种电视节目，本身又极具号召力，在客户面前绝对强势，基本上每次赢的案子都是直接和客户老板谈下来的。

"这次不巧的是赵一之前和卓创合作过几个楼盘，卖的效果都还不错，据说孙博然本人对赵一也非常欣赏，所以在关系层面我们肯定是拼不过路奇的。但是相对利好的地方在于，路奇规模很小，只有三十多个人，所以在具体执行体量这么大的业务上肯定一家吃不下来，但是我们的优势在于整合，可以给客户提供更多的服务，所以我个人倒不认为路奇可以一家独大。"

顾烨分析得头头是道，蒋臣也暗自钦佩。短短一年时间，之前从未涉足过地产领域的顾烨现在对这个行业的竞争对手了若指掌，看来在整合地产业务的时候她没少下工夫，所谓成功自有非凡之处，外交手段辛辣独到的她在专业内功上也下足了工夫。

顾烨的话显然起到了不小的作用，大老板的红人大家都是要给面子的，这几年顾烨风头正劲，敢和她在亚太区高管会上直接叫板的也就只有林卓了。其实在座的各个公司首脑也明白一定会参与卓创的项目，只是重视的程度要看大佬的脸色，于是所有人都朝大佬看去。

大佬很清楚所有人都在等着自己的表态，他喝了口茶，缓缓说道：

"我的意见是参与，并且全力以赴去做！坦白讲，地产领域不是我们最擅长的部分，这也是当初要全资收购权信的原因。有了权信，我们拿到了在地产领域的入场券，但这还不够，我们希望利用集团的资源为客户提供更加全面的服务。

"换言之，我今天看到的是，凯格最大的敌人不在外面，而是在我们内部，每家公司都很强，都很有个性，客户也买账，当然生意也做得不错，但是加权在一起呢？几乎是零。我当然理解每家公司都有营收的考虑，但是遗憾的是，至今我没看到成功的协作案例。未来以营销一体化为代表的大型集团和纵深定制化为代表的精品型代理商一定是大势所趋，我们只能选择前者，所以现在不能放过任何一个整合内部资源的机会，大家明白我的意思吧？"

大佬指示完毕，蒋臣又站了出来，清清嗓子道：

"好的，谢谢大佬！现在各位对比稿意向没有进一步调整意见的话，我明天就正式通知客户，我们将以凯格集团的名义来参与第二轮的竞标，我们要告诉客户，凯格所有管理层的重视，最顶尖作业团队全程参与！

"睿仕团队将以达达为核心支持商业分析及市场洞察，以邝子凯为核心负责创意表现，以林卓为核心负责数字营销方案，以顾烨为核心塑造实际能够产生消费增量的公关计划，以韦伯为核心负责电商销售解决方案。"

蒋臣煞有介事地为大家安排工作，那种神态充满了黑色幽默般的仪式感。众人都觉得十分好笑，但也懒得同他计较，权当是玩游戏时强制观看无聊的过场动画。

"我本人会从头至尾与大家一起战斗！现在开始，潇洒走一回，以必胜之信念，胜则举杯相庆，败也必赢得尊重和经验，并打开客户的未来生意之门！"

蒋臣慷慨激昂地做最后陈词。

现在，连大佬也不得不承认，蒋臣太适合做销售了，不，是传销！

会议结束，众人离开了总裁办公室。

"顾烨，我有件事跟你单独说。"大佬特意让顾烨留下来。

"大佬，什么事情？"顾烨注意到他今天一直都有些心不在焉。

"嗯，这个消息别人还都不知道，因为你和他关系比较特殊，所以，我想你应该第一个知道。"

大佬放松地点了支雪茄，身子重重地靠在椅子上。

"大佬，你别吓我，到底发生什么事情了？"顾烨被大佬的故弄玄虚搞懵了。

"Alvin，他要回来了。"

大佬吐出来的烟圈在空气中升腾消散，顾烨有些看不清他此刻的表情。

　　大佬的办公桌上摆放着一张老照片，这张照片是十几年前，睿仕年会现场拍摄的管理层合影：意气风发、霸气已现的大佬；初出茅庐，穿着从秀水买回的廉价西装，看上去青涩异常的韦伯；打扮出位、不可一世地矗立在舞台中央，穿着一件医生制服，前卫地卖弄风情的 Alvin。

　　"为什么你要回来，Alvin？"顾烨喃喃自语道。

47. 从少年黑帮老大到妙手仁心白衣教父

"你不知道那种感觉,那具你曾经熟悉的身体被别人推到你面前时,那种震惊之情。那个你曾经一次次幻想过的身体,就赤裸裸地摆放在你面前,你却完全没有任何欲望,只希望她能够快一点儿醒过来。"

这是15年前Alvin作为临时的主刀医师遇到少年时代的女友,在医院急救室发生的真实一幕。在银行上班的前女友在回家路上遭遇抢劫,反抗,而后被歹徒捅了一刀,被人送到医院急救,而他正好就是当天的手术医生。

昔日的同学听到Alvin毕业后从事的第一份工作时,几乎每个人都大吃一惊。命运弄人也着实过了点儿。因为几乎在整个少年时代,Alvin就是校园黑帮的代名词,在那个古惑仔文化横行的热血街头,他率领一众兄弟快意恩仇。

据说他的刀出奇的快,令对手胆寒,甚至当时已经在社会上混出些名堂的成年人听到Alvin这个名字,都会退让三分。他有很多英雄事迹,完全符合所有叛逆的年轻人的想象:老师还在上课时冲进班级打架,甚至把校警一并收拾了,开车到校门口围堵其他学校社团领袖,为本校争光;和学校成绩最好、最漂亮的姑娘谈恋爱……

15年后的他,手中依然拿着一把刀,只是这把刀的作用从砍人变成了救人。

这其中的反差着实让人惊讶,若用当年著名的知音体来表达他的经历,那标题一定可以写成:从少年黑帮老大到妙手仁心白衣教父,他花了整整20年时间!迷途少年自强自立,我爱上这一道疤痕。

初中升高中时,父亲托人给他找学校,但当地所有学校的校长在听到Alvin的名字后都委婉拒绝了。

无奈之下,他只好远走他乡,去了隔壁的一个县级市读书。

后来同班的一位女生成为他新一任女友,和纵情声色的前任女友不同,她让他获得了新生,懂得了读书的价值远不止于高考。只不过两人的关系却最终止于高考。

15年后他亲手从手术台救回了前女友的命,也算得上是一种回报。

大学填报志愿,他报考了法律系,却被阴差阳错调剂到医学系。

一读就是五年,打通了他的任督二脉。

上学时他反思过为什么自己那么擅长砍人,原来是因为自己对人的身体有着浓厚的兴趣。

毕业后,他去了南方一家国有医院。

英雄退隐江湖后总难免气短,科室的科长并不待见他,在那里,湖南帮才是主旋律,他被彻彻底底地排挤了。最开始,他每个月拿到手的工资才800元,而同一年毕业在华为工作的同学,已经可以拿到5000元的工资了。

原本喜欢抢着埋单的他开始很少出现在同学或者朋友的聚会中。下班后,买个饼子喝口热水,就是人生的全部。

刚到医院时,科长和颜悦色地问他:"你喝酒吗?抽烟吗?玩女人吗?"

他有些羞涩地回答,"现在很少喝酒了,烟基本戒掉了,最后一个问题,您看,太隐私了吧。"

不想他刚回答完,科长说了一句:"滚——"

后来,他才知道,在这个科长的独裁理论体系当中,会喝酒的医生见了血才不会怕;经常吸烟的人手术刀才拿得稳;至于玩女人,代表了你精力旺盛,在手术室一站就是七八个小时,不是一般人能够做到的事情。

于是,不被科长看好的他,很长一段时间,每逢大手术,虽然在手术室一站就是五六个小时,但他能做的,不过是在手术最后结束时,给病人用酒精棉清洗身体,而后协助护士将病人推回病房。

甚至有一次年底科室内的医生聚会,他去了现场才发现根本没有自己的座位。他的任务只有一个,就是给现场所有比他资历老的医生倒一倒酒。

"我想我们都不适应这个时代了,因为我们都太怀旧了。"

Alvin 有时候喝多了,常会回忆起当年热血燃烧的岁月。

转机发生在某个炎热的下午。

当医患矛盾成为中国医疗体系一个无法忽略的"问题"时,他所在的医院也不能独善其身。

一位因亲人手术失败而极度伤心的病人家属纠集了数十人冲击外科科室,扬言要砍死科长。平时恨不得和科长穿一条裤子的医生都避之唯恐不及,科长躲在办公室吓得瑟瑟发抖,Alvin 看了看那群拿着各色武器愤怒的家属们,忽然想起十几年前他曾经无比憎恨、阻碍他上位成名的"成年社会混混们"。

只有他挡在了当时已经成为副院长的科长前面。

"如果你们要砍副院长,就从我身上踏过去。"Alvin 冷冷地说道。

从此副院长将他视为救命恩人,他的事业也扶摇直上。

尽管在医院已经平步青云，但 Alvin 内心深处明白这不是他想要的人生。他始终控制不住心中的那把刀，他是个天生攻击性就很强的人，不喜欢被动地等待。

但走出这个医院，走出手术台，能做什么，他自己也不清楚。

终于，Alvin 在 30 岁那年，遇到了改写自己生命轨迹的人。

他是一位有家族遗传心脏病史的病人，名字叫韩明远，比他年长十岁。韩明远天性嗜酒，人脉甚广，因为喝酒过量突发心脏病住院。

形形色色的人来看他，都亲切地喊他"大佬"。

Alvin 觉得这个"大佬"跟一般的病人不一样，他将生死看得很淡，还笑言"自己并非看透了生死，只是走出了时间"。

两人相谈甚欢，Alvin 开始明白原来品牌也需要做手术。

Alvin 做决定的时候和他手下的刀一样快：从医院辞职，到入职睿仕，他用了一个月时间。

他决定追随这位大佬，进入全然陌生的公关江湖，无怨无悔。

Alvin 成为一个行业新兵，他的工号是 0014，睿仕中国的第 14 位员工。但他在手术台上的杀伐决断被保留下来，让他以前所未有的姿态快速成长起来。

他锐气不改，还是一个"新人"的时候，见当时风头正劲的某位资深创意总监对一位怀孕女同事的工作指手画脚，血气方刚的 Alvin 上去就给了他两记耳光。当时还是大佬出面调停了两个部门间的严重冲突，但大佬并没有简单粗暴地开除这位闹事的"新人"息事宁人，他认定此人日后一定会成为可塑之才。

Alvin 也的确没有让赏识他的大佬失望，他迅速成为睿仕中国的中流砥柱，所负责的事业部为睿仕每年超过 50% 的利润增长立下汗马功劳，Alvin 在全公司的总监层级表现尤为突出，在业务和管理上有不少创新之举，论个人之勤奋，整个睿仕系统内能够与之相比的人罕有。

只不过他从来都没有改掉狂妄的毛病，或许在Alvin的内心，这并不是狂妄，而是一个医生的傲骨，一个古惑仔的霸气，五年后他正式加冕睿仕北京公司董事总经理一职。

Alvin成为睿仕中国最重要的分公司的主管后，并不满足于现状，随着业绩的飙升以及管理权限的上调，他进一步向大佬提出任职中国区首席运营官的要求。

大佬考虑再三，没有同意，两人不欢而散。

那一年，睿仕在中国第一次进行校园招聘，Alvin亲自挑选了五名管理培训生进行培养。

她们之间的恩怨，也因Alvin而起。

留下来的两个人从此势不两立，其中一个叫顾烨，一个叫林卓。

那件事之后，Alvin找到一个去北美公司轮岗的机会，远赴洛杉矶，后来移民美国。

过去十年间，由Alvin领衔的洛杉矶团队创造了新的奇迹，随着中国公司大范围的全球化市场营销进程，其负责的中国业务水涨船高，成为洛杉矶分公司业绩增长的重要引擎，Alvin本人也深得睿仕北美CEO霍华德的赏识。

2014年，很多人包括Alvin在内少年时代最喜欢的郑伊健、陈小春等五位古惑仔兄弟联合推出一首新歌，叫作《消失的光阴》。这首歌没有《友情岁月》那么有名，但是依然热血，依然感人。从洛杉矶回北京的飞机上，Alvin一直在听。

    我定回归　就像昨天承诺过

点起战火 今次是不只我一个
如初 护卫你的还是我

有些兄弟 毋须讲太多
拳脚还是够硬 雄心一向未冷

何妨无视时间 来重阅理想清单
和你回复灿烂 重返年轻一晚

48. 党同伐异

睿仕中国的管理层收到一个重磅消息：北美总部要从洛杉矶空降一位高管出任睿仕中国COO（首席运营官）一职，其工作常驻地设在北京。总部的用意其实非常明显，就是希望新上任的COO能够接替大佬成为新一代的继任者，也担心大佬随着中国的创业潮，带着一众高管及大客户直接离开睿仕，自立门户。

在汇报关系上，分管北京、上海以及华南公司的三位董事总经理都需要直接向COO汇报，而非直接向大佬汇报。果然，很快睿仕亚太区人力资源委员会就群发了邮件，宣布了这一任命。

睿仕中国各分公司、各部门全体同事：

为持续实施内容化、本地化战略，推动业务协同整合，现发布睿仕中国的组织架构及管理层任命公告。

任命韩明远先生为睿仕中国区总裁（President）。

任命Alvin（肖遥）先生为睿仕中国区首席运营官（COO），向韩明远先生汇报。

任命胡达达先生为睿仕中国首席策略官（CSO），向Alvin汇报。

任命邝子凯先生为睿仕中国首席创意官（CCO），向Alvin汇报。

任命顾烨女士为睿仕北京公司董事总经理（GM），向

Alvin 汇报。

任命洋太先生为睿仕北京公司执行副总裁（EVP），向顾烨汇报。

任命林卓女士为睿仕上海公司董事总经理（GM），向 Alvin 汇报。

任命陈韦伯先生为睿仕华南公司董事总经理（GM），向 Alvin 汇报。

睿仕亚太区人力资源委员会

这位 COO 名字叫作 Alvin，也是十年前睿仕北京公司的总经理。这一次，算是他正式回归了。

对此，达达、邝子凯、戴露等人都表示愤愤不平，大佬倒是并不在意，显然他早已经预料到这一切。善于观察的洋太看出大佬对此事已有对策，便也并不放在心上。

Alvin 从到睿仕北京公司上任第一天开始，就感受到来自洋太和顾烨的庞大势力，而且明显感觉到北京公司的文化特点不同于睿仕在北美、欧洲公司的文化，甚至与睿仕在国内的其他公司都具有极大的差异。

如果撤掉睿仕前台 logo 和主色调，它完全可以被当成一家本地化运营的公司来看待，许多睿仕全球统一的标识以及规定在这里形同虚设。这里像一个完全独立的存在，更具有领导者本人理想主义的色彩。

即使嚣张如 Alvin，当年也规规矩矩按照总部的要求进行规范管理。

Alvin 惊讶大佬对于这家明星公司的放任，也充分理解了回国前，睿仕北美区 CEO 霍华德对他的叮嘱：

48. 党同伐异

"务必要在全球范围内推行睿仕统一的价值观和文化,本地化固然重要,但是一定要在客户进入办公室开会时,能够感觉到这是一家睿仕在当地的公司,而不仅仅是一家挂着睿仕牌子的本地公司。"

Alvin在飞往北京的航班上看了杜琪峰的一部老电影《黑社会》,香港最大社团"和联胜"举行两年一度话事人选举,任达华扮演的"阿乐"与梁家辉扮演的"大D"两大地区领导,争夺统领五万会员的宝座,一众有投票权的元老亦为自身利益而明争暗斗。

本来气焰嚣张的大D稳操胜券,获得了社团内部诸多位大佬的支持,甚至庆功宴都已经提前安排好,但是只因幕后话事人邓伯的一席话——"社团不能让一家独大,组织需要平衡",转瞬间大D下台,阿乐上位。

Alvin明白总部让自己执掌睿仕中国,一方面是制衡大佬在大中华区的势力,另一方面,也是最关键的在于控制顾烨、洋太等人迅速膨胀的趋势。最近几年,其他跨国传播集团总监级别以上员工创业的现象频繁,带走了为数不少的大客户资源。

睿仕总部方面也非常担心这个全球体量业务量最大的北京公司由于发展过快,而核心客户资源都掌握在顾烨和洋太手中,一旦发生不可预见的事情,大范围的客户流失就会成为定局,势必造成亚太区乃至全球业绩的严重下滑。而北京公司一直都以本地互联网、游戏与汽车客户为主要的生意来源,并不依赖于全球性客户,因此老外也很难进行干涉。

不过Alvin的狂妄作风,倒也从来没有变过,只是在大佬面前,才有所收敛。时过境迁,两人关系也发生了极大的变化,虽有师徒之名,但是碍于现在所处的不同阵营,两人其实都有不便言说的心结。

Alvin 回国后第一站,自然是飞到上海找大佬单独吃饭。

这家昂贵的牛排店零零散散坐着几桌客人,灯光在夜色中愈发显得迷离。

"虽然是回归吧,但是国内情况现在变化太快,你又这么多年不在国内,还是先熟悉下中国公司的业务情况,组织架构的调整、薪酬改革、新团队的引进,这些事情可以先放一放。"

大佬直接否定了 Alvin 酝酿已久的提议。

"大佬,你知道我的风格,我是那种能等的人么?" Alvin 咄咄逼人。

"有没有想过,你为什么要回来?在美国什么都好。"大佬没有接 Alvin 的话茬。

"我只是觉得要拿回本来属于我的这一切,为此我等了整整十年。" Alvin 给自己和大佬的酒杯里倒满了红酒。

"可是时代变了。"大佬盯着 Alvin 的眼睛说。

"我理解你,十年前,我让你晋升我为 COO,是我错了,为时过早,你不肯,是担心我威胁你的位置,但是十年后呢,你马上就要成为亚太集团的 CEO 了。大佬,你把整个睿仕中国交给我又有什么问题?何况,你的心脏毕竟始终是个隐患,少操点心,早点退休比什么都好。"

Alvin 在大佬面前倒是毫不遮掩他的野心。

"不仅仅是我的问题,林卓、顾烨早已经不是当年的她们,韦伯也还在,何况还有个洋太,就算你强行推行自己的改革方案,也未必能够如愿。"大佬开门见山劝道。

"洋太的事情我听说了,能拿生意我当然重用,但是我有总部的意思,尚方宝剑,谁敢不从?我等这个机会等了这么多年,不是为了证明我比别人强,只是要把失去的东西夺回来。" Alvin 意气风发道。

"你还是没明白我的意思,董事会需要的不是斗争,而是生意,你把人家惹急了,生意带走了,有什么意义?"大佬语气当中已有些不满。

"我是来做管理的,又不是来打架的。大佬,你可以理解成我现在的身份是和平大使。"Alvin察觉到大佬神色的变化,不敢造次,立即转换口风。

"我太了解你了,Alvin,所有的和平都是鲜血铺就的,如果谈不成,那就开打吧!"

大佬将一块只有三分熟血淋淋的澳洲牛排塞进口中,津津有味地咀嚼起来。

> 就像往玻璃杯里倒酒一样
> 男人们……
> 往弹夹里加满了子弹
> 代替干杯的是枪声
> 代替拥抱的……
> 是子弹

49. 若止于初见

"你知道吗，戴露，客户文身可酷了，左青龙、右白虎，中间还文了个米老鼠。"

"啥时候能看看米老鼠呢？"戴露很污地问了一句。

"可能你永远都看不到，因为他对你没兴趣，在你面前它只是个阿童木！"

戴露约了一位90后总监候选人吃午餐，席间两人相谈甚欢。对方是个资深"弯男"，聪明直率，玩世不恭，但认真爱起来又颇有些不要命的气势，除了性取向不同，活脱脱一个年轻版洋太。

回到办公室，她像往常一样打开邮箱，跳出来两封邮件，是北美总部人力部门要求她尽快准备两间新的办公室，一间给即将上任的首席运营官Alvin，一间给Alvin的助理，邮件的结尾还特意强调两间办公室要挨在一起。

戴露顿感奇怪，心想这年头连助理都需要给安排单独的办公室了，这派头可够大的，所谓天高皇帝远，这总部未免也管得太宽了。抱怨归抱怨，戴露还是叫来负责行政的同事询问了一番，得到的反馈是现在只有一间能够马上投入使用的办公室，如果一定要增加，除非现有管理层出现离职或者调动，另外的办法就是改造现有但已经日趋紧张的会议室。

戴露拿不定主意，就去找洋太商量。正要敲门进去，听到里面

49. 若止于初见

正在热烈地讨论着一件什么事情。她犹豫了一下,想到事不宜迟,还是敲开了门。只见洋太、顾烨、达达、邝子凯和蒋臣五人正在开会,被打断后,众人都向戴露望去。

"洋太,有个事情要找你商量一下,正好顾总也在,一起咨询一下你们的意见。"

戴露接替 Sabrina 升任北京公司人力资源总监后,在招聘、薪酬、培训、绩效各方面都表现得不错,深得洋太和顾烨的信任。

戴露将总部发邮件提出申请两间独立办公室的要求跟顾烨、洋太一并汇报了。

"显然不合规矩啊。"邝子凯第一个站出来反对,"一人得道、鸡犬升天,助理都可以有自己的办公室,那请问是不是干脆把办公室全部改造,一人一间,省得大家都不爽?"

"两间连在一起的办公室现在没有。改造的话,又有点大动干戈,为了这一间也不值当。"戴露表明自己的观点后,朝洋太、顾烨望去。

"我的意见是先给 Alvin 安排好他的独立办公室,后续我们尽可能满足他的要求,但你也要和 COO 沟通清楚,现在北京办公室的使用面积很紧张,如果一定要压缩会议室资源,会很不利于同事们的沟通。"

没等洋太发话,顾烨率先决定了。

洋太脸上倒没什么,不过细心的戴露发现了一点不同,平日里顾烨都非常尊重洋太的意见,但是今天显然她并不希望洋太发表和邝子凯一样的消极言论。

"来者不善啊,顾烨,你要不要劝劝你的前老板,别弄得太高调。时过境迁了,他要是还摆以前那副姿态,可不好使了。"邝子凯向顾烨说道。

"顾总,就算不连在一起,给助理单独安排办公室这事,让其他业务部门的总监怎么想?"戴露面露难色道。

"各位,我想是不是 Alvin 有一些特殊原因,我看这样,我不常在北京办公,就把我的办公室让出来,直接给 Alvin 的助理用不就行了?也算给足他面子。"蒋臣摆出来一副"通情达理"的样子卖乖。

"蒋老板,副总裁给助理让座?高风亮节还是另有所图啊?"邝子凯讽刺蒋臣道。

"这样,我们继续把卓创项目的启动会开完,我四点半还要赶回上海。"达达见气氛有些紧张,连忙从中斡旋道。

达达话音刚落,洋太办公室的门再次被敲开。一位绑着马尾,穿着一身灰黑色职业装,踩着银色高跟鞋,浑身上下散发着时尚气息的女孩闯了进来,她瞪着大眼睛毫无惧色地朝着洋太的方向看去。

戴露认出那个女孩叫王冠,正是 Alvin 的助理,不过是由北美的人力部门直接面试,她只是象征性地被邮件告知而已。

"各位老板好,不好意思打扰大家开会,我是 Alvin 的助理王冠。抱歉这么匆忙通知大家,Alvin 已经到办公室,想请大家现在过去一趟简单聊聊,不知道各位时间怎么样?"面对一众睿仕管理层,王冠一副不卑不亢的样子。

"这么快就到了?!"众人一时间没缓过神来。

"Alvin 不是下个月才来上班吗?我今天刚收到总部的邮件,COO 的办公室还没有安排出来呢。"比起 Alvin 已经到公司,更令戴露惊讶的是他究竟在哪里办公。

"Alvin 为什么提前来上班,这个我不太清楚,你可以直接问他。至于办公室,Alvin 和大佬谈好了,正好大佬现在在日本开全球管理层会议，这段时间他就在大佬的办公室办公。"王冠轻描淡写道。

众人不做声，平日里就算其他会议室再拥挤，也不会有人动这个心思去占用大佬的办公室。Alvin的做法，显然是在向所有人示威，他与大佬的关系，和你们在座的所有人都不一样，而这个举动透露出一个更为重要的信息是——

下一个大佬，就是我！

顾烨正准备回复王冠，不想被邝子凯抢了台词：

"既然Alvin刚来公司，他是不是需要先熟悉一下环境，省得出去时迷路。你叫王冠对吧，没看到我们在开会吗？皇帝召见群臣也得讲究个流程吧。"邝子凯的不满都写在了脸上，也没给王冠什么好脸色。

王冠倒没生气，笑了笑说道："我只是传达Alvin的意见，至于见还是不见，你们自己决定咯！"

不等众人回话，王冠转身离开了洋太的办公室。

"她这算是威胁我们吗？我还真不吃她这一套了！这个Alvin回来太嚣张了，也不提前预约，今天我们难得聚在公司，难道我现在出差在外跟客户开会，也要立刻回来吗？"邝子凯现在是负能量爆棚，气压低得无人可以近身。

"我觉得Alvin不是这种人，会不会是助理擅自做主？"一直没怎么说话的顾烨开口了。

"子凯，毕竟他是新老板，我们也不要太不给他面子，咱们还是去吧。"蒋臣也跟着在旁边说好话。

"都听你们的，走吧，我们过去看看他是什么人！"邝子凯不满地起身，"走吧，走吧，人总要自己学会长大，去朝拜圣上吧！"

大家极不情愿地离开了洋太的办公室，向位于办公楼西侧的总裁办公室走去。冬日的阳光透过巨大的玻璃窗射进来，但顾烨心中却满是荒芜。

对于Alvin，顾烨原本就不陌生，他曾经是她最敬重的老板，是她人生第一个导师，也是她最欣赏的男人，甚至也曾经是她最爱的男人。她原本可以无条件为他做任何事情，但他的占有欲太强，两个人最终还是分道扬镳。

几年前发生在他们之间的那场风暴，席卷了当年参与其中的所有睿仕同事，Alvin被迫离开北京公司远赴洛杉矶，"亚洲第一美女公关天团"分崩离析：徐小萌离世，彭薇负气出走纽约，刘烨敏被公司公开除名，与其他人从此再无往来，连关系最好的林卓一夜之间也和她形同陌路。

总裁办公室的大门紧紧关闭着，平日大佬在的时候，除了商议重要的事情，大多数时间门都是开着的，以便同事前来找大佬汇报工作以及签字。此刻众人看到大门紧闭，洋太、顾烨等人都有些不适应。

看见众人前来，坐在门口临时工位上的王冠站起来迎接。

"不好意思，各位，老板正在开一个重要的会议，特别吩咐了不要有人打扰，各位还请在茶水间稍微等一下吧。"

邝子凯听完这句话当即就恼了："什么意思啊他？装什么大牌！我们几个正在开会就被他叫来，结果他老人家倒好，直接玩起捉迷藏了，让我们几个候着是吧？"

这一区域的员工们都好奇地向这边张望，不知道发生了什么事情，惹得这位公司当红创意炸子鸡当场发飙。

邝子凯和Alvin其实也算得上是旧相识，论资历Alvin要更加资深一些。两人当年加入睿仕时，一个在上海的创意部，一个在北京的客户部，平日里原本接触不多，在后来的跨区域项目合作中由于双方性格都较为强势，几次下来不欢而散。

49. 若止于初见

邝子凯当年最看不上的就是 Alvin 那种自以为是的优越感和形式主义，今天见他还是老样子，自然气不打一处来。

"你们等吧，我先撤了。"邝子凯气鼓鼓地直接向自己的办公室走去。

达达是圈内出了名的好人缘，赶紧搂住邝子凯，安抚道："兄弟，等等就等等，没关系，我们正好在茶水间接着聊刚才的话题。走，走，我给你来杯咖啡，你知道吗，西区的咖啡是全公司最棒的！"

王冠倒是一副事不关己的样子，冷冷地看着邝子凯发作，戴露见现场有些尴尬，连忙上前和王冠寒暄道：

"王冠，你的工位问题我今天下班会安排行政同事解决，只不过办公室暂时还没有，可能还要等一阵子。"

"你就是戴露吧？不好意思，刚才也没和你打招呼。办公室我倒是没什么，只是这个是 Alvin 的意思，所以请你快一点想办法，总不能让我和这些普通员工一起坐在外面吧？"王冠瞟了一眼外面的总裁办以及法务部门的员工，"哦，对了，戴露。还有件事情，不好意思，肖总刚才只嘱咐我请业务部门的几位高管过来见面，你，他还没说。所以还请你回工位吧。"

"你——"戴露恨不得上去抽这个小丫头两个嘴巴，但理智战胜了冲动，她纳闷的是，这个王冠哪来的底气，一上来就敢得罪一众高管，这背后是什么让她如此肆无忌惮？

洋太听了气不打一处来，没给王冠什么好脸色，他脑子一转，说道：

"戴露，我来安排，你不用管了。王冠，你不是要办公室吗？肖老板没有办公室就坐在大佬这里吧；你也没有的话，是否可以屈尊去我办公室呢？我给你挪出来。"

"洋太老板，你这是捧杀我了，我可不敢去坐睿仕最红的副总裁的办公室。我还是老老实实等着组织给我分配安排吧。"王冠故作矜持道。

"你喜欢跳脱衣舞么？"众目睽睽下，洋太忽然冒出来这一句。

"什么意思？"王冠一下子没反应过来。

"那你为什么怕被别人看见？"洋太说。

"你——"王冠压根儿没想到堂堂副总裁居然当众说出这种话。

"你知道我能告你性骚扰么?！"王冠大声道。

屋里的人似乎听到了外面的争吵，直接推门走了出来。

洋太和他正打了个照面。

只见 Alvin 四十出头的年纪，衬衫西装，典型的外企高管的形象，个子不高，与洋太想象中的完全不一样，Alvin 面相儒雅，身形消瘦，看上去很是和蔼可亲。

Alvin 扫了一眼众人，直接把眼神聚焦在顾烨身上，他旁若无人地走到顾烨面前，来了个大大的拥抱。

"顾烨，好久不见，你都没怎么变，还是那么美。"

"Alvin，别来无恙。来，我给你介绍一下大家。"

顾烨不想让他的注意力只放在自己身上，顺势将达达、邝子凯、戴露等人介绍给了 Alvin。

轮到介绍洋太的时候，Alvin 不住地点头称赞道："一表人才、年轻有为啊，难怪大佬这么欣赏你，你的好多故事，我在美国时就听到过，据说你在搞定女客户上非常有一手？"

洋太一愣，不知对方是玩笑还是认真，只好逢场作戏应承道："肖总客气，我还得向前辈多多学习。"

"子凯，创意上的事以后还请你多费心。"Alvin 主动和拿着咖啡杯的邝子凯握手示好。

49. 若止于初见

"肖老板,你这是玩哪一出呢,王者归来还是肖申克的救赎?请问大佬的位置好坐吗?"邝子凯气不打一处来,当即给了Alvin一个下马威。

Alvin没想到他当众发难,让自己下不了台。心知邝子凯话中有话,他随即朗声大笑:"要不子凯你来试试看?谁坐谁知道啊,哈哈。"

"大家去里面聊吧,别在外边站着了。"蒋臣眼见火药味渐浓,连忙招呼大家进办公室。

大佬办公桌对面的沙发上,正端坐着一个美国人。顾烨看着他眼熟,这个老外倒是主动上前和大伙儿打招呼。顾烨认出来他就是北美公司的创意总监Remy Danton。据说此人在商业地产领域的造诣非常高,由于曾经服务于北美著名的酒店品牌凯悦(Grand Hyatt)的缘故,甚至和现任美国总统特朗普都有不错的交情。

"给大家介绍一下,这位是来自睿仕洛杉矶办公室的创意总监Remy Danton,他这次特意飞过来为我们做这个项目的创意指导,我和总部也沟通过,未来Remy将会给予我们更大的支持,甚至不排除直接来北京办公,负责睿仕的创意业务。"Alvin说得很轻松,似乎并不觉得这是一件什么大事。

众人听到这个消息都感到很意外,北京公司的创意工作一直都是邝子凯负责,如果Remy Danton未来主管北京的创意业务,那也就意味着邝子凯的权责范围只能被限制在上海和华南公司,这与他中国区首席创意官的身份不符,连蒋臣都觉得Alvin在这件事情的处理上有些不尊重邝子凯。

邝子凯脸色一沉,直接叫板道:"Alvin,这是什么意思?!请问未来我需要向这位Remy Danton先生直接汇报工作吗?"

Alvin笑了笑,不以为然道:"子凯,你别着急,那倒也未必,你们从职级上是一样的，未来也可以联席做睿仕的创意负责人嘛。只不过在卓创这个案子上面，Remy Danton 在商业地产上的经验非常丰富，甚至他还服务过美国总统的不少生意。因此，我个人还是建议由他直接主导这个案子的创意部分。"

Alvin 话说得虽然非常客气，但语气中却流露出不容置疑的权威。

"Alvin，中国的商业地产有非常强的本地化色彩，和美国差异很大，以 Remy Danton 对中国国情的了解可以这么快进入角色吗？客户给我们的时间很有限。"

达达眼看着双方要闹僵，连忙出来当和事佬。

"大家都不知道吧？ Remy 是个中国通，他的夫人就是一个广东人。达达，策略上有你在，我非常放心。但是创意上的事情不能妥协，我回国前就已经和客户沟通过了，她这次需要有全新的想法，才能够拿到更高预算。" Alvin 一副志在必得的样子，"所以我认为必须由一个具有创新精神并且有成熟市场经验的人来领导整个 project（项目），这件事情上我们不用争执了。"

"我就问一句，肖总，这个安排大佬知道吗？"洋太直截了当地问道，他还不知道，对方早已将他视为自己回归的头号对手。

"这是当然，老板不同意，我怎么能够做这么重要的决定呢？这个案子可是直接关系到明年中国区业绩的。子凯，你不要误会，我真的不是针对你。"

Alvin 懒洋洋地摆摆手，似乎想尽快结束这场对话：

"大佬考虑到我需要通过一个大的案子尽快熟悉组织架构，并且迅速与在座的各位建立良好的合作关系，我将整体负责卓创这个客户。"

"Alvin，抱歉这个项目我就不参加了，你们玩吧。我不知道你一回来玩这套是什么意思,还让小丫头和老外来挑衅我们?我想说的是,办公室政治,如果你想玩,我奉陪到底!"

邝子凯指着 Alvin 的鼻子说完,狠狠地把门摔上,扬长而去。

真正不羁的灵魂不会真的去计较什么,因为他的内心深处有国王般的骄傲。

50. 谋定而后动

顾烨看着眼前的 Alvin，有一种极度陌生的感觉。似乎这个人，并不是她所熟悉的 Alvin，他被权力游戏所蛊惑，时间把他改造成了另外一个人，更像外科手术医生一样理智和精准，少了份少年时的热血燃烧。

权力真的会改变一个人吗？

十年前的睿仕，还是一家年营业额只有区区数千万元人民币的新锐公关公司。如今，睿仕已经成长为一家年收入超过数十亿元的行业巨头。

权力意味着一切，也否定这一切。

Alvin 为了树立权威，一出场必须干掉一个不听话的人，即便对方是威名赫赫、为公司的高速增长立下汗马功劳的首席创意官。因为 Alvin 深知，创意人的内心永远是骄傲而脆弱的。

"蒋臣，你把最新的谍报同步给在座的诸位吧。"Alvin 摘下眼镜，身体后倾靠在大佬的座位上，冷冷地看着眼前的一众下属。

蒋臣一下子找到了存在感，立即很快进入"角色"，神秘兮兮道：

"原本在规划这个项目的时候，预期回收现金流的压力并不大，他们预计通过 5~8 年的运营可以逐步回笼资金，但是卓创集团现在面临着一个非常严峻的问题——需要大量现金流，本来他们可以等，等到这个盘人气慢慢涨上来，但由于前几年卓创比较冒进地进入了海外商业地产领域，结果运营情况非常不理想，赔了很多钱，这种连锁反应今年才显现出来。

"单靠这个亚洲最大的商业体项目立即收款，当然也不现实，最重要的是——卓创的股价又持续低迷，现在卓创急于通过这个项目来确立资本市场对它的信心，卓创董事长孙博然也会亲自参与这个项目的决策。"

"那他们计划多久卖出这些楼盘？"达达不紧不慢地问道。

"最多三年吧。"蒋臣预估道。

"非常难！"深谙房地产投资领域的达达斩钉截铁说道，"老蒋，你以为现在是2016年啊，现在中国的房地产市场逐渐冷下来了，你知道滨州核心区的房子有多少卖不出去吗？"

"因此他们迫切希望这场公关战役能够帮他们重新赢回媒体与公众的关注，从而给资本市场以信心。他们在这个项目上的投入一定是不遗余力的，这对我们而言，算得上是一个利好消息。"蒋臣始终保持着感人至深的正能量精神。

事实上，蒋臣和Alvin已是老相识，对于Alvin的回归，最开心的就属蒋臣了。数年前睿仕中国收购蒋臣创办的地产公关公司，Alvin就是总部派来的代表，两人相谈甚欢，而后一直保持紧密的联系。早在上周两人就已经秘密会谈过，蒋臣会获得Alvin的全面支持，以成功拿下卓创项目为契机，Alvin会向亚太区管理层提议晋升蒋臣为集团电商公司CEO。

见达达态度有些消极，Alvin不悦地站了起来，落日的余晖洒在他的脸上，像一尊没有表情的蜡像：

"各位，从睿仕建立第一个办事处，到今天发展成为这么大规模的团队，我们从不惧怕任何对手。相反，我们感谢他们，因为是他们成就了我们，让我们变得更强，反应更快，效率更高。

"如果这次我们可以赢，完全可以为公司在商业地产领域积累一笔财富！也会更好地提升集团作战的能力，相信各位的配合，会带来最好的结果，我不希望任何人消极怠工，有问题随时沟通。"

Alvin的视线最终落在满不在乎的洋太身上，两人对视了数秒，又各自转过头去。

这次史无前例的大比稿还是以这样的方式展开了，由于客户的重要性，这次Alvin亲自挂帅，还协调了凯格集团旗下其他公司的精英一起来支持这笔超过十亿元人民币的业务。

就这样，本来交给洋太负责的案子，又被大佬临时委任给Alvin来总控，这其中的缘由无人知晓。事后洋太和顾烨一起给大佬打了个电话，正在日本出差的大佬没有直接回答原因，只是嘱咐众人以大局为重，尽量调集资源配合Alvin的工作，等他回来再从长计议。

Remy Danton主持卓创的创意工作后，毫不留情地将先前邝子凯在创意方向上的设想否定得体无完肤，自己又另辟蹊径。平心而论，从技术层面而言，Remy Danton确有独到之处，只是达达夹在中间，左右为难。他本人倒没有邝子凯那么抗拒与Remy Danton合作，只是毕竟自己与邝子凯一向交好，他心里总觉得不是滋味，也暗自抱怨大佬这次"甩手帅掌柜"做得如此彻底，究竟是在演哪出戏。

这个安排，确实是大佬的意思。

以退为进，谋定而后动。

北美新上台的凯格集团COO霍华德原先就是睿仕亚太区主管，为人精于算计，以冷酷犀利的管理风格著称。他在任时就与大佬不和，但碍于中国区的业绩冲天，也奈何不了大佬。今年年初霍华德成功上位后，他屡屡通过集团资源来制约大佬在其管辖范围的内部整合协作项目，这也是顾烨等人数年内都无法突破这一领域的根本原因。

在年初的凯格全球区域主管会议上，霍华德一直在叫嚣鼓吹"创造性的管理才能"（creative management talents），认为区域管理者不仅要在商业层面上进行创新，更重要的是创造性地进行管理创新。他指责亚太区虽然在业绩上已经成为仅次于北美市场的重要区域，但在管理上没有带来相应的创新变革，其用意直指大佬不作为。

虽然在会上两人剑拔弩张，但私下里霍华德却一反常态，晚宴的时候居然拉着大佬要给他介绍一个重要客户，原来他和卓创集团负责销售的执行副总裁李朝庭是哥伦比亚大学商学院的同学，前些年卓创集团投资了大量的海外资产尤其是商业地产，霍华德当仁不让地通过运作将这些项目纳入北美客户体系当中。而资历颇深的 Remy Danton 在那个时候就服务过卓创很长时间，给当时负责海外市场的李朝庭留下非常好的印象，三个人私下关系都不错，这也是 Alvin 为什么一定要请 Remy Danton 来取代邝子凯的根本原因。倒也不完全是因为政治斗争的需要，的确是李朝庭点名请 Remy Danton 来做滨州地产项目的顾问。

霍华德自然认为卓创这个案子可以充分发挥 Alvin 在总部的关系，调集集团其他公司充分支持该竞标项目。一旦拿下这个标的，可以有力坐实关于大佬对凯格中国区子公司整合不力的传言，也为明年的亚太区整体布局做好铺垫。

大佬当然不会坐以待毙，之所以任由 Alvin 胡来，是因为他已经从另外的卓创高层中获得了重要情报，卓创根本没有太多预算来支持这次的传播战役，目前声势浩大的竞标完全是个幌子，只是希望通过代理商上钩，来打开局面。

尤为重要的是，根据其他渠道反馈的信息，连卓创常年合作的御用公关公司路奇的老板，都没有时间搭理这个案子，自己一个人跑去南非度假了。

大佬也没闲着，在日本开会期间，还见了自己多年的好朋友，君克汽车亚太区 CEO 女王陛下。

生产基地位于西部某重工业城市的跨国车企君克是睿仕广州分公司所服务的最大的客户，在豪华进口车市场与合资品牌上通过产品已经牢牢占据领先的位置。

这家公司的亚太区老大，就是业内赫赫有名，集美貌与智慧于一身的女王陛下。说到这个女王也是中国汽车行业的一个传奇，从销售出身一路披荆斩棘坐到跨国公司亚太区负责人的位置，能力和运气自不必说，她深得君克全球 CEO 彼得·恩的赏识，大权在握，同时也兼任合资公司的董事长。女王作风犀利，在她手下做事的人也都培养出了雷厉风行的做事风格，君克团队锻炼出来的汽车公关人才不计其数，堪称业界的"黄埔军校"。

这次女王亲自督阵新能源车的市场计划，正是因为全球 CEO 彼得·恩特别重视这个车型在中国的销售。为了更好地调配资源，总部特意组建了新能源车的部门来负责督导全球市场。而君克最新款的电动车型刚一上市就在北美市场拔得头筹，销量与口碑同时爆棚，给硅谷钢铁侠特斯拉造成极大的威胁，被媒体誉为"特斯拉最大的挑战者"。

总部十分重视这款车型，认为这是下一次汽车工业革命的开端，除了进口之外，君克也同步启动了中国合资公司的生产。出于更好地响应中国政策，以及对于新能源车需求量最大的单一城市考虑，此次君克将新能源车的首发地放在了北京。

针对此次竞标，女王特别强调要求未来的服务团队必须是 base

50. 谋定而后动

（驻扎）在北京来合作的，预算方面倒是和以往开诚布公的沟通不一样，只是说现在总部还没有定下来最终预算，还在讨论阶段，但是根据以往引进的新车型来看，至少不会低于以往的预算规模。

由于加入了日本、韩国等海外市场，大佬估算了一下，保守估计也有5亿元人民币。他私下问了下女王的"旨意"，这次女王的意思是把业务丢给一家公司做，不再分拆，这样可以有效降低营销成本。

这无疑才是大佬暗度陈仓的一次逆袭，这次真正意义上的协作一旦成功，将会成为大佬反攻霍华德的利器。私下大佬已经从香港调回"比稿之王"韦伯，林卓在上海的创意精锐部队也提前进入君克比稿业务当中。只留下在北京不明真相的洋太、达达、顾烨等人郁闷地对付着Alvin。

由韦伯提出来的核心策略是"从车到充电桩的力量"：当所有电动车都在强调能源技术特点时，君克只选择将一件事情做彻底，就是充电桩。当消费者提到"安全"的时候，就会想起来沃尔沃；当消费者提到最棒的充电桩体验的时候，他们就会想到君克。

因此，睿仕团队提出需要集中资源围绕充电桩做大量的市场公关活动，比如用户在超级充电桩排队时，君克可以接入网络游戏服务，还可以组队对战，这样大家玩得很开心，还可以交到新朋友。也比如邀请艺术家在充电桩上面创作艺术品，让枯燥的充电过程充满趣味。

"目前市场上电动车最大的问题是什么？消费者会觉得人是为了车服务的，而不是车为了人服务。我开车的时候不是自由的状态，而君克品牌最大的特点是什么？就是自由！我们已经有了一个解决方案，但只是个雏形，也一定会面临着各种挑战，来自物业，来自车主，来自政策，更重要的是，来自隐私。

"但我们能看到的是，君克的车主是一个非常特殊的群体，也是最热爱自由的一群人,所以,我们能不能做一个大胆设想,是不是有一种可能,能够开放我们车主的私人充电桩,通过移动互联网连接起来。也就是说,不仅创造互联网式的内容,更是互联网式地创造内容,实现共享让我们的电动车永不断电!"

女王坐在东京银座的一间茶室内,在大佬的陪伴下,饶有兴致地听取着韦伯的想法。这份方案所做的一切都是围绕着充电桩进行的,从公关营销到内容运营,要把用在车型营销上的钱花在充电桩上面,这相当于做了一个新的移动互联网平台,一旦成熟,甚至可以打通平台,让所有新能源车型进来,未来的收益不止于此,可能会成为一个电动车移动出行的超级共享平台。

这不啻是一个令业界振奋的想法!

女王听后频频点头,表示这是一个积极的尝试。大佬胜券在握、心意已定,只要韦伯、林卓通过协作的方式拿下来这个大案子,就会证明自己的判断没错,也会最大程度消除浩克的疑虑。伴随着 Alvin 主导的卓创项目无疾而终,这一失一得,差的岂止是点滴?大佬将会借机晋升顾烨为睿仕中国区 CEO,林卓为联席 COO,全面压制 Alvin。

同时,大佬更是与他在北美的盟友一起,密谋了一个新的计划,一旦成熟,将会给他一直以来的死对头,凯格北美区负责人霍华德致命一击。

大佬本来要提前跟邝子凯打招呼,让他别介意这个临时的安排,结果在日本会议安排得过于密集,百密一疏,把这件事给忘了。

不想这个疏忽,后来竟造就了一个旷世经典的案例。

更令大佬始料未及的是,这成为洋太在睿仕负责的最后一个案子。

51. 分裂开始

洋太和邝子凯两人干脆直接消失了三个礼拜，没人知道他们去了哪里。

公司上下只有顾烨知道他们的去向，但她知道因为自己和Alvin的特殊关系，这一次洋太并没有参与进来，这是这么多年来，他们两人第一次分开行动。但顾烨内心还是隐隐不安，她似乎预感到一场猛烈的组织风暴正在酝酿。

Alvin这段时间一方面忙于卓创的竞标项目，一方面频频出差，两批人马倒也相安无事。只是王冠每次来顾烨的办公室都会抱怨洋太和邝子凯找不到人，私下里她应该少不了向Alvin打小报告。

后来两人实在是消失太久，王冠不敢去找洋太的麻烦，只好拿邝子凯下手。她要求人力部门用一切渠道联系到邝子凯本人，如果连续超过十五天失联，先报案，然后按照公司相关规定直接走当事人被动离职手续。

戴露敢怒不敢言，只好按照这个流程走各级主管的签字程序，只是签到洋太那儿，结果洋太也不知所踪，整个离职程序就只好暂时搁置下来。

在Alvin的强烈要求下，戴露改造了一个临近的会议室作为王冠的办公间。消息传开，北京公司的各个业务总监都纷纷表示不满，对王冠背景以及她与Alvin关系的揣测也甚嚣尘上。王冠倒是满不在乎，依然我行我素、霸道独断，挟 Alvin 以令诸侯，总裁办、行政和人力部门俨然成为她管辖的势力范围。

Alvin 要求北京公司一半的创意与策略资源都加入到这场声势浩大的比稿中，导致现有客户的服务水准被严重削弱，顾烨每天都会接到各种客户投诉的邮件、电话、微信。但是顾烨去找 Alvin 理论时，都会被 Alvin 毫不客气地打回来。

"顾烨，3 月到 4 月，一切项目为这个 bidding（投标）让步，top priority（应予最优先考虑的事情），每个组的方案型和表述类最佳选手必须参加。我也知道你们现在基本都是超过 100% 在工作，但这个项目依然优先，可在此期间拒掉系列竞标和牺牲部分客户满意度，可以称病抽离现有项目，所以你先自己划下人，有哪些问题解决不了，回来统一核对工作安排。"

顾烨听完后简直觉得 Alvin 就是不讲理，但又不好发作，只能忍着。

这是异常艰难的三个星期，Remy Danton、达达、蒋臣、顾烨几位核心团队的负责人几乎每隔几天就要在一起开会。Remy Danton 和达达的意见往往相左，这时顾烨和蒋臣就只好扮演中间斡旋的角色，而不时强势介入的 Alvin 又会给出新的意见，能够令所有人达成一致的提案少之又少。

"Remy，我承认数字媒体的重要性，但它毕竟不是全部！我们必须选择实在的、能够真正触及消费人群的渠道，谁说 DSP 广告就一定比传单高级？创意从来都没有阶层的划分，有效才是衡量一切创意的标准！"

顾烨与 Remy Danton 据理力争道，她身穿勃艮第酒红色的棉质深 V 长裙，顺直的中分齐肩发型，映衬着她纤瘦而不失坚毅的脸庞，给人感觉尤其像《寒战》里负责香港警队公共事务的主管梁紫薇，

51. 分裂开始

沉稳干练。空间物理硕士毕业的她，总是能通过言简意赅的论断以及数据支撑，提醒团队的每一个人不要太过感情用事，而是要学会通过数字思辨来解决市场问题。

"为了更精准地锁定目标人群，比如以汽车作为参照物，我们可以找到甲级写字楼停车场当中停靠的15万元~30万元价位的汽车，仿照罚单的方式进行贴条，在车窗前贴上卓创广场高级公寓开盘的通知单。"

顾烨在手机中找出中国式罚单的样子，一边给Remy Danton看，一边向他耐心解释道。

"车主虚惊一场之余，可以通过扫描'罚单'上的二维码，获得楼盘的优惠券以及相关信息。这样，我们可以告知他们卓创广场楼盘上线，并且引发车主在自己圈子内的传播，进而在社交媒体上形成热点话题引发媒体的关注，来做一些社会图片新闻。"

顾烨向大家展示着罚单的设计模板，一边观察着Remy Danton和Alvin的反应："更棒的是，这种方式有效地降低了营销成本，按照每座城市每天5000个罚单量来计算，我们在两周时间内雇用当地1000个地推人员去做这件事，初步预估的成本在60万元以内。"

"这个想法非常棒，很有想象空间，并且营销成本被严格控制了。"拥有一双淡蓝色眼眸的Remy Danton赞许道，他忽然话锋一转："不过我有一个问题，卓创毕竟是一个很有质感的高级楼盘，这么海量撒传单的方式会不会被拉仇恨，甚至影响到客户的品牌形象？"

"在当前的传播语境下，根本没人在乎你所谓的担心，每天发生的热点太多了。我们今天打开手机客户端，你看看什么量级的新闻才能够上头条，人们很快就会忘记这件事情。这是一个意思激发意义、趣味带来品位的时代，有效地与用户沟通是第一位的事情。"

顾烨毫不客气地反驳道。

"总之，我不同意这样的想法。"

Remy Danton 骄傲地摆摆手，他显然不能理解这样接地气的创意。

"Remy，那你的想法是什么？请你告诉我。"

顾烨毫不退让，眼见着自己的想法被否定，她反倒要听听这个有着让美国总统都为之疯狂的想法的 Remy Danton 有何高见。

"这是一个低调的互联网产品，名字叫作'找我'，简单说，这是一个需求社交的软件，能够进入这里的用户必须是写字楼上班的员工、商户的工作人员以及公寓的业主。也就是说这个产品的使用人数，每年的增长量都不会特别大，而且一旦离开，我们会注销使用资格。"

Remy Danton 迫不及待地打开 iMac（苹果笔记本电脑）开始演示自己构思已久的超级创意。

"这个互联网产品最反互联网的地方体现在两点：一个是实名制；一个是封闭性。通过这个平台，用户可以发布需求，比如你是公寓 A 区的 28 岁的计算机宅男，想去看场电影，可是没人陪你，没问题，发布这个需求，你看看谁会回应？

"比如你是阿迪达斯门店的销售人员，雨太大了，打车软件根本叫不到车，把需求发布出来，看看有无回应？

"就是这样，小到柴米油盐，大到生老病死，你都可以在这个圈子里找到能够帮你的人。在座的各位一定会问，这个东西和项目有什么关系？我想说的是，关系太大了，因为这个充满口碑和使用黏度的产品，能够链接未来的一切。"

不可否认的是，Remy Danton 的 PPT 演示做得非常漂亮，逻辑结构都是一流水准。

51. 分裂开始

"使用这个产品的，都是这个社区的人，也因为实名制的关系，信任感也会增强。卓创官方设置奖励机制，帮忙的积分可以兑换各种奖励，就像是一只看不见的手，在背后进行调控。因为人们需要被别人需要的感觉，从社交需求到需求社交，中间就是一个卓创的距离。在这一点，我们的产品会区别于外界一切的地产模式。人情味，是中国社会现在最缺乏的东西，我们只是想让这个新城区变成一个有人情味的地方，仅此而已。"

Remy Danton 有些动情地讲完，所有人陷入了短暂的沉默中。

"我是蛮有感觉的，也知道你想干什么，这个 App 开发与运营也不难做。我只有一个小问题，你觉得这样就可以了吗？是不是这样人家就会因为这个 App 掏出两个人所有的积蓄，再给银行打上 15 年的工呢？"

还没等到顾烨、达达等人否定，Alvin 自己听完都觉得不靠谱，大义灭亲道。

"Remy，这个产品最大的问题就是，你这个想法可以被一个微信群分分钟秒杀掉。"

Remy Danton 听后不以为然，认为是 Alvin 没有预见性，不懂得这个互联网产品，全力维护自己的创意。两人争吵起来，达达等人倒是隔岸观火乐得清闲。

"诸位，我想到一个好创意！"

就在 Remy Danton 与 Alvin 争吵不休之际，蒋臣又跳出来加入战局，兴奋地兜售着他的狂想。

蒋臣的观点是，与当前一线城市的住宅楼盘在传播上突出年轻化不同，卓创在演州的项目绝不可以简单复制这一模式。中国最具消费潜力的年轻群体（90 后、00 后）已经崛起，他们最反感的是煞有介事地包装本来卖不出去的东西，由于项目本身存在着巨大的交通问题缺陷，这一冒险的举动反而会很大程度激发用户在社交媒体以及知识问答类媒体上的反击并最终造成灾难性的后果。

演州是一个以年轻人为主的城市，但是刚需性购房已经充分满足，过去五年房地产过度开发已经造成了当地房市供求关系远远失衡，房价环比降价幅度超过 10% 就是最好的例证。

机会在于随着 80 后、90 后结婚生子尤其是二孩政策的放开，他们对于儿女的教育已经提上了日程。80 后、90 后的父母从外地来帮忙照顾小孩的同时，也可能会选择在气候更为怡人的演州养老。但在演州城市中心养老成本过于高昂，相对而言，新兴区域新中区则低廉很多。

"我们应该保持真诚的沟通态度，不避讳这是一个偏远的区域，反而进一步利用这个'缺陷'，因为偏远造成的性价比以及未来的投资潜力很高，所以我们的理念就是'玩出未来'（Play with Future）！如果我们在创意表现上反其道而行之，以老年人作为核心诉求，努力让每一位年轻消费者意识到，'让明天的你感谢今天的自己'。在销售渠道上，我们选择年轻人为父母挑选礼品的电商类网站作为入口，突出这是'送给父母最好的礼物'这一概念，以让年轻人给父母埋单的方式来提升楼盘的销售，这个想法怎么样？"

蒋臣激动地一口气说完后，等待着大家肯定的答案。

这次是所有人都摇头，直接否定了蒋臣的想法。

52. 无欲则刚

这就是一场豪赌，赢家通吃，输家赔光。

索罗斯说："世界经济史就是一部基于假象和谎言的连续剧。要获得财富，做法就是认清其假象，投入其中，然后在假象被公众识破之前退出游戏。"

公关，或许并不能直接制造出假象，但它可以无限放大谎言、刺激欲望，并且延缓假象被识破的时间。

其实，更能束缚人的，是思想。

睿仕中国历史上第一个竞标之王韦伯曾经有过一个理论：永远把自己视作 loser（失败者），因为大部分时间在竞标场上我们就是 loser，中国有一句话是"光脚的不怕穿鞋的"，没有比 loser 在心态上更好的了。

Loser 哲学的最高境界就是无欲则刚，就是我不是冲着 business（生意）去谈的。一个人无欲则刚时，会产生特别好的状态，比如，"我"不怕说错什么，"我"无欲。这样才是平等的对话，而不是甲方、乙方的对话。

如果内心预设有一定要达到的目标，心理上会产生微妙的变化，人的行为会受到影响，很多事不敢做，很多话不敢讲，谨小慎微，给客户发个短信可能都要想一个小时。

达达和洋太之所以是超一流选手，其实技术层面倒还在其次，最重要的是他们"无欲则刚"的待客之道。这个道理说起来简单，做起来非常难，就好像人们面对同事、朋友时都非常自然，也就是无欲无求，但是当面对老板、面对身价上亿的客户，人的行为往往会变形，因为心态上会失衡，其实本质是一个字，"求"。

这点在中国这个人情社会里体现得尤为深刻，人在很多时候都避免不了去求别人，所谓"人不求人一般大，人到无求品自高"其实就是这个道理。面对卓创这笔体量十亿的生意，凡是参与这个项目的负责人心里都会有多多少少的得失心，人一旦有了得失心，动作就会变形，包括与客户相处的态度、言行以及策略。

第一轮竞标终于结束了，众人如释重负。出乎达达意料，实力雄厚的 Purple Halo 和另外两家专业地产公司被直接淘汰。凯格、路奇和一家名不见经传的叫作 W&M 的公司进入最终阶段的角逐。据说其中一个被淘汰的公司为竞标拍摄的视频素材一项就花费了近百万元，而另外一家公司则干脆挖到了卓创的前高级公关经理作为此次竞标的负责人，最终却无功而返。

随着初轮竞标结果的公布，卓创的中央市场部门也追加了一个惊人的需求：客户希望第二轮三家入围公司在原有方案的基础上除了保证传播效果创造知名度外，还需要加入能够带动最终住宅销售、商业招商的解决方案。

距离最终的现场提案只有四天的时间，客户临时又提出新的需求，达达和顾烨等人听到这个消息显然有些崩溃，在例行的中国区管理层会议上，当着刚飞到上海的 Alvin 的面，达达并没有给蒋臣留面子，把气都撒在了他身上：

"蒋臣，你确定这不是客户在玩我们吗？！我就说地产客户不靠谱吧，没规矩，我们这些年没有进军地产领域绝对是有原因的！"

"这是客户高层的临时需求，我也没办法啊。"

52．无欲则刚

　　蒋臣的话说出来自己都有些心虚，一向以客户需求马首是瞻的他也觉得这次卓创的人玩得过火了点。他刚和赵敏电话求证过，确实是刚从北美考察回来负责销售的执行副总裁李总提出来的意见，市场部门的人也不敢据理力争，毕竟销售部门才是老大。

　　"我说老蒋，靠谱吗这生意？他们以为自己是谁啊！翻来覆去地调整 briefing，他们给钱了吗？都到最后一轮了，又生出事端了！你看看时间！老蒋，你自己看看，你看看谁能满足这个需求，我跟你讲，我是搞不了了，谁有能力谁上！我他妈的就这么着了！"

　　一向闲云野鹤、脾气温和的达达很少动怒，这次是真生气了。

　　达达的失态是有原因的，在这个案子上他付出的最多，为了做好方案，他一方面需要耐心地将 Alvin、Remy Danton、顾烨、蒋臣等人的意见加到方案中，同时还要保持整体方案不失调性，这其实是一件极其考验智商与情商的事情；他还特别请教了在中国商业地产领域造诣颇深的几个朋友就这一轮方案的可行性进行了深入沟通，不可谓花费心血不大。

　　作为一个老江湖，达达其实早已经习惯客户临时修改需求，只是在这件事情上，达达倾注了这么多心力却又突遇变化，煞是气恼。

　　"我也一再和客户强调了，不能这么频繁地修改需求。但是客户压力也很大，很多事情也不是赵敏能够决定的。李总在卓创内部一向以强势风格著称，他的意见不能不听，他是大老板最信任的人，对我们的项目有绝对建议权！"

　　蒋臣自己也有一些委屈，但又不敢得罪达达，只好低三下四地说软话。

　　"老蒋，我现在严重质疑你在客户管理上的能力问题！不能客户要什么我们就给什么吧?！他以为自己是唐僧吗？磨磨唧唧的，客户以为我们就是孙悟空对吧？今天说悟空，你变成宝马车吧，下雨了,白龙马不能骑啦;明天说,悟空,你变成安全套吧,今天为师要亲自收拾这个女妖精;后天说悟空,你变成伟哥吧,今天为师要亲自收拾这个女妖精,直到她求饶;大后天说,今天好无聊,悟空,你变成女妖精吧。"

达达再急也没忘整个段子出来,现场本来充斥的烦躁的情绪,被他这个神来之笔一搞,所有人都狂笑不已。

只有 Remy Danton 在一旁不明所以。

53. 最长的一夜

　　王冠将所有文件都装订密封完毕，而后去财务部申请盖章，一切文件都准备好后，她看了看表，16:00。这个文件夹里装着的就是无数脑细胞阵亡后最终存活下来的希望。1个小时后，她就要和Alvin一起，飞到卓创总部的所在地广州，去准备明天的提案。这次竞标阵容空前强大，几乎集结了睿仕中国的所有高管，久不露面的韦伯也特意从香港飞过来助阵。

　　令王冠颇感意外的是，自己早上发出的卓创提案会议邀请，洋太第一个回复了参与确认。这个信号意味着消失了将近三周的洋太，回来了。

　　王冠定好一家意大利风格的西餐厅Assaggii，位置就在珠江旁边。傍晚时分，睿仕诸位高管陆陆续续赶到餐厅。距离吃饭时间尚早，餐厅外的草坪上，Alvin正与韦伯、蒋臣相谈甚欢；林卓与达达则坐在空调房内喝咖啡；Remy Danton无酒不欢，点了一支上好的香槟，与王冠对饮；顾烨与韦伯一起沿着珠江边散步；大佬与洋太一起姗姗来迟，两人坐在较远的一处绿荫下，似乎在进行一场激烈的争辩。

　　达达对这次竞标严重不爽，正在跟林卓抱怨。由于这次方案是Alvin主导，Remy Danton给了不少意见，但事实上很多点子并不符合中国的市场环境，但碍于Alvin的面子，达达只好折中选择了各方意见，结果是拿出来了最安全也最平庸的方案。就出发点而言，已经严重背离了达达的初衷。

一小时后，众人重新聚集在餐厅包厢内，睿仕中国的管理层除了邝子凯外全部到齐。

大佬见所有人都在等他开场，他拿起来酒杯，像往常一样平和地笑道："今天，我敬大家两杯酒，虽然不是年会，但忽然间有点年会的感觉。这第一杯酒，敬给 Alvin 和 Remy Danton，尤其是 Remy Danton，你是第一次代表睿仕中国公司出台，方案我昨天已经看了，可圈可点，我有信心拿下这个客户，希望明天这个时候给大家庆功！"

Alvin 心情大好，造成他空前信心的，自然是这次 Remy Danton 与达达、顾烨等人的通力配合，一方面是由于 Remy Danton 确实在商业地产领域造诣匪浅；而更重要的是，在 Remy Danton 的引荐下，他与卓创负责销售的执行副总裁李总聊得非常愉快，相见恨晚，就李总在卓创内部的分量，他对总裁孙博然的最终决策有着相当重要的影响力。

众人一饮而尽，顾烨看了眼洋太，他并没有表现出什么抵触的情绪。

"洋太，这个案子我听说你并没有参与太多，所以，如果站在客户的角度，我想问问你的意见。"大佬忽然把话题转到明天的提案上面。

"如果现在我对这个方案坚决地 Say No，你们会不会想杀了我？尤其是肖老板？"洋太半开玩笑半认真道。

洋太的话让在场的众人都无比震惊，消失了近三周的洋太，回来的第一件事情就是否定 Alvin 领衔的方案！难道他忘了，临战换将原本就是兵家大忌！

53. 最长的一夜

林卓偷偷瞥了一眼身旁的 Alvin，只见他的脸色异常难看。当着公司一众高管的面，直接否定由 Alvin 高调领衔的方案，确实让 Alvin 下不了台。对这次提案，Alvin 早已是志在必得，无论是客户关系还是专业层面，他就是要在众人心里树立自己的权威形象。

但是洋太，这个来历不明，甚至人力部门都没有简历存档，没有任何背景的家伙，之前屡屡为睿仕业绩斩获奇功，在这次方案的准备过程当中却一直不肯露面，最后在关键的时刻，给了自己迎头痛击！

"Alvin、Remy Danton、达达，我没有任何针对你们的意思，目前的这个方案非常出色，让我大开眼界，只是过去三个星期，我和邝子凯一直思考的一个问题，是到底怎样才能把楼卖出去，这才是最大的问题。

"我想表达的是，睿仕的公关经验是非常丰富的，但是我们现在最大的问题在于，被自己的经验束缚住了。我们现在太骄傲了或者说我们太聪明了，因为我们都不会去和消费者、和商户以及品牌谈谈他们的想法。即使谈了，也只是走过场哄客户开心。我们，是不是可以勇敢一点，是不是能够打破传统的路径，玩点儿不一样的呢？"

接着，洋太不动声色地讲述了过去三个星期他和邝子凯亲赴项目所在地，遍寻周边的居民、消费者以及商户后整理出来的意见，没有任何方案，只有事实的陈述。

洋太从双肩包里取出一只木盒，打开后竟然是一副叠好的画卷。洋太小心翼翼地将画卷铺展开来，众人纷纷好奇地围了过去。

邝子凯自小学习美术，美院毕业的他最擅长的其实是素描，这幅画卷上的一景一物，都真实还原了项目的本来面貌，是邝子凯连续熬夜一个星期赶出来的。

画卷的中心，最为核心的创意部分构图方式极其简约，但能做什么、为什么要做、如何去做，所有人都一目了然。这幅画卷涵盖了这个创意的所有，没有任何文字，但却给出一个可触摸的未来。

所有人看完这幅画后内心都受到前所未有的震撼与触动，包括Alvin在内。

在场的所有平均从业时间超过十年的资深公关人士，都明白一件事情：洋太与邝子凯的这个想法或许激进了些，或许未来执行起来困难重重，或许会受到客户潮水般的质疑与挑战，他们或许会因此丢掉本将到手的生意，但历史上所有伟大的创意，有几个是甘于平庸和保守才最终诞生并且得以实现的呢?!

Alvin依然心有不甘，毕竟自己领衔折腾了将近一个月、协调了集团如此多资源才出的提案，如果这样被洋太否定，如果洋太成功说服众人，不管未来拿不拿得下客户，都会成为自己管理上的一大败笔。Alvin决心坚决否定洋太的提议。

"不行，根本来不及，你这个想法虽然有突破性，但是前端策略呢？分析呢？一个都没有吧？现在我们最大的对手是谁？时间——"Alvin抬起手来晃了晃那块名贵的万国手表，"我们现在距离明天提案还有不到12个小时，洋太，你告诉我，你想怎么做？"

"我们需要选择一个正确的，而不是平庸的方向。我和邝子凯实在没有时间去做方案了，我们能够做到的，就是把这幅画带到你们所有人的面前。"洋太说道。

"洋太，你什么意思，我们现在开始写么？你想玩死我们吗？"Alvin不满道。

"我只是就事论事，Alvin，就像你说的，我们只有以客户作为出发点，而不是以谁在什么位置作为出发点。"洋太深得慕容复真传，以彼之道还施彼身。

53. 最长的一夜

Alvin 没想到被自己的话噎了个半死。

"临阵换将，本就是兵家大忌，况且 Alvin 已经就这个方向与客户沟通过了，客户觉得很满意。"蒋臣眼见 Alvin 式微，祭出卓创的副总裁李总说事儿。

"但他只是副总裁，又不是老板，在我们这个行业，你一定知道，打动决策者才是关键！"洋太毫不退让。

"但是如果没有对接客户的支持，你也拿不下来这标的！"蒋臣争辩道。

"我知道，永远没有完成的作品，好，是最好的敌人，一个字、一个字地改，尽除所爱，只是这种勇气，我们今天是不是还有？"洋太恳切地望着在座所有人。

八年来，顾烨、林卓、达达包括大佬都没有见过洋太像今天这样坚定地捍卫自己的想法。原来，洋太玩世不恭的背后是一颗追求创意真理的赤子之心。

"洋太，今天大佬也在，所有管理层都在，我们打开天窗说亮话，你是不是想夺权?! 你是不是觉得我威胁了你？"Alvin 居然率先翻脸。

"我再说一次，我对你那个 COO 的位置没兴趣，我只是希望把这件事情做好！"洋太直接拍了桌子，站起来狠狠盯着 Alvin 说道。

Alvin 也毫不示弱，也刷地一下站了起来，跟洋太对视着。

"好了，你们都给我坐下来！"

大佬终于发话了，所有人的视线和关注点都放在了大佬一个人身上，现在只有他能够做出最终裁决。大佬沉默不语，Alvin 挟总部以令诸侯的方式让他已经很不满了，但是洋太这种拒不配合、缺乏大局观甚至以奇袭的方式直接对抗 Alvin 的做法，也让他感到愤怒。

"都什么时候了，你们还在吵架！是不是都觉得自己了不起！

睿仕还没有大到可以搞政治斗争的地步！如果有必要，我可以将你们其中的任意一个人就地解职！"

大佬火冒三丈，压抑许久的情绪彻底爆发。

"Alvin，你到北京就进行所谓'改革'，有什么效果吗？到昨天为止，财务、人力、运营三个部门反馈的最新数据，都比去年同期低了十四个百分点！你知道这意味着什么吗？意味着客户满意度的下降，利润的降低、人员流失率变高！Alvin，你要负责！为了这个竞标，你让创意资源倾斜，客户都投诉到我这里了！听说你还给助理申请了独立办公室，你今天必须向我解释清楚！"

Alvin 低下头，不敢言语。

"洋太，你有好很多么?！拒不服从 COO 管理，对现有业务玩忽职守，也不配合协作重点项目，还和邝子凯两个玩消失！说走就走！你是觉得自己做大了、翅膀硬了，谁都不能把你怎么样了对吗？你现在想闹独立成立一家新公司了吗?！"

Alvin 这才发现原来大佬的火爆脾气藏匿了这么多年依然留存着，在座的几乎所有人都是第一次见到大佬发火，资历较深的 Alvin 曾经在刚入职不久时见过一次，那次事态的严重性与这次完全不可同日而语。但大佬这次动怒，显然是已经看出来情势再继续恶化下去，等待着这家市场表现最好的公关公司的只有分裂的下场。

Remy Danton 眼见着这个火药味强烈的对峙场面，本来试图站起来劝劝大佬，但又不知道自己该说些什么，只好坐在一旁默默地喝酒。

又过了两分钟，蒋臣壮了壮胆子，试探地问道："大佬，您来决定一下方向？"

大佬沉吟半晌，用英文说道："这样吧，我们也来一次创意民主化，作为最高管理层成员，你们现场人手一票，投票决定结果吧。Remy，这两个方向我们最后只选择其中一个明天进行提案，你选择其中一个，告诉我答案。"

Remy Danton 放下酒杯，点点头，他大致明白了刚才大佬发怒的原因。

"首先，支持第一个方案的请举手！"

大佬话音刚落，Alvin、Remy Danton、达达、蒋臣四人几乎同时举起来手。

四票。

Alvin 冷眼看了看没有举手的顾烨，不动声色。

达达一向与洋太交好，但这个案子毕竟是他一个月的心血结晶，虽然并不是完全按照他的意志决定，但毕竟他是核心负责人，哪有不支持自己的道理。

蒋臣早已经和 Alvin 达成共进退的政治联盟，虽然以他纵横地产江湖二十载的经验，也认为洋太提出来了一个堪称伟大的创意，但是站在利益面前，对错没那么重要。

种种细节足可预见大佬的继承人就是 Alvin，他自然要站在 Alvin 的阵营。

大佬环视了一下四周，目前还有包括自己在内的五个人没有投票，如此看来，洋太的胜算显然更高。

"那么，支持第二个方案的请举手。"大佬说。

洋太、韦伯与林卓都选择了第二个方案。

令现场所有人感到诧异的是，顾烨也没有投票给洋太，她选择了弃权。

双目对视，心意难相通。顾烨自顾自地看着手中的杯子，不想去看任何人的目光。

结果已经出来了：四票对三票，Alvin 胜出！

行事风格一向果断的大佬，此刻居然举棋不定。如果自己投给洋太，偏向太明显，一定会招致 Alvin 等人的不满；如果不投给洋太，这个剑走偏锋的伟大创意就会和这个商业世界永远失之交臂。

　　这显然不是决定哪一个方案那么简单。

　　与其说大佬在裁决一个方案的走向，倒不如说他是在裁决睿仕未来的归属，所有人都在默默观察着大佬的内心到底站在哪一边：一位是跟着自己打江山创立睿仕的良臣辅将，一位是后来的屡次斩获奇功、帮助睿仕走向巅峰的不世奇才。

　　到底该如何选择？

　　此刻，大佬已经有了最终的答案。就在大佬要给出自己的意见时，一个声音突然出现了：

　　"各位老板，我也在呢，是不是也可以参与你们的投票呢？"

　　所有人面面相觑，不知道这个声音是从哪里发出来的，但显然，这个声音很熟悉。

　　是邝子凯！

54. 最后的我们

原来声音是从一直扣在桌子上的手机里发出的。

洋太将自己的手机翻过来,所有人这才看到,手机中正是张牙舞爪的邝子凯,此刻他正舒服地躺在某个热带小岛上优哉游哉。

"不好意思各位,刚才你们的讨论我都听到了,这算不算是窃听风云,哈哈。今天可真热闹啊,睿仕中国的各位大老板齐聚一堂啊。"

邝子凯还是保持了以往招牌式的插科打诨、无拘无束的个人风格。

"洋太的这个方案,我也有份,这是我出国前赶工做出来的。所以,大佬,我是不是可以投票呢?"

大佬还未表态,一向与邝子凯不和的Alvin率先发难道:"邝子凯,你消失了整整三周时间,也没有参与过这个项目的任何竞标准备工作,还有资格参与投票吗?"

"拜托,Alvin,你首先要搞清楚这三周我去做了什么好吧,我可以负责地告诉你,除了睡觉、吃饭、去洗手间,我剩下的时间都贡献给蒋臣这个烂尾项目了!"邝子凯说。

"可你擅自离岗,已经违反了公司相关规定,必须要接受公司的处罚!"Alvin见邝子凯当众挑战自己,气不打一处来。

"我说,Alvin,你急什么?我还没有离职,那个叫王冠的丫头擅作主张给我提交的辞呈也没有走完流程,我现在还是睿仕中国的首席创意官,当然有权力审核任何一个需要提案的创意!这个请问也需要你来授权么?"邝子凯毫不客气地回应道。

"你——"Alvin 一时语塞。

"所以你是投票给洋太对吗?"大佬开口了。

"是的,大佬!我知道你们当中有几位看到我很不爽,不过没关系,我说完这个就会消失,刚才听到大佬说要通过投票来决定创意方向,我觉得很悲哀。从什么时候开始,睿仕的作品开始用手来投票,靠多数人压制少数人来决定一个创意的死活了?伟大的创意如果是多数人能够想到的,还要我们做什么?"

邝子凯从地球另一面发过来的声音,时断时续,但所有人都听得很清楚。

"从什么时候开始,最高管理层在一个只是依靠经验与创意的方案上面,也要斗得你死我活?!我觉得睿仕不该是这样的,我认识的你们,也不该是这样。我说多了你们也嫌烦,最后有句话送给各位,'上帝的归上帝,撒旦的归撒旦'。我的票已经投完了,也到了和各位说拜拜的时刻。祝你们明天提案顺利,马到成功!万一赢了这个标的,记得给我个小红包,这边物价很贵,我需要钱。"

"嗡——"

邝子凯关掉视频通话前,都没忘记开个玩笑。全场陷入短时的沉寂,所有人头脑当中都闪现出那个天不怕地不怕的傲骨创意人的形象。

四票对四票!

打了个平手,又回到原点!大佬其实原本想着把自己的票投给洋太,这样可以给客户提供两个方案。但是现在的局面是似乎所有人都在期待他给出最终的抉择,而不是囫囵地将两个方案都给客户。

54. 最后的我们

大佬短暂思考了一番，下定决心道："你们都在等我，好，那我来决定。客观来说，Alvin 领衔的方案优势在于系统性和分析性，如果按照客户给我们的命题，这个方案可以打 95 分。但是洋太的方案，出发点不仅仅是在公关或传播，他立意在商业层面，并且极富冒险精神。我觉得也能打 95 分。但如果我是客户——"

大佬顿了顿，看了看眼前的 Alvin 与洋太："如果我是客户，我会选择第二个。它虽然胆大妄为，但是有机会将全局盘活。不过，我依然需要第一个方案的缜密分析，在中国，没有人愿意为空中楼阁付出上亿人民币的投资。这两个方案，就像刀的两面，缺一不可。我建议连夜将两个方案整合在一起，形成一个全新、系统性的从商业角度出发的完整提案。大家意下如何？"

表面上这个中和的选择算是最保守、也是最协调的结果，但实则不然，效果如何，明天提案现场客户的反应就会给出最终答案！

很显然，大佬看到了洋太和 Alvin 都没有看到的东西。

达达没有怨声载道，而是莫名其妙被大佬重新点燃了热情，这才是他想要做的事情！彻底把先前的一百多页 PPT 全部重新修改，绝对是一个大工程！

鉴于这次的提案规格太高，客户只给睿仕方面安排了十席座位。因此这次出差，没有任何执行人员参与，他们面临的状况是，已经很久不写 PPT 的高管们，必须全力以赴将这个方案连夜赶出来！

只是让这几个老板在一起做 PPT，也算是一大壮观景象了。很久没有因为写方案而通宵过了，大伙儿都难得地亢奋，大佬亲自督阵，兴致勃勃，达达还特意叫了两箱红牛和一堆星巴克咖啡给众人提神。

在公关公司，这是大家最开心的时候，特别像高考，高考前夜一定是最激动人心的时刻，因为不管是不是考砸了，考完就可以痛快地把书本丢到垃圾桶里了。

"大佬，你就别参与写PPT这种事情了吧？"林卓打趣道。

大佬摆了摆手，说道："我们经常非常大言不惭地和客户讲，如果有必要，总裁也要参与一线工作，对吧？达达，你最喜欢说这句话了。现在，这个承诺终于要实现了，也好，我下次在忽悠客户时也有底气了。我也参与，来给我几页对设计要求不高的吧！"

众人斗志激昂，凌晨四点钟，方案被最后合成，达达事后评价这个方案几乎体现了睿仕中国在方案层面最高的水准，无论是产品、传播乃至生意层面，都可以说是商业地产的一笔财富。

唯一不开心的人，只有躲在角落里，为方案最后调整版式与色调的Alvin。

"这次卖不掉，我们就找另外一家卖，一定会有人埋单。"达达感慨道。

众人回到房间，洗了个澡后换好衣服，大佬带领大家去楼下茶餐厅去吃早餐，一行人谈笑风生，七点半准时驱车去客户所在的郊区总部提案。

太阳这个时候也升起来了，阳光照耀在每个人的脸上。天空无比晴朗，就好像大家的内心一样，那是一种与自己引以为傲的作品的共鸣，连Alvin也被大家的情绪所感染。

很多年后，顾烨还记得那天的每一个细节，就像不真实的群像素描。她还用手机给当天所有人拍了一张合影。

很多年后，她还会梦到自己去参与竞标那天忐忑不安的心情，作为一个从业多年的人，她知道那次提案的分量。后来她请一位画师将照片变成了一幅画作，她还给这幅画取了一个名字，叫作The Last of Us，顾烨将这幅画放在了自己的办公室里。每当失落或者不开心时，她就会看看它，提醒自己未来该去的方向。

其实，提案专家都是超级说客。

就像几千年前那些古典唯美、充满学术精神的说客：

像孔孟，周游列国，万世师表，为政以德；

像苏秦、张仪，凭三寸不烂之舌戏弄天下诸侯，合纵连横；

像诸葛孔明，舌战群儒、联刘抗曹，是非成败转头空；

也像曹植，七步成诗，同根相煎，深感文帝，留下性命。

公关的最高境界就是控制联想，纸上谈兵也能改变世界。

他们所做的就是有效地影响客户达成最终的决策逻辑，形成内心深度化的 YES！

只是，仅仅凭借一幅画，洋太真能做到吗？

55. 赢则举杯同庆，输则拼死相救

孙博然由于突发急性胃出血住院，打乱了卓创方面的组织与安排。而箭在弦上，不得不发，评标委员会主席临时由高级执行副总裁李总担任。蒋臣被连夜告知，大概有三十多位来自销售、工程、市场、公关等部门的中高层管理人员参与这次提案。

睿仕被安排在上午第一个讲，从9点到11点，一共两个小时的时间。卓创方面也给予这次竞标最高规格的重视，特意选择总部最大的一间会议室作为提案现场。

众人鱼贯而入，偌大的会议室里卓创的员工已经占据了三分之二。品牌公关总监赵敏在门口欢迎睿仕众人，等两边人马坐好后，不多时，李总在两位高管的陪伴下走进会场。他在主席的位置上正襟危坐，来自市场、工程、销售和品牌公关部门的主管把会议室挤得满满的，形成一种极具压迫感的氛围。当洋太、Alvin身处提案现场，虽然心里有所准备，但是一眼看到黑压压的人头，还是感受到无形的压力。

好在前来提案的人都是久经沙场的老将，早已经习惯了这种场面。

在林卓十多年的从业生涯中，再没有哪个场合的仪式感可以与卓创这次竞标相比。在这场价值十亿元人民币的公关争夺战中，参与竞标的五家顶级公关公司都倾尽全力，无论是背后的关系、谋略

运作还是专业的策略思考本身,都代表了业界的最高水准。

　　细心的蒋臣留意到在一群西装革履的男性当中,有一个穿着灰色套装的女人,四十多岁的年纪,姿色上乘,不怒自威,言语不多,但李总和赵敏对她都分外尊敬。蒋臣当即想到这个女人一定是孙博然的第三任妻子杨雪。她原本只是孙博然的总裁助理,但是凭借干练的作风与美貌的外表,最终成了总裁夫人。现在她不常露面,主要为公司打理一些海外业务,长期生活在伦敦。

　　洋太今天竟是邋邋遢遢的颓废嬉皮士造型,外面穿了一件黑色的皮夹克外套,里面是一件再普通不过的灰色 T 恤,整个人看上去暗暗的,完全不像要参加一次重要的提案会议。

　　Alvin 看了看洋太的造型,皱了皱眉,但又不好发作。他则矫枉过正,穿上了一件 Stefano Ricci(史蒂芬劳·尼治)高端西装,还弄了个领带,气宇轩昂,和洋太两人站在一起完全不搭,看上去像滑稽的街头艺人组合。

　　这个圈子的人往往在重要提案现场尤其注意自己的外表,即便平时再怎么不修边幅。毕竟最顶尖专业的团队带给客户强烈触动的,首先是视觉,其次才是内心。在这个需要说服客户才能达成生意的半个娱乐圈行业,内心的专业修为固然重要,但外化于形的举手投足,更能够创造赏心悦目的视觉感受,也才能够决胜对手于千里之外。

　　如果说这次提案是一场盛大的演出,洋太和邝子凯无疑是作为灵魂的编剧兼导演,他们为这次提案倾注了无数的心血,萌生去意的邝子凯虽然人未到场,但内心早已将这次提案视作自己在这个行业也是在睿仕职业生涯的谢幕演出。

　　李总旁边空着的位置是特意留给大佬的,和一般甲乙双方宛若两军对垒的座位安排方式不同,李总听说凯格的亚太区董事长亲自到场，倒是流露出更倾向于两人能够现场随时交流方案出现的各种问题，而非冷冰冰的你问我答的形式。手下人一听赶紧安排了这样的座次。这一点，倒是出乎Alvin、蒋臣等人的意料。

作为服务行业的公司，即便身为管理着数千高素质员工的集团CEO，依然免不了在大牌金主客户面前被颐指气使甚至无理谩骂。大佬本人倒是对这些并不看重，在这一点上他和蒋臣有着根本的区别，蒋臣喜欢出风头，总是希望客户对自己也给予高规格接待，却往往事与愿违，他遭遇过的几次相当尴尬的处境后来被圈内人传成笑谈。

原因只有一个，我付给你钱，玩不玩是你决定的事情，但是怎么玩就是我的事情了。

这个时候，谁第一个来破冰，是不是能够在短时间内吸引对方的注意，实在考验人。

大佬！是大佬！

只见大佬深情款款地站起来，用国王般骄傲的目光巡视全场每一个人。

"咬字千斤重，听者自动容。"这句是大佬传授给所有爱将的提案十字心经。

他的暖场，插科打诨，时英时中，宏大而不失精妙，充满技巧又不失深情。洋太的思绪向来凌乱又不拘一格，竟也被吸引住了。林卓等人私下喝酒时表示，如果单就演讲技术而言，大佬的表现力与煽动性绝对在Jack马老师之上，只可惜大佬年轻时选错了行业，如果在互联网行业，早就是一代枭雄了。

这次提案在具体人员安排以及出场先后顺序上煞费苦心，完全是按照一场大秀的规格与方式进行的：大佬负责暖场、达达负责讲解策略、顾烨负责公关传播规划，Alvin负责讲解团队架构，而洋太则在最后关头完成一击绝杀！

　　方案前端的市场分析与消费者研究的部分都是由达达完成的，由于策略基础决定整个方案的方向，一旦出了偏差，后续的一切创意都会死得很惨。这好比红军两万五千里长征，是爬雪山还是过草地，对于最终的结局当然有决定性的影响。

　　这次提案达达不敢懈怠，他旁征博引，信手拈来。跳出方案讲方案，原本就是达达的拿手好戏，说而不讲，讲而不说，不断地抛出问题，再回答问题，继而否定问题，让听众对整个提案的兴趣点始终保持在高位。

　　达达本人在投资股票上颇有心得，曾经动心去某券商出任首席品牌官，在顾烨、林卓等人打出多年感情牌百般劝阻下，才同意继续留下来。能让顾烨这么心高气傲的人，劳师动众三顾茅庐，在睿仕数千人当中也是屈指可数，不过单就眼界、学识以及专业度而言，达达当之无愧是业界的一线大牌。

　　"我们以往擅长的一切都失效了，就像一个进入太空飞行舱的宇航员，你平时在地球上所适应所依赖的一切都失效了，必须建立起一个新的秩序。

　　"一个最打动消费者的策略点，也是一套最有效可行的行动方案。在这件事情上我们拒绝空洞的宣言、语言的暴力以及泛滥的主张。

　　"原因只有一个——绝不要低估你的消费者，他们就像对手一样，值得尊敬。但是面对现状，我们不得不说的是，必须承认缺陷，我们无法在传播上解决这个问题！"

　　达达话音刚落，卓创方面立即出现了各种议论声，这个结论令卓创在座所有人包括李总在内都大吃一惊。

　　"不好意思，可以具体点么？那你的意思是你们要退出竞标？"

李总开口问道。

达达迟疑了一下,看了看洋太,坚定地回应道:"任何传播战役都需要预判,这个项目,绝对不是单一传播甚至营销可以解决的事情,如果你让我代表睿仕来回答的话,我们在传播上确实做不到!"

如果将整场提案比作一台正在直播的跨年晚会,现在,无疑是收视的最高峰。

零点到了,轮到大明星出场了。

这时,洋太站了起来:"对不起,各位,提案还没有结束。"

56. 答案揭晓

"你的意思是,让我们修一座桥?!"李总几乎不相信自己的耳朵。

"是的。"洋太笃定地点点头。

现场众人面面相觑,他们显然没有料到睿仕在提出无解方案后,居然又玩了这么一出。

"不要忘了我们请你们是来做什么的?!你们是一家公关公司,又不是什么建筑设计公司。"主管工程的一位副总裁立即质问道。

"我当然知道我在做什么,只是你们还不知道。"洋太漫不经心地回答道。

"请你告诉我们,为什么要修一座桥呢?"

李总本人倒是非常谦和,在认真地听取了达达前面扎实的策略分析以及消费者调研后,他觉得这么不可思议的建议不是随便提出来的,一定是经过了深思熟虑。

"这座桥的意义不在于创造增量,而是要盘活存量。"

洋太一直仔细观察着卓创参会的每一个决策者,观察着他们对于方案每一个细节的反应,现在他告诉自己,是时候出大招了。

刚入行那几年,洋太总觉得提案必须亲力亲为,因为别人根本无法将他的想法全部阐述出来。年纪大了他才发现,能够坐在后面给伙伴们撑起一片舞台的人,才是真正的强者。

只是这一次，他必须亲自登台表演。即使前方如履薄冰，也只能坚信自己能够走到对岸。

"当所有的传播方式集体失效时，你的所有创意的投资回报率都是零。我们做一个大胆的假设，假设这是一百年前，电视广告、媒体、微信、手机都没有，怎么办？如果你想让所有人都知道一个地方，只有一个方法，就是让它变得有名，让所有人都心生向往！"

现在的洋太早已克服了得失心，完全是从一个负责任的顾问的角度给出建议，不为生意而提，不为关系而提，甚至也不为梦想而提。和 Alvin 考虑生意营收带来的压力，达达不容有失的自我要求相比，洋太站在了更平等的位置上，他更能够脱离商业的牵绊，他眼中的李总，不过是一个普通人，他只要把道理讲给对方听，不用过多说服，最后让他自己决定，如果他有和自己所处的位置一样高的智慧，一定会明白其中的深意。

最有力的说服，不是千言万语，口若悬河，而是直达人心。

"问题在于，你是皇宫大院吗？你是千年古刹吗？你是青楼八大胡同吗？显然都不是！那就必须师出有名！交通流量来自哪里？最能把人们吸引到这里的原因是什么？如果我们无法利用现有资源去解决问题，为什么不反过来思考这个问题是如何被制造出来的？有些东西，我们给不了。再能够刺激性欲的公关，也解决不了客人性无能的问题。"

洋太批判起卓创这个项目的设计毫不留情，在座的地产公司高层哪见过这么离经叛道的提案。

"不好意思，这位先生，这里不是你的演讲舞台，我们老板的时间非常宝贵。所以请你回答核心问题好吗？"那位主管工程的副总裁显然是铁了心与睿仕作对，语气开始不耐烦。

56. 答案揭晓

洋太根本没有搭理这个人,因为他看到李总正在专注地听他说。

"我特意和创意总监去了那个商业体,在那边待了整整三个星期,我发现无法说服自己到那里消费或者居住。那么,我们为什么不从根源上解决问题,而是把希望寄托在找一家公关公司去炒作,去忽悠消费者。为什么我们不建造一种现实中可以把人们带到这个地区的东西?为什么不建一座桥?一座跨河的步行桥就可以让人们更容易进入这一地区,它会带来更多交通流量,这正是我们所需要的。"

"但是,但是……"那位主管工程的副总裁没有再说下去,因为洋太说出的话,的确是他一直想解决的事情。

"大家有没有想过,这座桥原本就属于这里,我们要做的,只是完璧归赵。"

"义正词严、慷慨激昂"都不足以形容当时洋太提案的状态,事后顾烨和达达讨论了半天,认为洋太那天在提案现场之所以能够完全震慑住卓创群雄,那种气势用八个字才能概括:

悲天悯人,舍我其谁。

"我曾统领百万雄师,现在眼前空无一人;我曾横扫三大洲,如今却无立足之地。拿撒勒的耶稣远胜于我,他没有一兵一卒,未占领过尺寸之地,他的国却建立在万人心中。"

现在,没有一页PPT,洋太的胸中有山河。

事实上,李总自己感觉快要患上PPT恐惧症了。每天都听一些大公司用PPT讲他们的产品,从人、自然、社会讲起,又是饼图,又是直方图。李总觉得这绝不是销售的好办法,要针对具体问题,直截了进行回答。用PPT也要多用一些真实照片、视频来帮助回答问题,而洋太现在大道至简的提案风格很符合他的胃口。

顾烨看了看李总的表情，李总似乎并没有觉得洋太在胡说八道。他只是淡淡地表示："你知道修一座桥的成本吗？"

"我大致问了一下建筑公司的朋友。"洋太有备而来，在自己的创意守卫战中，洋太从来都是谋定而后动，"少则十几个亿，多则几十个亿，都远远超过现有的预算。"

"这个险，我们冒得是不是太大了，如果采纳你的方案？"李总笑了。

"不，还没有结束，才刚刚开始。"洋太示意顾烨将装有画卷的盒子递过来。

"好，请继续，我想看看你到底能给我什么。"李总表现出浓厚的兴致。

"世界上最伟大的城市都有地标建筑，北京有故宫、纽约有自由女神、里约热内卢有耶稣像、巴黎有埃菲尔铁塔。但演州这座连续三年名列全球新兴城市体榜首的都市，却没有地标性建筑。这是这座城市的悲哀，却恰恰是时代赐予我们最大的机会！"

如果保守的思想能够汇聚成一座城池，洋太现在就在以一己之力，攻城拔寨。

洋太自己就是整个提案的核心舞台，他不允许所有人有第二个关注点，现场的人只有两种选择，看他或者不看他。但是没有人能逃得出他的声音的笼罩。

"修建一座实用性的桥，只是从我们思维的 A 点跳到了 B 点，还是线性的，不够高还不够远，我们现在需要的是从 A 点直接跳跃到 G 点！G 点大家有吗？G 点大家知道吗？"

洋太振臂高呼，有一种马景涛附身的感觉。

现场的人都笑了，李总也被感染得大笑起来，心里暗生爱才之心。

56. 答案揭晓

但洋太的脸上绝不是开玩笑、哗众取宠的样子。

"我们设想一下,如果大桥本身就是一个有吸引力的建筑,而不是一座简单的让人们从河的一边走到另一边的桥,那会怎么样?一座能够将人们吸引到这个地区的引人注目的建筑?一座由世界知名建筑师设计的世界级建筑?

"大桥的设计不能普通,否则没有意义,我们必须邀请世界上最有才华的桥梁设计师来设计这个作品,刚刚获得LEAF(欧洲杰出建筑师论坛)终身成就奖的桥梁诗人圣地亚哥·卡拉特拉瓦(Santiago Calatrava)?或许他就是我们最好的选择!通过全球顶级设计大师的作品,代表滨州的城市标志,一个可能成为这个城市重生的符号,代表着这个城市未来的潜力!这就是我们为这座城市未来的地标所做的提案!"

洋太接过达达递过来的木盒子,在众人的注视下取出来那幅画卷。

达达和蒋臣两人将这幅画卷徐徐铺开,这幅画卷长5米,宽2米。虽然并不精细,但是气势如虹,蔚为壮观。邝子凯和他的女友建筑设计师花费足足三个星期才构思并设计出来的通航大桥以手绘的方式展现,虽然与全球顶尖设计师的作品还有很大差距,但仅仅作为概念的示例而言,当这一切展现在卓创诸位高管面前时,对他们的强烈冲击与震撼是无与伦比的,就连刚才出言不逊负责工程的副总裁也好奇地探过头来,不得不承认这个想法的大胆与超前。

顾烨忽然想起用小时候的课本上的一句话来形容此情此景:

一桥飞架南北,天堑变通途。

"我们还可以将这座桥设计成一个能够180度旋转的桥梁,让夜晚从江面通航的大型货轮能够顺利通行,这座能够旋转的动态桥梁更像是一支弓箭,代表了这座年轻城市的蓄势待发以及勃勃雄心。"

洋太站立在画卷旁边，仿佛是设计师与他最得意的作品一起，那份不羁与飞扬，活脱脱就是一位艺术家，气场十足。

众人这才明白洋太在提案造型上的用心，并非不在乎外表，他只是更想入戏而已。

这到底是个什么样的男人呢？仿佛魔术师一样，带来最不可思议的逆转，他不按照常理出牌，却每每都能击中客户的内心。他的脑子里面，到底想的是什么呢？在睿仕的 HR 系统中都找不到他的任何履历，就那么突然地出现在这家公司，举手投足间全是戏。

阅人无数的 Alvin 头一次陷入深深的迷惑当中，他第一次觉得自己看不大懂一个人。

卓创的高管们默不作声，暗自从自己的角度评测这个提案的可行性。

李总默默地点了点头，笑道："想法非常独特，根本没有人会想到这儿。只是你知道在中国，修桥这件事情从来就不是一家地产公司可以左右的么？"

"李总，我知道你关心什么。修建桥梁，先不论预算从哪里来，单是政府审批就不是闹着玩的，修桥在中国从来都是政府的事情，万一工程出了问题谁来负责？这个风险谁来担？"

"正常逻辑是这样的，但是你现在遇到的问题是正常商业逻辑能够解决的吗？凡事都有例外，演州这座城市的崛起就是计划外的，五年前谁能够想到这里会诞生两家千亿美元市值的公司？这个想法如果放在中国其他城市上，可能会被政府退回，但如果在这座城市，它就有可能，别忘了这是一座在奇迹基础上诞生的城市。"

洋太的这番话，瞬间点燃了现场所有人的想象力，就连一直处于洋太敌对面的 Alvin 和蒋臣，也不得不佩服洋太在宏观方向上的说服力。

56. 答案揭晓

"如果这个创意能够实现，它将会聚焦所有人的目光，如果它有幸能够成为市政府规划的重点项目，就可能得到政策在预算上的倾斜，我们相当于为政府做了一件他们应该去考虑去做的事情。

"但我们不希望这仅仅是形象工程，在过去两个星期，我们走访了这里的很多居民，发现所有人都希望建设一座桥梁。新兴城市往往伴随着新锐人群财富的增长，可是这个区域的人们还是像过去那样生活，随着产业的转型、升级，这里的人渴望通过一座桥梁给他们的生活带来更多的变化，接下来这个片子当中所体现出来的民意，也许能够成为说服政府支持我们的一个原因。"

屏幕上播放的纪录片，是洋太和邝子凯消失了这么多天的原因，他们希望去实地记录人们的想法。片子中出现一个个朴素的面孔，他们是中国当今社会高速发展的另一面镜子，时代的快速更迭对他们而言，似乎没有太多的影响。但是今天，他们前所未有地想去拥抱时代，希冀用自己的进化去对抗时代的更迭。如果这个桥建起来，对他们而言，带来的机会或许不啻一次新生！

大佬坐在台下看着已经成为公司头牌的洋太正在努力讲演说服台下客户，忽然想起数年前洋太刚到睿仕时的情境。

转眼间八年过去了，大家都老了，大佬自己的眼眶竟有点湿润，他佯装着擦眼镜揉了揉眼睛，他为自己的团队感到无比骄傲：洋太、达达、林卓、韦伯、顾烨，还有没来参会的邝子凯……

这是睿仕中国的黄金一代。

这个行业聚散无常，用流行的句式来诠释大佬的心态就是：终有一天，会有新的年轻人替代他们，但是大佬自己却没有第二个青春去见证。

李总自始至终没有表态，他侧过身和旁边穿着灰色套装的女人交换了几句意见，女人对于洋太提出来的这个方向也觉得甚有新意,频频点头。

来自销售部门的几位总监坐不住了,毕竟他们要从现实的情况考虑,如果将大部分资源都花在建桥上面,对他们来说是一件非常冒险的事情,建桥所占的资源使可以用于销售的预算被削弱,而他们身上承担着销售的指标,虽然李总没有说话,几位销售总监还是提出了质疑。

"怎么办?我们一点点地办!"李总忽然毫不客气地打断了一位资深销售总监的话,"你们就是喜欢模仿,模仿的方式是最保守,也是死得最快的!"

李总转过身对洋太说道:"首先我代表卓创集团非常感谢大家的精彩提案,看得出这次的方案大家用心了,这是卓创的一笔财富,最后不管我们的选择是什么,我都表个态,凯格是我们长期的合作伙伴。'晨光虽然稀薄,却足以引领未来'。卓创从来都不畏惧冒险,因为自这个品牌诞生的第一天起,我们就是和冒险相伴而行的!"

创意的最高境界是什么?一句话:控制联想。

洋太做到了,他给李总以及卓创一众高管勾勒出了一个可触摸的未来。本质上,他只是替李总说出了隐藏在心底的一直没能实现的那个梦。

商业世界定义一个好的商业策略,我们常常说它是线性的,从A到E尽可能构建出一个可触摸的未来。而创意世界的逻辑是跳跃式的,从A跳到C再跳到E不拘一格。

洋太的思维逻辑更具破坏性,从A点直接到G点,创造出让人印象深刻的体验。

胆大妄为,才能大有所为;异想天开,才能茅塞顿开。

加入公关行业的第八年,洋太终于做到了这一点。

57. 当年情

（1）

"燕儿姐,我准备离开这个行业一段时间。"洋太一副踌躇满志的样子。

"钱赚够了？你要去做什么。"坐在对面的燕儿姐颇感意外地问道。

"我要去一家公关公司。"洋太实话实说。

"你在我这里,不就是公关公司么？"燕儿姐不解道。

"呃,不是这种公关。是那种——"洋太想着大佬昨天晚上和他说的话,努力尝试着寻找词汇去和燕儿姐解释。

"不用解释,你选择自有你的道理。"燕儿姐通情达理道,"有梦,就去追吧。"

"没想到,你都没有留我。"洋太出乎意料道。

"做我们这个行业,相聚离开,逢场作戏,都是常事儿。"燕儿姐吐了个烟圈笑道。

"谢谢你这么多年的照顾。"洋太不知道该对眼前的女人说些什么。她对于他的身份,太过特殊,是导师,是老板,也是情人……

"不用谢我,我们都给过对方快乐的回忆,也都在对方身上赚到了钱,没什么谢不谢的。有事再联系我吧。还有,老规矩了,你离开公司，记得把过去三个月的月薪打回来当'赎金'。"燕儿姐干脆利落，毫不拖泥带水。

洋太点头起身，准备告辞离开。

"对了，泰阳，我有个忠告给你。"燕儿姐将烟卷在烟灰缸中摁灭。

洋太回头看燕儿姐，一束阳光从落地窗进来，照在她的脸上，很美。

"从此以后，改名换姓，不要再和这个圈子的人有来往。包括我在内。"

燕儿姐说这话的时候脸上决绝而冷漠，像是从不认识洋太一样。

2008年12月12日，洋太正式入职睿仕，成为一名负责酒店大客户的总监。从那以后，他斩断了和以前所有的联系，换了手机和微信，再没有之前的客人能够联系到他。

洋太只告诉了燕儿姐自己的联系方式，但两人再无联络。

数年前寒柘寺一役，走投无路的洋太打电话向燕儿姐求助，在这个圈子浸淫多年人脉甚广的燕儿姐帮助洋太成功打入金光会所内部，但事后洋太暴露导致燕儿姐在圈内口碑亦受到牵连。不过燕儿姐并没有责怪洋太，两人算是重新建立了联系，但一直没有见过面，因此洋太并不清楚燕儿姐突然找他见面到底何故。

（2）

"没想到我会突然找你吧。"

燕儿姐默默地喝着一杯红茶，她挑选的这个茶室非常隐蔽，低调但又古朴高雅。

"你还是那么美。"洋太不知道自己该说些什么。

"洋太，没想到你摇身一变，居然成了公关公司的高层。"燕儿姐笑道。

"嗯，燕儿姐你现在怎么样？"洋太不想再提及旧事。

"我还好，只是这次找你帮忙的事情很重要。"

不等洋太回答，燕儿姐自顾自地说道："我现在独立运营几个会所。"女人慢悠悠地拿出来一张名片，丢到洋太面前，上面写着：莱特文源酒店集团（中国）首席运营官。

"山水有相逢，这也算是有缘分了吧。"燕儿姐笑道。

洋太并不知道眼前这个深不可测的女人主动约自己是出于什么目的。

"洋太，直说吧，我找你是需要你帮我个忙。上次在四川的会所算是我帮你一次，我后来才知道你现在做到了什么位置。所以，燕儿姐算是求你一次。"

"燕儿姐，你说吧，能做到的我尽力去做。"

尽管嘴上这么说，洋太内心还是感到不安，原因只有一个：燕儿姐搞不定的事情，很少。

"嗯，前段时间，有个《法制早报》的记者来我们这里消费，算是次卧底报道吧，他的背景是什么，坦白讲我没太弄清楚，但是被他跑掉了。我昨天才接到老板的电话，她的意思是一定要压住报道，不管用什么方式付出什么代价。

"不瞒你说，在联系你之前，我找了几个媒体的朋友帮忙，都没办法，压不下来。这次媒体报道背后牵扯的恩怨也很复杂，我就不和你细说了。现在来找你，因为你是公关公司的大老板了，应该有资源解决这事儿。钱你只要说个数。"

燕儿姐又点着一支烟，洋太知道她的习惯，每每遇到难事，她都会频繁吸烟。

"这个媒体比较难搞,有自己的审批流程,如果是从上到下确定了要做的选题,很难操作撤下来,这还不完全是钱的事情,你也知道现在有多少媒体被抓了。"洋太如实道来。

"我当然知道,否则也不会找你!"燕儿姐抬头看了看洋太,声音不由得提高了几分。

"燕儿姐,你给我点儿时间,我问问。"洋太回应道。

《法制早报》原本就不是洋太熟络的媒体,他记得顾烨好像有关系不错的朋友在这里任职副主编,如果找顾烨帮忙,胜算至少大点儿。

事不宜迟,洋太立即拿出手机打给顾烨,响了几声,那边接起来电话。

"顾烨,有个事情找你,嗯,是这样,我有个朋友,她公司旗下有人经营了一间涉嫌色情的会所,但她并不知情,也是被朋友骗了。最近被《法制早报》的记者暗访了,可能会报出来,你有资源能够压下去么?"

电话另一边的顾烨正在开车,眉头顿时一皱,道:"洋太,我不会问你这个朋友是做什么的。但是如果涉嫌违法这就是操纵媒体了,刑事犯罪,你明白吧?"

"这个我知道,非常重要的朋友,所以你能不能先问问?"洋太一再坚持。

"主编我很熟,可以去问问,但这种事情不能在电话里聊,我正好现在离他们报社不远,我去拜访一下,你等我消息吧。对了,蒋臣那边刚来电话,说卓创的事情现在悬而未决,李总他们还是没有结论,让我们暂时先不用等了,这个项目整体算是被搁置了。听说 Alvin 今天大发雷霆,说是因为你的错误决策一意孤行,才最终导致了这个结果,搞得没有生意可以做。"

57. 当年情

"好的，我知道了，卓创的事情我们见面了再说。"洋太随便应付了两句。

一个小时后，顾烨回了电话，确认有这件事情，但没人能够压下来这个新闻，因为已经在走播出流程了，背后的原因相当复杂。

"对不起，燕儿姐，我做不到。"洋太无奈地看着眼前美丽的女人。

"哼，泰阳，我只问你一句，你有没有尽力？"

燕儿姐似乎能够看穿人心，她不依不饶地盯着洋太的双眼。说着，燕儿姐的双手放在了洋太的脸庞上，"你真的不能帮我做这件事吗？就因为你现在是高管了担心惹祸上身？"

"我，我现在不行。"洋太本能地挡住了女人的性感攻势。

"泰阳，你别以为我不知道你们男人在想什么。"

女人凑了过来，带着幽幽的香气。

"这里这么隐蔽，我们要不在这里做吧，我现在还记得当时你陪我的那些日子。我们在露天酒吧、商场地下停车场、公园，都发生过，在这个茶室里面再刺激不过了。"

"燕儿姐，我现在不可以了，请你尊重我，也尊重你自己。"洋太推开了燕儿姐。

"你还真是从良了。"燕儿姐停止了她手上的动作，重新点着一支烟，冷笑道："做这事儿我不强迫你，我只最后问你一句，你愿不愿意帮我？"

"我担心我做不到。"洋太迟疑了片刻，他太了解眼前这个女人了。虽然数年未见燕儿姐，但是这个女人的处事方式一向毒辣专横。但是此时此刻，洋太早已经厌倦了过去的生活方式。他从心眼里对面前的女人产生了厌恶。

"你再说一次？你根本就没有尽力！"女人冷笑道。

"对不起，我真的做不到。"洋太狠狠心，拒绝了燕儿姐。他清楚如果他去求顾烨甚至大佬帮忙，至少有机会去压制这条新闻，但代价是睿仕随时可能会被牵连到巨大的风险中，他不能冒这个险。

"你不怕我把之前你跪舔客人的照片和视频抖出去？"

燕儿姐冷笑道，终于祭出藏匿已久的撒手锏。

"你说什么！"洋太这才回想起当年两人在床上玩得太过火，洋太还主动拍了数张床照和视频留作回忆。

"你忘了？照片和视频都在我手上，我可以选出只有帅哥你出镜的啊，只有我的腿，能看出来是我吗？"燕儿姐冷冷地说道。

"燕儿姐，你为什么要这么做?！这事儿过去这么多年了，我们难道还要纠缠下去吗?！"洋太站了起来，情绪激动道，他当然知道她手里这些内容的杀伤力与分量。只是时过境迁，他已经不再是那个被燕儿姐随意支配的"高级男公关"了。

"你敢吼我?！你是什么东西你知道吗？你再敢说一句 No（不），我让你分分钟名誉扫地打回原形你知道吗！"燕儿姐强势至极，像是要把洋太吃了。

"我们的事情已经过去了，你愿意做什么事情，我管不了，但是我能告诉你的是，操纵媒体这件事情我真的做不到！"洋太控制住自己的怒气，尽可能平和地说道。

"那我就没什么可说的了，洋太，上次金光会所的事情，损失了多少生意，我有跟你提过么？"燕儿姐面无表情道，又重新戴上了她高傲冷漠的面具。

"损失的生意，你给我一个数字，我都可以打给你。"洋太道。

"我干脆直说了吧，这件事你必须帮我，否则，我要你在睿仕彻底消失。"燕儿姐一字一顿地说。

两人不欢而散。

回到家洋太思前想后，夜不能寐，自己还是下不了决心让顾烨和大佬铤而走险。

不过骄傲如斯的燕儿姐，被当年召之即来、挥之即去的男人拒绝后，能够做出什么事情，显然洋太没有预料到。

（3）

两周后的一个傍晚，一个手机新闻客户端的推送引起了洋太的注意。信息很短，却令洋太触目惊心：

> 8月24日晚，北京警方接到朝阳群众的举报，对涉嫌色情交易的一家高端夜总会俱乐部进行查处，查获涉案嫌疑人上百名。据悉，该俱乐部位于朝阳区望京一带的莱特文源酒店。

洋太连忙拨打燕儿姐电话，已无人接听。

58. 尽堪活色生香里

（1）

清晨八点钟，还在睡觉的洋太，被急促的手机铃声惊醒。

心脏前所未有地剧烈跳动，他厌恶地按掉手机，但对方却不依不饶。他只好拿起手机看了看名字，原来是邝子凯。

"洋太，快起床！你收到邮件了么？"邝子凯劈头盖脸就是这一句。

"我还在睡觉，发生什么了？"洋太昏昏沉沉地回应道。

"出事了，你快打开邮箱看看！"

洋太感受到邝子凯语气中的焦急，他迷迷糊糊打开手机邮箱，除了几封公司运营层面和重要客户的往来邮件，并没有发现什么异样。

"收到了么？"那边催促道。

"你是指哪封邮件？"洋太不解道。

"看来收件人没有你。"邝子凯停顿了片刻，"我今天早上收到一封举报你的邮件，发件人是凌晨三点多发出来的，现在还不清楚有多少人收到了这个邮件，我已经紧急联系 IT 部门查了。"邝子凯说。

"什么?!"洋太听到这个消息有点懵，"邮件讲了什么？"

邝子凯停了下，忧心忡忡道："大概是围绕着你渎职、收巨额回扣以及和公司女性高管之间有不正当关系吧，举报人附上了所谓的证据，比较麻烦的还是中英文双语，显然也抄送给了亚太和全球的那些老外们。"

"好，你先把邮件转给我吧。"洋太有一种不祥的预感，立刻想到了燕儿姐。

"好的，具体情况我们见了面再说吧，我就跟你先打个招呼，这明眼人一看就知道是打击报复，我就是担心一会儿亚太的老外给你打电话你却什么都不知道。"邝子凯好心嘱咐道。

放下手机，此刻的洋太全醒了。

这真的不是在做梦么？

但是几秒钟后他就收到了邝子凯转发的邮件，那标题赫赫在目：举报睿仕（中国区）北京公司副总裁洋太渎职行为，请求全球管理层予以内审。

致各位大中华区、亚太区以及全球管理层：

　　睿仕中国区北京公司副总裁洋太存在长期的渎职行为。作为一个老员工，我已经看不下去洋太在公司为所欲为了。北京公司总裁长期被洋太蒙在鼓里，并且和洋太暧昧不清。新上任的首席运营官Alvin根本无权干涉其业务范畴，已经变成空架子，尽管可能会被报复，但是我依然要站出来向各位管理层成员说明这一严重问题。

　　1. 洋太在任职北京公司客户总监（AD）、业务总监（BD）、执行副总裁（EVP）期间，以各种名目收取影视类、数字广告类供应商回扣，金额涉及数百万；同时，私自克扣员工的福利以及年终奖，以业务组业绩未达成为由克扣部门员工的年终奖，并且擅自挪为他用。

2. 善于溜须拍马，与高层关系密切，因此近年来得以飞速晋升，广结党羽，同顾烨、达达等人建立联盟，并和新上任的公司运营官 Alvin 形成水火不容的势力，同事夹杂在其中苦不堪言。

3. 洋太与公司其他两位女性管理者长期保持不正当关系，这一点已经给公司形象造成了恶劣的影响。在其团队代表公司参与重要竞标的时候，已经有客户点名说不希望洋太参与生意。此人在引进新人以及每年校园招聘期间，总是挑选姿色上乘的女生并许诺以高薪及快速升职通道，然后逐步发展为自己的情人，目前在其管辖下的数个部门俨然成为洋太的后宫。

目前我已经掌握了相当的证据，如果公司需要我可以随时提供，并且配合公安机关对洋太实施立案调查工作。

邮件是匿名的，看不到发件人信息。但是根据邝子凯后来从 IT 部门获取的数据来看，这名发件人无疑就是睿仕中国的员工，并且发送给了全球 136 位主要管理层人员。

更为火爆的是，这封邮件附上了一张床照，虽然分辨率不是太高，但足以看清男主角就是洋太，而女主角只有一双傲人的长腿。

洋太头皮一阵发麻，他心里知道这一定是燕儿姐的手笔，她果真撕破脸，做了这种鱼死网破的事情。现在这封邮件不仅让自己面临万劫不复之地，也影响到顾烨与林卓的声誉。

但是洋太转念一想，不对，燕儿姐怎么会有睿仕内部人士的邮箱？从其娴熟的中英文用词来看，一定是睿仕内部人士所为。难道是 Alvin ?! 但是这么做也太掩耳盗铃了吧！

可是燕儿姐和 Alvin 到底是如何联系在一起的，洋太百思不得其解。

燕儿姐自会所被曝光后就处于失联的状态，洋太犹豫了一下，还是拨通了顾烨的电话，奇怪的是，接通后那边一直没人说话。

"喂，顾烨，你在吗？"洋太问道。

过了好一会儿，电话那边传来一个微弱的声音："我刚醒，没去上班。特别难受，一直在做一个很长的梦，梦到你和大家赛跑，跑得很快，大家都跟不上了。"

洋太愣了一下，没说什么。

（2）

短短数个小时，这封邮件在社交媒体上已经疯狂传开，大家普遍猜测女主角是顾烨、林卓其中一人，各种恶意、毒舌的臆断八卦都冒了出来。

打开网页，输入"公关公司、高管、艳照"等关键词，出现的全都是这样的新闻：

《某业内强势公关公司高层艳照门外泄，4P照片惊艳职场》
《未想到公关行业堪比娱乐圈，高层混乱、渎职成为标配》
《某外资公关集团引爆史上最大丑闻，最年轻副总裁深陷艳照渎职门，正在接受道德纪律委员会内审》
……

新闻事件爆发 9 小时后，洋太与顾烨约定在东四环外的一家名叫 Cup One 的咖啡厅见面，卡座旁就是落地玻璃，视线很好，此刻向窗外望去，北京有一半是朦胧暗淡的，有一半是灯火辉煌的，不过雾霾还是隔离了一切希冀与幻想。

"你和大佬聊过了吗？"顾烨刚落座就问道。

"来的路上已经通过电话了，放心吧。"洋太努力地挤了挤笑容。

"他什么意思？"顾烨很关切。

"让我暂时先别来公司了，说亚太区的道德与纪律监察委员会代表明天从新加坡过来,做约谈。大佬的意见是问题不大,应该可以顶住。总部那边他已经打过招呼了,财务问题是首位的,没有证据算不上什么威胁,如果只是照片的事情,那是私事。"洋太故作轻松道。

"能问一句么,你真的和林卓上床了?"顾烨的这个问题憋在心里很久了,今天终于问了出来。

"不是她,是以前的女朋友,我们当时都太年轻。"洋太略显尴尬地表示。

"嗯,那就好。"听到这个结果,顾烨放松了很多,又恢复了平时雷厉风行的做事风格,"洋太,我们现在必须反击,发表声明,照片我看过了,PS水准高点的话,操作起来并不困难,只要你一口咬定不是你本人的,就可以了!我和大佬商量过,对于这种恶意举报并且抹黑睿仕的行径,我们必须零容忍!你别担心,我们都站在你这边。"

"你难道不想问问我这是真是假么?"洋太诧异道。

"有那么重要么?"顾烨脸上还是招牌的笑容,只是在此刻的洋太看来,那笑容比任何时候都温暖迷人。

第二天17:30,一个出自顾烨之手的睿仕(中国)的官方声明出现在官方微信上:

声　明

关于昨天凌晨开始在网络上流传的关于睿仕(中国)北京分公司高管的渎职及艳照邮件,经内部道德与纪律监察委员第一时间检查,确无此事。

针对网络上无端攻击与抹黑公司形象的言论,我司保留诉诸法律的权利。

睿仕(中国)公共关系顾问有限公司

59. 一波未平一波又起

（1）

睿仕北京公司旁边有一家重庆火锅店，是达达的最爱，每次他来北京开会，都必来这里。用他的话说，这里虽然简陋，但是富有原始的生命力，好似混沌初开，别具洞天。17:30的飞机刚落地，达达就风尘仆仆地打车直接到了这里。

"公司欢迎员工进行举报，但并不是匿名。有证据吗？拿出来证据啊！至于床照，哪个男人没点这种事情？和女朋友拍张亲热的照片，违法犯法了么？招谁惹谁了么？无凭无据，这属于侵犯个人隐私，我们现在必须要报警！"

还没喝掉二两白酒，邝子凯俨然一副喝高了的样子。

"洋太，你觉得会是Alvin做的这件事情吗？关于财务问题，这个他倒是可以编造，但是照片，他怎么会有你的照片呢？"达达揣测道。

洋太没有说话，只是默默地向火锅里放进各种食材。

"洋太，问句不该问的，后续不会继续流出来照片了吧？"达达忽然想到。

达达的这句话倒是提醒了洋太，他回忆了和燕儿姐在一起的所有细节，确认只有一次两人喝多了才拍下这组照片，但绝不仅有这几张。

洋太向酒吧的外面望去，星空如此美丽，可他却无心欣赏。

他清楚如果自己不离开公司，后续一定还会有新的照片从互联网流出。

"我想不太出来。"洋太有一搭没一搭地回复着，他现在心乱如麻。

"我有几个道上的兄弟，这次非得收拾一下这小子不可。"邝子凯慷慨激昂道。

"你就别添乱了吧，子凯。先好好想想接下来的对策吧。"达达相对清醒些。

邝子凯又举起酒杯："放心好了，我们兄弟几个一定支持你。现在让我们一头扎进火锅，跳进这沸腾的生命吧！"

那一夜，似乎所有人都预感到未来的结局。所有人都喝得格外多。

入夜，酩酊大醉，无人幸免。

而几乎在同一时间，蒋臣收到了卓创市场总监赵敏的微信：

"告诉你个不好的消息，杨雪在今天管理层会议上突然发难，狠狠批了一番你们的方案，认为它缺乏事实依据，天马行空，根本难以执行。保守派高管一看风向变了，立即冲了出来表态，他们最后还是倾向于选一个最安全的方案。李总孤掌难鸣，脸色也非常难看，勉强说了句'再议'。不过大局已定，基本可以确认睿仕出局了。"

事不宜迟，蒋臣立即将这个信息第一时间发给了 Alvin。

（2）

深夜两点多，酒局结束，洋太翻遍全身，才发现车钥匙丢掉了，他想起来公司的办公室里有一把备用的，于是和代驾一起向公司赶去。

深夜两点，空荡荡的停车场，洋太和代驾两人走在通往自己停

59. 一波未平一波又起

车位置的 E 区。洋太此时酒已经醒了一半，很快找到了自己的车，趁着代驾热车的当口，洋太拿出一支烟正准备点着，听到远处传来脚步声和一对男女对话的声音。

"现在管理层对洋太是什么意见？"女人好奇地问道。

"哼，财务问题算是被大佬压下来了，照片这个事情又完全是他个人的，倒也不能把他怎么样，最多就是公司声誉受些影响。不过对我们有利的是，刚才蒋臣给我打电话，今天卓创内部已经确认，睿仕因为方案过于冒进已经出局了，也就是说睿仕已经丢掉了这笔十亿元人民币的生意。"男人压低声音说道。

站在车后的洋太听出来是 Alvin 和助理王冠的声音。

"啊？为什么会全军覆没？他们不是在提案时很欣赏这个方案吗？"

王冠掩饰不住惊讶。

"具体情况还不清楚，据说是保守派占优了，但是听蒋臣说，孙博然的老婆杨雪在里面起了很大作用，现场李总的脸色非常难看。"Alvin 说着用手轻抚了下王冠的脸庞，"这其中也有你的功劳啊，看来你对杨雪说的那些话奏效了。"

"哼，这都是洋太一意孤行造成的，完全可以推在他身上。"

王冠想想竞标前夜，她当众被洋太羞辱，要求她不需要参加第二天提案的场面，顿感十分解气。

"不过这个杨雪，我总觉得有点儿看不透她，我看她在会上力挺洋太的啊。"王冠说。

Alvin 点了点头，说道："但是卓创这个客户我们不能就这么丢了，这一单不代表未来。你需要和杨雪继续保持良好的闺密关系，生意方面不着急，再发挥一下你的塔罗牌和星座的本事，我给你批一笔预算，你想想后续怎么操作吧。"

"老板，都听你安排呗，对了，出了这么多问题，洋太算是待不住了，我想暂时你也别激怒他，给他个虚职，去开发些新客户就好。或者给他调到香港去，眼不见心不烦。"王冠在一旁支招儿。

洋太的车停在一个巨大的立柱背后，Alvin与王冠两人并没有看到洋太。两人正巧从洋太的车位经过时，洋太手上的烟卷此刻已经燃尽，代驾打开车窗问道："先生，咱们现在出发吗？"

Alvin和王冠听到后吓了一跳，连忙向这边看过来，他们没有想到平安夜的停车场还会有自己认识的人出现在这里。

而且居然是洋太！

Alvin顿觉尴尬，也不知道刚才的对话是否被洋太听了去，但还是主动和洋太打了个招呼，语言极其干涩："好久不见，洋太，这么晚还在加班啊！"

洋太把烟头狠狠摔在地上，径直向两人走去。

据事后王冠和别人聊起来当晚的情景，她看到洋太的脸已经扭曲了，浑身酒气，杀机四伏。

"你们其实是希望我们永远见不到吧？"洋太冷笑道。

"我不知道你在说什么，但是我一定支持你，一定会给你最公正的处理结果。"

Alvin这句话其实没有什么大问题，但是在那种语境下会让当事人觉得特别刺耳。

"Alvin，我就问你一句话，就为了你的个人利益你把这个案子搅黄了？"洋太强忍怒火，指着王冠说道。

"洋太，你什么态度?! 我是去和客户沟通的，又不是去说你们坏话！"站在一旁的王冠强词夺理。

"你不要说话，"Alvin示意王冠闭嘴，继而心平气和地说道："我和杨雪之前在英国就认识了。"Alvin并不想激怒一只已经受伤的狮

59. 一波未平一波又起

子，他已经隐隐察觉了洋太的异样。

洋太瞬间明白了内部是由谁提供了邮件名单给燕儿姐。

"去你的，不就是你搞出来的事情吗！"洋太一拳直接打在 Alvin 的嘴角。Alvin 没料到洋太会突然进攻，一个站立不稳，险些摔倒在地上。

"洋太，你做什么?!"王冠的尖叫声响彻地下停车场。

洋太冲过去压住 Alvin，用手揪住 Alvin 的头发狠狠撞向地面。

王冠上去阻止，被洋太推到一边。

一下、两下、三下……

Alvin 的脸上都是血，他也不甘示弱，两人扭打在一起。

"有什么你不爽的，直接说！动手，你什么意思？我难道怕你吗？来啊。"

被激怒的 Alvin 眼睛也红了，回到中国后在管理上遇到的各种阻力带来的挫败感，也在这一刻彻底迸发出来。

闻声而来的保安与从车里冲出来的代驾，加入到拉架的队伍中。

立柱旁边的摄像头忠实地记录下这一幕。

一样的夜，不一样的色。

60. 你看到我的全部，但从未感受我的真实

第三天 16:30，事件爆发 63 个小时后，一个视频甩给睿仕官方一个响亮的耳光。这一次，连睿仕内部最为资深的危机公关顾问团队也束手无策了。

一个尺度空前的限制级视频在社交媒体中被疯狂转发，视频内容是一个男公关和女客人在床上打情骂俏的香艳画面：

男主角相貌英俊，躺在床上任由女客抚玩，女客面部已被马赛克处理过，看不见真容。女客不停询问夜场公关行业的潜规则，男主角俨然是圈内资深人士，对答如流，博得女客阵阵欢笑。

那声音、那相貌，不是洋太是谁？！

顾烨在办公室看完这个视频后，彻底惊呆了。

她明白洋太即将从全世界最骄傲的地方跌落，而且再也没有任何爬上来的可能。

她没有想到，一个原本她误会过、讨厌过、惊讶过、欣赏的、甚至可能爱过的男人，与她一起经历那么多风风雨雨甚至经常开玩笑说自己是夜场男公关的男人，居然真的是一名男公关！

顾烨的头脑中瞬间闪回无数的画面，这个视频将她之前所有的疑问全部解开了。

她终于明白，当年在韩冰的别墅前，那个狗仔用酒瓶砸倒洋太时，为什么会恼羞成怒地谩骂："洋太，你以为你是谁？你别忘了，

60. 你看到我的全部，但从未感受我的真实

你能有今天全是拜当年我给你的那张招聘夜场公关的卡片所赐！你以为你在我落魄的时候给我介绍了这个狗仔的工作我就感恩戴德谢你一辈子吗！"

她终于明白，为什么洋太能够在夜场游刃有余，挥洒自如地将公关领域的东西与夜店行业混搭在一起，因为他曾经醉生梦死地过着人世间最颓废最奢靡也最绝望的生活，他一定是公关圈里领略过欲望最真实一面的人。

她终于明白，当年寒柘寺一役，面对铜墙铁壁的金光会所，洋太为什么能够轻易打入其内部并冒险作为卧底客人进行拍摄，原来洋太扮演的根本不是客人，而是欢场男宠，洋太，根本和他们就是一类人！

她忽然明白，洋太这些年与她若即若离的真实原因。因为他内心深处的这道坎儿过不去。他有感情，原来洋太真的有感情，他爱她。原来那一切的狂放不羁，都是因为洋太封死在内心深处的、冷峻的深情。

洋太的命运，像一颗彗星。远游在天际的他，受一道强力吸引，自从在夜店拾到戴露的手机，他的命运就飞速改变，就在快要靠近光明的时候，却又被推开，全速远离轨道。

今晚的星星，怎么会亮得这般不可想象？好像伸出手就可以摘下一颗。顾烨就这样彻夜坐在窗台上。灿烂的星空，让她想起了一个地方，不是北京的灯红酒绿，而是一个遥远的山上。

那座山上的小猫，煞是喜人和可爱。那里有一座寺庙，能够让人洗尽前尘。顾烨闭上眼睛，仿佛又闻到了那里的花香，听到了川人的歌咏。坐在北京星空下的顾烨，开始怀念寺内的方丈与众僧。

"洋太，你要记住，就算有一天全世界都看不起你，你也要看得起自己，你要知道这个世上总有一个人在等你，无论在什么时候，无

论在什么地方,无论那个人是不是我。总之,你要相信。"

黎明来临前,顾烨发给洋太这段文字。

无人回复,如石沉大海。

当天网上出现一条热帖,深度爆料炙手可热的睿仕公关公司副总裁洋太先前是一名高级夜场男公关,出台费从数万到数十万不等,之后加入公关公司洗白。

更令人惊诧的是,这个帖子以及曝光在网络上的性爱视频,仅仅存在了数个小时,又消失得无影无踪。这一手笔不知出自何人之手,顾烨问过邝子凯、达达、林卓甚至大佬,没有人承认自己做过这件事情,这成了一个不解之谜。

第四天19:30,事件爆发90个小时后,睿仕发表了新的官方声明:

声 明

睿仕中国北京分公司洋太因网络上的争议视频,现已停职。睿仕将积极配合公安机关,针对视频真伪进行调查,后续的案情以公安机关通知为准。

睿仕进入中国以来一直致力于引入国际经验和标准,培训本地团队,为在中国运营的国内外企业提供高质量的服务,助力国内外客户在中国这个飞速发展的市场上成功塑造品牌。作为优秀的企业,睿仕在各个方面均以业内最高标准严格要求自己,并将继续为提供更好的服务而不懈努力。

睿仕(中国)公共关系顾问有限公司

大势已去。

没有任何一家商业机构能够容忍自己的核心管理人员影响公司的声誉,更何况是以建立品牌声誉见长的公关公司。

英雄不问出身,这句话只说对了一半,前提是你必须得一直是英雄。

61. 放下负担，奔向新生命

"这次出去想做点什么？"大佬给自己和洋太的杯子里都倒满了酒，又让服务生再送一打上来。

望京老腰的烧烤摊儿总是人满为患，尽管望京的地界儿有很多装潢考究的烧烤店，但是铁杆粉还是愿意去这家不起眼的小店去消耗每一个躁动的夏夜。

洋太特意提前跟这里的老板老马打了招呼，留下靠窗最好的位置。大佬今天一身潮牌，看上去完全不像五十多岁的人，还是生龙活虎、谈笑风生。

"我自己也没完全想好，总之不会再做回夜场公关了。"洋太自嘲道。

"人不轻狂枉少年，你现在这个年纪，正是时候。"大佬爽朗地大笑道。

洋太又特意给大佬点了几串腰子。

"这儿的腰子火候恰到好处，你也尝尝，回去后一定别开生面。"洋太讪笑道。

"我没老，你小子什么意思啊。补得太厉害回头你嫂子找你事儿我可拦不住啊。"说笑着，大佬举起杯子，两人一饮而尽。

"我最后一次劝你，你再考虑考虑？"大佬一边动手剥花生、毛豆，一边回到今天对话的主题上。原来大佬托朋友找了一家小型的公关公司，对方老板非常赏识洋太的才华，愿意请洋太过去出任副总裁。

"大佬，这次我确实是想清楚了，你就不用再留我了。"洋太泰然自若道，"这些年你对我的好，你的情谊，我都记得。只是，这次走，彻彻底底地离开这个圈子，我不仅仅是为了自己，也为了其他人。"

大佬点点头，再不多言。对于自己的这个下属，大佬内心也是五味杂陈，与其他分公司主管不同，大佬并不完全把洋太视作下属，准确来说两人亦师亦友。

这次洋太的离去，也让大佬萌生去意。睿仕的组织体尽管庞大，但是受制于全球的很多规则，很多事情都不能完全自己决定。尽管他相信洋太的清白，尽管他不认为高管打架有什么问题，但是来自全球的压力以及越来越严苛的财务管理政策，也让做了将近二十多年中国区老大的他，产生了厌倦。

"洋太，其实我后来想，如果这个邮件是 Alvin 串通那个燕儿姐搞出来的还好了，这是最好的情况。"大佬说道。

"你的意思是——"洋太有些没太明白。

"最怕的是整件事情不是他弄出来的，你想啊，如果不是他，也就一定是你身边最亲密的人做的这件事情，你猜得到吗？"

洋太听到大佬这席话不由得一阵战栗，想想身边他最信任的战友们：顾烨、林卓、达达、邝子凯、韦伯、Mary、戴露……他显然不愿意这样去揣测他们其中任何一个人。

"既然猜不透，就不要去猜。既然你已决意离去，其他的都没有关系了，还记得《太极张三丰》里面的有一场戏吧？张君宝被好兄弟董天宝出卖，疯了。然后张君宝看到一个樵夫背着一捆柴，樵夫的弟弟跑过来告诉他老婆生孩子了，樵夫就放下柴跟弟弟跑回家

61. 放下负担，奔向新生命

了。张君宝当时说了什么？"

洋太拼命在记忆里寻找，他犹豫地说道："是那句话么？放下负担，奔向新生命。"

"对，就是这句话。放下负担，奔向新生命！"大佬拍了拍洋太的肩膀。

这一顿酒，两人一直喝到天光发亮，烧烤摊的老板老马已经提前打烊回家了。

两人仿佛回到第一次见面的时候，在大佬的办公室里，两个相差了整整二十岁的男人坐在那里喝了一晚上的酒，聊了很多，关于世界、关于公关、关于女人、关于死亡，还有，关于权力。

洋太记得他对大佬说："当你爱一个人十分，却只表达出了一分，还不如只爱他一分，却表达出十分。这就是公关。"

洋太也记得大佬对他说："公关的存在，为一切原来错和不好的东西都附上了新的意义，把世上一切原来不对和差的东西变成人们趋之若鹜的对象。"

那场对话吹响了一个有志夜场男公关正式进军中国公关业的号角，洋太在自己32岁的时候完成了把战场从床上转移到职场的巨大转变。

然而，在他40岁那年，又重新倒在了床上。

　　山寺微茫背夕曛，鸟飞不到半山昏，上方孤磬定行云。
　　试上高峰窥皓月，偶开天眼觑红尘，可怜身是眼中人。

62. 再见，江湖！

星期一，顾烨像往常一样上班。洋太的不告而别，让她心烦意乱，连雷打不动的君克女王公关例会她也称病懒得去了。

她意兴阑珊地打开电脑，忽然一封新邮件跳了出来。

邮件的标题是：讲不出再见，From 洋太。

顾烨连忙点进去。

各位：

你们收到这封邮件的时候，我已经离开北京了。

不是逃避，而是我在选择一种新的生活方式。

借用一句大佬告诉我的台词：放下负担，奔向新生命！

在睿仕的每一幕都在我脑子里面盘旋，我记得每次彻夜不休的争论辩驳，记得每次短兵相接的提案现场，记得每次集体旅行的无拘无束，记得每次毁誉参半的年会造型。

我早已经见惯了聚散无常，但是难得这么一群人在这里曾经坚持了那么久。我总是很擅长做离别的欢送派对，但是当轮到自己的时候，还是有很多不舍和难过。

临走前，我看了看笔记本里存着的跟 AV 电影一样多的 80G 方案，原来这就是我过去在这里奋斗过的所有证明。

十几个小时后，这个邮箱将会被永远注销，所有的邮件都会显示发送人失效。

62. 再见，江湖！

也终于到了要 Say Goodbye（说再见）的时刻，在睿仕的这些年，我自己经历了很多同事的离开，也时常和要离职的同事开玩笑说，"看你在一家公司人缘好不好，就是看最后你想发送的人的名单。"

看来我的人缘还不错，我数了数，能够看到这封邮件的是三百多人。很高兴我们有机会共事。

我对别人说：迎三步、送七步。这样离开的人，有怨，但无恨。

这次终于轮到我对自己说了。

我不太喜欢回忆，但是很高兴自己能够成为偷走你们回忆的人。

记得每次年会大家拼酒醉倒时互诉衷肠好像再也见不到，结果第二天所有人不去上班，还记得有一年年会第二天有一个非常重要的客户会议我开会开到一半忍不住去吐。

记得北京公司最大客户竞标胜利后，所有人像磕了药一样哭，因为这个标赢得太不容易。曾经参与过的人都知道这其中的五味杂陈。还好，我们挺过来了！

我们一起说过"赢则举杯同庆，输则拼死相救"的豪言壮语，当然也遭遇过各种冷言冷语以及挑战，还好我们一起坚持过来了！

不曾红到骇人听闻，不怕黯淡无人来问，这或许就是我们这里所有人的写照，或许也是今天这个行业的真实写照。

我们存在着，但并不是站在最闪耀位置的那一个。

谢谢各位！青山不改，后会有期！

Find what you love and let it kill you.

邮件的发送时间定在了9月15日凌晨4点。

63. 不是所有锋芒都因功成而钝化

三个月后，卓创总裁孙博然病愈复出。

一辆黑色保时捷行驶在滨州市近海的环山路上，李总坐在后排座位，手中拿着一沓资料，正在埋头研读。

这条山路的分叉口向右不远，有一条聚集了不少古玩玉器的东斜街，街上有一家不大显眼的"懒度茶室"，茶室的一侧可以观海，风景甚是美妙，内部摆设亦相当考究，一进门就是一幅书画，上面写着一个大大的"懒"字，桌椅都是老板特意从旧货市场一件一件淘来的，其中一些还身价不菲。整个茶室弥漫着沉香的味道，空调开得也相当足，只是平日客人不多，大部分店员岁数都不算小，和蔼又敬业，和很多顾客已经很熟络，彼此打着招呼，人情味儿极浓。

一个四十多岁的男人端坐在包厢内，一只手擎着烟斗，另一只手专注地在道具繁多的功夫茶盘上煮水沏茶，动作一气呵成，显然是一个老茶师。而另外一个显得更为年长的男人则躺在竹椅上，闭目养神，显得异常放松。

"李总来了，快请坐。"茶师看到李总推门而入，立即招呼道，显然两人也是老相识。

"赵老板，百闻不如一见，难得你今天亲自煮茶，我一定要好好品味一番。"李总一边寒暄，一边看了看正在休憩的孙博然。

孙博然听到动静，睁开眼睛，随手从木桌上的檀香盒子里取出一块毛巾擦了擦脸，端起刚刚注满清茶的檀香古碗，端详片刻，喝了一口，不住点头道："绕唇三日，余香不绝，来，李总，你也尝尝这新茶，保准你味蕾都会醉掉。"

李总接过茶博士递过来的一只磨砂茶杯，细细品味，盛赞道："好茶，好茶。清晨饮茶醒志，夜间喝酒快意，是人生两大乐事。前段时间我去东京参加保时捷的一个赛事，无意间看到了活动的文案，写得真是好，'于极静中，参茶道；于极动中，观赛道'。静中藏动，是茶与人的和谐，驭动于静，是车与人的统一。"

"李总，你是彻头彻尾的生活梦想家，我就不行，万物静观皆自得，什么都懒得看，也不想看。余生得过且过啊，倒是和这个茶室的名字相得益彰。"茶博士不禁喟叹道。

李总儒雅地笑笑，也不答话，拿起一支雪茄，放在鼻子前闻了闻，说道："客人不多，赵老板，你不着急吗？"

茶师忙活了半天，偷懒给自己也倒了一杯，品了口，悠悠道来："人气是慢慢养的，急不来，李总。"

"那你倒是说说看，怎么养？"孙博然饶有兴致地问道。

"你得琢磨这个'养'字，先养兵、再用兵；唯休养、才生息。在这个狂飙突进的时代，细细品味、尤有意味。"老赵慢条斯理，话中有话。

"但是董事会对我的要求是尽快回笼现金，我没有那么多时间养。所以你不是我，我不是你。你倒是有这个耐心养，我看这儿大周末的都没什么客人，你是不是做公关的啊，也没请几个熟悉的媒体来给你吹吹风？老赵，你得想办法忽悠点客户过来吧，否则你可千万别跟人说这个茶室是你开的，你这个资深公关专家。"孙博然调侃道。

"孙董，虽然我做公关二十几年，但平心而论我并不信这个行业，骨子里，我甚至是一个彻彻底底反公关的人，什么传播之道，讲的人乌烟瘴气，信的人乌合之众。我自己做茶室，不要任何传播，什么点评网，什么狗屁搜索，都玩去吧！你爱来不来，反正老子也不是为了赚钱。现在沽名钓誉的人太多，有本事也行呀，净是些投机分子，你看各色论坛，我是一概不去，一个个站在台上都以为自己是乔布斯，说的都是人话吗？"茶师聊起他的本行俨然一副愤世嫉俗的样子，和他的茶道之风全然不同。

"赵老板，你说得对，真相并不重要，如何传播真相才重要。"

孙博然拿起茶点吃了一块，从他的表情看，茶室提供的小食甚是符合他的胃口，"很多事不是我在乎不在乎，还会影响到公司声誉，你看看——"

孙博然把手机丢给茶师，茶师看到在搜索引擎孙博然的下拉框延展阅读里，都是"卓创孙博然 黑社会"、"卓创孙博然 情人"、"卓创孙博然 离婚小三"的字样。

"你说换成是你，你能不管不顾，豁达出世吗？"孙博然笑道。

"在其位当谋其政，所以你不是我，我不是你。"茶师笑道，"不过欲速则不达，本来七八年才能收回来的投资你偏偏要三四年内收回来，我说这违背了客观规律，我做不来。那个负责这次竞标的总监，我回国后把他骂死了，我说你忽悠卓创其他项目我管不着，都是生意，孙董这次把这个项目看这么重，涉及身家性命的，不要乱忽悠。能解决就接，解决不了，别用错误判断影响你们最终决策。"

"所以你宁可选择在最后关头退出是吧？担心赵敏、李总几个人看在我的面子上把生意最后交给你对不对？你还真有种，放着几个亿的生意不做。"

孙博然笑看着眼前的这位老友，老赵对他而言，不是一个公关公司老板那么简单，两个人渊源极深，又很对脾气，孙博然甚感老赵为人坦荡、才华横溢但又绝世孤傲，两人才成为莫逆之交。

"孙董，你就别捧杀我了，我没那么伟大，几个亿，那得根据你这个盘子的实际运营情况来看。一切都在变化，谁也别忙着给谁画饼不是？只不过，我这次没有过自己这关，没想到什么好办法，但是我至少想清楚了一件事情。"茶师故作神秘地卖起关子来。

"哦，什么事情？"孙博然被他这句话激起浓厚的兴趣。

"现在的困境，不完全是公关传播或者是广告能够解决的。我担心你们这么做了，适得其反不说，还让卓创这个品牌名誉扫地啊。"茶师不无担忧道。

"英雄所见略同啊。"孙博然和李总相视会心一笑，茶博士肯定不会想到这个英雄不是指的孙博然自己，而是另有其人。

"临渊羡鱼，不如退而结网；扬汤止沸，不如釜底抽薪。"

说话间，茶师按动茶盘上的操作键，一股泉水从水桶里通过水管输送到水壶当中，数秒后，这壶水就会煮沸可以泡茶了。

"不破不立，我知道你一定是被什么触动到了。来，说说上次提案的结果，有什么惊喜发现？"茶师一向了解孙博然的作风，无事不登三宝殿。

坐在躺椅上的孙博然早已按捺不住，立即请李总将睿仕的提案递给茶师。

茶师一边看一边摇头。老赵本人有一个很有趣的习惯，越是他赞同的事情，他头摇得就越是频繁。用他的话讲，做创意的人，一定要有倒行逆施的态度才能出活儿。

不想看到最后，他竟哑然失笑。

"你笑什么？"孙博然不解道。

"想听实话吗？"老赵反问。

"废话,别兜圈子。"孙博然笑着骂道。

"60分!我给60分。"茶师胸有成竹。

"赵老板,你眼光够高的,才给60分?"李总惊讶道。

"洞见、观点、做法全都有了,各个方向都有标新立异但又足够具有执行力的想法支撑,如果满分是100分,这套方案本来值99分!但是为什么刚刚及格?就是因为你们即便采用了这套方案,结果还是徒劳。"茶师面带惋惜。

"能具体说说么?"李总说。

"这不怪这套方案,如果只是依靠公关炒作,解决不了项目的问题。不过睿仕这家地地道道的外资公司这次是实实在在地接了一次地气,即便这次是我出手,也未必能做到这个程度,最多打个平手,如果你还想用公关公司,用睿仕吧,没错。"茶师公允地评价道,作为同行,非但没有诋毁,反而真心推崇,这种气度着实不多见。

"你再看看方案的后半部分吧。"孙博然故意留了一手。

"哦?还有后半部分?"老赵疑惑地看着孙博然。

"不看,保证你会后悔一辈子。"孙博然故作神秘,"以前我听说过武痴、书痴还有酒痴,没想到后来还遇到了你这个方案痴。"

茶师本人在业内颇有名声的一点就是他阅读起方案如痴如醉,以收集业界顶级方案而著名。

李总从包中取出一个精致的木盒,打开后,里面竟是一幅收好的画卷。

"搞什么,这就是所谓的后半部分么?"茶师不以为然地笑道。

"因为后半部分根本就没有方案,只有一幅画。"说着,孙博然如获至宝般亲自接过画卷,小心翼翼地平铺在木桌之上。

"没有方案?"茶师显然惊讶至极。

63. 不是所有锋芒都因功成而钝化

"没有方案。"孙博然头也不抬地专注铺画。

一座设计独特的桥梁气宇轩昂地出现,它连接着两岸,也连接着现在与未来。

茶师陷入极其认真的思考当中。他摘掉眼镜,几乎把脸贴在画卷上细致入微地观察这座桥。孙博然则在长桌的另一端,拿起雪茄吞云吐雾,优哉地看着茶师。

在孙博然的半支雪茄快要燃尽之际,茶师缓缓地抬起来头。

"想出来这个桥的人,胸中有山河啊。"茶师仰天长叹道。

"山河从何而来?"孙博然追问道。

"衡量一个方案,有四个标准:对、好、高、妙。方才的那上半部分已经很难得,够得上高了。但是桥这个想法,则完全称得上妙。如果完全从这次竞标需求来说,它不合格,因为它不符合任何传播规则;但是如果看结果,它是天赐的想法。这不是个传播方案,这是一个商业创意,一个足够大胆的商业创意!可遇不可求啊!"

茶师显得分外激动,他似乎已经预见到什么。

孙博然没有搭话,只是默默把玩着手中的小茶壶。显然,他心中正在权衡着这幅画卷将会带给自己与卓创的利弊得失。

"天外飞仙,这座桥把想象力、灵感、创造力以及商业策略,放在一起,最终能否调和出让买家着迷的味道,没有人敢去预测。"

茶师紧紧盯着孙博然的眼睛。

"如果按照我的解读来评价这个创意,这座桥将创造力和商业策略以新的方式结合起来,给出突破性的解决方案,是一个行业创举。它来自商业策略并反作用于商业策略,而不是传播策略。它最终带来一种传统和新兴媒体上创新的执行方式,这个创意改变了市场结构和市场空间,卓创得以用新的方法将消费者和品牌间的联系最大化。"

"收益越高，风险越大，你知道我赌输了会是什么后果吗？"孙博然问道。

"你从不怕输，我太了解你了，对你而言即便输了，也不过是开始另一个新游戏而已。"茶师自己点着一支烟，狠狠吸了一口，"如果我没料错，其实你心里已经有答案了，问我，只不过是在验证你的判断罢了，对不对，孙董。"

"还是你了解我，赵老板。"孙博然哈哈大笑。

"对了，这次到底是什么人做的这个提案？为什么睿仕给出一套前后风格如此迥异的方案？"茶师似乎对提案的人非常感兴趣。

"主讲是一位非常有才气的年轻人，那天没换名片。不过我隐约觉得这次睿仕内部对方案也存在着巨大分歧，所以才这样提案吧。"李总回忆起来洋太，心里大起惜才之心。

"这个人我能约来见见吗？"孙博然主动问道。

"这个，可能已经不行了，我可以试试看，只是现阶段找不到他了。"李总面带难色道。

"哦？什么原因？"孙博然紧追不舍。

"我刚在来的路上，已经和睿仕的大老板通过电话，他说，这个人已经离职了，而且听说是出了些事情，以后应该也不在这个行业做了。他说现在公司的人都找不到他了，彻底消失了。"李总如实转述道。

孙博然和茶师听完后都竟有些失望。

"为何世间有才情之人，往往都不得善终。唉——"茶师不禁喟然长叹，他似乎在这个年轻人身上看到了自己的过去。

众人陷入了沉默，还是李总率先打破了这种氛围。

"孙董，这个事情你看接下来如何推进？"

63. 不是所有锋芒都因功成而钝化

"这个事情除了我别人都没办法决策,谁都怕担责任不是?最近几周我没闲着,我让人分别找了工程、设计和采购部门,还找了国外几家建筑设计所,他们给出来一个预估的费用,老赵,你猜是原先市场预算的多少倍?"孙博然抿了抿嘴。

"我没底儿,造桥这事儿我可不懂,随便说,估计有个两三倍吧?"茶师预判了答案。

"整整是原有市场预算的十倍,大概要十几亿人民币啊。"孙博然给出这个庞大的数字。

"那你得找政府要求支持啊,你现在不是演州市城市合伙人的身份吗?本来造桥也应该是衙门大老爷们需要筹谋的事情。"

"最好的方案,永远都不在熟悉的路上。虽然冒险,但我还是想赌一赌,我也总觉得这个项目缺少点什么,一直没想明白,他算是把我心里的想法提出来了。造桥这种事情你也知道不是我能够定下来的,涉及方方面面的事情太多,最终拍板能够定下来的是省委领导,我昨天下午和咱们王市长已经汇报过这个方案了,他非常感兴趣,毕竟他是城建部门出身,他说省委领导其实早就有了对这座桥的规划设想,不过没有上升到地标建筑这个高度。财政今年的拨款主要在海底隧道上,下周省委领导班子的会议他会与省委领导们现场讨论这个事情。"

孙博然兴奋地描述着,仿佛他已经看到了通桥的那一天。

"很久没看到你的眼睛闪烁着理想主义色彩了,老同学。"茶师有些狡黠地笑着。

"不管怎么说,政府支持卓创来做这件事情都是利好,无论政策、预算还是招商层面。"李总在一旁补充道。

"市委正在抓紧时间论证整件事情的可行性,当然也有反对的声音,不过总体而言还是在往好的方向发展。我想以卓创的影响力和这座桥的实用性,市委领导班子应该不会拒绝卓创树立城市形象的好意吧。"孙博然胸有成竹道。

"其实我的意见是,选择这个激进的方式来做。说白了,这事儿如果做成,你可以功成身退;如果没有做成,你至少也进行了一次中国地产界的伟大尝试。不是么?"茶师开始揶揄孙博然。

"事了拂衣去,深藏身与名。你告诉我的。"孙博然向茶师淡淡一笑。

64. 画地为牢

三个月后,诸多公关行业资讯媒体以及凯格的官方网站都挂出来一篇简洁的新闻稿。

经过多方的激烈比稿,凯格集团宣布近日赢得了卓创旗下演州综合商业体项目数字营销与公关业务,成为其新一任品牌代理商。

卓创集团品牌市场总监赵敏女士表示:"睿仕极富创新的策略解决方案让我们眼前一亮,其强大的集团协作能力让我们相信,睿仕在未来的品牌内容上的创造力和执行力是卓创愿意选择与其一道共同创新品牌的原因。

对于本次比稿,凯格集团旗下睿仕公关中国区首席运营官Alvin表示,除了必要的洞察、整合的公关策略以及快速的反应能力,"改变与创新"是成功的关键。

每临近圣诞节,淮海路上的商铺就会张灯结彩,营造出节日的浓厚气氛,如果有雪,行人就会更加投入到圣诞大戏中。林卓总会选择具有纪念意义的餐厅度过平安夜,今年更不例外,新晋投行男友特意从纽约赶回来,两人平日里聚少离多,难得过一个开心的假期。

男友本来是晚上七点的飞机到虹桥机场,林卓临下班时忽然接到蒋臣的电话，说 Alvin 和 Remy Danton 正在赶来上海办公室的路上，请她稍等一下。林卓略感不快，只好给男友微信留言，让他下飞机后自行打车回住处。

果不其然，半小时后，林卓和达达被 Alvin 叫到了睿仕上海公司的 COO 办公室。Alvin 与 Remy Danton 一副风尘仆仆的样子，他们刚从洛杉矶回来，就立即召开了这个会议。让林卓感到诧异的是，这次会议的主题居然是讨论卓创项目的归属。

"Alvin，新闻稿我们已经发布了，预计卓创集团能够在接下来的四年里贡献出五千万左右的净利润。"蒋臣说道。

"最后缩水到只剩下十分之一，不过也算是有收获。"

Alvin 不咸不淡地表示，语气当中掩饰不住的失望。这个项目原本被他寄予厚望，预期能够给集团带来超过 4 亿元人民币的收入，并且可以有效整合旗下 4 家公司联合作战。

事与愿违，由于卓创主要的预算都转移到了修建桥梁上，因此 Alvin 本可以向总部大肆炫耀的超级整合项目就像圣诞季的促销一样被狠狠打了折扣。

"不过洋太真是够聪明，他独辟蹊径，干脆选择了从另外一个角度思考创意。我们提的一切都是传播创意，所做的一切都是在强化认知与导流消费者，但是他回到营销的本源——产品上面，提供了事物本身就具有的东西。"

月初刚宣布接替邝子凯担任睿仕中国区执行创意总监的 Remy Danton 评价道，他还不太明白洋太与 Alvin 之间的关系，只是单纯从技术层面评论这个他颇为欣赏的创意。

"我们提的东西非常宏大，但是属于小的大；而他提的东西其实很小，但却是大的小。"达达对于洋太的离去深感遗憾。

林卓一言不发，她看着窗外的飘雪，忽然间很想念洋太，可惜他的手机一直打不通，微信也没人回复，他消失在所有人的视野里。

"这次集团希望可以重点奖励由林卓带领的 CQC 数字业务单元，也正是因为你们的出色表现，才最终拿下了卓创数字营销业务，我的意见是，明年独立成立一家新公司，林卓，我希望你来担任 CEO。"Alvin 看似随意说出了这个重大的人事任命。

十年前，Alvin 对林卓就欣赏有加，只是后来因为顾烨，两人关系变得不远不近，但是 Alvin 这次回归后，林卓并没有像邝子凯那样排斥 Alvin，颇得 Alvin 的好感。

"林卓，卓创这个项目上你们团队非常辛苦，我也批了相应的预算，分给大家当作奖金吧。还有件事我想和你商量，这个项目未来还是放在上海公司来服务吧。"Alvin 不紧不慢说道。

"不应该由顾烨的北京公司来完成吗？"林卓惊讶道。

"北京业务现在增长比较快，我也需要平衡一下两边的营收。"Alvin 说得很官方，但是林卓这几年和顾烨的关系有些缓和，她并不想因为这件事重新激化两人的矛盾，林卓坦诚地将这个顾虑告诉了 Alvin。

"这个你不用担心，我已经和顾烨谈过了，而且现在的情况是，其实她并不想去做这个事情。"Alvin 也没有遮遮掩掩，说出了顾烨的态度。

林卓自然明白整个事情的原委以及各种微妙的关系，倒也不深究，痛快地答应了。

"好了，各位，总结完了经验，现在开始展望未来吧，怎么样，林卓，明天晚上邝子凯的告别派对，你会去吧？"

Alvin 一脸轻松地说道，但他知道邝子凯并没有邀请自己参加。

"我、达达和蒋臣都去的，选了他最喜欢的一间酒吧！"林卓说道，这次邝子凯的告别派对，都是她一手安排操办的。

"好，他虽然对我有意见，但我其实心无芥蒂。这样，林卓，这是我送给他的告别礼物，你带给他吧。派对费用公司来承担就行。子凯毕竟是元老，都是他应得的。"

说完，Alvin从书柜中取出一个事先包好的漂亮礼盒，交给了林卓。

"我们今天先这样，"Alvin宣布散会，"蒋臣，你留下来，我跟你说件事情。"

"和邝子凯的顾问合作协议签了吧？"等到林卓、Remy Danton等人走后，Alvin迫不及待地问道。

"签了，费用也谈好了，就等你在系统里面签字了。"蒋臣说道。

"在接下来的两年内，他都不可以在任何与睿仕存在竞争的第三方公司任职，他没犹豫吧？"Alvin不放心地追问道。

"他没有问题，其实他说自己对这个行业有些厌倦了。"蒋臣如实转述道。

"厌倦了……"Alvin冷笑道，"往往离开的时候，所有人都声称自己厌倦了、看开了、再也不回来了，结果呢，还不是以这样那样的方式回来吗？你记住，如果是命中注定的，你就该做这个事情，兜再大一个圈子也是得绕回来。"

"Alvin，放心吧，至少短时间内，我们不会看到他以我们竞争对手的身份出现了。"虽然话是这么说，但蒋臣对于这个新老板却越来越看不懂，他开始觉得他猜忌心越来越重。这次邝子凯离开，即便以老奸巨猾著称的蒋臣都觉得没必要签署什么协议，但是Alvin却很坚持。邝子凯本人倒是无所谓，本来他也要专心做自己的餐饮生意，每月多一份额外收入何乐而不为？

"不过相对于他，我们还有太多需要担心的，我在总部最新听到的消息，大佬很有可能一年后就彻底离开集团了。"Alvin不经意间将这个重磅消息透露给了蒋臣。

"总部不是已经同意让他做集团亚太区的董事长，他还是要走？"蒋臣听到这个消息深感意外，毕竟大佬在凯格集团任职已经二十多年了。

"或许有一天，我们也会退出这个江湖。只不过，在我的任期内，我不想看到大佬带着洋太、邝子凯、林卓这群人成为我们最大的敌人，所以我迫切希望可以尽快培养出更多出色的人才，而不是总是采取这种被动的方式。蒋总，你明白我的意思吧？"

Alvin的声音低沉，甚至让人有些不寒而栗。

"明白，老板。"蒋臣低声应道。

65. 另有其人

　　国贸莱康德酒店二层的主题下午茶，如同藏经阁的环境一样，让人捉摸不透。有着巨大落地窗的贵宾包厢已被燕儿姐提前预订，她穿着一身职业装，更显干练。秋日的阳光照射进来，似乎在与佳人窃窃私语，互诉衷肠。

　　她看了看表，17:20。

　　门按照约定时间被打开，一个轮廓分明、面容俊朗的男人坐在了她的对面。

　　"你来了，请坐吧。"燕儿姐道。

　　"事到如今，不知道你有什么要对我说的？"洋太脸上毫无表情，燕儿姐连续打了十几天电话后，他昨天终于不耐烦地接起来她的电话。

　　"今天请你来只是想告诉你一件事情，我们之间不管以后如何，我不希望你恨错人，毕竟我们在一起过，我不希望我们以这样的方式收场。"燕儿姐显得有些紧张，手一直放在那只精致的咖啡杯上反复摩挲。

　　"你是女人，我不会动手，但是你觉得说这些我会相信么？"洋太不屑地点燃一支烟。

　　"那些照片和视频，的确是我拍的，但是用最简单的逻辑你就能想明白，以你和我现在的位置，我犯得着用这么鱼死网破的方式

65. 另有其人

毁掉你的前程吗？毁掉你，我有什么好处？"燕姐语重心长道。

"那那天分开的时候你为什么说出来那句话，要给我好看，我当然会想到你，不是你是谁?!"

洋太怒吼道，他站了起来，再也抑制不住胸中的怒火，他径直走到燕儿姐面前，将手放在她白皙的脖子上。

燕儿姐毫无惧色。

"洋太，你听我说，你杀了我也不是我做的！我那只是一时气话而已，但是，但是，我知道到底是谁做了这件事！"燕儿姐眼神尤为坚定地看着洋太。

"那到底是谁做的这件事情？你说——"洋太已经没有耐心再和燕儿姐周旋下去。

而后燕儿姐说出一个名字。

洋太的手慢慢放下来，他现在的感受不是用震惊能够描述的。

"居然是她……"

"嗯，你可能已经忘了她，但是我们还一直保持着联系。"

"我对她没有印象了，可她为什么会有你和我的照片呢？"洋太不解道。

"这个事情……对不起，是因为我。"燕儿姐一脸愧色道，"你知道的，她也算是我的一个老客户，她前段时间总是约我出去喝酒。结果你拒绝我那天晚上，我特别不开心，酒喝得多了点儿，结果就说了不少胡话，还说我手上有你的照片，不小心给她看了。一定是她趁我去洗手间偷偷把照片传了过去。"

在燕儿姐的提醒下，洋太终于想起来这个客人的模样：

八年前，香港万丽酒店，本来洋太是陪着一个上海富商的老婆去参加一个时尚派对，她也在晚宴上面，但是两个人当时并不认识。不想富婆当晚太开心喝多了，洋太只好把她送回房间。

长夜漫漫，百无聊赖的他又躲到行政酒廊去喝酒。这个时候，他接到燕儿姐的电话，有一个重要客户需要他马上过去作陪，甚至可以牺牲富商老婆的客户满意度。

洋太自然知道这个客户的重要程度非比寻常。

洋太拿着雪茄走到约定的地点，他看着窗外维多利亚港的迷人海景，一个穿着一席黑色长裙的高挑女人走过来。

"可以借我一下么？"女人娇声问道。

"哦，那边有点火器。"洋太十分绅士地指向雪茄服务台的方向。

"不是，我是要借你那半支。"话音刚落，女人将洋太手上擎着的半支雪茄拿走，叼在嘴上，挑衅地将烟圈吐在洋太脸上。

女人的英文很好，连叫床的声音都是中英文夹杂的。后来洋太成为她的秘密情人，但两人这种关系没有保持太久，因为女人太忙，一年的多半时间都在全球各地出差，后来女人因为工作原因定居伦敦，两人再无往来。

"我知道她是谁了。"

洋太看着燕儿姐，他压根儿没想到，这一切的缘起居然是被自己忽视的一个微小之处。

天使都在想象中，魔鬼尽在细节里。

"她不会是因为喜欢你，得不到的东西，就一定要毁掉吧。因为她费尽心机和资源才谋划了这件事情。"燕儿姐怅然若失道："也可能是担心你的出现，影响了她的家庭和前途……"

洋太没说话，只是一根根不停地抽着烟。

"你决定怎么做？报警吗？"燕儿姐试探地问道。

"算了，无凭无据的。难道还要送她去坐牢么？"

洋太早已心灰意冷。

"这是我的一点心意，毕竟你现在失业了，这个事情闹得这么

65. 另有其人

大,你先拿着用,不够的再来找我,密码写在卡片背面。"

说着,燕儿姐递给洋太一张黑色的VIP银行卡。

洋太叹了口气,沉默着起身离去,剩下燕儿姐一个人坐在那里发呆。

燕儿姐不知道的是,她是最后一个见到洋太的人。

从那以后,洋太彻底从所有人的视线中消失了,就像当初在室友的引荐下进入夜场公关界一样,他改了名字,换掉手机号码,再次成为一个不解之谜和行业的传奇。

天意昭炯,我自独行。天地虽不容我,心安即是归处。

第五篇

裙下之臣,是化身为我,还是婀娜众生也看不清楚的粉饰太平?

66. 风再起时

位于上海陆家嘴 CBD 的普茂环球大厦，融汇了中国古典塔楼风格与西方现代建筑艺术风格，是浦东租金最高的写字楼之一，现在已经成为全球最大的传播集团之一的凯格在中国的大本营。两年前亚太区管理层决定将中国总部从北京迁到上海，在这座气宇轩昂的写字楼里建立了一个传播帝国。

47 层的电梯门打开，一个干练高挑的女人从里面走出来，后面跟着一个西装革履的美国人。在这个女人的日程表中，今天有一件非常重要的事情，不能耽误。她走到公司前台，两位前台工作人员立即停下手头的工作，与正在接收快递的一个同事一起向她打招呼。

"顾总好！"

这个女人点点头，正准备离开时突然停下了脚步，视线看向那位正从前台取了一堆包裹、打扮前卫靓丽的女孩。

"Jelly，你今天包裹收得多了点儿吧？一会儿你去找老板汇报一下近期工作，就说是我安排的。还有，你什么时候调到创意部门的？"女人的语气冷冷的。

那个名叫 Jelly 的女生根本没想到这个女人要和自己说话，还把自己的名字记得这么清楚，语无伦次地说道：

"顾总，我，我没有调到创意部门啊。"

"那你为什么穿成这个样子？作为负责和客户沟通的对接人，你的穿着不应该正式一点吗？你这是玩二次元觉醒呢还是哪出儿？你现在去找 HR，先把这个月薪水扣 2000 再说！"女人发出一连串严厉的责问。

Jelly 满脸通红，辩解道："对不起，顾总，我带了一套正装，就放在工位后面的柜子，还没来得及换，我现在就去换。"

女人并不打算听完 Jelly 的解释，转头径直向自己办公室走去。

穿过三个大片办公区域，她来到最靠里的一个拱形办公室。老外和她相互道别，去了隔壁一间较小的办公室。她推门而入，助理 Freya 就殷勤地端上了一杯她最爱的摩卡咖啡，同时以最快速度告诉她今天的所有行程安排：

09:00~10:00 睿仕新财年薪酬改革与组织架构调整会议
10:00~11:00 凯格集团亚太区管理层视频会议
12:00~13:30 同 Alvin、蒋臣午餐会
13:30~15:00 加州大学 Future First Project（未来第一项目）合作事宜
15:00~18:00 浦东机场飞香港，参加环球公关颁奖盛典

"行程我都知道了，不用再 briefing 我了。"女人一边示意助理可以离开，一边打开了电脑。

"顾总，午餐还是定了九十层那家西餐厅，您看行吗？"Freya 小心翼翼地问道。

"可以。"女人沉吟半响道。

"还有，你问问司机 Alvin 到哪里了？"女人看了看手表。

"司机说他已经在回来的路上了。"Freya 语气当中有一点不自然。

66. 风再起时

"这么快？已经接到 Alvin 了吗？"女人抬起头问道。

"司机说 Alvin 被蒋总开车亲自接走了，蒋总说不用他的车，司机也不敢跟他去抢 Alvin。"Freya 如实回答。

"这只老狐狸，还学会去抢单了，怎么没去做 Uber（优步）的签约司机啊。"女人嘲笑了蒋臣一番，"好的，没别的事情了，你先出去吧。"

Freya 如释重负，正准备离开，又被突然被女人叫住。

"顾总，您有什么吩咐？"Freya 转身问道。

"Freya，你脖子上的吻痕太明显了，光天化日，你这是给你男朋友的嘴巴做广告呢？去我柜子里面取粉霜盖一盖，你是多渴望向所有人宣布你有性生活啊？"女人责怪道。

"好的，老板，我错了，保证下次不会了。"Freya 内心不禁感慨老板的眼睛太尖了，自己特意把平时绑的马尾放下来遮掩，还是被发现了。

"好了，你也不用那么紧张，至少能够说明一点：你男朋友还算爱你。男人的嘴巴会说谎，可是嘴唇不会。"女人笑着示意助理可以走了。

Freya 连忙逃离女人的办公室，关门的瞬间，她不经意间看了下这间只属于这个女人的办公室，铭牌上写着：睿仕（中国）总裁顾烨。

看着落地窗外的黄浦江，Freya 忽然想起来今天是自己入职睿仕第四年的纪念日。时光荏苒，她也从一个普通行政助理成为老板身边最信任的总裁助理。

她脑子里飞速回想着当初入职时的第一个闪亮瞬间，是什么呢？

哦，对了，是新员工培训吧！

她还记得四年前那个明亮的上午，在一间纯白色的培训会议室内，一群风格迥异的高管在为刚刚入职睿仕的新同事集体做公司文化的培训，达达的融会贯通、学富五车；邝子凯的天马行空、古灵精怪；林卓的犀利果断，聪慧过人，都让她印象颇深。

但是，这些高管中只有一位男士，让她难以忘怀。

现实生活中怎么会有长得那么好看的男人呢？他应该活在镜头中才对啊，那个时候初涉职场的Freya痴痴地想。

只记得他由林卓介绍闪亮出场的时候，成功赢得了从行政、人力资源、财务到策略、创意、客户等部门同事的注目：意气风发，一米八五的身高，酷酷的短发，明亮的双眸，清晰分明的轮廓，穿着修身的Dolce & Gabbana双排扣西装，身形挺拔地站在前面，与坐在前排的新人交谈时露出手上的积家腕表，有着放肆而温暖的眼神，浑身散发着明亮但不刺眼的光芒……

这是Freya第一次见到他，也是最后一次见到他。

后来她听说这个男人主动辞职离开了睿仕，因为他在一次醉酒之后动手打了北京公司的一位高管，据说那位高管后台很硬。

她还看到别人偷偷转发给她的一封举报邮件，上面列举了男人在睿仕任职期间所犯下的"七宗罪"，更为重磅的是，邮件附件里还有一张香艳的床照，那个男主角确实长得很像他，所有人都在猜测床上的女主角是谁。

有人说是林卓，有人说是原先北京公司服务的一个游戏客户女高管，还有传言说是顾烨。总之众说纷纭，莫衷一是。只是从那之后，再也没人见到过这个男人。

当年他春风得意，一朝看尽长安花。转眼间，内斗汹涌，迁出东宫，睿仕太子，就成了睿仕弃子。试问谁的内心能够不失衡？

一阵异常急促的电话铃声响起，是餐厅经理打来确认中午菜单的。Freya迅速结束回忆，投入到一天紧张的工作中。

67. 爱你恨你，问君知否

睿仕（中国）总裁正是四年前时任睿仕北京公司 CEO 的顾烨，随着她最强劲的竞争对手林卓的离开，顾烨的职场之路变得无人可挡。原本国际事业部出身的顾烨在与总部的沟通上一向顺畅，并深得集团 CEO 浩克的赏识，其上升变得如火箭般迅猛。

关于林卓的离去，坊间传闻说两人之所以关系紧张皆是由于前北京公司副总裁洋太所致，因两人迷恋洋太，由爱生恨，以艳照相威胁未果，最终导致洋太离开公司。

顾烨和林卓听闻此类传言都一笑而过，不承认但也并不否认。

斗转星移，世事变化费解难猜，人来人往，四年间睿仕也发生了翻天覆地的变化。

三年前，大佬离开了服务了二十多年的睿仕，创立了自己的新公司封侯，而后 Alvin 顺理成章被擢升为集团亚太区 CEO，掌管凯格在亚太区域的数十个子公司，向凯格全球 CEO 浩克直接汇报。同时，总部决定不再设置集团大中华区董事长一职，各子公司负责人统一向 Alvin 汇报，顾烨也随之成为睿仕（中国）历史上第一位女总裁。

达达和林卓先后追随大佬而去，协助大佬又开辟了一番新的事业版图。只不过达达现在每天都醉心于自己的炒股事业，很少来公司，对于公司的事情不大过问。大佬和林卓商量了一下，觉得毕竟人才难得，不愿意轻易放他离去。达达自己倒也是念旧的人，众人热情挽留之下他也没坚持离开，不过自觉平日里面贡献不大，他便主动提出减少一半的薪水，双方达成一致，达达就过上了闲云野鹤的日子，只有有重要案子时，大佬和林卓亲自出马才能请得出这位大神出谋划策。达达也把自己的头衔调整成了顾问，不再担任公司业务的负责人。

首席创意官邝子凯四年前一怒之下离开公司，专心经营自己的餐厅，目前生意越做越大，整个人也胖了好几圈，以至于没有同事能认出他来。退出公关江湖的邝子凯还联手韦伯在香港的西贡码头旁边开了一家海鲜餐厅。

邝子凯离婚后找了个比自己小二十多岁的日本女孩，那姑娘是个做木雕的艺术家，父母都在北海道生活。其价值观更是让凡人可望而不可即，对世俗完全不妥协，养了条狗，和他生活得自在似神仙。

现在的邝子凯，更喜欢一个人躲在后厨里鼓捣着各种神奇的食材与配料，以及不知从哪弄来的调酒配方，值得称赞的是，其做菜的想象力在这段时间登峰造极。每天早餐和午餐都是按部就班，一到下午茶和晚餐时，就会花样百出：星期一是猫爪棉花糖，星期二是薄荷小盆栽冰激凌，星期三是腌制火腿太阳雨，星期四是番茄玫瑰花，最绝的是星期五，干脆直接上一个13幺麻将蛋糕。

而睿仕的霸道美女总裁上台后，一改大佬时代的怀柔作风及Alvin的保守管理风格，大刀阔斧进行管理以及业务改革。

第一，大力缩减运营成本甚至进行裁员，随着大佬的离去，她借机铁腕裁掉了数十位不作为的资深员工，大快人心。同时她大幅提高底层员工薪酬，领先市场至少20%分位，这让睿仕中国在人才市场上非常具有竞争力。在睿仕最为重视的管理者序列，顾烨并没有采取以往业界惯用的引进重量级人物的办法，而是用内部提拔的方式对新人委以重任，这使得睿仕成为业内最优质新人的集中地。同时顾烨在 headcount（人员名额）上严格控制，上任以来公司从没有超过 5% 的人员增长，但是营收与利润却提高了近 40%。

第二，发布并推动"未来第一"（Future First）战略，根据财务部门反馈的数据来看，睿仕全年 78% 的利润来自 21% 的客户。因此，顾烨根据综合评估指标选择了五个重要客户作为"未来优先级客户"，她大力协调集团的整体资源为这些核心客户提供更好的支持和服务，同时也制订了更为积极的增长指标。

第三，与公司投资部一起，顾烨主导了睿仕在资本市场上一系列令人眼花缭乱的收购动作，投资了数家以内容和技术驱动营销增长的新兴公司，布局未来。

至此，睿仕中国的业务线涵盖了汽车、游戏、消费品、互联网、地产等主流行业，成为近年来增速最快的公关公司，并进一步缩短了与长期雄霸中国市场的本地公关集团 Purple Halo 之间的差距。

闲暇中，顾烨最喜欢躺在沙发上远眺黄浦江。顾烨记得有一次浩克造访上海办公室，她还特意在这里让浩克欣赏了一代名曲《上海滩》，给他讲述了许文强和冯程程曲折离奇的爱情故事。

故事以古老的英雄救美起头。他救了她，她爱上他。

彼时，她是上海滩赫赫有名的冯敬尧的千金，倾国倾城，集万千宠爱于一身。

而他，不过是初来乍到的毛头小子。

一切的一切，便这样有了开端。

浩克本来就对东方文化十分着迷，年轻时还交过一个华裔女朋友，早年闯荡好莱坞还在大导演马丁·西科塞斯的电影《出租车司机》中与罗伯特·德尼罗有过对手戏。浩克听到这个东方故事感慨不已，忽然想起当年的那位女友以及彼此的承诺，想着她当年信誓旦旦要和他回到家乡一起看黄浦江。内心颇多感慨，便和顾烨在办公室拿出一瓶红酒对酌起来。

两人喝到兴起，顾烨还给浩克放了一曲叶丽仪版的《上海滩》，在那怀旧的歌声当中，她想起洋太来，两人已是数年未见，没人能够联系到他。

今天顾烨难得在办公室舒服地小憩片刻，半小时后，她将会飞往香港，参加一个公关行业国际奖项的颁奖典礼，四年前他们一起提报的案例这一次被提名了诸多重磅奖项，而且很有可能有机会冲击代表行业最高荣誉的全场大奖。

顾烨会在那里遇到久别的战友们，那些已经离开了睿仕的人们……大佬、达达、林卓、邝子凯、韦伯……会不会还有洋太呢？他似乎从这个世界上消失了，没有人知道他的去向，这个人真的出现过么？

但是，那个拔地而起吸引了无数游客和媒体关注的地标式桥梁，却又真真实实地印证着洋太的存在。看着窗外不绝的江水，她索性拿起酒杯，把自己扔在沙发上，任《上海滩》的歌声和一丝醉意肆意袭过全身，任光阴流逝不愿提起往事。

"爱你恨你，问君知否，似大江一发不收；转千弯，转千滩，亦未平复此中争斗。"

68. 一封来信

"老马,你在哪儿呢?"

洋太行色匆匆地走在巷子里,不停地通过电话询问对方的位置。这个临近望京的低矮街道由于即将拆迁早已物是人非,错落无序的巷子总是会让第一次来的人迷失方向。只有20世纪破旧的街牌还执着地为路人指引着该去的方向。路灯昏黄无力,远处灯火通明的望京SOHO提醒着人们,这里的房价已经涨到了十多万元人民币一平方米了。

"好,我知道了,我看到前面的车库了。"洋太挂掉手机。

一个废弃的车库出现在洋太的视野里,从远处能够清楚地听到里面不时传来的喧闹声,啤酒瓶碰在一起的声音,催促老板再来一箱酒的吆喝声以及再熟悉不过的烧烤味道。

洋太深深地呼吸了一下,对,没错,就是这个味道。多少次梦回故里,多少次江湖快意,多少次酣畅淋漓,都伴随着如硝烟般的烧烤味道。

车库门口,摆着一个小黑板做成的简陋招牌,"望京老腰"四个字慵懒地躺在上面,字体笨拙却坚毅。没有变化的是招牌旁边那台老式卡带播放机,这简直是这家烧烤店的标配,此时正播放着一首老歌。

这是一个被摊主简单改造后的临时烧烤摊,里面的人声鼎沸和外面的偏僻衰败形成鲜明的对比。车库里有二十多张廉价的塑料小桌子,每张桌子旁放置着数把小马扎。

洋太刚刚走进来,忙碌的老板就看到了,他用地道的东北腔喊道:"您来了——",然后把手里的串儿交给伙计,殷勤地一路小跑过来和洋太打招呼。

"老马,你这里可真不好找啊!"久不见面,两人热情地拥抱了一下。

"没办法啊,临时就找了这么个地儿,还便宜呢。"被叫作老马的摊主带着洋太走到靠近路边树林的一张桌子旁。

"咱们这都多长时间没见了?有四五年了吧?我以为您都离开北京了,今儿就一个人啊?"老马迅速收拾好凌乱的桌子,拿着小茶壶倒上一杯水。

"我是离开了一段时间,最近有点儿事情处理,就来北京了,过阵子还得走。这不,来北京怎么能不来尝尝你这里的烧烤呢,一直惦记着呢!"

"也怪我、怪我,我走得急没来得及和您打招呼,今天我请客,您看着点。"摊主个子不高,脸上总是挂着笑容,少了些串儿摊老板特有的江湖气息,多了些质朴与谦逊。

"呃,你看着上吧,肉筋、腰子各来十串儿,先给我来两瓶啤酒。你也别忙乎了,我今天一个人,陪我喝点,老马,这么多年没见了,怪想你的。"洋太坐下来点了一支烟,同时也递给了老马一支。

老马见了老朋友显然也分外开心,一边接过烟顺势夹在耳朵上,一边从冰桶里取出两瓶镇好的啤酒,伙计迅速端上来毛豆、花生还有各色凉拌,两个人碰了下酒瓶,开始对喝起来。

"我说,老马,你这是发什么神经呢?怎么好端端地想起来搬家了,那边生意好好的,我听说还有大老远从昌平、顺义开车过来吃串儿的，你这个口碑做得挺好啊。"洋太不解地问道。

"我也是没办法啊，原先的业主忽然不租了。"老马无奈地表示，"我只好临时找了这个车库，前几天街道的人通知我，这里马上就要拆迁了，不能在这里非法运营。我看了看附近的门面，都不便宜，所以考虑回老家了，在北京这么多年，也真是有点累了。"

"老马，你这个原来的望京烧烤教父就要谢幕了，我运气不错，还能在你走前吃上你烤的串儿。十年前，就是你随便起了这个名字，才有了后来的传奇，你是当之无愧的教父级人物。"洋太赞叹道。

"你也知道，咱们那边开了好多家烧烤店都叫'望京老腰'。"摊主倒是个实在人，完全没有品牌意识。

"那不一样，"洋太笑了一下，"还不是你那里客人多，大伙儿都知道谁是原创，谁是山寨。"

"您当年也是老主顾了，给了我不少包场的大生意。"这个多年前一直光顾他生意的客人，老马从来没问过他是做什么职业的，但是这个客人一直令他印象深刻。

北京一向以圈子闻名，一个小小烧烤摊也可以折射出一个江湖。每晚来这儿消费的不乏权贵明星，但每次陪这个客人来喝酒吃串儿的人都不一样，有时候是附近写字楼里面的白领，有时候是西装革履的老外，有时候是装束另类的艺术家，有时候是街道派出所的民警，还有几次是那种江湖上无所事事的混混……

老马实在搞不懂他到底是做什么的。

新烤好的板筋很快就上来了，洋太咬了一口，感慨道："老马，你这个串儿就是过瘾，甩了别人家不知道多少条街。如果烧烤界也有奥斯卡，你就是最红的影帝！"

简单寒暄了几句后，老马又斗志昂扬地去烤串儿了。他左手熟练地从冰箱里取出食材，右手华丽地一挥，辣椒、椒盐和孜然等佐料就被均匀地洒在了腰子上。那一刻，他俨然就是一位手法熟练的火上钢琴师，正襟危坐有时，癫狂不羁有时，藕断丝连有时，神魂颠倒有时。老马尽情挥洒着属于他自己的那份青春，弹奏出震撼世人味蕾的最强音——命运交响曲。

当然，只不过是那些串儿的命运而已。

当夜洋太大醉，这些年没对别人讲过的话，都和老马一个人说了。

"我告诉你，你应该去找那个姑娘，你为什么躲着她呢？你想我就是个活生生的例子，当初，我来北京，我跟一起出来的同乡说想做一家烧烤店，而且要做望京最好的烧烤。有人笑话，说你去卖肉还差不多。后来，我开了第一家店，他们说：'得，这个玩笑开大了。'是你教我的，不管别人怎么看你，用你自己的方式去看世界。我做到了，所以我也想和你说，不管你是公关男还是男公关，只要你爱她，她爱你，不就可以了吗？那么复杂干什么？你知道吗，两个人在一起，最重要的是干，其次才是干什么……"

老马肯定不知道，引路人往往就是迷路人。

洋太看了看老马，欲言又止，最终还是将那一丝悸动强行压制了下去。

他见过北京顶级写字楼里的腥风血雨，走过悠闲自在的市井小巷，辗转到小县城里与民工风餐露宿，随即安静地待在江南一隅平息内心风波，一转眼，又身赴街边网吧里点头哈腰……

少有人像他这样，置身其中，只退出而不反抗。

如果说人生的轨迹多是一步步昂扬向上，他偏偏一步步归于蝼蚁平凡。洋太也无法理解自己为何会在每一个人生轨迹的拐点都选择向下，他知道曾与他相同起点的人已经在渐远的高处，不会回头，但他不后悔，因为在他眼中，已经看到了浓缩的最立体的社会结构，最完整的人性模型，这是别人所没有而他所独享的。他做出了退出的选择，转而敲击出世态、世俗、人情、人性的细节和全貌。

酒过三巡之际，洋太的手机忽然传出一声久违的邮件接收提示音，他愣了一下，自己的邮箱已经多年没人发邮件了，但是此刻居然又冒出来一封邮件。他低头看了下标题，心里不觉一动：洋太，不知道这个方式是不是能够联系到你。

洋太，见信好！

问了好多人，还是问不到你的联系方式，最后还是戴露给了我这个原先你面试睿仕时留下来的私人邮箱，不知道你是否可以收到这封邮件，一切随缘好了。

环球公共关系颁奖盛典（Global PR Award Festival）算是公关行业最有分量的国际奖项了，今年首次在亚太区举行，地点是香港。你还记得你在睿仕做的最后一个方案吧？相信你也看到了，今年初这座大桥终于落成了，客户反馈的数据效果远远超出了预期，媒体上有很多报道，你看了就知道。鉴于当年是由睿仕进行提案，但是后续的执行都是封侯（也就是我离开睿仕后成立的新公司）来完成的。我和顾烨商量了一下，这次就由睿仕与封侯联合来提报。

这个案例深深打动了来自全球的评委团，它获得了包括全场大奖在内的十五项重要奖项提名，或许你不想再和这个圈子的人有任何联系，但是我写这个邮件的目的是真诚地希望能够在颁奖台上见到你，如果说我们当中只有一个人有资格举起奖杯，这个人就是你！

发件人是大佬。

洋太笑了笑，窗外流光溢彩的夜景，灿若人生。

他缓缓地将邮件删除了。

"公关"这两个字，早已经消失了许久，他这辈子再不想和这两个字有什么牵扯。因为它让他登上巅峰，最后也让他万劫不复。

他忽地想起老马刚才跟他的对话，忍不住笑起来。

"认识您这么多年了，一直没好意思问您是做什么的。"

"呃，我是做，怎么说呢，你知道公关吗，老马？"

"公关？听说过，好像之前有人还在我的店里发小卡片，上面写着招公关，整得还挺诱人的，都是啥啥夜总会直招男女公关免交押金，形象好、气质佳、思想大胆开放，白领、大学生、退伍军人优先，提供大量富太资源，月收入两万以上，可兼职。"老马挠挠头说道。

"嗯，我就是做公关的。"洋太说出这句话时无比坦诚。

"啊?!"老马恍然大悟，"是，就是卡片里那种对不？我刚来北京时也想试试，可惜还是担心身体受不了。"

"是，很辛苦。幸亏你没试。你看我现在还是单身。"洋太现身说法。

"您也别有什么不好意思的，三百六十行，行行出状元。"老马自己也不知道该说些什么来安慰洋太。

"我以后多给您上点儿腰子，您多补补，以后来我这里吃腰子都免费。"老马终于明白这个客人为什么之前涉足那么多圈子，原来都是他的客人。老马深深地叹了口气，都不容易啊，以前还总觉得他很是光鲜。

两个男人不好用语言来交流，老马只好拍了拍洋太的肩膀：

"累了给我电话，我骑车把烤好的腰子给您送过去。"

"不用，能让我吃到这么好的腰子，就是我最大的安慰了。"洋太很真诚地说道。

69. 你是对的

距离洋太提出修建一座地标式桥梁的提议，已经过去了四年，时间证明了洋太的眼光和战略的正确性，他没有通过大众媒体、盛大的开业活动或者耗资巨大的公关战役，而是通过一座在设计上极具冒险与实验精神的独特桥梁，将人群和资本成功吸引到了这座新城当中。

这座全长 600 米、桥面宽 20 米、横跨两岸、耗资超过 10 亿元人民币建造的白色斜拉桥，造型看起来像一条鲨鱼，也有人说更像一只蓄势待发的弓，代表着演州这座城市的创新精神。在设计风格上则遵循了以桥梁结构设计与艺术建筑闻名于世的全球建筑大师罗杰夫的一贯风格。蔚为壮观的一幕是，当有大型轮渡过桥时，桥身能够以桥墩为支点，作 90 度的旋转，桥梁的设计师已经把运动的建筑理念融入到了桥梁之中。

当这座名为崇信大桥的庞然大物横跨东西两岸，其超前的设计理念与造型艺术在中国建筑界引起了轩然大波。在被一些国际前卫的建筑设计界评论人士奉为不世经典，极具艺术感染力与设计突破性的同时，它也被大量国内媒体激烈地批评为中国最糟糕的影响公众视觉权利的现代建筑垃圾，甚至有人将它的形状比喻为"扔破鞋"，崇信桥成为无数互联网网友调侃和嘲讽的对象。

广泛的争议并没有阻碍整个卓创演州地产项目的声名大噪，崇信桥从建设之初就毫无悬念地成为演州市的地标式建筑。每逢跨年夜,崇信大桥上都会举行规模盛大的烟火表演秀,成千上万从各地涌来的年轻人都喜欢在这里,在漫天的欢呼声与璀璨的烟火陪伴下,迎接新的一年的到来。

诸多全球一线大牌的入驻使这里成为最具消费欲望的都市时尚中心,成为无数红男绿女追逐心中潮流王牌的朝圣地。

在演州市政府及卓创地产的共同努力下,一家市值千亿美元的中国互联网公司总部最终正式迁入卓创广场的办公园区,数以万计的员工迁徙到了这个新城区。

原本产业升级时被废弃的工业园区被卓创改造成为具有艺术先锋气息的一座座loft办公楼,互联网与创意产业正在成为驱动这个新城经济发展的新动力……

受到这些利好信息的推动,整个区域商业地产的租赁价格与住宅地产的出售价格不断飙升,整座城市由于卓创广场的发展和成熟逐步形成了老城与新城同步发展的双核心局面。

而这一切,都发生在洋太提出这一方案的四年后。

在这四年间,大佬、达达、林卓等人所带领的封侯成为中国最新锐的公关公司,这家充满性格和无限想法的创意热店正在不断颠覆着这个行业的种种规则与不可能:

他们帮助一个个中国品牌开展了一场又一场全球性危机公关;

他们被"神秘客户"邀请参与某东南亚岛国总统候选人的政治选举公关,新总统成为他们的第一个海外客户;

他们与公安部门合作,用社交媒体传播战役与特警团队紧密协作,成功解决了一次影响力空前的人质解救危机;

在他们的努力下,作为全球最大的直销巨头之一的特锐斯在中国宣布放弃全球通用的直销模式,采取了封侯所提议的更为符合中国国情的销售策略；

　　在他们的努力下，主打"创造性思维与策略性思维"的银河首档明星创意竞技真人秀《超级说客》成为中国综艺市场的现象级新宠，收视率一再打破纪录并且成功输出到海外十几个国家。封侯将这个从来都是在幕后默默无闻付出但又极具神秘色彩的公关行业推到了台前，让更多人了解了这个行业的价值与存在意义。

　　属于公关战争的硝烟从来都没有散过，只是从此以后，公众再没有人将公关行业等同于夜店或酒店男女公关。

　　当然，他们也在战场上数次遭遇肖遥和顾烨领衔的老东家睿仕，双方奉上一次又一次堪称经典的业界巅峰对决……

　　而在更为遥远的十年后，洋太和所有人都没有想到的是，他和自己的对手都站在了这个曾经让他们充满分歧的桥面上，所有人都欢笑着寒暄，又彼此热情拥抱，似乎忘记了昨日的纷争，已经两鬓斑白的肖遥走过来，紧紧握住洋太的手，对他说了一句：

　　"洋太，你是对的。"

　　一个月前，睿仕和封侯一同收到了首次在香港举办的旨在鼓励全球公关传播行业发展的世界最具影响力的环球公关奖颁奖典礼的邀请，洋太四年前所主导的卓创广场项目入围了包括竞争最为激烈的全场大奖在内的十五个奖项的提名，由于该项目过于特殊，在客户卓创的同意下，睿仕与封侯最终破例同时成为该项目的报奖公司，这也意味着曾经的对手有可能站在同一个领奖台上一起接受业界最受瞩目的殊荣。

　　愿以一战惊天下，从此不负身后名。

　　9月27日，恰恰是洋太的40岁生日，也是他和另一个人相互约定的日子。

　　只是，这一次他会出现吗？

70. 凡是过去，皆为序章

码头，是香港电影中经常出现的一个符号，无数的江湖大哥在这里折戟沉沙，留给后人评说功过。而今，消失的不仅是码头风云，也有大哥们最爱的街边大排档，当人身在其中，仿佛所有江湖恩怨都会随时发生，刀光剑影再起。

久未谋面的众人相聚在一起分外亲切，大家在海鲜店里把酒言欢，聊得不亦乐乎。

"对了，韦伯，我读中学时看那个古惑仔录像带啊，他们一直在用'揸 fit 人'这个词，到底是什么意思啊？"酒兴正浓的达达忽地想起来少年时代一直困扰着他的这个晦涩的中英文词汇，在他的印象中，陈浩南就是铜锣湾的揸 fit 人。

"达达，你想知道，先干了这杯酒再说。"邝子凯不怀好意地笑道。

达达二话不说，很爷们儿地干掉了那一整瓶蓝妹啤酒。

"其实我不知道是什么意思。"邝子凯笑着嘲笑达达上当了。

"邝子凯，你丫是不是香港人啊？"韦伯之前在北京待久了，后来回来经常丫丫的，身边不少香港的朋友都被传染了。

"我 6 岁就去加拿大了，只是偶尔回来。你说'社团'我知道，你说'话事人'我知道，你说'龙头'我也知道。但这个'揸 fit 人'我只是大概知道意思，就是'大哥''大佬'的意思吧？"邝子凯一本正经地说道。

"那考考你啊,如果用当年睿仕的职位体系来划分,'揸 fit 人'大概是什么位置呢?"韦伯故作神秘地道。

"'揸 fit 人'就是大佬啊。"邝子凯笃定道。

林卓盯着邝子凯,拿起来一瓶刚开的冰冻啤酒,递了过去。

"喝吧,韦伯给达达报仇了,你说错了!"

邝子凯只好在众目注视下一饮而尽。

"用当年睿仕的组织架构来讲,应该是顾烨、林卓的位置。"韦伯给众人科普道。

"看来这里面很有玄机啊。"大佬开怀地笑道,他今天心情很好,能够见到旧人,是比拿奖更开心的事情。

"这个说来非常有趣。"韦伯喝了口凉茶,清了清嗓子,"'揸 fit 人'意思就是一个帮派的大哥,属于港式粤语用词。"揸"粤语意思是操纵的意思。例如说揸车,就是开车的意思啦,'fit'为'飞'的英文翻译,港式粤语说话喜欢加点英语你们都晓得的了。而'飞'在粤语里的全称是'飞仔',指的是一些小混混、经常聚集在一起游手好闲的不良少年。'人'就不用解释了,和普通话一样。那么'揸 fit(飞)人'的意思就是能够使唤小混混的领头人物,但不是社团大哥,而是那种分舵,或者根据区域来划分的领导人,比如陈浩南就是铜锣湾的'揸 fit 人',而大飞呢,就是屯门的'揸 fit 人'。而当初顾烨呢,就是北京公司的'揸 fit 人',一个道理啦。"

一个"揸 fit 人"居然都能讲这么多,众人对于韦伯的才学甚是佩服,又纷纷举杯向这位学贯东西、博冠古今的一代宗师敬酒。

"对了,大佬,听说你要退休了,接班人是谁你想清楚了么?"邝子凯问道。

"我和达达、林卓都聊过了,林卓明年就要去伦敦负责我们在海外的分公司，她也会和她男朋友移民过去。达达呢，根本就是闲云野鹤，懒得管这个烂摊子，所以我只好再找了一个人，他今天也会来现场。"大佬故作神秘道。

"大佬，你说的这个人不会是洋太吧？"邝子凯兴奋道。

"总之你认识这个人，留点悬念，不好吗？"大佬显然话中有话，不愿多言。

"肯定不是他！这小子也够没义气的，说走就走，一晃四年了，音信全无，难道就不惦记兄弟们吗？"邝子凯骂道，"对了，顾烨呢？怎么还不现身。"

"她飞机晚点了，刚到香港，正在赶来的路上。"达达说。

"洋太，你会来吗？你离开这个江湖太久了。"

林卓在心中默念着这个久违的名字，一向不胜酒力的她今天亦难得地喝了好几瓶。她看着不远处的港口，夕阳已经将整个地平线都染红了，分外妖娆，她想起洋太曾跟她讲过的一段关于张国荣的往事。

当时哥哥对《霸王别姬》剧组的感情极深，拍摄结束时他恋恋不舍，又一次请全剧组吃饭，席间难过得几度泪下，跟每个人对饮，一共喝了十二杯白酒，素来不善饮酒的他回房间后吐了四个小时爬不起身。张丰毅和巩俐劝他说以后还有相聚的机会，他说："不同了，以后就算再见，也寻不到这份心情了。"

花有重开日，人无再少年。

洋太，如果可以再见你，我们还会见证当初你突闯权御17层白宫会议室时的惊艳么？你现在是否还玩世不恭地写下光，让世界着迷般去阅读你的明亮。

如果不是港片，未必有人记得观塘。

70. 凡是过去，皆为序章

傍晚，喝多了连走路都歪歪斜斜的四个男人并排行走在观塘码头，这里曾经属于《烈火战车》的SKY（电影《烈火战车》主角名字）飙车的起点和终点。那一年SKY还很年轻，长发飘飘的他载着性感的女友驾车在公主道上一路狂飙、热血燃烧。

大佬、韦伯、邝子凯和达达四个大男人大摇大摆地并肩而行，最为年长的大佬和韦伯一起哼唱着一首并不算知名的粤语歌曲《有你便有我》，林卓在后边听着、听着，虽然听不大得懂歌词，但也为那份随时间流逝而沉淀下来的情感所动容。

没有你的心窝日夕同活过
想不起多一天再可庆贺
没有你的相依患难同度过
这世上没有我留低过

没有你的体温愿斜祭阳别照照耀
纵是末日剩得一天怎算少
没有你的声音日夕陪伴老调
这世上为了我谁哭了

All the promises we've made
All the empty words I've prayed
All the hopes faded away day after day

71. 假如真的再有个约会

年度环球公共关系行业颁奖盛典如期在香港JW万豪酒店举行，来自全球各地的资深公关行业人士聚集在这里，各色面容、各种语言，混杂在一起，交织出属于他们的璀璨夜晚。

邝子凯特意预订了一张靠近天台的桌子，九月份的香港天气依然潮湿，穿着西装难免感到一丝闷热，他松了松领带，急躁地看了看手表，距离颁奖礼开始只剩下半小时。

他先前看过官方提供的提名名单，睿仕中国今年在公关类别奖项上表现并不抢眼，只有寥寥几个案例获得了提名，只因为卓创项目才得以出现在提名名单中，想必他们除了顾烨也不会有其他人来参与这次活动。反而封侯这次表现抢眼，在大佬的领导下获得了数个大奖的提名，业内诸多资深人士都预测封侯会成为今年颁奖礼上的大赢家。

顾烨在夜色黯淡之际才赶到酒店，助理Freya早已为她预订好这里的套间，她换好礼服后和三位睿仕资深总监一起走了下来，Alvin因为人在巴黎度假，并未出现。

此时举行活动的二层露台及大厅早已人头攒动，招待酒会从下午五点就已经开始，各处散落的不同国籍的人在热烈攀谈。服务生忙碌地穿梭其中，给嘉宾们送上饮料与酒水。

邝子凯一眼就看到了穿着黑色礼服的顾烨，立即大声地招呼她过来，他开心地又问服务生要了一大瓶香槟，干脆自己动手打开，叫嚣着今夜要与顾烨不醉不归。不远处的老外们好奇地张望着这边的喧闹，一位保安人员也朝着这边走了过来，以为这里发生了什么事情。

"顾烨，咱们都多少年没见了，四年了吧？"邝子凯感慨道，"你也没老啊，还是那么女神！你可别说啊，谁在你身边站着都自惭形秽。"

"得了吧，有你这么夸人的吗？"顾烨笑道，"还是那么一本正经地胡说八道。"

韦伯走上前去，抱了抱顾烨，用他标准的粤语腔调说道："顾烨，我也很想你啦。"

"社团没有你发展得不行，我跑路这几年其实都有看到，你自己倒是好嗨桑啊。"顾烨用不大标准的粤语回应道。

林卓和顾烨倒是依然保持了先前的状态，两人礼貌性地上前握了握手，不温不火。

"顾烨，好久不见。"大佬努力克制着自己的情绪，站了起来，也有些激动。顾烨看到，永远活力满满的大佬的两鬓竟然已经有些斑白。

"大佬，好久不见！"顾烨投入了大佬的怀抱中。

"你现在做得很好，很好。"大佬摸了摸顾烨的头，慈祥地看着顾烨。

"大佬，我始终对自己没有追随你这件事情感到特别愧疚。"顾烨发自内心地表示。

"每个人都有自己的处境，这个勉强不得，你答应 Alvin 的，就要做到。但是我的大门，随时都在等一个人，你懂的。"大佬并不在意。

"今天我们不醉不归。"达达提议道。

"好,我们不醉不归!"众人开始起哄,引来其他嘉宾好奇的眼神。

众人仿佛就是多年没见的好朋友在这个场合重逢了,没有竞争,没有对立,没有猜忌,只有一杯一杯地一饮而尽。

就像洋太最喜欢说的那句话:赢当举杯同庆,输则拼死相救。

"洋太,他没有来么……"顾烨四处望了望,不见他的踪影。

"他没来,应该不会来了吧。"邝子凯努力挤出了一个笑容。

七点钟,颁奖典礼正式开始,几次外场提醒后,所有人都回到了剧场式的典礼现场,瞬间从狂欢模式变为正襟危坐的模样。邝子凯、达达、韦伯等人在一起免不了各种要酒,干脆让一个西装革履的印度裔服务生站在旁边,专职给这几个大老爷们儿上酒。

"喂,我说,你们要不要这么 low(低级)啊,也都是身家过亿的人,逮住了就往死里喝啊。"林卓讽刺道。

"这你就不懂了吧,1200 美元的 ticket(门票),我能不多喝几杯吗?"邝子凯说着又要了一杯白葡萄酒。

"对啊,你看,到现在我只吃了一份沙拉,值回票价了吗?什么东西都没吃到,还不让我多喝一点?"达达也跟风道。

"达达,我以为你能高端一点的,你怎么也这样?"林卓做出崩溃的表情来。

一张桌子一共可以坐十个人,加上顾烨带来的几个人,还有两个位置空着。开场不多时,一位穿着紫色西装、两鬓略显斑白,但颇有风度的中年男人来到这里,他和大佬热情地拥抱,坐在大佬身旁。众人看大佬并没有打算介绍他给其他人认识,两个人不时窃窃私语,而后那人自己坐在那里默默地喝酒,也不参与到众人的欢笑吵闹当中来。

顾烨看着眼前的这个男人甚为眼熟，但一时间又想不出来自己究竟在哪里见过他。想到晚宴结束，大佬自会介绍，顾烨因此并也不多想。

几次侍者走过来询问大佬是否需要撤掉其他不用的餐具，大佬都郑重地表示需要留下最后这个座位。

不到散场，他就总会有出现的可能，大佬想。

台上主持人不断用笑话调侃着获奖者和颁奖嘉宾，现场欢声笑语与失落叹息夹杂在一起。一个个不同类别的奖项正在颁出，封侯与睿仕也在激烈角逐中拿下来了数个金奖。每颁发一次金奖，邝子凯就会冲上去代表团队领奖。这时台下的摄影师镜头都会对准他，邝子凯便摆出来一副全场大赢家的嘴脸。

到了颁发年度新锐公关公司的环节，获得提名的有来自中国、马来西亚、日本、新加坡与澳大利亚的五家新公司。当主持人最终念出年度公司的名字是封侯的时候，所有人都燃了，林卓与达达瞬间泪流满面，大佬也忍不住激动起来，这是多少个日日夜夜大家辛勤工作换来的最高犒赏，顾烨等几位睿仕的前同事也真心为他们的成绩感到高兴。

72. 一切正在过去

22:00，终于到了颁发年度全场大奖的环节，悬念即将揭晓，邝子凯、达达等人都紧张地盯着屏幕上出现的名字。当主持人故弄玄虚地在颁奖舞台上说出今年全场大奖的得主来自亚洲的时候，封侯、睿仕和旁边几家来自日本、韩国、新加坡公司的代表都沸腾了。

大佬看见邝子凯为了舒缓紧张的情绪，给自己倒了满满一杯红酒，就拿邝子凯开涮道：

"子凯，你这个杯子千万不要放下来！"大佬非常严肃地表示。

"为什么？发生了什么？"邝子凯自己也不由得更加紧张起来。

"你必须喝完，如果你剩下酒，咱们今天就得不了这个奖了。"大佬一字一顿地说。

"大佬，你别逗我了吧。这么多一口气喝下去？"醉意已深的邝子凯明显不太信任自己的酒量。

"必须喝了，别犹豫，再犹豫下去我们就拿不了奖了。"林卓也不依不饶道。

邝子凯被所有人盯得发毛，他也不想承担万一落败是因为自己不给力的责任。

"好的，我干了！"说完，邝子凯就将眼前满满的一杯酒全部喝了下去。

说来也真是神了，就在他喝完的那一刹那，主持人宣布年度

72. 一切正在过去

全场大奖就是来自中国北京的封侯与睿仕公司联合提交的卓创公司崇信大桥项目,这个桌子上的人们疯了似的跳了起来,尖叫着冲到舞台上,高高地举起这个所有人渴望已久、实至名归的全场大奖的奖杯。

这份奖励,他们花了四年等待。在过去四年的日日夜夜,这个项目经历了诸多来自预算、客户和政府的压力,但是他们携手紧密协作,创造了奇迹般的传播战役。

众人在舞台上的情绪稍稍平息了一下,主持人请获奖代表致辞。众人互相推托了下,还是由邝子凯与顾烨一起发表了感言。

"这个奖我们拿得并不轻松,甚至在提报的最初,无数人都质疑我们疯了,这完全是一件 mission impossible(不可能完成的任务)。但是,我们真的做到了!我们相信,这个行业还是会激励那些带有冒险精神的创造性思维,这也是这个行业最为激动人心的价值,如果你问我有什么秘诀,那就是'保持到最后的激情和忠诚于最初的灵感'!"

虽然阔别这个行业已久,但是邝子凯依然热血不减。

"今天我还想说的是,其实台上还应该站着一位同事,非常遗憾,他不能到现场来领奖。他是这个想法最初的提出者,他无比勇敢,用自己的行为捍卫了这个想法。我想代表所有站在台上的人说一句,'虽然我们不是英雄,但是我们曾经与英雄并肩战斗过。不管你在不在现场,不管你此刻在哪里,你永远是我们的一员,你是我们所有人的骄傲!'"

顾烨说完泪水簌簌地流了下来,再也抑制不住内心的激动。

在全场如雷的掌声中,顾烨、邝子凯等一众人载誉而归。所有人刚刚落座,整个颁奖礼进入最后一个高潮,即将颁出今晚最后一个奖项,代表行业最高殊荣的行业成就奖,这个奖只会颁发给为全球公关行业做出杰出贡献的领导者。

　　来自英国的主持人再次走到台前，和先前他所营造的浓郁英式搞笑氛围不同，现在他是一副严肃认真的表情："今年的行业成就奖经过讨论，九位来自全球不同国家的评委们一致认定，将这次的奖颁给一位来自亚洲、来自中国的前辈，他创立了中国最具影响力的公关公司，也是诸多业内公关精英的老师，他服务这个行业超过三十多年，他就是前睿仕中国董事长、封侯公关董事长韩明远先生。"

　　可是令所有人惊讶的是，大佬这时却不知所踪，刚才上台领完全场大奖后他就消失了。

　　全场的目光现在都聚焦在他们这张桌子上，总要派一个代理人上台去帮大佬领奖。林卓与达达对视一下，达达正准备站起来上台，不想一直坐在大佬身旁默默不语的中年男人率先站了起来，一个人走向颁奖台。

　　男人走上台，接过颁奖嘉宾手中沉甸甸的奖杯，镇定自若地站在颁奖台上，用流利的英文从容地致辞："大家好，韩先生临时有事不在现场，我替他上台领这个奖。自我介绍一下，我叫作Kevin，是封侯中国新的首席执行官。"

　　让大家意想不到的是，大佬口中的接班人，竟然是这位名不见经传的Kevin，也让顾烨抱有的一丝洋太回归的想法彻底落空了。

　　"子凯，你有没有觉得他看上去非常面熟。"顾烨终于忍不住，向邝子凯询问道。

　　"是啊，总觉得好像在哪里见过。"邝子凯也在搜寻着关于Kevin的记忆。

　　"Kevin……我怎么觉得我们在哪里听过，就是想不起来了。"顾烨心里默念着这个名字。

72. 一切正在过去

"韩先生能在即将退休的时候拿到这个奖,对他来说,也是职业生涯的一次总结。他总是对我说,做人应该是不一样的境地,公关也是这样。我在很多年前开始学佛,但是始终没有参悟他的境界。今天,这个代表公关行业最高荣誉的终生成就奖,算是他的一种大乘。那么,我代表他送给在座的每个人。祝大家在这个行业玩得开心,玩出未来!谢谢各位!"

接着屏幕上出现的,是不同年份大佬和团队在一起时的样子,有睿仕时代的点点滴滴,也有后来在封侯的意气风发,从年轻到成熟,那是中国公关行业崛起的见证。顾烨、林卓、邝子凯、达达、韦伯等人的眼中都满是泪水,那也是他们青春的回忆。

"子凯,我终于想起来了!"顾烨拍了拍邝子凯的肩膀,"你还记得赵军吗?"

"哪个赵军?"邝子凯一时没反应过来。

"就是拍戏的那个赵军啊,韩冰的前老公,那个明星。"顾烨尝试着提示他。

"赵军当然我知道了,只是赵军已经淡出影坛很多年了吧,似乎后来也没有什么作品问世了。"邝子凯点点头。

"这个 Kevin 就是大佬曾和我们提过的,他唯一的师弟!当年 Kevin 作为赵军重金请来的顾问,与我们有过一次轰轰烈烈的公关战争,后来赵军名誉扫地,Kevin 也在这个行业神秘地销声匿迹了。想不到时隔这么多年,他居然接替大佬,成为封侯新一任的 CEO。"

Kevin 拿着奖杯回到座位,终于不再是一副冷漠的表情,整个人都显得心情不错。

"顾烨,还记得我吧?"Kevin 笑着端起来酒杯。

"我刚才一下子想起来了,Kevin 前辈。"顾烨也大方地举起杯子。

尽管先前曾经是对手，但时隔多年，那些早已经成为陈年往事，无人再去深究，彼此相逢一笑泯恩仇。

"别怪我不告诉你们，是大佬特意嘱咐我，一定要等到这个时刻，再将我的新身份公之于众。"Kevin 开怀大笑。

林卓、达达、邝子凯等人此时才如梦方醒，大伙儿一并碰杯庆祝 Kevin 接任大佬执掌这家最具潜力的公关公司。

"顾烨，你和洋太当年真厉害，棋逢对手，打得真过瘾！让我第一次尝到了走投无路的感觉，你们是不知道韩冰的这些粉丝有多疯狂，有一批人整日堵在我家，很有点儿要审判我的意思。"

Kevin 回想起当年那一幕，仍心有余悸。

"当时处境很糟糕，赵军的案子引发了媒体对我个人的关注，其他问题也被挖了出来，包括一些涉及媒体交易的案件，我后来痛恨自己年轻时太贪心了，要得太多，做了不少错事。其实师兄早就劝过我，但我听不进去。出事之后，师兄通过他的关系与资源帮我渡过了那一关，后来我就淡出公关圈了。"

Kevin 讲完这一切，似乎释怀了许多，又自顾自地干了一杯酒。

"我后来一心向佛，遍寻中国的寺庙，直到大佬创立新公司的时候，他问我要不要去帮忙，你也知道，我懒散惯了，哪里还管得了公司运营这种繁杂之事呢！我就婉拒了。"Kevin 笑道，"眼看着三年过去，师兄又找到了我，明确表示因为身体原因不想再做了，我推辞不过，又欠他大人情，只好扛下来。顾烨，我就像当年寒柘寺的觉远方丈一样，扛起来他师弟的嘱咐，肩负着将这家公司继续发扬光大的重任！"

Kevin 看着顾烨和邝子凯的眼睛，似乎在有意无意提醒着他们什么。

听到"寒柘寺"这个再熟悉不过的名字，顾烨、邝子凯两人不

72. 一切正在过去

由得一怔,他们根本没想到这个名字竟然从 Kevin 的嘴里说出来。

"Kevin 老师,你也去过那里?什么时候?"顾烨下意识问道。

"十多年前,我离开的时候其实特别不服气,总觉得自己有资源、想法,想做一个幕后玩家。那一年我还离婚了,之后觉得自己都被掏空了,我很痛苦,经常失眠,状态特别差,就想四处走走。没想到自己开车开着开着就从云南去了四川,又迷路了,就歪打正着找到这个寺庙,结果一住数日,和方丈两人相谈甚欢,觉远大师帮我了断了身前事,让我看懂了我该走的方向。我无以为报,又无意间知道了他们遇到的难处,我想有人能出手帮这个寺庙解决难题,就想到了你们。"

顾烨听到后不禁内心一动,似乎 Kevin 说的这段话牵引起她内心深处的一个未解之谜。

"你也认识觉远禅师吗?"顾烨忍不住问道。

"午后斜阳,寒山暮光,俗世凡尘,终归一梦。"Kevin 淡淡地笑着。

现在,顾烨终于能够将寒柘寺的前因后果串联在一起了。

"原来当年觉远禅师怎么都不肯说出来的居士就是你啊,难怪他一直守口如瓶。"

顾烨终于解开了萦绕在她心头多年的谜团,觉远方丈一向守口如瓶,这么多年顾烨和他多次会面,他也不肯吐露一丝线索,邝子凯作为当事人此时也恍然大悟。

"是的,我还特意嘱咐觉远禅师万不可将我的名字讲出来。"Kevin 说,"因为我并不确定你们会信任我,一个你们曾经的敌人,如果听到我的名字,相信你们一定不会愿意来的。但是我也坚决相信只有你们才能够解决这个问题,从来都是事情改变人,但是你们的的确确可以改变一些事情。所以我给了恩彬师父你们公司的地址，这个时候，或许只有你们能够不拘礼法，曲径通幽，完成这个几乎不可能的任务。"

"所以，后来洋太照片的那些事情，也是你帮的忙吗？"

顾烨急切地问道，这一直是她心头的另外一个不解之谜。当时一夜之间，网络上关于睿仕高管丑闻事件的新闻链接与视频资源都消失了。

Kevin点点头，爽朗地笑起来："我自己也看到了视频，就主动联系了大佬，问是不是需要帮忙。虽然我已经不做这行了，但是朋友都还在，大佬不愿意做或者不想做的，尤其是涉及睿仕本身的，由于我是第三方，很多事情都可以做。"

顾烨、达达、林卓等人听罢，不禁百感交集。

世间没有绝对的对错，胜负都是变量。昔日的朋友可以互相背叛，昔日的对手也可以惺惺相惜甚至成为战友。三十年河东，三十年河西，一切都落入历史尘埃。

"还有件事儿，子凯，你和洋太合作的那个案子做得非常漂亮，这是一个创举，甚至改变了这个行业的思考习惯，我听说了，今天看到了，也替你们感到高兴，现在洋太离开了，但是这个行业需要你这样的人，回来吧，要不考虑来帮帮我，继续完成大佬的心愿。"

Kevin无比真诚地向邝子凯发出邀约。

"人，应该找到自己的世界。"顾烨也朝邝子凯看过去，林卓、达达、韦伯等一众好友也都看着他，期待着他的回答。

"你们不要总是盯着我啊，看得我都发毛了。"邝子凯语无伦次道。

"请问哪位是邝子凯先生？"一个侍者走了过来，打断了众人的交谈。

"我是。"邝子凯说。

"刚才外面有一位先生，让我把这个给你。"侍者的托盘里放着一张叠好的餐巾纸。

邝子凯打开那张餐巾纸,只见薄薄的纸面上,只有一句话:
"正因为群星璀璨,才有了银河的壮观。"

众人面面相觑,不明就里。

"他现在在哪里?长什么样子?"顾烨第一个反应过来。

"他一直在外面站着,很久了,我觉得有四十多岁吧,长得非常有型,是一位先生。"服务生努力回忆道。

众人连忙离开桌子,一起冲到外面。

彼时颁奖晚宴刚刚结束,外面到处都聚集着攀谈的人,哪里还有洋太的踪影。

众人怅然若失之际,顾烨却忽地想起来自己30岁生日时,洋太给她唱过的粤语歌:

> 当你见到天上星星　可又想起我
> 可又记得当年我的脸　曾为你更比星星笑得多
> 当你记起当年往事　你又会如何
> 可会轻轻凄然叹喟　怀念我在你心中照耀过

不远处就是中环些利街9—13号,全香港最高的太平山顶。隔着山坡茂密的树丛,山下鳞次栉比的高楼大厦,波光粼粼的维多利亚海湾以及对岸的九龙半岛尽收眼底。万家灯火在夜色当中显得愈发迷离,远处一波一波的海浪冲击着海岸,发出阵阵声响,就像黎明前即将分手的情人间的喃喃细语。

香港特有的地中海式低气压让人感觉云朵距离自己是如此之近,似乎触手可及。顾烨抬头看看临近的中银大厦,那怒发冲冠、刺向穹顶的神态,好像这个豪气干云的时代一样,绽放出别样的光彩。

一切正在过去。